Pfad der Lügen

Lucy Dawson

Pfad der Lügen

Psychothriller

Aus dem Englischen von
Andreas Kasprzak

Weltbild

Die englische Originalausgabe erschien 2017 unter dem Titel *Everything you told me* bei Corvus, an imprint of Atlantic Books Ltd., London.

Besuchen Sie uns im Internet:
www.weltbild.de

Genehmigte Lizenzausgabe für Weltbild GmbH & Co. KG,
Werner-von-Siemens-Straße 1, 86159 Augsburg
Copyright der Originalausgabe © 2017 by Lucy Dawson
Copyright der deutschsprachigen Ausgabe © 2018 by Bastei Lübbe AG, Köln
Übersetzung: Andreas Kasprzak, Lübbecke
Umschlaggestaltung: Johannes Frick, Neusäß
Umschlagmotiv: © Johannes Frick unter Verwendung von Motiven von Trevillion Images
(© Sandra Scherer) und Shutterstock (© Nejron Photo)
Satz: Datagroup int. SRL, Timisoara
Druck und Bindung: CPI Moravia Books s.r.o., Pohorelice
Printed in the EU
ISBN 978-3-95973-647-3

2020   2019   2018   2017
Die letzte Jahreszahl gibt die aktuelle Lizenzausgabe an.

Für die Warwick-Mädchen, in Liebe

Kapitel 1

»Hey. Wachen Sie auf, bitte! Sie müssen jetzt aufwachen!«

Die Stimme des Mannes klingt merkwürdig fern. Ich versuche, zu tun, was er sagt, aber meine Augen fühlen sich an, als wären sie zusammengeklebt – als hätte ich gestern Abend beim Abschminken die Wimperntusche vergessen. Dennoch zwinge ich meine Lider auseinander und blinzle; unmittelbar vor mir befindet sich die verschwommene Form eines Kopfes, von hinten beleuchtet von einer kleinen, hellen Deckenlampe. Ich starre den Kopf benommen an und versuche, mich zu konzentrieren.

»Sie müssen aus dem Wagen steigen!«

Ich bewege mich – und sofort sagt mir ein scharfer Schmerz hinten im Nacken, an der Schädelbasis, dass es keine gute Idee ist, zu lange in einer bestimmten Haltung zu verharren. Ich liege unbequem quer über dem Rücksitz, meinen Kopf gegen die linke hintere Beifahrertür gedrückt, mein Kinn auf der Brust. Ich unternehme den Versuch, mich aufzusetzen, doch meine Hände greifen ins Leere, und ich rutsche noch ein bisschen weiter nach unten, bis es mir schließlich gelingt, mit der Rechten den Beifahrersitz vor mir zu packen, mich mit der Linken abzustützen und mich hochzuziehen. Mein Gott – einen so üblen Kater hatte ich seit fast zwanzig Jahren nicht mehr; damals war ich noch Studentin. Ich stöhne und reibe mir den Kopf, ehe ich verwirrt an mir hinuntersehe. Ich trage einen Schlafanzug, die Wachsjacke, die mein Mann gern meinen »Mumienmantel« nennt, und ein Paar alte Turnschuhe.

»Wo bin ich?« Meine Stimme klingt undeutlich. Ich lalle. Ich kann es hören. Ich kann es *fühlen,* als wäre meine Zunge eine fette, nutzlose Schnecke.

»Wir sind da.«

Ja, aber wo *ist* das? Ich schaue mich vollkommen orientierungslos um. Draußen ist es dunkel. Ich wende mich wieder dem verschwommenen Kopf zu.

»Sie müssen mich jetzt bezahlen.«

Er hat einen fremdländischen Akzent, den ich nicht zuordnen kann.

»Jetzt bezahlen Sie mich schon. Vierhundert Pfund.«

Hat er gerade *vierhundert Pfund* gesagt?

»In Ihrer Tasche.« Er deutet ungeduldig darauf.

Ich starre ihn begriffsstutzig an; mein Mund steht einen Spaltbreit offen. Er ist jung – erst Mitte zwanzig –, dünn, mit einer eingesunkenen Brust unter einem billigen, schmuddeligen Pullover. Sein Haar ist dunkel und fettig, und sein Blick zuckt hin und her, während er unruhig auf sein Geld wartet. »Kommen Sie schon!« Er reibt Daumen und Zeigefinger aneinander und zeigt erneut auf meine Jacke.

Ich greife langsam in eine der Taschen, und zu meiner Überraschung hole ich ein stattliches Bündel fest zusammengerollter Geldscheine daraus hervor, mit einem Gummiband um die Mitte.

»Ah!«, ruft er zufrieden. Gehorsam halte ich ihm das Bündel hin, das er mir beinahe aus den Fingern reißt. Er streift das Gummiband ab und blättert rasch durch die Banknoten, ehe er murmelnd das Geld zählt. »Genau vierhundert Pfund. Danke Ihnen.« Er hebt die Hand und schaltet die Innenbeleuchtung aus.

Einen Moment lang bin ich blind. Dann beginnen sich meine Augen an die veränderten Lichtverhältnisse zu gewöhnen, und ich erkenne, dass es draußen langsam hell wird. Der Himmel ist stahlblau und geht dann – fast schon zu perfekt – erst in gelbe, dann in orangene Farbtöne über, als wäre das Ganze ein Airbrush-Kunstwerk. Mein Blick fällt auf die dunkle Linie des Horizonts, die sich durch das Orange zieht – hin zu einer weiten Fläche aus Indigoblau und Silber. Das Meer. Ich keuche verblüfft, als mir klar wird, dass wir auf einer Klippe stehen, die über einer Bucht aufragt. Die Flut ist da und rollt unermüdlich auf einen kleinen, offenen Strandabschnitt rechts von mir. Auf der gegenüberliegenden Seite des Hügels steht ein großes Hotel; sämtliche Fenster im Erdgeschoss sind hell erleuchtet. Vermutlich ist das Personal gerade dabei, alles für den kommenden Tag vorzubereiten, solange die Gäste noch schlafen. Ich kenne diesen Ort, ich war hier schon, viele Male. Dies ist *unser* Ort. »Wir sind in Cornwall«, sage ich ungläubig. »Aber wie ...« Ich wirble hektisch herum und blicke aus dem Heckfenster. »Was zur Hölle mache ich in Cornwall?«, frage ich furchtsam.

Der Mann zuckt mit den Schultern. »Sie müssen jetzt aussteigen.«

»Aussteigen? Wie meinen Sie das? Ich habe keine Ahnung, was ich hier mache!« Ich greife in meine Jackentaschen. Sie sind komplett leer. Kein Handy, keine Schlüssel, keine Geldbörse. Wieder sehe ich mich gehetzt um, und allmählich steigt Panik in mir auf. »Wie bin ich überhaupt in Ihrem Wagen gelandet? Wo haben Sie mich abgeholt?«

Der Mann schaut mich neugierig an, als wäre er sich nicht sicher, ob das mein Ernst ist oder nicht.

»Ich war bei mir zu Hause, in Kent, richtig?«, frage ich ihn verzweifelt. »Ich war zu Hause. Ich weiß, dass ich zu Hause war ... Theo und Chloe!«, rufe ich dann plötzlich. »Meine Kinder! Wo sind meine Kinder?« Ich lehne mich nach vorn und packe ihn am Saum seines Ärmels.

Genervt schüttelt er mich ab. »Ich weiß nicht das Geringste. Ich hab Sie bloß hergefahren, so wie ich sollte. Und jetzt raus aus meinem Wagen!«

»Aber ...«

»Sofort raus!« Er beugt sich herüber und stößt die Hintertür auf. Dann gibt er mir einen Schubs. Ich falle halb aus dem Wagen, ehe meine Füße auf der weichen Erde landen und die kalte Luft mich mit einer solchen Wucht in den Magen trifft, dass ich mich übergeben muss.

»Nicht auf die Sitze!«, ruft der Mann wütend.

Einen Augenblick lang hänge ich da, und Speichel trieft von meinen Lippen, während ich versuche, wieder zu Atem zu kommen, doch er versetzt mir einen erneuten Stoß, fester diesmal – und ich stolpere ganz nach draußen, ehe ich mich unsicher aufrichte. Er zieht die Tür hastig hinter mir zu, dreht sich um, startet den Motor und braust davon. Es ist offensichtlich, dass er nichts dringlicher will, als so schnell wie möglich zu verschwinden. Ich schaue ihm hilflos nach; der Wind peitscht mir das Haar ins Gesicht und lässt meine Augen tränen, während ich vollkommen desorientiert auf der ungeschützten Hügelkuppe neben dem Küstenpfad stehe.

Ich begreife das alles nicht. Ich weiß genau, dass ich gestern Abend bei mir zu Hause ins Bett gegangen bin. Wie zum Teufel ist es möglich, dass ich mich jetzt am anderen Ende des Landes befinde?

Ich brauche Hilfe.

Ich versuche zu gehen, aber meine Beine scheinen nicht zu mir zu gehören, und nachdem ich einige Schritte in Richtung des Hotels getaumelt bin, stolpere ich auf dem unebenen Boden und lande auf den Knien. Die Feuchtigkeit des Grases sickert durch den dünnen Stoff meines Pyjamas, und als ich mich aufrapple, fühlt sich mein gesamter Körper sonderbar losgelöst von allem an. Beim Stehen wird mir schwindlig. Ich mache zaghaft einen weiteren Schritt, doch in meiner Benommenheit torkle ich irgendwie bloß auf den Rand der Klippe zu. »Scheiße!«, keuche ich entsetzt. Ich sollte mich lieber wieder hinsetzen, das Ganze ist zu gefährlich, ich könnte ...

»Stopp!« Eine drängende Stimme schallt durch die Luft, die meinen Kopf umweht, und ich schaue ruckartig über die Schulter. Ein Mann rennt so schnell auf mich zu, wie ihn seine Beine tragen. Ein Stück vor ihm läuft ein Hund, der die Ohren flach an den Kopf angelegt hat, während er in meine Richtung hetzt. Es ist ein Collie, und als er mich erreicht, fängt er an herumzutänzeln, bellt wie wild und kratzt mit seinen Pfoten schmerzhaft an meinen Beinen. Ich kreische instinktiv auf und weiche einen Schritt zurück ...

»Nicht!«, brüllt der Mann, und mit drei großen Sätzen ist er da, packt mich an den Armen und stößt mich unsanft zu Boden. Ich schlage mit solcher Wucht auf, dass mein Hinterkopf brutal auf die Erde kracht – und dann ist da bloß noch Stille.

»Hallo! Können Sie mich hören? Wie heißen Sie?«

Meine Augen gehen flackernd wieder auf. Eine Frau blickt mir besorgt ins Gesicht; sie ist mir sehr nah. »Sie ist wieder bei Bewusstsein. Wie ist Ihr Name?« Sie wartet, und mir wird klar, dass sie mit mir redet.

»Sally.« Mein Mund ist fürchterlich trocken, und die Anstrengung, laut zu sprechen, lässt mich husten. »Sally Hilman.«

In meinem Blickfeld taucht ein Mann neben ihr auf, den ich bislang nicht gesehen habe, und sagt: »Wir haben ihre Daten.«

Ich will mich aufsetzen, doch mehrere Hände schießen vor, um mich daran zu hindern.

»Versuchen Sie, sich nicht zu bewegen, Sally«, sagt die Frau freundlich. »Wir checken Sie eben kurz durch, wenn das okay ist? Um sicherzustellen, dass Sie sich nicht verletzt haben. Verhalten Sie sich bitte noch einen Moment lang ruhig. Ich bin fast fertig. Mein Name ist Marie, und das ist Paul. Wir sind Sanitäter.«

Ich habe einfach nicht die Kraft, mich zu widersetzen. Ich drehe benommen den Kopf zur Seite, und etwa zehn Meter entfernt kommen mehrere Paar Füße in Sicht. Mein Blick schweift die Beine empor, und ich sehe den Hundemann, der mit zwei Polizisten spricht. Sie stehen neben einem Streifenwagen, dessen Blaulicht blinkt, und einem Krankenwagen.

»Sie kniete auf dem Boden und hat gebetet ...«

Nein, ich habe nicht gebetet, ich war nach vorn gekippt.

»... dann stand sie auf und ging auf die Kante zu«, sagt der Mann eifrig; er hält eine stramme Leine, an deren Ende sein Hund immer noch aufgeregt herumhüpft. Warum hat er Tarnkleidung an, nebst dazugehörigem Hut? Er sieht aus wie ein Soldat, der seinem Vorgesetzten Bericht erstattet.

»... ich bin näher rangegangen und hab erkannt, dass sie weint. Vollkommen verzweifelt.«

Nein, das ist auch nicht richtig. Ich habe nicht geweint. Der Wind hat mir die Tränen in die Augen getrieben.

Niemand sagt etwas; sie überprüfen mich einfach weiter. Ich habe das doch nicht gerade alles laut gesagt, oder?

»Ich wusste sofort, dass irgendwas nicht stimmt, und ich rief ihr wiederholt zu, stehen zu bleiben«, sagt der Hundemann. »Ich hab ihr angesehen, was sie vorhat, darum bin ich *gerannt*, so schnell ich nur konnte, und hab sie zu Boden gerissen. Auf so was haben sie uns bei der Armee gedrillt. Dabei hat sie sich ein bisschen den Kopf angeschlagen, aber dann ist sie einfach irgendwie eingeschlafen. Es war seltsam. Sobald mir klar war, dass sie das Ganze nicht bloß spielt, hab ich ihre Arme losgelassen und Sie angerufen. Ich hab sie außerdem abgesucht, nur für den Fall, dass sie einen dieser EpiPens bei sich hat oder so ein ›Ich bin Diabetikerin‹-Armband trägt, aber sie hatte *überhaupt nichts* dabei, bloß diesen Brief.«

Meine Augen weiten sich. Ein Brief? Was für ein Brief? Wovon zum Geier redet der Kerl? »Bitte, ich muss nach Hause«, flehe ich und strecke meine Hand nach Maries Arm aus, um ihre Aufmerksamkeit zu gewinnen. »Meine Kinder ...«

»Wo sind Ihre Kinder, Sally? Ist jemand bei ihnen – oder sind sie allein?«

»Ihr Vater und meine Schwiegermutter sind bei ihnen.«

»Und wo wohnen Sie, Sally?«

Ich sage es ihr, und sie entgegnet in besänftigendem Ton: »Na, das ist doch wunderbar. Wir werden uns um alles kümmern. Alles kommt wieder in Ordnung ... Körperlich scheint sie in Ordnung zu sein.« Sie wendet den Blick ab; die letzten Worte gelten ihrem Kollegen.

»Sie verstehen nicht«, flüstere ich verzweifelt und fange an zu weinen. »Mein Sohn ist noch ein Baby. Er braucht mich.«

»... ich wusste, dass etwas nicht okay war, weil sie sich so merkwürdig verhalten hat und ständig Leute hierher kommen, um zu springen.« Der Hundemann redet noch immer. »Ich hab einen Kumpel, der den hiesigen Rechtsmediziner kennt, und er sagt, dass unten am Strand jede Menge Körperteile angespült werden. Gliedmaßen und so«, fügt er inbrünstig hinzu.

Springen? Was redet der da? »Ich wollte nicht springen!«, erkläre ich Marie völlig verängstigt. »Ich wäre beinah runtergestürzt, aber das war keine Absicht!«

»Schon okay, Sally. Sie müssen jetzt nichts sagen.«

»Aber ich wollte nicht springen! Nehmen Sie die Finger von mir!« Ich stoße ihre Hände weg und versuche, mich aufzurappeln. Sofort ist einer der Polizisten bei uns.

»Niemand wird Ihnen etwas tun. Wir sind hier, um Ihnen zu helfen«, sagt er in freundlichem Tonfall. »Wir sorgen dafür, dass Ihre Kinder versorgt sind. Sally, gemäß Paragraf 136 des Gesetzes zur psychischen Gesundheit muss ich Sie leider festnehmen.«

»Was?«, sage ich verängstigt. »Aber ich habe nichts verbrochen!«

»Der Krankenwagen wird Sie fürs Erste auf die Wache bringen. Ich komme mit Ihnen – das Revier ist nicht weit von hier, und dort kümmern wir uns dann um alles, in Ordnung? Keine Sorge. Alles wird gut.«

»... wie auch immer, hier ist ihr Abschiedsbrief. Ich hab ihn in der Innentasche ihrer Jacke gefunden – gut verstaut. Ich glaube, er ist für ihren Ehemann bestimmt. Sehen Sie?« Der Hundemann deutet auf einen kleinen Papierfetzen, den der andere Polizist gerade liest. »Sie ist definitiv verheiratet, denn sie trägt einen Ring.« Er wirkt, als sei er sehr zufrieden mit sich selbst und stolz auf seine Kombinationsgabe. »Sein Name ist Matthew.«

Mein Mund klappt auf. »Mein Mann heißt *tatsächlich* Matthew«, sage ich aufgeregt zu dem anderen Polizisten. »Aber ich habe keinen Abschiedsbrief geschrieben, das schwöre ich! Ich bin gestern Abend daheim in Kent zu Bett gegangen. Ich habe darauf gewartet, dass mein Mann nach Hause kommt, und dann bin ich hier auf dem Rücksitz eines Taxis aufgewacht.«

»Und Sie können sich an nichts erinnern, was dazwischen passiert ist?«, fragt Marie vorsichtig. »An rein gar nichts?«

»Nein«, sage ich mitgenommen; es laut auszusprechen macht

es irgendwie noch schlimmer. »Ich hatte gestern einen wirklich miesen Tag, und unmittelbar bevor ich ins Bett gegangen bin, habe ich mich mit jemandem gestritten, aber ich *bin* ins Bett gegangen. Da bin ich mir ganz sicher, weil ich mich nicht gut gefühlt habe; ich hatte ein paar Drinks, und weil ich normalerweise so gut wie nichts trinke, wurde mir davon richtig flau im Magen … Ich muss einfach eingenickt sein – aber was mache ich jetzt *hier?*« Wieder schaue ich mich ungläubig um.

»Sie können sich nicht erinnern, wie Sie hierher gelangt sind, aber Sie sind sich sicher, dass Sie nicht hier sind, um zu springen?«

»Ja, natürlich! Also, jedenfalls *glaube* ich, dass …« Ich breche verwirrt ab. »Hatte ich wirklich einen Brief in meiner Tasche? Kann ich ihn sehen?«

Man hält mir einen kleinen Papierfetzen vor die Nase. Die Hand des Polizisten verdeckt das meiste davon, doch ich kann die erste Zeile ausmachen.

Matthew.
Ich will das nicht mehr länger.

Mein Herz setzt einen Schlag aus – das ist meine Handschrift. Ich schaue mich verwirrt um. Gestern Abend bin ich in meinem Haus zu Bett gegangen, zweihundertfünfzig Meilen von hier entfernt, und jetzt befinde ich mich auf einer Klippe in Cornwall und halte einen Abschiedsbrief in Händen, den ich selbst verfasst habe.

Was zur Hölle ist passiert? Wie konnte ich die letzten zehn Stunden meines Lebens verlieren?

Zwei Tage zuvor

Kapitel 2

»*Ssscht*«, raunte ich beruhigend und wiegte den warmen, kleinen Körper, den ich an mich gedrückt hielt, während wir unter dem Dunstabzug standen, der mit voller Leistung lief. Die gerunzelte Stirn meines sechs Monate alten Sohnes entspannte sich ein wenig, und als er endlich fester einschlummerte, schien er in meinen schmerzenden, verkrampften Armen noch schwerer zu werden. Doch zumindest schlief er jetzt, und dafür dankte ich Gott. Ich warf einen Blick auf die Küchenuhr. 13.37 Uhr. Ich hatte ihn gerade fast anderthalb Stunden lang geschaukelt, und in kaum einer Stunde musste ich ihn schon wieder in seinen Babysitz im Auto schnallen, um Chloe von der Vorschule abzuholen. Der Tag war bereits so gut wie gelaufen. Ich schaute mich verzweifelt in der Küche und in der Spielecke um. Es sah aus, als hätte jemand die Tür aufgestoßen, hier drinnen den Inhalt einer Kiste Abfall ausgeschüttet und wäre dann wieder abgehauen. Ich schloss für einen kurzen Moment die Augen. Fast sofort begann mich die sirupartige Flut des Schlafs zu umfangen, und leicht schwankend schlug ich die Lider hastig wieder auf.

Bedauerlicherweise war das Chaos immer noch da. Auf dem Läufer neben der Milchpumpe stand ein Fläschchen Nurofen, das auf Theos Spieldecke eine kleine rosa Pfütze hinterlassen hatte. Auf dem Küchentisch türmte sich ein Haufen feuchter Wäsche, die darauf wartete, auf den Ständer neben dem Herd gehängt zu werden; der Ärmel von einem von Matthews sauberen Hemden lag auf einem vollgekrümelten Teller, der es seit dem Frühstück nicht in den Geschirrspüler geschafft hatte. Unappetitlicherweise taute gleich daneben eine pinkfarbene Tupperdose mit orangestichiger Spaghetti Bolognese für Chloes Abendessen auf, zusammen mit zwei Schälchen lange vergessener und unlängst im Gefrierfach entdeckter, verschrumpelter Blaubeeren, von denen die eine Hälfte noch essbar und die andere für den Abfall bestimmt war, da die Beeren, die ich gekostet hatte, so sauer gewesen waren, dass nicht mal ich sie runterbekam.

Matthew betrat die Küche, um seine verspätete Mittagspause zu machen, und schaute bestürzt drein, als er mich mit Theo auf dem Arm unter dem Dunstabzug stehen sah. »Kann ich mir ein Sandwich machen?«, flüsterte er. »In zehn Minuten steht schon das nächste Telefonat an.«

Ich seufzte innerlich, nickte aber und ging vorsichtig zum Sofa in der Spielecke rüber. Ich hielt den Atem an und setzte mich behutsam. Doch in der Sekunde, in der mein Hintern das Polster berührte, regte sich Theo unruhig und begann, sich die Augen zu reiben.

Ich stand rasch wieder auf und wiegte ihn weiter, während ich verfolgte, wie mein Mann mit verdrossener Miene den Inhalt des Kühlschranks inspizierte. Die volle Mülltüte, die schon seit dem Frühstück an der Küchenwand lehnte, kippte etwas zur Seite, worauf er sich gedankenverloren bückte und sie wieder gerade rückte. Ich hatte ihn bereits zweimal darum gebeten, den Müll rauszubringen; der ganze Raum roch davon ranzig und fischig, doch ich spürte instinktiv, dass jetzt nicht der richtige Moment war, ihn ein drittes Mal danach zu fragen. Matthew hatte in den letzten Tagen ziemlichen Stress gehabt; eine Werbekampagne, an der sein Team seit Monaten arbeitete, stand kurz davor, vom Klienten abgesegnet zu werden, was dann aber in letzter Minute doch nicht geschah. Ich brauchte mich nicht danach zu erkundigen, ob der Deal mittlerweile in trockenen Tüchern war; seine grimmige Miene verriet mir alles, was ich wissen musste.

Ich blickte auf meinen Sohn hinab und war so bis auf die Knochen erschöpft, dass ich erneut für eine Sekunde die Augen schließen musste. Wenn er doch nur irgendwo anders schlafen würde, als *auf* mir ... oder wenn er zumindest *überhaupt* schlafen würde. Auch das geht vorüber, betete ich mir selbst innerlich zum tausendsten Mal vor. Und da er mein zweites Kind war, wusste ich, dass das sogar stimmte. Als Chloe geboren wurde, hatte ich das

Gefühl gehabt, als hätte man mir einen grausamen Streich gespielt; alle wussten, was kommen würde, doch niemand hatte mir gesagt, dass *ich nie wieder ruhig schlafen können würde.* Doch du meine Güte, damals hatte ich ja keine Ahnung gehabt, was es tatsächlich bedeutet, ein Baby zu haben, das praktisch nicht schläft. Und dann kam Theo.

Ich atmete tief durch und öffnete die Augen gerade rechtzeitig, um zu sehen, wie Matthew den restlichen Käse aufschneiden wollte. Ich eilte hinüber. »Könntest du den bitte für Chloe lassen?«, keuchte ich. »Für ihr Abendbrot?«

Matthew legte das Messer beiseite. Ich sah, wie ein Muskel in seinem Kiefer zuckte, als er sich zu mir umdrehte und freundlich fragte: »Was soll ich denn sonst essen? Scheint, als hätten wir abgesehen davon bloß noch Senf und eine Zucchini im Haus.«

»Ich weiß. Tut mir leid. Morgen kommt der Lieferservice. Im Schrank sind noch Bohnen.«

»Die hatte ich schon gestern zu Mittag. Vergiss es.« Er wollte sich an mir vorbeischieben.

»Bevor du gehst, könntest du *bitte* den Müll rausbringen?«, sagte ich hastig; mit einem Mal konnte ich den Gestank nicht länger ertragen.

Er biss die Zähne zusammen, bückte sich jedoch und hob den Beutel auf. Beim Rascheln des Plastiks regte sich Theo im Schlaf, warf ein Fäustchen zur Seite und zog dann seine überraschend scharfen kleinen Fingernägel über meine Wange, ehe er zusammenzuckte und dann wieder ruhig dalag. Matthew und ich erstarrten und warteten ... doch dann öffnete unser Sohn flatternd die Augen. Er blinzelte, schaute sich überrascht um und fixierte mich dann mit seinen dunklen Augen.

»Oh, gottverfluchte Scheiße«, stöhnte ich.

»Ist es wirklich nötig, vor Theo so zu fluchen?«, sagte Matthew sofort. Natürlich hatte er damit recht, doch es mir so auf die Nase zu binden, war nicht unbedingt hilfreich. »*Ich* hätte den Müll einfach später rausgebracht«, fügte er, gleichermaßen unnötig, hinzu.

»Wenn du es gleich nach dem Frühstück gemacht hättest, als ich dich zum ersten Mal darum gebeten habe ...« Ich schluckte den Köder.

»Genau. Es ist allein meine Schuld, dass er aufgewacht ist. Natürlich. Tut mir leid ... Was zur Hölle ist das?« Matthew ließ seinen Blick resigniert über den Fußboden schweifen, ehe er sich bückte und das Klebeband berührte, mit dem ich notdürftig den Spalt im Linoleum geflickt hatte. »Na, wunderbar, die Tüte ist überall gerissen.« Er richtete sich wieder auf. »Vermutlich ist es nicht unbedingt die cleverste Idee, den Müll *genau* auf diese blöde Stelle zu stellen.«

»Sind die Bodenbelagsmuster, die du bestellen wolltest, schon da?«, schoss ich zurück.

Er sah mich einen Moment lang nachdenklich an. »Ich denke, du kennst die Antwort darauf. Ich bin noch nicht dazu gekommen, mich darum zu kümmern. Ich weiß, dass du erschöpft bist, Sal. Wir *alle* sind erschöpft, aber ...«

»Na ja, vermutlich nicht ganz so sehr wie ich.« Ich konnte es mir einfach nicht verkneifen.

»Ich hab dir angeboten, nachts auch mal aufzustehen.«

»Ich weiß, aber wir haben uns darauf geeinigt, dass ich mich um das Kind kümmere, weil du tagsüber arbeiten musst.« Sofort kam mir sein in der Luft hängender Auftrag wieder in den Sinn. Ich erinnerte mich daran, wie besorgt er deswegen war, biss mir auf die Zunge und rieb mir müde die Augen. »Und das ist okay so. Mir macht das nichts aus. Ehrlich nicht.«

»Na ja, ich hab auch gesagt, dass ich mich jeden Abend für ein paar Stunden hier unten um ihn kümmern kann, damit du dich etwas ausruhen kannst, aber das willst du ja auch nicht.«

»Doch nur, weil ich glaube, dass es einfacher für mich ist, ihn oben zu versorgen. Außerdem kannst du es dir im Augenblick beim besten Willen nicht leisten, übermüdet am Schreibtisch zu sitzen – nicht so, wie die Dinge in deinem Job gerade laufen. Sobald sich die Lage wieder etwas beruhigt hat, nehme ich dein Angebot ja vielleicht doch an.« Ich versuchte zu lächeln, auch wenn es sich ungewohnt verkrampft anfühlte. Ich brachte es zwar nicht übers Herz, das zu sagen, aber Matthew war vollkommen unfähig, Theo zum Einschlafen zu bringen; er schleppte ihn unbeholfen durch die Gegend wie einen Sack Kartoffeln, was Theo bloß zum Weinen brachte und bedeutete, dass ich oben lag und ohnehin keine Ruhe fand, bis ich mich des Kleinen selbst annahm, und damit war das Thema erledigt. So war es bei Matthew und Chloe auch gewesen; er kam einfach nicht richtig mit ihr klar, bis sie ungefähr zwei war. Das war nicht allein seine Schuld, aber so war es nun mal.

»Wir müssen den Tatsachen ins Auge sehen.« Damit schnitt Matthew ein mittlerweile ziemlich ausgelutschtes Thema an, das jedes Mal aufs Neue in einer Sackgasse endete. »Wir brauchen Hilfe. Wie wär's mit einem Au-pair-Mädchen? Ein Kollege auf der Arbeit meinte, das hätte ihr ganzes Leben von Grund auf verändert.«

Theo fing an zu quengeln, und ich wiegte ihn ein bisschen schneller. »Ich glaube nicht, dass ich mir zu allem Überfluss auch noch die Verantwortung für irgendeine sechzehnjährige Französin aufhalsen will, die hier im Gästezimmer wohnt und zu Gott weiß welcher späten Stunde nach Hause kommt. Und wo sollten dann deine Mutter oder meine Eltern schlafen, wenn sie uns besuchen?«

Er zuckte mit den Schultern. »Keine Ahnung, was wir sonst machen sollen. Aber so, wie die Dinge momentan laufen, geht es nicht weiter. Für mich ist das alles auch nicht einfach, weißt du? Ich meine, in dieser Situation zu Hause zu arbeiten. Schließlich ist es ja nicht so, als würde ich nicht ebenfalls aufwachen, wenn er nachts schreit. Denn das tue ich. Ständig.«

Ich starrte ihn an, als der Funke des drohenden Streits wieder aufflammte, und merkte, wie ich allmählich richtig wütend wurde. »Dir fällt es also schwer zu schlafen, während du im Gästezimmer im Bett liegst und ich im wahrsten Sinne des Wortes stundenlang mit Theo in seinem Zimmer hin und her laufe und ihn wiege, damit er sich wieder beruhigt? Wow. Tut mir echt leid, das zu hören. Das muss wirklich schrecklich für dich sein.«

»Und sobald ich mal wach bin, schlafe ich nur schwer wieder ein.« Falls er verstand, worauf ich damit hinauswollte, ließ er es sich nicht anmerken.

»Weißt du ...«, sagte ich leichthin, »letzte Nacht habe ich – insgesamt – dreieinhalb Stunden geschlafen.«

Er verdrehte die Augen. »Okay. Vergiss es.« Dann warf er einen Blick auf seine Uhr. »Tja, das war doch mal eine spaßige Mittagspause.« Er hob die Mülltüte wieder auf und ging zur Tür.

»Ich weiß, dass momentan alles ziemlich bescheiden läuft, Matthew. Glaub mir, das weiß ich«, sagte ich, unvermittelt von neuer Energie erfüllt. »Ich meine, schau mich doch nur mal an!« Mit einem Nicken wies ich auf meine mit Erbrochenem besudelte Schwangerschaftshose und das formlose T-Shirt, das sich merklich über meinem rundlichen Unterleib spannte. Erst heute Morgen hatte Chloe mit dem Finger in meinen Bauch gepiekt und gemeint: »Du hast aber immer noch eine ganz schöne Kugel, Mummy.« Dann fragte sie mit nicht eben glücklicher Miene: »Da ist doch nicht noch ein Baby drin, oder?«

Matthew hielt inne, sagte aber nichts.

»Ich glaube, das ist die Stelle, an der du sagen musst: ›Sei nicht albern, du siehst doch großartig aus!‹« Ich versuchte erneut zu lächeln.

Sein Geschäftshandy brummte in seiner Hosentasche. Er holte es heraus und starrte aufs Display. »Oh, verpiss dich einfach und lass mich in Ruhe ...« Er schaute auf. »Nicht du – dieser Penner ...« Dann sagte er: »Du hast vor sechs Monaten ein Baby bekommen und kriegst praktisch null Schlaf. Was erwartest du?«

Diese ausgesprochen ungalante Antwort versetzte mir einen Stich, doch ich bemühte mich, meine Enttäuschung im Zaum zu halten. »Ich dachte, wir wollen nicht vor Theo fluchen? Was ich zu sagen versuche, ist, ja, es ist blöd, aber wir müssen noch einen Monat oder so durchhalten, bis er alt genug ist, dass ich Einschlafübungen mit ihm machen kann.«

»Noch einen Monat?« Er sah mich niedergeschlagen an. »Um ehrlich zu sein, weiß ich nicht mal, wie wir so bis zum Ende der

Woche durchhalten sollen. Sag mal, warum steht da eigentlich das Nurofen? Ist er schon wieder krank?«

Ich zögerte. »Nein«, gab ich schließlich zu. »Ich dachte einfach, es wäre einen Versuch wert.«

»Wir können ihn nicht einfach mit Medikamenten vollstopfen!«

»Es hat ja sowieso nicht funktioniert. Ich dachte, wenn …«

Doch Matthew hatte bereits das Interesse an dem verloren, was ich gerade sagte, und rümpfte stattdessen die Nase. »Himmel. Das stinkt. Aber echt. Ich muss jetzt *wirklich* wieder an die Arbeit gehen. Und vergiss nicht, dass ich morgen früh um acht einen Gesprächstermin habe«, rief er, als er die Vordertür erreichte. »Du musst also beide Schulfahrten übernehmen.«

»Ich weiß«, sagte ich mit leiser Stimme. »Ich kann's kaum erwarten.«

»Ich muss *los*, Sal.« Er klang genervt. »Wenn ich es nicht schaffe, diesen Auftrag bis Ende der Woche an Land zu ziehen, verliere ich noch meinen verfluchten Verstand.«

»Also, wirklich! Könntest du *bitte* aufhören, zu fluchen? Niemand versucht, dich von der Arbeit abzuhalten, Matthew. Ich schwör's. Ich versuche, dir so viel Raum zu lassen, wie ich nur kann, ob du's glaubst oder nicht.« Theo begann, heftiger zu protestieren, vermutlich, weil er die zunehmende Anspannung ebenfalls spürte, darum ging ich rüber zum Wasserkocher, um ihm ein Fläschchen zu machen.

»Das ist das Einzige, was ich momentan tue – arbeiten«, fuhr Matthew fort. »Ich arbeite, und ich helfe dir mit den Kindern, und ich gehe zum Sport. Das ist alles.«

Ich konnte mich nicht einmal dazu durchringen, auf so eine lächerliche Aussage überhaupt zu reagieren. Im letzten *halben Jahr* hatte ich keine fünf Minuten für mich. Unvermittelt erstarb die Flamme der Energie in meinem Innern, und mit einem Mal wollte ich mir nur noch ein Loch suchen, reinklettern und hundert Jahre lang schlafen. Matthew schaute schweigend zu, wie ich Theo wiegte, ehe er sich ohne ein weiteres Wort umdrehte und den Raum verließ. Ich hörte, wie er draußen im Flur seine Schuhe anzog, bevor Sekunden später ein bitterkalter Luftzug durch die Küche pfiff, als er die Vordertür offen ließ.

Zitternd rief ich ihm beinahe nach, die Tür zuzumachen, doch ich war es leid, mich zu streiten, und hielt den Mund. Stattdessen platschten ein paar dicke Tränen auf Theos flaumigen Kopf, sodass er überrascht zu mir aufschaute. Ich wischte die Tränen behutsam fort. »Tut mir leid, mein kleiner Schatz.« Ich versuchte zu lächeln. Er musterte mich einen Moment lang und schenkte mir dann ein breites, zahnloses Grinsen, ehe er erneut mit seiner kleinen Faust nach mir schlug. Ich fing sie ab und küsste sie, während mir weitere Tränen in die Augen stiegen und meinen Blick verschwimmen ließen. »Keine Sorge, Theo«, flüsterte ich. »Mummy ist bloß ein bisschen müde. Das ist alles.«

Er fing an, an seiner Faust zu nuckeln, und ich streckte die Hand aus, um das Radio anzuschalten. Die Stille war nicht gut; sie lastete zu schwer auf dem Haus. Als Chloe in Theos Alter gewesen war, half mir das Radio sehr gegen die Einsamkeit, die es mit sich brachte, tagsüber so häufig zu Hause zu sein. Allerdings lebten wir damals natürlich noch in unserer zwar winzigen, aber makellosen Wohnung in London. Jetzt betrachtete ich verzweifelt die hässliche, mattrosafarbene Streifentapete, auf die ich hoffnungsvoll drei verschiedene Farbproben gepinselt hatte, als wir vor acht Monaten hier einzogen und ich noch schwanger war. Die Kleckse waren noch da, doch sonst hatte sich nichts verändert.

Während ich Theo wiegte, begann der Wasserkocher zu blubbern. Sobald sich die Sache mit seinem Schlafen geklärt hatte, würde ich das Projekt »Hausrenovierung« wieder ganz oben auf meine Agenda setzen. Bei dem Gedanken an eine neue Dusche, aus der das Wasser schwungvoll hervorschoss, statt bloß zu tröpfeln, besserte sich meine Laune schlagartig. Dann noch überall Laminat rein, diese grässlichen gemusterten Teppiche raus ... ebenso die Deckenapplikationen ... ein Holzofen im Wohnzimmer ... eine Haustür, die nicht komplett aus Milchglas bestand, mit einem ordentlichen Griff anstatt mit einem Riegel, der mit Vorliebe die Daumen und Zeigefinger der Person häutete, die ihn zu schließen versuchte. Und auch keine pinken Samtvorhänge mehr, oder braune Küchenfliesen mit orangefarbenen Obstkörben darauf.

Und definitiv nichts mehr, das von Klebeband zusammengehalten wurde – das galt auch für Matthew und mich. Ich wollte, dass die Dinge wieder so wurden, wie sie vor Theos Geburt waren. Ich hasste das ständige Gekeife und Gezanke, das diese Phase, wenn man ein Baby hatte, irgendwie automatisch mit sich zu bringen schien. So waren wir sonst überhaupt nicht. Darüber hinaus hatte ich die Mehrarbeit, die es machte, statt einem zwei Kinder zu haben, gewaltig unterschätzt, während ich außerdem praktisch unter Hausarrest stand und verzweifelt versuchte, Theo so etwas wie einen Tagsüber-Schlafrhythmus beizubringen. Das Leben kam mir ein wenig so vor, als würde ich an einem Milgram-Experiment teilnehmen. Wer würde zuerst kapitulieren, ich oder Matthew? Womöglich würden wir uns am Ende gegenseitig an die Gurgel gehen. Ich nahm mein Handy zur Hand, das Einzige, was mich noch mit der Außenwelt verband, und googelte gedankenverloren »Studien über die Auswirkungen kleiner Kinder auf glückliche Ehen«. An erster Stelle bei den Ergebnissen kam »Sind Scheidungen schlecht für Kinder?«, gefolgt von »Die rechtlichen Folgen einer Scheidung«. Das machte es irgendwie auch nicht besser. Ich legte mein Telefon wieder beiseite, während sich der Wasserkocher mit einem Klicken abschaltete und im Radio »It Must Have Been Love« von Roxette gespielt wurde.

Oh, Gott, nein! Ich stöhnte und eilte zu dem Apparat hinüber, um etwas Fröhlicheres einzustellen, aber es war zu spät. Als wäre ich nicht schon niedergeschlagen genug, versetzte mich der Song mit Macht zurück in die Vergangenheit. Damals war ich achtzehn und machte bei strahlendem Sonnenschein zusammen mit meinem langjährigen Freund von zu Hause, Joe, die Landstraßen unsicher. Jener Sommer war voll von sorglosem Lachen gewesen; von Herumfahren mit weit offenen Fenstern ... von Fisch und

Chips am Strand, während über dem Meer die Sonne unterging. Doch das war eine Ewigkeit her. Da war ich noch grün hinter den Ohren.

»Auch das geht vorbei.« Ich schloss die Augen. »Auch das geht vorbei …«

Als sie von der Vorschule nach Hause kam, sah die arme, kleine Chloe genauso mitgenommen aus wie ich. Sie hockte sich schweigend aufs Sofa, um sich auf dem iPad *Sarah & Duck* anzusehen, während ich das Abendessen zubereitete.

»Mit wem hast du heute gespielt?«, fragte ich sie über Theos Gebrabbel hinweg, der in seiner Babywippe saß, und wuselte in der Küche umher, um Nudeln zu kochen.

»Mit Amy«, sagte Chloe, ohne ihren Blick vom Bildschirm abzuwenden. »Und mit Harry. Ben hat Harry mit einem Stück Eisenbahnschiene auf den Kopf gehauen.«

»Absichtlich?« Ich versuchte, mich darauf zu konzentrieren, zusammen mit dem Käse nicht auch meine Finger zu raspeln.

»Nein. Er hat nicht hingeguckt, als er es gemacht hat. Harry hat geheult. Und ich war traurig, weil Harry doch mein bester Freund ist. In der Baugruppe hat er versucht, mich zu umarmen.«

»Okay.« Ich strich den geriebenen Käse zusammen und gab ihn in eine kleine Schüssel. »Na ja, wenn so was ist, musst du einfach nur sagen: ›Danke, aber ich möchte im Moment nicht umarmt werden.‹«

»Aber ich fand's schön«, sagte sie und schaute überrascht auf. »Könnte ich den Käse bitte nicht *auf* meinen Spaghetti kriegen?«

»Bin schon dabei«, versprach ich lächelnd, während ich mir im Geiste eine Notiz machte, Matthew später von den Umarmungen mit Harry zu erzählen.

»Möchtest du, dass Harry rüberkommt, um mir dir zu spielen, was meinst du?«, fragte ich Chloe, als ich beide Kinder nach dem Abendessen badete. Theo wand sich wie wild im Wasser, während ich ihn fest unter einem Arm hielt und mit meiner freien Hand versuchte, die verkrusteten Süßkartoffeln abzuwaschen, die zwischen seinen Fingern klebten. Chloe goss etwas Wasser aus einer rosaroten Plastikteekanne in die Wanne und sagte mit Bestimmtheit: »Nur, wenn er nicht wieder Fangen spielen will. Ich mag's nicht, wenn er und Ben mich und Amy fangen wollen. Sie ziehen uns dabei immer an den Kapuzen.«

»Wer macht das?« Matthew tauchte im Türrahmen auf, beugte sich vor und reichte mir das Badetuch, das ich bereits vorsorglich auf dem Boden ausgebreitet hatte, während ich den tropfnassen Theo aus der Wanne hob.

»Könntest du das Handtuch bitte wieder hinlegen?«, sagte ich, zwang mich zu einem Lächeln und versuchte, nicht verärgert zu klingen. Theo, der nackt und kalt mitten in der Luft hing, begann entrüstet zu brüllen, was Chloe kurz aufschauen ließ. »Ich glaube, er hat Hunger, Mummy«, stellte sie richtigerweise fest und wandte sich dann wieder ihrer Teekanne zu.

Matthew warf das Badetuch achtlos wieder auf den Boden. »Macht es dir was aus, wenn ich heute Abend ins Fitnessstudio gehe?«

Ich legte Theo hin und wickelte ihn in das Tuch, so gut ich konnte.

»Natürlich lese ich Chloe vorher eine Geschichte vor.«

»Ich will aber, dass Mummy mir vorliest«, wandte Chloe rasch ein.

»Mummy hat dafür heute keine Zeit«, sagte Matthew abweisend. »Sie muss Theo füttern. Also, *wer* hat dich an der Kapuze gezogen?«

»Harry. Aber das gehörte zum Spiel. Ich möchte jetzt aus der Wanne.« Sie stand auf. »Ich will nicht heiraten, Mummy. Ich will hier bei euch leben, bei dir, Daddy und Theo.«

Ich schaute besorgt zu ihr auf. Dasselbe hatte sie zwei Tage zuvor schon einmal gesagt. Offensichtlich rächten sich jetzt die ganzen Disney-Filme, die sie sich seit Theos Geburt quasi rund um die Uhr ansah. »Du brauchst nicht zu heiraten, Liebes. Nicht, wenn du das nicht möchtest.«

»Aber vielleicht willst du ja mal eine eigene Wohnung haben«, warf Matthew ein.

Chloe und ich starrten ihn an. Chloes Unterlippe begann zu zittern, und ich sagte ungläubig: »Also, wirklich, Matthew! Sie ist *vier!* Was Daddy damit meint, ist ...« Ich griff nach ihrem Badetuch und wandte mich ihr wieder zu. »... *natürlich* kannst du bei uns wohnen. So lange du willst.«

Sie kletterte aus der Wanne, und als ich das Badetuch um sie schlang, kuschelte sie sich an mich. »Kannst du mir bitte vorlesen, Mummy?«

»Aber klar!« Ich strahlte, während Theo sich wie wild die Augen rieb und dann ein schrilles, verärgertes, hungriges Heulen anstimmte. Matthew machte eine hilflose Geste. »Ich sagte doch, ich mach das! Sie wird's überleben!«

»Nein!« Chloes Augen begannen sich mit müden Tränen zu füllen.

»Geh du einfach zum Sport«, sagte ich hastig, bemüht, die Situation zu entschärfen. »Ich regle das schon.«

»Du musst mich unterstützen, wenn ich etwas sage, Sally«, erwiderte Matthew gereizt. »Ich sagte, ich lese vor. Da ist es wenig hilfreich, wenn du dich einmischst, mir in den Rücken fällst und ...«

»Könnten wir das vielleicht später diskutieren?«, sagte ich mit einem fröhlichen, warnenden Lächeln. Chloe schaute unsicher zwischen uns hin und her, und Matthew schüttelte den Kopf.

»Dann bis später.« Er drehte sich um und ging, ohne den Kindern einen Gutenachtkuss zu geben.

»Also! Wo sind eure Pyjamas?« Ich lächelte heiter und versuchte, die beiden so schnell wie möglich bettfertig zu machen. »In Ordnung, Theo. Ich hab die Botschaft verstanden. Bettizeit!«

Nachdem ich ihnen schließlich eine Geschichte vorgelesen, Chloe etwas vorgesungen, Theo gefüttert und ihn so lange in den Armen gehalten hatte, bis ich ihn in die Wiege legen konnte, ohne dass er davon aufwachte, um mich anschließend in die relative Sicherheit des Flurs hinauszuschleichen, war es acht Uhr abends. Ich kam schier um vor Hunger. Ich ging runter in die

Küche und öffnete den Kühlschrank. Am Ende entschied ich mich trotzdem bloß für Müsli. Sollte Matthew nachher, wenn er heimkam, die Fischstäbchen, die Pommes und die Zucchini essen, wenn er wollte. Tatsächlich konnte ich mir im Hinblick auf seinen lächerlichen »Vielleicht willst du ja mal eine eigene Wohnung haben«-Kommentar von vorhin noch mehrere andere Dinge vorstellen, die er mit der Zucchini machen konnte.

Mit einem Mal zu erschöpft, um auch nur die Milch rauszunehmen, schloss ich den Kühlschrank wieder und ließ mich auf einen der Küchenstühle sinken, um mich einen Moment lang auszuruhen. Ich stützte den Kopf in die Hände. Alles, was ich hörte, war die Schlafhilfe, die wir gekauft hatten; über das Babyfon konnte ich das träge Rauschen des Geräts in Theos Zimmer vernehmen, doch gnädigerweise war Theo selbst still. Seine Schlafzyklen wurden trotzdem immer kürzer – vermutlich blieb mir allenfalls eine halbe Stunde, bis er wieder aufwachte. Allmählich grenzte das Ganze an Folter. Ich liebte Theo, das tat ich wirklich. Doch ganz gleich, wie wundervoll er war, ich brauchte dringend eine Pause. Ich hatte ihn vierundzwanzig Stunden am Tag am Hals. Langsam fing ich an durchzudrehen.

Ich atmete tief durch und hob gerade rechtzeitig den Kopf, um eine riesengroße Spinne ohne Hast an mir vorbeimarschieren zu sehen, ungefähr drei Zentimeter von meinem Fuß entfernt.

»Ach du Scheiße!«, keuchte ich und sprang auf, während ich mich gehetzt nach etwas umsah, womit ich das Vieh einfangen konnte. Zum Glück stand ein leeres Glas auf dem Tisch, das Matthew nicht weggeräumt hatte. Als wüsste die Spinne genau, was ich vorhatte, zog sie ihre Beine ein wenig ein und verharrte reglos auf dem Linoleum. Ich war mir zwar nicht sicher, ob das Glas groß genug war, aber ich hatte nichts anderes zur Hand. Du liebe Güte – dieses Ding war *gewaltig*. Ich atmete zweimal kurz aus, um mir selbst Mut zu machen, und sagte leise »*Iiiii*«, als ich mich der Spinne näherte und langsam meinen Arm ausstreckte – doch sobald sich das Glas senkte, krabbelte das Mistvieh davon, auf das Spielzeug in der Kinderecke zu. Sofort stellte ich mir vor, wie das Biest aus einer Kiste mit Legosteinen auftauchte, während Chloe damit spielte. Ich stellte das Glas hin, umrundete den Tisch und schnappte mir stattdessen Chloes Steckenpferd Penelope, das auf dem Teppich lag. Die Spinne versuchte erneut zu fliehen, und mit einer Schnelligkeit, von der ich nicht ahnte, dass ich dafür überhaupt noch die Energie besaß, schwang ich das Kopfende herum, packte den Stiel des Pferdes und schlug wie wild auf die Spinne ein. Wenig hilfreich, wieherte Penelope laut und gab dann ein Trabgeräusch von sich, doch ich war so entschlossen, die Sache zu Ende zu bringen, dass ich einfach immer weiter zuschlug. Erst nach einigen Sekunden des Schlagens, Wieherns und Trabens hielt ich schließlich – ein wenig außer Atem – inne und hob das Pferd in die Höhe, um die bedauernswerte und jetzt ziemlich tote Spinne auf dem Boden zermatscht zu sehen. Also verwendete ich Penelope nun kurzerhand als Kehrbesen, fegte den zerschmetterten Spinnenkadaver zur Vordertür und raus auf die Schwelle, bevor ich die Tür wieder schloss und kraftlos auf den Teppich sank.

Wie zur Hölle hatte ich das alles hingekriegt, ohne Theo zu wecken? Ich atmete erleichtert auf, ehe mir mit einem Blick auf das Steckenpferd klar wurde, wie albern ich gerade aussehen musste. Ich lächelte, und dann lachte ich laut auf. Was war ich nur für ein Schwachkopf! Dann jedoch schossen mit gleichzeitig Tränen in die Augen, und ich erkannte, dass ich weinte. Benommen bemühte ich mich, mich wieder unter Kontrolle zu bekommen, und griff in die Tasche, um ein Taschentuch und mein Handy hervorzuholen.

Hey. Wie steht's? Ich begann, Liv eine Nachricht zu schreiben. Drehe hier langsam am Rad ... Hab grade mit einem Spielzeugpferd eine Riesenspinne im Haus erledigt. Würde anrufen, aber dann wacht Theo auf. Dieses Baby macht mich fertig. Morgen quatschen? xxx

Wie aufs Stichwort hörte ich, wie Theo zu wimmern begann. Seufzend drückte ich auf »Senden« und ging dann nach oben.

Matthew war wieder da und verspeiste auf dem Sofa vor dem Fernseher gerade eine frisch zubereitete Portion Pasta, als ich um zehn nach neun mit dem Babyfon in der Hand ins Wohnzimmer trottete.

»Oh, danke, dass du mir was zu Essen gemacht hast«, sagte ich mit einem dankbaren Nicken in Richtung seiner Schüssel, als ich mich ihm gegenüber aufs Sofa fallen ließ. »Ist meine Portion in der Küche?«

Er verzog das Gesicht. »Ähm, tut mir leid, nein. Ich dachte, du wärst schon ins Bett gegangen. Ich hab dir nichts übrig gelassen.«

»Oh.« Unerklärlicherweise spürte ich, wie mir von neuem Tränen in die Augen stiegen. »Okay. Kein Problem.«

Er sah mich verwirrt an. »Weinst du etwa?«

»Ich bin bloß sehr müde und hungrig«, flüsterte ich.

Er atmete tief aus und stellte die Schüssel neben sich auf den Teppich. »Das war keine böse Absicht, Sally. Ich dachte wirklich, du schläfst schon. Woher sollte ich denn wissen, dass du noch nichts gegessen hast? Ich mach dir *sofort* auch was.« Er stand auf.

»Spar dir die Mühe.« Ich schüttelte den Kopf. »Bis die Nudeln fertig sind, ist es halb neun, und dann ist Theo ohnehin wieder wach.«

Er machte eine hilflose Geste. »Und was willst du, das ich jetzt tue?«

»Nichts. Ich möchte nicht, dass du irgendwas tust.« Einen Moment lang starrte ich mit glasigem Blick auf den Fernseher, während ich die Energie aufzubringen versuchte, in die Küche zu gehen und mir das Müsli zu holen, das ich eigentlich ohnehin essen wollte. Davon ging die Welt nicht unter. »Iss einfach deine Pasta.«

Er setzte sich wieder hin. »Ich hab's kapiert, okay? Alles, was ich mache, ist falsch. Ich bin für dich und Chloe ein steter Quell der Enttäuschung.«

Ich schaute träge zu ihm rüber. Was brabbelte er da gerade von einem Quell der Enttäuschung? »Sind bloß Spaghetti. Iss einfach dein Essen.«

»Nein, jetzt mag ich nicht mehr. Du kannst es haben.« Er schob mir die Schüssel zu.

»Sei nicht albern«, sagte ich. »Iss deine Nudeln.«

»Aber du meintest doch gerade, dass du Hunger hast! Offensichtlich hättest du sie ja gern, sonst würdest du schließlich nicht immer wieder sagen: ›Iss einfach deine Pasta.‹ Also nimm sie. Na, los.«

»Oh, mein Gott! Ich *will* sie aber nicht!«, explodierte ich.

»Und warum machst du dann so ein Theater darum, dass ich dir nichts aufgehoben habe? Wolltest du damit bloß deutlich machen, dass ich mal wieder nicht an *dich* gedacht habe?« Er lehnte sich auf dem Sofa zurück und hielt sich die Hände an den Kopf, als er flüchtig zur Decke aufschaute. »Jesus Maria – ich kann das alles nicht mehr ertragen!«

»Was *genau* kannst du nicht mehr ertragen?«, sagte ich mit gefährlich schneidender Stimme, bereit, den altbekannten »Ich weiß, dass du momentan viel Stress bei der Arbeit hast, aber es ist nicht fair, das an mir und den Kindern auszulassen«-Sermon anzustimmen.

»Na, das hier!«, sagte er und wies um sich herum, vermutlich, um zu verdeutlichen, dass er damit *alles* meinte. »Früher hab ich Dinge unternommen. Hab mich mit Leuten getroffen. Wir sind mit Freunden ausgegangen. Wir haben Zeit zusammen verbracht. Ich fühle mich wie ein Einsiedler und hab das Gefühl, mein Leben rauscht einfach nur so an mir vorbei. Bald werde ich zu alt zum Radfahren sein, zum Klettern und zum ...«

»Wann bist du denn *jemals* geklettert?«, sagte ich ungläubig.

»Der Punkt ist, dass das hier angeblich die besten Jahre meines Lebens sein sollen.«

»Mir war gar nicht bewusst, dass die Kinder und ich dich von so vielen Dingen abhalten. Wir haben gerade ein zweites Baby bekommen, Matthew. Ich meine, mal ernsthaft, was dachtest du denn, wie es werden würde? Erinnerst du dich nicht mehr daran, wie es war, als Chloe noch klein war?«

»Sei gefälligst nicht so herablassend!«, knurrte er. »Ich glaube nicht, dass du verstehst, wie das alles für mich ist; dieser gewaltige Druck, für alles geradezustehen – jetzt, wo wir bloß noch ein

Einkommen haben –, obwohl das Haus dringend auf Vordermann gebracht werden müsste, und ...«

»Okay, du willst damit sagen, dass du *buchstäblich* dabei bist durchzudrehen«, sagte ich energisch und setzte mich ein bisschen aufrechter hin. »Das Geld für das Haus haben wir nach dem Verkauf der Wohnung auf der Bank liegen, wo es nur darauf wartet, dass wir endlich die Kurve kriegen und uns um alles Nötige kümmern. Montag in einer Woche kommt der Bauunternehmer vorbei. Tut mir leid, dass ich nicht eher dazu gekommen bin, aber ich muss mich um ein ziemlich umtriebiges Baby kümmern, das *niemals* schläft, und außerdem auch noch um eine Vierjährige. Ja, wir beziehen momentan bloß ein Gehalt, aber wir wussten doch, worauf wir uns da einlassen. Genau darum haben wir das Geld beiseitegelegt – um das auszugleichen. Schon vergessen?«

Er blickte zu Boden und sagte leise: »Nein, natürlich nicht.«

»Hör zu, ich weiß, dass deine Arbeit momentan ziemlich nervenaufreibend ist.« Ich versuchte, uns wieder in die Spur zu bringen. »Aber trotz allem dürfen wir nicht all das *Gute* in unserem Leben aus den Augen verlieren. Wir haben ein Haus, das einfach toll sein wird, sobald es fertig ist. Ja, im Augenblick ist das hier der reinste Siebzigerjahre-Albtraum, und bis in die Stadt ist es ein ganzes Stück weiter, als uns lieb wäre, aber es wird trotzdem super. Du hast zwei großartige Kinder. Theo *wird* irgendwann richtig schlafen, glaub mir. Wir müssen einfach bloß noch ein bisschen durchhalten und ...«

»Spar dir die aufmunternden Worte, Sally«, unterbrach er mich rüde. »Ich weiß das alles. Ich versuche nur, zu ...«

»Tja, wenn du das alles wirklich weißt, dann hör auf zu jammern, reiß dich zusammen und benimm dich wie ein *Mann*.« Ich verlor die Geduld – ich war schlichtweg zu erschöpft, um Matthew, der mit Druck noch nie gut umgehen konnte, noch länger mit Samthandschuhen anzufassen, wie ich es früher während unserer Ehe so oft getan hatte.

»Ich soll mich wie ein Mann benehmen?«, wiederholte er langsam. »Magst du mich eigentlich überhaupt noch, Sally?«

»Oh, bitte, erspar mir das ...« Ich sackte müde nach hinten.
»Ich. Habe. Dafür. Jetzt. Keine. Kraft.«

»Sag es mir«, beharrte er. »Ich meine, wir haben keinen Sex, wir umarmen uns nicht, wir ...«

»*Oh mein Gott!*« Ich vergrub frustriert den Kopf in den Händen. »Wir haben ein sechs Monate altes Baby, verflucht noch mal! Natürlich haben wir keinen Sex! Aber wenn dein Leben wirklich *so* scheiße ist, Matthew, und du *dermaßen* unglücklich bist, warum haust du dann nicht einfach ab? Pack deine Sachen und verschwinde.«

»Vielleicht sollte ich das tatsächlich tun!«, blaffte Matthew zurück. »Vielleicht könnte ich mit einer anderen ja sogar *glücklich* werden!«

Ich keuchte vernehmlich – und dann schien die Welt mitten in der Bewegung zu erstarren. Wir sahen einander an und waren uns beide darüber im Klaren, dass gerade eine Grenze überschritten worden war. Unwillkürlich, wie aus dem Nichts, musste ich plötzlich an die arme Spinne denken, die so verzweifelt versucht hatte, sich irgendwo in Sicherheit zu bringen.

»Das hätte ich nicht sagen sollen«, wandte er hastig ein. »Natürlich will ich bei dir und den Kindern sein.«

Ich entgegnete nichts darauf. Ich war einfach nicht dazu imstande. Es war eine Sache, nach einem Streit im Internet nach Wohnungen zu suchen, die ich mir allein mit den Kindern leisten konnte – das hatte ich schon einige Male gemacht, und in letzter Zeit noch viel öfter, wenn Matthew in besonders pampiger Stimmung war und ich mir einredete, dass ich ihn im Grunde nur noch hasste, aber ich wusste, dass das ganz normal war. Das hier hingegen war eine vollkommen andere Liga.

»Vielleicht könntest du mit einer anderen ja sogar glücklich werden?«, wiederholte ich fassungslos. »Diskutieren wir allen Ernstes darüber, uns zu trennen – wegen einer Schüssel *Spaghetti?*«

»Nein.« Er rieb müde seine Schläfen. »Natürlich trennen wir uns nicht.«

Aus dem Lautsprecher des Babyfons drang das vertraute Geräusch von Theo, der zu weinen begann, und ausnahmsweise einmal war ich dankbar für sein Geplärre. »Ich sollte besser nach ihm sehen«, sagte ich, sprang rasch auf und floh.

Als Theo schließlich versorgt war und ich sein Zimmer verließ, um mein Nachthemd anzuziehen und das bisschen Make-up zu entfernen, das ich noch trug, waren sämtliche Lichter im Haus aus. Wie üblich hatte sich Matthew im Gästezimmer schlafen gelegt. Er hasste es, dass ich das Babyfon auf dem Nachttisch neben unserem Bett liegen hatte, und beharrte darauf, dass das Gerät ihn die ganze Nacht wach halten würde, ohne auf meine Beteuerungen einzugehen, dass das bloß vorübergehend sei, während Theo und ich uns daran gewöhnten, in unterschiedlichen Zimmern zu schlafen.

Ich schaute nach Chloe, deckte sie wieder vollständig mit ihrem Federbett zu und strich ihr sanft die heißen, verschwitzten kleinen Locken aus dem Gesicht. Sie roch wie ein Hamster. Ich schlich ins Schlafzimmer und legte mich so leise wie möglich ins Bett. Ich hatte keine Ahnung, wie es sein konnte, dass die Dinge so sehr eskaliert waren – wegen einer Nichtigkeit. Allerdings stand außer Frage, dass Matthew und ich uns unbeabsichtigt auf wirklich gefährliches Terrain manövriert hatten.

Ich griff nach meinem Handy und schrieb: Was ich heute Abend gesagt habe, tut mir leid. Dann wartete ich.

Mir auch

Das war alles? Und meinte er damit, dass es ihm ebenfalls leidtat, oder bloß, dass auch ihm leidtat, was *ich* gesagt hatte?

Ich schlug die Decke beiseite und setzte mich auf. Vielleicht sollte ich einfach ins Gästezimmer gehen, damit wir uns persönlich beieinander entschuldigen und die Sache angemessen aus der Welt schaffen konnten. Ich streckte ein Bein aus dem Bett – und zögerte. Das Problem war, dass er dann vermutlich Sex haben wollen würde. Nein, er würde *mit Sicherheit* Sex haben wollen – und dazu war ich einfach zu kaputt. Für ihn mochte das vielleicht in Ordnung sein, schließlich konnte er sich danach einfach hinlegen und schlafen. Ich hingegen würde die ganze Nacht wach sein, um mich um Theo zu kümmern. Und obwohl ich mir dabei irgendwie schäbig vorkam, zog ich mein Bein wieder zurück, kuschelte mich unter meine Decke und schaltete das Licht aus.

Weniger als eine Minute später hörte ich, wie sich die Gästezimmertür mit einem leisen Quietschen öffnete. Die Dielen auf dem Treppenabsatz ächzten, dann wurde die Schlafzimmertür behutsam aufgeschoben.

»Sally?«, raunte er. »Schläfst du?«

Ich kniff die Augen fest zusammen und tat so, als täte ich das.

Er stieß ein kleines, resigniertes Seufzen aus – ehe er flüsterte: »Okay. Ich liebe dich *wirklich*. Das schwöre ich dir. Gute Nacht.« Dann verzog er sich wieder ins Gästezimmer. Ich zögerte einen Moment und kam mir wie eine richtige Zicke vor, weil ich ihm nicht nachging, doch im Haus war endlich selige Stille einkehrt. Ich konnte der Versuchung nicht widerstehen – und schlief auf der Stelle ein.

Kapitel 3

»Du hättest mich holen sollen«, sagte Matthew, während er Zucker in seinen Kaffee rührte. Ich beugte mich gerade vor und versuchte, einen Löffel Milchreis in Theo hineinzubekommen, der in seiner Babywippe auf und ab hüpfte und damit meine morgendlichen Herausforderungen noch um den Nervenkitzel eines beweglichen Ziels ergänzte.

»Das hätte auch nichts genützt. Ab drei Uhr früh hat er praktisch keine Ruhe mehr gegeben, wenn ich ihn nicht im Arm hielt. Eigentlich kann ich mir nicht mal erklären, wie ich es überhaupt schaffe, die Augen offen zu halten«, gestand ich und sah zu Chloe hinüber, die leise »Let It Go« vor sich hinsang und mit einem Paar winziger Kunststoff-Feenflügel herumspielte. »Kein Spielzeug am Tisch, Schätzchen. Könntest du bitte deinen Haferbrei oder etwas von deiner Banane essen? Sonst kriegst du in der Schule richtig dollen Hunger.« Ich wandte mich meiner eigenen Schüssel zu und nahm einen Löffel voll, ehe Theo wieder an der Reihe war. »Denkst du, du schaffst es, mir dieses Wochenende ein bisschen zur Hand zu gehen, Matthew?«

»Klar.« Er stand auf, um seine Schüssel in den Geschirrspüler zu stellen. »Iss auf, Chloe. Wir müssen in fünf Minuten los.«

Chloe schaute auf. »Bringst du mich zur Vorschule, Mummy?«

Ich blickte kurz auf das geblümte, violette Jersey-Nachthemd, das meine Mutter mir geschenkt hatte, als ich ins Krankenhaus gegangen war, um Theo zur Welt zu bringen. Ich musste unbedingt aufhören, das Ding zu tragen, selbst wenn es das einzig Saubere war, das mein Kleiderschrank derzeit hergab. Ich malte mir aus, wie ich in dieser feschen Aufmachung vor dem Schultor vorfuhr, ungeschminkt, mein ungekämmtes Haar zu einem Pferdeschwanz zurückgebunden, und schenkte Chloe ein Lächeln. »Nein, Schatz, heute nicht. Zum Glück wurde Daddys Termin abgesagt, darum bringt er dich hin. Aber Theo und ich holen dich heute Nachmittag ab.«

»Ich bin fertig«, sagte sie. »Danke fürs Frühstück.«

»Dann geh und hol deine Zahnbürste. Braves Mädchen.« Ich sah zu, wie sie von ihrem Stuhl kletterte und aus der Küche hüpfte.

»Sie ist heute gut drauf«, bemerkte Matthew durch einen Mund voll Toastbrot.

Einen Moment lang herrschte Schweigen, nur unterbrochen von Theo, der zu brabbeln begann, während er an seinem Stofflätzchen saugte. Ich zögerte, da es mir widerstrebte, den Streit zur Sprache zu bringen und so den augenscheinlichen Frieden zu ruinieren, doch ich hatte vergangene Nacht viel Zeit zum Nachdenken gehabt, während ich Theo durch die Gegend trug, darum wusste ich, dass das, was ich zu sagen hatte, wichtig war. »Matthew, wegen gestern Abend ...« Ich wollte ihm sagen, dass ich Angst hatte, dass wir uns mittlerweile so sehr daran gewöhnt hatten, an unserer persönlichen Belastungsgrenze zu leben, dass die Gefahr bestand, dass dieser Zustand für uns allmählich zur Normalität wurde, und das war nicht gut.

»Ich will nicht darüber reden«, sagte er brüsk und sehr zu meiner Überraschung. Er nahm sein Handy, warf einen Blick darauf, stand auf und schob es in seine Gesäßtasche.

»Aber ...«

»Wir müssen jetzt wirklich los. Es ist schon zwanzig nach acht.« Er umrundete den Küchentisch. »Es gibt ohnehin nichts zu besprechen. Es ist alles okay. Wirklich.« Er ging in den Flur hinaus.

Ich half Chloe dabei, ihren verschwundenen Schulschuh zu suchen. Dann zog ich den Reißverschluss ihres Mantels zu und setzte ihr vorsichtig ihre Mütze auf, damit sie sich nicht in ihren Haarspangen verfing. Als ich schließlich die Haustür hinter ihnen zumachte, überkam mich ein Gefühl der Unruhe. Obwohl ich nicht eine Sekunde lang daran glaubte, dass Matthew ernsthaft in Betracht zog, mich für eine andere zu verlassen, konnte ich mich des Eindrucks nicht erwehren, dass sich irgendetwas zwischen uns fast unmerklich verändert hatte. Etwas stimmte nicht. Ich konnte es spüren.

Ich griff nach meinem Telefon.

»Hey«, ging Liv ein wenig atemlos an den Apparat. »Ich bin gerade dabei, Kate in der Vorschule abzusetzen. Was gibt's?«

»Oh, tut mir leid. Klar tust du das. Daran hab ich überhaupt nicht gedacht. Theo hat mich praktisch die ganze Nacht über wach gehalten, und außerdem hab ich mich mit Matthew gezofft. Darum bin ich heute Morgen ein bisschen neben der Spur.«

»Oh, das ist ja wirklich Pech. Tut mir leid, das zu hören. Und sorry, dass ich dir letzte Nacht nicht zurückgeschrieben habe. Ich war aus. Worum ging's denn bei eurem Streit?«

Ich zögerte. »Sag mal, du und Jake, ihr habt doch schon mal über Scheidung gesprochen, oder?«

»Na, klar!«, gab sie unumwunden zu. »*Jeder*, der verheiratet ist und Kinder hat, hat schon mal über Scheidung gesprochen. Wer was anderes behauptet, lügt.«

»Ja, das *ist* vollkommen normal, nicht wahr?«, sagte ich unsicher. »Ich meine, darüber zu sprechen, ohne es tatsächlich so zu meinen? Selbst, wenn es sich in diesem Moment so anfühlt, als sei es einem ernst damit?«

»Vollkommen normal, absolut. Was ist passiert?«

»Ach, bloß eine dieser Nichtigkeiten, die sich zu einem Riesenkrach hochschaukeln. Ich erzähl's dir später, wenn du wieder zu Hause bist. Wir hören uns!«

»Bis später!«

Ich legte das Handy zurück auf den Tisch, vorübergehend beruhigt, bloß um Sekunden später aufzustehen und zur Flurkommode zu gehen, um mir Papier und Kugelschreiber zu holen. Ich war immer noch der Meinung, dass dies alles für *uns* nicht normal war. Im Gegensatz zu Matthew und mir stritten sich Liv und Jake tatsächlich ständig – sehr zum Erstaunen (und zur Belustigung) der gesamten Gruppe hatten sie sogar eine wortreiche Auseinandersetzung in der allerersten Stunde des Geburtsvorbereitungskurses, bei dem wir uns damals kennengelernt hatten, als wir beide mit Mädchen schwanger waren. So war das bei ihnen nun mal, doch bei uns lief das absolut *nicht* so. Dieser Teufelskreis, in dem Matthew und ich offenkundig steckten, musste durchbrochen werden. Wenn er nicht darüber reden wollte, war das in Ordnung. Dann würde ich ihm stattdessen eben schreiben.

Matthew.
Ich will das nicht mehr länger.

Ich kritzelte hastig.

Mir ist egal, wie es aufhört, aber genug ist genug. Es tut mir wirklich aufrichtig leid. XXX

Da. Eine unmissverständliche Entschuldigung. Ich trug Theo nach oben und legte die Notiz sorgsam auf seinen Schreibtisch, sodass ich sicher sein konnte, dass er sie finden würde. Dann machte ich mich daran, mich anzuziehen.

Zwanzig Minuten später kam er wieder, schaute jedoch nicht in der Küche vorbei, um Hallo zu sagen. Ich machte einen Hühnchenauflauf und schob ihn zum Garen bei niedriger Temperatur in den Ofen, als Abendessen für die Kinder, während ich darauf wartete, dass er runterkam, um mich in die Arme zu nehmen; doch fast eine Stunde später hatte er sich noch immer nicht blicken lassen.

Ich versuchte, nicht gekränkt zu sein – es hatte keinen Sinn, ihm die eine Hand zu reichen, nur um ihn gleichzeitig mit der anderen wegzustoßen –, aber als ich aufstand, um Theo nach oben zu bringen, damit er ein Nickerchen machen konnte, und dann zu Matthew zu gehen, kam der Lebensmittellieferant. Ich trug die Tüten so leise wie möglich hinein – dummerweise, ohne die Einkäufe zu überprüfen, solange der Lieferant noch da war, sodass ich erst, als ich hastig auspackte, während Theos Gejammer in der Babywippe sich immer mehr in ausgewachsenes Müdigkeitsgeheul verwandelte, feststellte, dass sich in einer der Tüten noch drei weitere Schalen Blaubeeren befanden. Ich warf gerade verwirrt einen Blick auf die Bestellliste, als Matthew hereinkam und die Beeren auf dem Küchentisch sofort bemerkte.

»Wofür brauchen wir die denn alle?«, sagte er. »Wir haben doch schon zwei Schalen, oder?«

»Ich versteh das auch nicht.« Ich kratzte mich am Kopf. »Ich bin mir sicher, dass ich sie nicht bestellt habe, aber sie stehen hier auf der Liste.«

»Dann hast du es offenbar *doch* getan. Du bist momentan ziemlich fertig mit der Welt, Sal. Vielleicht sollte ich den Wocheneinkauf übernehmen. Wir können es uns wirklich nicht leisten, solche unnötigen Fehler zu machen.«

Ich sah erstaunt auf. »Wie bitte?«

Er hob abwehrend die Hände. »Jetzt sei bitte nicht sauer. Ich versuche bloß, zu helfen. Du leidest unter extremem Schlafmangel. Da ist es nur natürlich, dass ein paar Dinge danebengehen.«

»Warum bin eigentlich automatisch ich diejenige, die es vermasselt hat?«, sagte ich. »Schon mal daran gedacht, dass der Fehler vielleicht beim Laden liegen könnte?«

»Es ist einfach so, dass so was finanzielle Folgen hat, Sally. Das läppert sich zusammen.«

Finanzielle Folgen? Blaubeeren? War das sein Ernst?

»Ich versuche doch nur, unnötige Ausgaben zu vermeiden. Das ist alles«, erklärte er. »Was wir jeden Monat für Nahrungsmittel ausgeben, ist einfach grotesk. Ich bin sicher, dass sich die Kosten ein wenig reduzieren lassen, wenn du beim Bestellen ein bisschen sorgfältiger bist. Ich weiß, dass du viel Wert auf Frische und Bio legst, aber wenn man mal darüber nachdenkt, spricht eigentlich nichts dagegen, so was wie Baked Beans von irgendeiner Billigmarke zu kaufen.«

Schlagartig lösten sich all meine guten Absichten in Wohlgefallen auf. Ich starrte ihn an, und ungeachtet all der ausgesprochen vernünftigen Dinge, die mir in diesem Moment durch den Kopf gingen, wie etwa »Okay, dann kannst du mir ja vielleicht auch verraten, woher ich die Zeit nehmen soll, um in zwei verschiedene Supermärkte zu gehen, obwohl ich es kaum schaffe, morgens länger als zehn Sekunden zu duschen?«, war das Einzige, das mir über die Lippen kam: »Oh, halt doch einfach die Klappe!«

Er hob die Augenbrauen, bevor er leise sagte: »Ja, das ist vielleicht das Beste – jedenfalls, bis du wieder imstande bist, dich wie eine Erwachsene zu unterhalten. Bis dahin gehe ich nach oben und mach mich wieder an die Arbeit.«

»Nein – warte noch eine Sekunde, Matthew«, sagte ich. »Begreifst du eigentlich, wie ich mich fühle, wenn du so tust, als sei ich sogar unfähig, die Einkäufe zu erledigen? Keine Ahnung, ob du dich noch daran erinnerst, aber ich hatte früher einen Job, bei dem ich erfolgreich ein Team von Leuten gemanagt und unzählige Werbekampagnen für mehrere Großunternehmen koordiniert habe.«

»Ich kenne dein LinkedIn-Profil, besten Dank auch«, hielt Matthew dagegen. »Du brauchst mir das alles nicht noch extra unter die Nase zu reiben. Aber *das* ist es, worum es hier in Wirklichkeit geht, oder? Dass du deinen Job vermisst? Willst du früher als ursprünglich geplant wieder arbeiten gehen?«

»Nein!«, sagte ich verzweifelt. »Ich versuche dir bloß klarzumachen, dass ich finde, dass ich hier eigentlich alles ganz gut im Griff habe.«

»Hab ich je was *anderes* behauptet? Ich wollte einfach nur mit dir darüber reden, wie wir vielleicht ein bisschen Geld sparen könnten, woraufhin du meintest, ich solle gefälligst die Klappe halten. Deshalb tue ich das jetzt auch besser. Falls du mich suchst, ich bin oben und versuche zu arbeiten.«

Ich konnte mich gerade noch davon abhalten, ihm nicht die verfluchten Blaubeeren hinterherzuwerfen, als er den Raum verließ, und brach stattdessen in frustrierte, erschöpfte Tränen aus. Ich sank schluchzend zu Boden, während Theo, der abrupt verstummt war, mich nachdenklich anschaute, und sofort überkamen mich Schuldgefühle. Er sollte solche Szenen weder mit ansehen noch mit anhören müssen. »Es ist alles in Ordnung«, sagte ich laut und lächelte gequält. Ich wusste nicht recht, wen ich damit eigentlich zu beruhigen versuchte, ihn oder mich selbst. Ich ließ für einen Moment den Kopf hängen, ehe ich aufstand und mir mit zittrigen Fingern ein Glas Wasser von der Spüle holte, das ich rasch und mit großen Schlucken hinunterstürzte, bevor ich die Hand ausstreckte, mir die ungewollten Plastikschalen schnappte und sie in den Mülleimer schleuderte. Ich war *nicht* diejenige gewesen, die noch mehr Beeren bestellt hatte; viel wahrscheinlicher war, dass es sich dabei um irgendeinen technischen Übermittlungsfehler bei der Online-Bestellung handelte.

Jedenfalls war ich mir dessen ziemlich sicher.

Nachdem ich Theo eine Stunde lang in seinem Zimmer in den Schlaf gewiegt hatte, schlich ich mich auf Zehenspitzen nach unten und sackte dankbar am Küchentisch zusammen. Das war zwar keine große Sache, aber neben allem anderen hatte ich mir ein Mandelcroissant bestellt. Der Höhepunkt eines ansonsten ausgesprochen bescheidenen Morgens. Ich griff nach der Gebäcktüte, holte das Croissant heraus, hob es an die Lippen und ... hörte meinen Sohn durch das Babyfon husten, ehe er zu jammern anfing.

»Das *kann* doch nur ein Scherz sein«, sagte ich laut, aufrichtig fassungslos. Ich warf einen Blick auf die Uhr. Zehn Minuten. Er hatte gerade mal *zehn Minuten* geschlafen. Ich atmete tief durch, legte das Croissant beiseite – und ging wieder nach oben.

Hey. Tut mir leid, dass ich deinen Anruf verpasst habe, schrieb ich Liv und warf im Rückspiegel einen Blick auf Theo, der ruhig und friedlich schlummerte. Sitze im Auto in der Einfahrt, mit laufendem Motor, und habe eben mit Theo eine Runde über die A26 gedreht, damit er endlich einschläft. Was man nicht alles tut, hm? Wenn ich jetzt telefoniere, wecke ich ihn wieder.

Du Arme, kam sogleich ihre Antwort. Wollte bloß wissen, ob bei dir alles ok ist und du vielleicht über diesen Streit reden willst?

Ich dachte kurz darüber nach, ehe ich entgegnete: Ich bin ok.

Bist du sicher?

Ich zögerte einen Moment, ehe ich gestand: Matthew hat zu mir gemeint, er könne sich vorstellen, »mit einer anderen glücklich zu werden«. Ehrlicherweise hab ich ihm vorher allerdings gesagt, wenn er so unzufrieden ist, soll er doch gehen ... Seufz ... Ansonsten hat mir Chloe heute Morgen, als ich sie anzog, gesagt, meine Möpse würden »ziemlich tief« hängen.

Ihr seid im Moment beide extrem angespannt, textete Liv zurück. Da kann es schnell passieren, dass man Dinge sagt, die man gar nicht so meint, vermutlich hat er das bloß zu dir gesagt, weil das SEINE größte Angst ist. Denn das hat sein Dad doch mit seiner Mum und ihm gemacht, oder? Ist einfach abgehauen. Wg. deiner Möpse:!!! Was hast du darauf erwidert?

Hmm. So hatte ich das mit Matthew noch überhaupt nicht gesehen. Er sprach so selten über seinen Vater, dass es mir manchmal schwerfiel, mich daran zu erinnern, dass er auch nur existierte. Im Grunde hätte er ebenso gut tot sein können, statt in Sydney zu leben. Matthew hatte ihn seit unserer Hochzeit vor fünf Jahren nicht mehr gesehen, und ich war mir nicht sicher, ob sie seit Theos Geburt noch mal telefoniert hatten.

Wg. Matthew: Könnte stimmen. Und Chloe hat recht. Momentan könnte ich mir Socken über die Dinger ziehen. Früher bin ich mal ausgegangen, hab nette Sachen unternommen, schicke Kleider getragen ... Ich musterte den undefinierbaren Fleck vorne auf dem alten Gap-Pullover, den ich über einem Paar schwarzer Leggings trug. Himmel noch mal. Vor den Kindern hätte ich ein solches Ensemble nicht mal zu Hause angezogen, und in der Öffentlichkeit schon gar nicht. Ich seufzte. Was ist nur mit mir passiert?

Kann dir nicht irgendwer heute zur Hand gehen? Deine Mum? Matthews Mum? Könnte dein Bruder nach der Arbeit vorbeikommen?

Matthews Mum ist bei irgendeinem Psychiatriekongress in

Barcelona. Und jetzt, wo wir umgezogen sind, wohnen meine Eltern dreieinhalb Stunden entfernt. Zu weit für einen Tagesausflug. Abgesehen davon arbeiten die beiden sowieso. Könnte meinen Bruder fragen, aber der würde bloß seine verfluchte Freundin mitbringen, und mir den ganzen Abend Zickenkommentare anhören zu müssen, kann ich gerade echt nicht ertragen. Ich hasse mein Leben.

Nein, tust du nicht. Das geht alles vorbei. Sorry, dass ich nicht rüberkommen und dir helfen kann, aber ich hab heute Nachmittag einen Termin und danach muss ich Kate vom Ganztag abholen. Würde dann wohl ein bisschen zu spät werden. WE ist auch schon verplant. Jakes Schwester hat morgen Geburtstag, und heute Abend gehe ich mit den Mädels von der Arbeit essen. Tut mir leid. Halt einfach durch.

Die Glückliche. Ich ließ das Handy in meinen Schoß fallen. Ich wollte Freitagabend auch ausgehen und Spaß haben. Doch andererseits ... Ich warf im Rückspiegel einen Blick auf Theo, der sich in seinen Kindersitz schmiegte und noch immer friedlich schlief, und sofort bereute ich meinen Egoismus. Liv hätte getötet, um Theo zu haben. Sie und Jake versuchten schon seit einer Ewigkeit, ein zweites Kind zu bekommen, doch es wollte einfach nicht klappen. Wieder sah ich Theo an. Er war so wunderschön. Ich rutschte unbehaglich hin und her, als ich mich daran erinnerte, wie ich damals für meinen Notkaiserschnitt hastig in den OP geschoben wurde. Alles hätte auch völlig anders kommen können. Ich musste mich zusammenreißen. Liv hatte recht. Die Dinge würden wieder besser werden. Ich schaute an der Fassade des Hauses empor. Ja, es war schon ein wenig in die Jahre gekommen und würde einiges an Renovierungsarbeit erfordern, doch wir hatten das unglaubliche Glück, dass der Verkauf unserer Wohnung uns genügend Geld eingebracht hatte, dass wir das in Angriff nehmen konnten. Es würde Spaß machen, alles in Ordnung zu bringen. Und vielleicht schaffte ich es ja sogar, alles so zu organisieren, dass ich mich allein um die Bade- und Bettgehzeit der Kinder kümmern konnte, sodass Matthew ins Fitnessstudio gehen und ein bisschen Stress abbauen konnte – offensichtlich hatte er das bitter nötig. Womöglich gab es ja noch andere Probleme bei der Arbeit, von denen er mir nichts erzählte; steckte das vielleicht auch hinter seinem plötzlichen Spardrang? Ich schaute von neuem nach hinten zu Theo und erschrak ein wenig, als ich feststellte, dass er nicht mehr schlief, sondern mich stattdessen mit fragendem Blick musterte. Ich lächelte reumütig. »Dann komm.« Ich löste meinen Sicherheitsgurt. »Schauen wir mal nach Daddy, was meinst du?«

Nachdem ich zum Mittagessen ein Gläschen von etwas in Theo hineinzubekommen versucht hatte, das auf dem Etikett optimistisch als »Marokkanisches Hühnchen« bezeichnet wurde, legte ich ihn auf seine Spielmatte, während ich mir zu meinem Croissant einen frischen Tee aufsetzte. Doch Theo hatte andere Vorstellungen und erbrach sich überallhin. Liv rief an, als ich gerade dabei war, den Teppich zu schrubben.

»Hi.« Sie klang ein wenig außer Atem; offensichtlich ging sie gerade zügig irgendwohin. »Ich bin's noch mal. Ich hab gleich mein Meeting, aber ich wollte schnell durchklingeln und mich wegen diesem ganzen ›Keine Zeit, keine Zeit‹-Geplapper von vorhin entschuldigen, wo ich doch weiß, dass du zu Hause festsitzt. Ich wollte nicht noch Salz in die Wunde streuen. Außerdem hab ich ganz vergessen zu fragen, ob zwischen Matthew und dir jetzt wieder alles klar ist.«

»Ich denke, schon. Schön, dass du dich noch mal meldest. Das ist wirklich lieb von dir. Um ehrlich zu sein, wische ich grade Kotze vom Boden ... mit meinen Möpsen«, sagte ich todernst. »Die hängen wirklich so weit runter.«

Sie schnaubte. »Ja, diese persönliche Anmerkung war echt nett von Chloe.«

»Oh Gott.« Ich schnappte mir die Küchenpapierrolle. »Ich muss aufhören – Theo hat sich schon wieder übergeben. Tut mir leid.«

»Kein Problem. Durchhalten! Nicht mehr lange, dann wird alles viel, viel einfacher. Ich versprech's dir.«

»Mummy!« Chloe warf sich in ihrem Klassenzimmer in meine Arme und drückte mich ungestüm, bevor sie mich ebenso schnell wieder freigab. »Wie hat Theo heute geschlafen?«

Ich sah mein süßes kleines Mädchen verblüfft an. War das wirklich alles, worüber sie mich reden hörte? Ich lachte heiter und hoffte, dass keine der anderen Mütter oder ihre Lehrerin uns zuhörten. »Sehr gut, danke, Liebling«, log ich. »Hattest du einen schönen Tag?«

»Ja. Ich habe ein ›p‹ und ein ›n‹ geschrieben.«

»Super! Könntest du bitte deine Brotdose holen? Und deine Mütze und deinen Mantel?«

»Wer ist zu Hause?«, fragte sie.

»Niemand. Bloß Dad.« Ich lächelte. »Komm schon, Liebes. Hol bitte deine Mütze und deinen Mantel, und beeil dich ein bisschen. Ich hab kein Kleingeld dabei und möchte keinen Strafzettel bekommen.«

»Du hast doch gesagt, es ist keiner da!«, sagte Chloe aufgeregt, als wir wieder daheim ankamen und ein Taxi mit laufendem Motor in der Einfahrt stehen sahen.

»Das war auch so«, erwiderte ich verwirrt, während ich die gelbe Plastikhülle mit dem Strafzettel ganz unten in meiner Handtasche vergrub, wo Matthew ihn nicht zufällig entdecken würde. Ich verfolgte, wie die rechte hintere Beifahrertür geöffnet wurde und ein schlankes, elegantes Bein in hauchzarten Strümpfen und Zehn-Zentimeter-Lacklederpumps daraus auftauchte.

»Das ist Granny!«, rief Chloe begeistert und fummelte an ihrem Sicherheitsgurt herum, als – tatsächlich – meine Schwiegermutter aus dem Taxi stieg: die Kavallerie, gekleidet in Diane von Fürstenberg. Bei ihrem Anblick wurde mir tatsächlich einen Moment lang leichter ums Herz, um gleich darauf beim Gedanken an den Saustall, der hinter der Vordertür wartete, nacktem Entsetzen Platz zu machen. Oh, wie peinlich! Warum zur Hölle hatte Matthew mir nicht erzählt, dass sie uns besuchen kommen würde? Sollte sie nicht eigentlich gerade in Spanien auf irgendeinem Kongress sein? Chloe kletterte aus dem Wagen, so schnell sie nur konnte, stürmte die Einfahrt hinauf und warf sich ihrer Großmutter in die Arme, die erfreut lachte, als sie sie hochhob. »Hallo, Chloe! Na, du bist aber groß geworden, seit ich dich das letzte Mal gesehen habe. Du wächst ja wie Unkraut!« Chloe strich bewundernd über Carolines aschblondes Haar, ehe sie sich noch fester an sie drückte, während Caroline ihre Handtasche packte, um zu verhindern, dass sie ihr von der Schulter rutschte. »Wie viel Mal schläfst du bei uns, Granny?«

»Na ja, heute und vielleicht morgen? Wir werden sehen«, entgegnete Caroline, schaute auf und strahlte mich über Chloes Kopf hinweg an. »Chloe, Schätzchen, hüpf bitte mal einen Moment lang runter, damit ich deine Mummy begrüßen kann. Sally!« Sie hielt mich einen Augenblick eine Armlänge vor sich und musterte mich mitfühlend. »Was hat mein garstiger Enkelsohn dir nur *angetan*? Komm her.« Sie zog mich in eine innige Umarmung. »Matthew hat mich angerufen und meinte, du würdest schier auf dem Zahnfleisch gehen.« Sie gab mich wieder frei. »Und ich sagte, es wäre überhaupt kein Problem für mich, direkt vom Flughafen hierherzukommen und erst ein bisschen später nach Hause zu fahren, sodass ich dir ein oder zwei Tage zur Hand gehen kann, wenn dir das irgendeine Hilfe ist? Ich kann aber auch gern bloß auf eine Tasse Tee bleiben, euch allen ein nettes Abendessen kochen und mich dann später wieder aus dem Staub machen, wenn dir das lieber ist? Was immer dir besser passt.«

»Es ist wirklich schön, dich zu sehen«, sagte ich wahrheitsgemäß. »Es ist mir einfach bloß peinlich, welche Unordnung gerade bei uns herrscht. Hätte ich gewusst, dass du kommst, hätte ich schnell noch ein bisschen aufgeräumt.«

»Oh, um Himmels willen, sei nicht albern! Als würde das irgendeine Rolle spielen.« Sie wandte sich dem Taxifahrer zu, der mittlerweile den Kofferraum geöffnet hatte, und nahm von ihm eine große rote Reisetasche entgegen, deren Riemen sie sich ebenfalls über die Schulter legte, während sie mit der anderen Hand den Griff ihres Rollkoffers packte. Sie schenkte mir ein strahlendes Lächeln. »Wie wär's, wenn wir reingehen und uns überlegen, wie es jetzt weitergeht?«

Als wir alle kurz darauf am Küchentisch saßen, fühlte ich mich sofort besser. Carolines Energie war – wie immer – ansteckend, und ihre Aura der Selbstsicherheit hatte eine ausgesprochen beruhigende Wirkung auf mich. Da sie sich in ihrer eigenen Haut vollkommen wohlfühlte, bereitete es ihr keinerlei Probleme, anderen gegenüber großzügig zu sein, womit sie die Menschen unwillkürlich für sich einnahm. Überdies verlieh ihr ihre elegante Größe – ein bisschen über dem Durchschnitt – eine Aura gelassener Belastbarkeit. Ich war davon überzeugt, dass sie es sogar zur Ministerin gebracht hätte, wenn sie auch nur das geringste Interesse daran gehabt hätte, eine politische Laufbahn anzustreben. Stattdessen hatte sie sich für Kinderpsychiatrie entschieden, Fachgebiet: Essstörungen. Obwohl offiziell eigentlich mittlerweile im Ruhestand, war sie nach wie vor an mehreren Projekten und Forschungsprogrammen beteiligt und saß in mehreren Gremien. Ihr einziger Schwachpunkt war Matthew, der in ihren Augen im wahrsten Sinne des Wortes nichts falsch machen konnte, was zuweilen unerträglich frustrierend war, doch da Matthews Vater sie verlassen hatte, als Matthew gerade einmal vier Jahre alt gewesen war, und sie nie wieder geheiratet hatte, war er mehr oder minder alles, was sie hatte – abgesehen von Chloe und Theo, die sie gleichermaßen anbetete, und ihrer betagten, gebrechlichen Mutter, die in einem Seniorenheim in der Nähe ihres Hauses lebte, ungefähr fünfundzwanzig Meilen von uns entfernt.

Einmal hatte ich Matthew gefragt, wie es möglich war, dass eine so attraktive Frau wie seine Mutter so lange Single geblieben war. Mir jedenfalls war nicht bekannt, dass sie in all der Zeit, die ich nun schon mit Matthew zusammen war, jemals mit irgendjemandem liiert gewesen wäre. »Ich schätze, das ist *wirklich* irgendwie traurig«, entgegnete Matthew seinerzeit. »In gewisser Weise war das Ganze dadurch, dass da niemand anderes war, wohl sogar noch schlimmer für sie. Dad wollte *uns* einfach nicht, sie *und* mich, und als er uns verlassen hat, wäre sie daran beinahe zerbrochen, so sehr liebte sie ihn. Ich hab sie bloß ein einziges Mal über ihn reden hören, mit einer ihrer Freundinnen – sie wusste nicht, dass ich zufällig zuhöre. Sie meinte, sie würde nicht zulassen, dass sie jemals wieder so verletzlich wäre.« Er zuckte mit den Schultern. »Und daran hat sie sich gehalten.«

»Hast du mir was mitgebracht, Granny?«, fragte Chloe nonchalant und kletterte auf Carolines Schoß.

»Chloe!«, ermahnte ich sie, während ich Theo auf meinem Knie jonglierte. »Es ist unhöflich, so was zu fragen. Das weißt du.«

»Ach, schon in Ordnung.« Caroline lachte. »Um ehrlich zu sein, hab ich *tatsächlich* was für euch dabei. Schau mal da drüben, ob du es findest. Nein, nicht da drin.« Sie sprang auf, als Chloe auf die rote Reisetasche zusteuerte. »Sally, wenn ich darf, stelle ich die in den Schrank unter der Treppe, bis Matthew sie für mich nach oben bringt. Nur eine Sekunde, Süße.« Sie verschwand und kehrte gleich darauf wieder zurück. »Gucken wir doch mal in meine Handtasche; vielleicht findest sich darin ja eine Kleinigkeit, was meinst du?«

Wie sich zeigte, handelte es sich bei dieser »Kleinigkeit« um zwei ausgesprochen hübsche Baumwollkleider, leicht und perfekt für heiße Tage. »Ich gehe mittlerweile lieber für die Kinder shoppen als für mich selbst«, gestand Caroline. »Sind diese Kleider nicht einfach hinreißend?« Außerdem hatte sie eine sehr süße Sonnenmütze und einen Neoprenanzug für Theo gekauft. »Ich dachte, das könnte sich in eurem Sommerurlaub als nützlich erweisen, später im Jahr. Oh, du bist einfach zum Anbeißen!«, gurrte sie, an Theo gewandt, der – gleichermaßen in sie vernarrt wie sie in ihn – in seiner Babywippe saß und auf einer Karotte herumkaute.

Ich schwelgte derweil in der seligen Erinnerung daran, wie unsere Urlaube vor den Kindern gewesen waren: am Strand auf einer Liege lümmeln und Bücher lesen; Cocktails und sich nach einem harten Tag voller Schlaf und Sonnenbaden fürs Abendessen zurechtmachen. Matthew und ich waren früher viel zusammen verreist. Mit einem Mal fiel mir ein, wie wir in einer Villa in Ibiza betrunken ziemlich hemmungslosen Sex auf einem großen Marmortisch gehabt hatten. Ich errötete und schaute nach unten – auf den Küchentisch, von dem ich heutzutage fast täglich Spaghettisauce abschrubbte. Wir hätten öfter ausgehen sollen, als wir noch die Chance dazu hatten. Ich seufzte wehmütig.

»Ich dachte, wir könnten uns nachher darüber unterhalten, mal alle zusammen irgendwo hinzufahren«, schlug Caroline vor. »Vielleicht in eine hübsche, kinderfreundliche Ferienanlage, wo du und Matthew euch mal wieder so richtig entspannen könnt. Natürlich übernehme ich die Kosten und passe auf die Kinder auf. Ich finde, es kann nicht schaden, wenn du etwas hast, worauf du dich freuen kannst. Womöglich ja auch so was wie das hier?«

Sie reichte mir ihr Handy – ich starrte gierig auf das Bild eines beschaulichen Wellness-Behandlungsraums mit Meerblick.

»Warte, ich hab da dieses kurze Video gefunden. Oh, hier!« Sie griff herüber und tippte auf das Display. Ich schaute zu, wie eine Frau im Bikini in einen Swimmingpool sprang, ehe eine Bilderbuchfamilie an einem atemberaubenden Sandstrand in die sanften Wellen lief, gefolgt von der Aufnahme eines surfenden Mannes, allesamt untermalt von lebensbejahender, fröhlicher Akustikgitarren-Musik. Als Nächstes kam eine andere Frau, die zusammen mit ihrer kleinen Tochter im flachen Wasser stand und sich eine Muschel ansah; beide trugen dieselben weißen Lochstickereikleider, die sich in der Meeresbrise bauschten. Mit ihrem leicht verwuschelten, samtigen Haar und der bloßen, sonnengebräunten Haut war die Frau einfach atemberaubend schön.

»Ich dachte an nächsten Monat, oder vielleicht an Anfang Juni, wenn es zwar schon schön warm, aber nicht zu heiß für Theo ist?«, sagte Caroline.

Nächsten Monat? Ich konnte nicht anders: Sofort sah ich mich an einem Strand, ein wabbeliges, leichenblasses Etwas, das sich in einen scheinbar zwei Nummern zu kleinen schwarzen Badeanzug quetschte ... Entscheidender jedoch: Ich sah mich, wie ich mit dem heulenden Theo auf dem Arm die ganze Nacht lang in einem fremden Hotelzimmer auf und ab tigerte. Und, oh Gott, erst das Kofferpacken ...

»Vielleicht«, sagte ich mit einem vagen Lächeln. »Aber das Angebot ist in jedem Fall ausgesprochen großzügig. Danke.«

Caroline griff langsam nach ihrem Telefon. »Na ja, vielleicht lohnt es sich ja zumindest, darüber nachzudenken. Wir müssen ja nicht jetzt sofort eine Entscheidung treffen.«

»Was für eine Entscheidung?« Matthew tauchte im Türrahmen auf. »Hi, Mum.« Er kam herüber und gab ihr einen Kuss.

»Ach, ich hatte bloß die Idee, euch zu einem kleinen Urlaub einzuladen.« Caroline machte eine wegwerfende Geste. »Hallo, Liebling!«

»Tatsächlich?« Matthew sah sie erwartungsvoll an. »Das wäre großartig! Hey, Chloe, dann könnten wir zusammen Schwimmen üben, was meinst du? Wie war's heute übrigens in der Schule?«

»Gut«, sagte Chloe knapp; sie war gerade damit beschäftigt, am Küchentisch ein Bild zu malen. »Wann sollen wir Schwimmen üben?«

»Na, im Urlaub. Granny will mit uns verreisen. Das wär doch toll, oder?«

»Matthew ...« Ich versuchte, seine Aufmerksamkeit auf mich zu lenken, und schüttelte möglichst unmerklich den Kopf, ehe ich mit einem Nicken auf Chloe wies, damit er ihr keine falschen Hoffnungen machte. »Momentan ist es ein bisschen schwierig, so was zu planen«, erklärte ich Caroline. »Könnten wir vielleicht noch mal darüber reden, wenn sich das mit Theos Schlaf geklärt hat? Ich weiß, das klingt ein bisschen armselig, aber momentan kann ich kaum an irgendwas anderes denken.«

»Also willst du nicht in Urlaub fahren?«, sagte Matthew ungläubig. »Kostenlos?«

»Matthew!«, zischte ich verärgert. »Können wir das später besprechen?«

»Absolut. Wie schon gesagt, wir müssen hier jetzt überhaupt nichts entscheiden«, sagte Caroline. »Es gibt keinen Grund zur Eile. Oder, Matthew?«

»Was immer du willst, Sal«, meinte Matthew, merklich angefressen. »Was immer du willst.« Er ließ sich auf den Stuhl neben Caroline sinken. »Wie war's in Barcelona, Mum? Du siehst gut aus.«

Sie streckte die Hand aus und tätschelte sein Knie. »Besten Dank, Liebling. Es war ganz wunderbar. Ich hatte ein hübsches Hotel, was immer hilfreich ist, und jede Menge Freizeit. Gestern Abend nach dem Essen hab ich einen wunderbaren Spaziergang über einen der Plätze der Stadt gemacht und stieß dabei zufällig auf diesen Mann, der einen sagenhaften, altmodischen Flamenco getanzt hat.«

Matthew seufzte. »Hört sich toll an. Das fehlt mir wirklich.«

»Was, Flamenco?«, neckte ich ihn, klatschte mit Theos Händen und lächelte, während er sie wegzuziehen und sabbernd daran zu saugen versuchte. »Ich hatte ja gar keine Ahnung, dass du auf so was stehst.«

»Quatsch. Ich meine, mir fehlt das Reisen. Warum hackst du eigentlich ständig auf mir rum? Im Gegensatz zur landläufigen Meinung habe ich tatsächlich *auch* Gefühle.«

Ich schaute überrascht auf. Chloe malte weiter mit ihren Buntstiften, und Caroline nippte an ihrem Tee, ihre Hand noch immer auf Matthews Bein. Matthew und ich schauten uns einen kurzen Moment lang in die Augen, ehe ich als Erste den Blick abwandte, verlegen und verletzt. War denn nicht klar, dass ich bloß einen Scherz gemacht hatte?

»Offensichtlich ist es ausgesprochen schwierig, den Flamenco wahrhaft zu meistern«, merkte Caroline an, als wäre nichts geschehen, während sie erneut nach ihrem Handy griff. »Einmal habe ich mir einen Auftritt von Joaquín Cortés im Roundhouse angesehen. Hier, ich zeig's euch auf YouTube. Chloe, komm her und schau dir an, wie dieser Mann tanzen kann!«

Matthew stand auf und seufzte. »Ich sollte jetzt lieber noch ein bisschen arbeiten. Ich sehe zu, dass ich rechtzeitig fertig bin, damit ich dir beim Baden der Kinder helfen kann«, warf er mir über die Schulter zu, als er die Tür erreichte, vermutlich, um ein paar Pluspunkte bei seiner Mutter zu sammeln. Bei ihm klang es, als würde ich andernfalls nicht zurechtkommen und als spiele er an sämtlichen Fronten den Feuerwehrmann, um im Alleingang dafür zu sorgen, dass hier alles so lief, wie es sollte. »Bis nachher.«

»Also, was gibt's zum Abendessen?«, fragte Caroline fröhlich eine oder zwei Sekunden, nachdem er den Raum verlassen hatte. »Kann ich dir bei irgendwas helfen?«

»Ähm, nein ... ich glaube nicht. Tut mir wirklich leid, Caroline. Ich meine, was gerade passiert ist. Ich wollte wirklich nicht undankbar klingen. Oder dich mit unserer Streiterei in Verlegenheit bringen. Matthew steht bei der Arbeit momentan unter ziemlichem Druck, und die Dinge zwischen uns beiden sind gerade ein bisschen ... knifflig.«

»Du brauchst dich bei mir nicht wegen Matthew zu entschuldigen«, sagte sie, ohne zu zögern. »Ich verstehe das alles vollkommen.«

»Danke. Denkst du, du könntest einen Moment auf die Kinder aufpassen? Ich bin gleich wieder da.« Ich stand abrupt auf, ging in den Flur hinaus und eilte dann die Treppe hinauf, hinter Matthew her. Er saß bereits wieder vor seinem Computer.

»Okay, zunächst mal, ich hacke nicht auf dir rum, und zweitens, könntest du es bitte lassen, vor Chloe und deiner Mutter so mit mir zu reden?«, sagte ich von der Türschwelle aus. »Gibt es vielleicht noch irgendwelche anderen Schwierigkeiten, abgesehen davon, dass dieser Vertrag nicht beikommt? Du scheinst ziemlich genervt zu sein.«

»*Ich?* Also, *mir* geht's bestens. Ich frage mich allerdings, warum du keinen Urlaub machen möchtest.« Er sah von seinem Bildschirm auf und bedachte mich mit einem durchdringenden Blick. »Ich dachte, du könntest es kaum erwarten, hier mal rauszukommen.«

Ich seufzte. »So leicht ist das nicht, Matthew.«

»Doch, ist es. Wir fahren einfach los. Ich weiß, dass Theo momentan ein bisschen schwierig ist, aber ...« Er zuckte mit den Schultern. »Wir dürfen nicht aufhören, *unser* Leben zu leben, Sal. Ich würde wirklich gern mit euch allen irgendwohin verreisen.« Er zögerte einen Moment, ehe er ergänzte: »Manchmal hab ich das Gefühl, als stünden meine Bedürfnisse ganz unten auf der Liste. Und das ist auch okay so. Das verstehe ich. Ich möchte einfach nur ›uns‹ wiederhaben.«

»Glaub mir, ich versuche auch nicht absichtlich, die Dinge zu verkomplizieren, Matthew. Ich bemühe mich bloß, pragmatisch zu sein, solange Theo noch so klein ist. Wir dürfen einfach nicht vergessen ...«

Ich wollte gerade hinzufügen, dass es nicht immer so sein würde wie jetzt, doch da begann sein Telefon zu klingeln. Er ging ran und sagte herzlich: »Hallo, Matthew am Apparat, wie kann ich Ihnen helfen? Oh, hi, Dave – nein. Immer noch nichts. Ich weiß. Bis zur sprichwörtlichen letzten Sekunde. Klasse.« Er wandte sich von mir ab und dem Fenster zu. Ich betrachtete seinen Rücken; die Umrisse seiner breiten Schultern zeichneten sich ungeachtet des bequemen Shirts, das er trug, unter dem Stoff ab, und wieder musste ich an uns beide denken, nackt in diesem Hotel auf Ibiza. Manchmal fiel es mir schwer zu glauben, dass wir jemals diese Menschen gewesen waren.

Ich drehte mich um und schloss beim Hinausgehen leise die Tür hinter mir.

Kapitel 4

»Bist du sicher, dass ich dir nicht doch irgendwie beim Abendessen für die Kinder helfen kann?«, fragte Caroline, als ich in die Küche zurückkam.

»Danke, aber ich hab heute Morgen schon einen Hühnchenauflauf gemacht, es ist also bereits alles erledigt.«

»Beeindruckend!« Sie hob ihren Becher und prostete mir bewundernd zu. »Perfekt organisiert!«

Ich versuchte zu lächeln, was mir jedoch nicht so recht gelang.

Sie musterte mich einen Moment lang, und ich fragte mich, ob sie mich jetzt doch rundheraus mit allem konfrontieren würde, was ihr auf der Seele lag, doch dann schien sie es sich anders zu überlegen, wechselte das Thema, schaute aus dem Fenster und meinte: »Oh, du liebe Güte, nun sieh dir das bloß an! Es regnet schon wieder! Ein typischer Aprilschauer. Wir brauchen dringend ein bisschen Sonne. Ich muss zugeben, dass es diesbezüglich in Barcelona wirklich sehr schön war.«

»Darauf wette ich«, sagte ich erleichtert. »Erst neulich hab ich zu einer meiner Freundinnen gesagt, dass ich ernsthaft darüber nachdenke, nach Kalifornien überzusiedeln.«

»Oh, nicht schon wieder!« Caroline lachte. »Ihr seid doch gerade erst hergezogen, um Gottes willen!«

»Wie, bitte?« Ich sah meine Schwiegermutter verwirrt an.

»Na, du hattest doch dieses Jobangebot aus Amerika, oder nicht?« Sie nahm noch einen Schluck von ihrem Tee. »Da waren du und Matthew noch nicht allzu lange zusammen. Bestimmt erinnerst du dich noch daran?«

»Wow! Du hast wirklich ein gutes Gedächtnis. Das ist Jahre her! Damals ging es allerdings um New York, nicht um Kalifornien.« Ich nahm ihr gegenüber Platz. »Weißt du, das hab ich tatsächlich schon fast vergessen! Und dabei wäre seinerzeit fast was daraus geworden – die Firma hatte schon alles arrangiert. Eine Wohnung, die Flüge, alles ... Wir beide hatten bereits unsere damaligen Arbeitgeber informiert ... Ich frage mich, ob wir wohl jetzt immer noch dort wären, wenn die Sache sich nicht in letzter Minute wieder zerschlagen hätte. Dann hätten wir den Amerikanischen Traum gelebt. Stell dir das nur mal vor!«

»Zweifellos ein faszinierender Gedanke.«

»Matthew war einfach großartig, was diese Sache anging«, wurde mir mit einem Mal klar. »Wir waren praktisch gerade erst zusammengekommen, und trotzdem war er bereit, mitzukommen und alles hier hinter sich zu lassen – für mich.« Ich schüttelte ungläubig den Kopf. »Schon komisch, sich auszumalen, Chloe hätte so einen leichten amerikanischen Akzent ... Und Theo hieße dann jetzt, ich weiß nicht recht, vielleicht Jayden oder Ethan oder so. Wie auch immer ...« Ich hielt inne und trank noch einen Schluck Tee. »So ist das eben. Seltsam, wie sich die Dinge manchmal entwickeln, oder? Jedenfalls kommt so was für uns gegenwärtig absolut nicht infrage.«

»Ich bin froh, das zu hören.«

»Ich kann Chloe nicht einfach einer völlig neuen Umgebung aussetzen, und Mum und Dad würden es genauso hassen wie du, so weit von ihren Enkeln weg zu sein.«

»Wie *geht* es deinen Eltern eigentlich? Haben sie immer noch so viel zu tun mit dem Laden?«

Ich nickte bedauernd. »Ich fürchte, ja. Und ich glaube auch nicht, dass sie sich irgendwann in absehbarer Zeit zur Ruhe setzen werden. Insbesondere um Dad mache ich mir Sorgen, schließlich hatte er inzwischen zwei Herz-Bypass-Operationen, aber ...« Ich zuckte mit den Schultern. »Mum sorgt dafür, dass er auf sich achtet, so gut es eben geht.«

»Und was ist mit deinem Bruder? Wie geht's Will?«

»Sehr gut, glaube ich, danke der Nachfrage. Ich hab ihn schon seit einer Ewigkeit nicht gesehen, was verrückt ist, wenn man bedenkt, dass er – wie du – gerade mal fünfundzwanzig Minuten entfernt wohnt, aber er ist wohl ziemlich eingespannt bei der Arbeit.«

»Ich nehme an, er hat immer noch dieselbe Freundin? Diese berühmte?«

»Kelly? Ja. Gerade ist ihre Rolle bei *EastEnders* ausgelaufen.«

»Ich fürchte, so was schaue ich nicht«, sagte sie ein bisschen verlegen.

»Ich auch nicht«, versicherte ich nachdrücklich.

»Oh, meine Liebe, dann bist du also immer noch nicht sonderlich begeistert von ihr?«, fragte Caroline mitfühlend.

»Tja, ich schätze, so kann man's auch ausdrücken. Ich wünschte, es wäre nicht so, und dass ich – dass *wir* – irgendwie darüber wegkommen könnten, aber ...« Ich seufzte. »Hab ich dir eigentlich je erzählt, was am Tag unserer ersten Begegnung passiert ist?«

Caroline schüttelte den Kopf. »Ich glaube nicht, nein.«

»Wirklich nicht? Na ja, Will bat mich, ihn zu Hause zu besuchen, zum Abendessen, um diese neue Frau kennenzulernen, mit der er sich traf. Ich war damals ungefähr im vierten Monat schwanger mit Theo, und als ich vor dem Haus hielt, stand da dieses Mädchen mitten auf dem Gehsteig und versperrte mir komplett den Weg; sie telefonierte mit ihrem Handy und hatte mir den Rücken zugewandt. Ich wollte nicht auf die Straße ausweichen, aber ich war schon ziemlich dick – und außerdem war es bereits mein zweites –, darum wollte ich mich an ihr vorbeischieben, aber im letzten Moment setzte sie sich dann in Bewegung, und ich rempelte sie an. Ich hab mich sofort entschuldigt, doch sie würdigte mich kaum eines Blickes und meinte zu mir über die Schulter, als ich an ihr vorbeiging ...« Hier drehte ich mich kurz um, um sicherzugehen, dass Chloe uns nicht hören konnte, ehe ich mit leiserer Stimme sagte: »... ›Du verfluchte, blöde Kuh‹, bevor sie einfach weitertelefonierte.«

Caroline hob eine Augenbraue.

»Ich ging nach oben – und hatte kaum meinen Mantel abgelegt, als es an der Tür klingelte und seine neue Flamme Kelly eintrudelte, die – wie du sicher schon vermutet hast – sich als das Mädchen entpuppte, das mich unten angepöbelt hatte.«

Caroline zog eine Grimasse.

»Ja, so ging's mir auch«, sagte ich. »Ich wartete also darauf, dass sie verlegen dreinschauen und sich bei mir für ihr Verhalten entschuldigen würde, doch stattdessen schenkt sie mir dieses breite, falsche Lächeln und ruft: ›Oh! Du bist ja so wunderschön! Nun sieh sich nur einer diesen süßen, kleinen Kugelbauch an!‹ Diese Jekyll-und-Hyde-Nummer hat mich vollkommen aus dem Konzept gebracht. Mein erster Gedanke war, dass ihr vielleicht gar nicht klar war, dass ich die Frau war, die sie gerade beschimpft hatte – immerhin hatte ich meinen Mantel ausgezogen, sodass man meinen Bauch nicht mehr ignorieren konnte –, oder sie wusste *ganz genau*, wer ich bin, und war schlichtweg zu schamlos, um das vor Will zuzugeben. Was dann sogar funktioniert hat, weil ich so verblüfft war, dass ich kein Wort gesagt habe.«

»Hmm«, machte Caroline. »So oder so klingt das, als hättest du da einen Blick auf die wahre Natur dieses Mädchens erhascht. Viele Menschen verraten in den scheinbar unwichtigsten Momenten mehr über sich, als sie selbst vielleicht glauben.«

»Exakt!«, stimmte ich ihr zu. »Jedenfalls hat sie einen denkbar schlechten ersten Eindruck hinterlassen und auf beängstigende Weise ihre Fähigkeit demonstriert, ihren Charme einzusetzen, wann immer es ihr nötig erscheint ...« Ich schüttelte den Kopf. »Ich würde nicht so weit gehen, zu behaupten, dass ich sie wegen dem, was zwischen uns passiert ist, vom ersten Moment an nicht mochte ...« Ich hielt inne. »Weißt du, was? Um ehrlich zu sein, mochte ich sie *tatsächlich* vom ersten Moment an nicht. Allerdings beruhte das auf Gegenseitigkeit, da sie nach unserer ersten Begegnung ziemlich deutlich gemacht hat, dass sie und ich niemals beste Freundinnen werden würden. Wir saßen da alle gerade bei uns im Wohnzimmer; sie und Will waren damals seit ungefähr zwei Monaten zusammen. Will und Matthew gingen in die Küche, und um Konversation zu machen, fragte ich sie, wie es bei ihr beruflich so läuft – und sie sagte bloß: ›Hör zu, Sally, es ist offensichtlich, dass wir einander nicht mögen. Also belassen wir's einfach dabei, in Ordnung? Ich hab nichts mit dir zu bereden.‹«

»Autsch!«, sagte Caroline. »Ja, das lässt sich nur schwerlich missverstehen, oder?«

»Nein, wohl kaum. Und seitdem hat sich die Lage auch nicht verbessert. Das Wichtigste dabei ist aber, dass wir ihr gegenüber auch weiterhin höflich sind – Will zuliebe.«

»Denkst du, das mit den beiden wird eine längerfristige Angelegenheit?«

Ich rutschte unruhig auf meinem Stuhl umher. »Ich hoffe, nicht. Sie sind – vollkommen verschieden. Sie wohnen zwar bereits zusammen – was meiner Meinung nach viel zu schnell gegangen ist –, aber letztlich kennen sie sich erst seit elf Monaten, und sie ist noch jung; na ja, jedenfalls sechs Jahre jünger als er, also ...« Ich zuckte unbehaglich mit den Schultern. »... gibt's da noch eine gute Chance, dass die Sache letztlich im Sande verläuft.«

»Das Problem ist, dass die Leute keine Ratschläge annehmen wollen, finde ich. Und auch, wenn es schwierig ist, muss man sie manchmal auf die harte Tour rausfinden lassen, was gut für sie ist und was nicht.«

»Wohl wahr«, pflichtete ich ihr bei. »Sie ...« Mein Telefon, das auf dem Tisch vor uns lag, brummte, und ich hielt inne, um zu sehen, von wem die Nachricht stammte. »Na, wenn das kein Zufall ist«, murmelte ich erstaunt. »Wenn man vom Teufel spricht – das ist Will, der wissen möchte, ob er heute nach der Arbeit vorbeikommen kann.«

»Bitte, wegen mir musst du ihm nicht absagen«, erklärte Caroline sogleich. »Ich kann mich gern ein paar Stunden unsichtbar machen, damit ihr euch in Ruhe unterhalten könnt.«

»Nein, nein. Das ist überhaupt nicht nötig.« Ich musterte stirnrunzelnd mein Telefon. »Wie seltsam. Freitagabends hat er sonst eigentlich nie Zeit.«

»Vielleicht hat er dir ja was Wichtiges zu erzählen?«, mutmaßte Caroline.

Ich erbleichte und schaute entsetzt zu ihr auf. »Oh mein Gott, du hast recht ...« Ich starrte wieder auf die Nachricht auf meinem Display. »Er wird ihr einen Heiratsantrag machen, oder?«

Einen Moment lang saßen wir schweigend da, ehe Caroline sich erhob, mir mitfühlend auf die Schulter klopfte und ihren Becher in die Spüle stellte. »Ich hätte das nicht sagen sollen. Tut mir leid. Aber falls es das ist, was ihn hertreibt, darf ich dir dann einen guten Rat geben? Lächle und sag ihm, dass du dich unendlich für ihn freust ... denn ganz egal, was du ihm auch über Kelly erzählst, er wird trotzdem tun, was er für richtig hält, das versichere ich dir. Mein Vater hat Peter gehasst – um der Wahrheit die Ehre zu geben, hat er ihn regelrecht *verabscheut* –, aber das hat mich nicht daran gehindert, ihn zu heiraten. Es gibt einige Dinge im Leben, aus denen man entweder das Beste macht – oder man lässt sich davon kaputtmachen. Wenigstens geht es hier um Will und nicht darum, dass Chloe oder Theo jemanden heiraten wollen, den du nicht ausstehen kannst. Es könnte also wesentlich schlimmer sein.«

Ich erschauderte. »Da hast du wohl recht. Das könnte ich wirklich nicht ertragen. Ansonsten glaube ich, hast du recht. Will wird Kelly heiraten ...« Ich brach ab, als ich diese grässliche Erkenntnis zu verarbeiten versuchte. Kelly würde nicht einfach irgendwann wieder aus unserem Leben verschwinden, sondern Teil unserer Familie werden. Selbst, wenn ich sie nicht allzu oft sehen musste – jedes Jahr zu Weihnachten, an Geburtstagen, generell bei irgendwelchen Feierlichkeiten –, würde sie trotzdem da sein. Mit einem Mal fühlte ich mich ziemlich elend. Schließlich war es ja nicht bloß so, dass sie eine so unangenehme Person war und ich mir etwas viel Besseres für Will wünschte als sie; nein, Kelly war eine von diesen Frauen, denen es großes Vergnügen bereitete, die gegenwärtige glückliche Dynamik unseres Lebens zu verändern, indem sie einfach darüber hinwegtrampelte.

Bald würde sich alles ändern.

»Wann kommt Onkel Will noch mal zu Besuch?«

»Wenn du schon im Bett bist, Schätzchen.« Ich füllte Auflauf und Süßkartoffelbrei auf Chloes Teller, ehe ich zwei weitere

Kleckse Brei in den Behälter des Mixers gab und die Kartoffeln
für Theo pürierte, der in seinem Hochstuhl am Tisch saß und an
der nächsten Karotte herumnuckelte.

»Warum?«, sagte Chloe.

»Weil du schon schläfst, wenn Will mit der Arbeit fertig ist
und hier ankommt.« Ich gab das Püree in eins von Chloes alten
rosafarbenen Plastikschälchen, ehe ich mir ein paar gleichermaßen rosafarbene Plastiklöffel schnappte, auf denen Theo herum-
kauen konnte, ehe er das Interesse daran verlieren und sie quer
durch die Küche schmeißen würde.

»Ach, menno!« Chloe vergrub ihren Kopf in den Händen und
sackte theatralisch am Tisch zusammen, und als ich ihr Essen vor
sie hinstellte, schob sie es beiseite und brummte: »Mein Magen
will das nicht.«

»Tut mir leid, das zu hören, Liebling, aber könntest du deinem
Magen bitte ausrichten, dass ich fürchte, dass dies das Einzige ist,
was es heute Abend gibt?« Ich setzte mich und begann, Theo mit
dem Püree zu füttern. »Sag mal, was hat dir denn heute in der
Schule am besten gefallen?«

Chloe seufzte. »Mit Alice zu spielen.«

»Das klingt spaßig«, entgegnete ich, während ich mich zu konzentrieren versuchte, um nicht die ganze Zeit an Will und Kelly
zu denken. Hatte Caroline tatsächlich recht? Sollte ich es einfach
bei Glückwünschen belassen? Allerdings hatten Will und ich seit
jeher ein sehr ehrliches, aufrichtiges Verhältnis zueinander. Hatte
ich wirklich vor, mit meinen Zweifeln hinterm Berg zu halten
und rundheraus zu lügen, indem ich solchen Blödsinn sagte, wie
»Ich hoffe, ihr werdet zusammen sehr glücklich«?

»Muuuuummmm!« Chloe zupfte an meinem Ärmel. »Ich hab
gesagt, ich will, dass du mich fütterst.«

»Ähm, okay«, entgegnete ich gedankenverloren und legte
Theos Löffel hin, sodass ich Chloe eine Gabel voll Essen hinhalten konnte.

»Soll *ich* dir vielleicht mit deinem Abendessen helfen, Chloe?«,
bot Caroline an.

»Nein, danke«, sagte Chloe. »Ich will, dass Mummy das macht.«

»In Ordnung.« Caroline lächelte gelassen, ehe sie sich mir zuwandte und mitfühlend fragte: »Alles okay?«

Ich schenkte ihr ein kleines Lächeln. »Ja. Ich bin bloß ein bisschen ...«

»... bitte, noch mehr, Mummy.«

»Tut mir leid«, sagte ich und schob ihr noch eine Gabel voll in den Mund. »Okay, Theo, jetzt bist du dran ... Ich bin einfach gerade ein bisschen neben der Spur. Wie schon gesagt, die beiden sind erst seit elf Monaten zusammen. Ich schätze, irgendwo im Hinterkopf dachte ich ... Ganz weit aufmachen, Chloe, Liebes, ich kann dich nicht füttern, wenn du dich in die andere Richtung drehst ... dass sie einfach bloß ein Techtelmechtel haben, und das war's dann. Sie ist so ein Techtelmechtel-Mädchen, wenn du verstehst, was ich meine. Das Ganze ist so ziemlich mein schlimmster Albtraum. Nein, das stimmt nicht ganz. Mein *allerschlimmster* Albtraum wäre, wenn er sie schwängern würde ... Okay, Theo, hier kommt der Hubschrauber ... Obwohl ich vermute, dass das ohnehin eher früher als später passieren wird, wenn sie jetzt heiraten, und ...«

»Sally! STOPP!«, sagte Caroline eindringlich.

»Was ist?« Ich hielt abrupt inne, den Löffel in der Luft.

»Du bist gerade dabei, Theo was von Chloes Teller zu geben.«

Ich blickte entsetzt auf den Löffel hinab, auf dem sich ein großes Stück festes Hühnchen befand, und legte ihn hastig hin. »Oh, Gott! Daran hätte er ersticken können!«

»Ihm geht's bestens«, sagte Caroline. »Und womöglich kommt Will ja aus einem vollkommen anderen Grund vorbei. Du liebe Güte, ich fühle mich wirklich schrecklich. Ich hätte überhaupt nichts dazu sagen sollen. Womöglich geht es gar nicht um – tut mir leid, wie heißt sie noch gleich?«

»Kelly«, sagte ich grimmig. »Und ich bin sicher, es geht *allein* um sie.«

»Weißt du, was wir tun sollten?«, fragte Caroline eine halbe Stunde später, während Chloe im Bad fröhlich mit einem Waschlappen ihre Knie schrubbte und Theo auf einer Plastikente herumkaute. »Du und Matthew, ihr solltet unbedingt mal ein Wochenende wegfahren, nur ihr zwei. Du brauchst eine Pause. Ich kümmere mich solange um die Kinder.«

»Ja, das wäre wirklich schön«, sagte ich, wenn auch um einiges ausdrucksloser als beabsichtigt. Ich konnte einfach nicht anders. Je mehr sich der Tag in die Länge zog, desto bescheidener war er geworden, und beim Gedanken an die Neuigkeiten, die Will womöglich parat hielt, fühlte ich mich beinah resigniert.

»Oh, Sal!«, sagte Caroline mitfühlend. »Ich will dir so gerne helfen. Ich weiß, dass die Dinge für dich – und für Matthew – im Augenblick ein wenig ...« Sie wählte ihre Worte mit Bedacht. »... *schwierig* sind, und ich hasse es, mit ansehen zu müssen, dass ihr solche Schwierigkeiten habt.«

Ich nahm an, dass sie jetzt von dem sprach, was vor dem Abendessen vorgefallen war, sofern Matthew nicht ihr statt mir erzählt hatte, was wirklich mit ihm los war. »Momentan läuft es wirklich nicht ganz rund, nein«, sagte ich leise, während ich den tropfnassen Theo aus der Wanne hob, ihn auf das Handtuch in meinem Schoß setzte, ihn sorgsam darin einwickelte – und dann fröstelte, als es plötzlich von irgendwoher höllisch zog. »Kannst du kurz auf Theo aufpassen?« Ich reichte ihn ihr und stand auf. Draußen im Flur wurde mir klar, dass die eisige Brise aus Matthews Arbeitszimmer kam, und ging hinein. Er war nicht da; dafür stand das Fenster sperrangelweit offen. Ich durchquerte den Raum, um es zu schließen, und bemerkte dabei meine Notiz von heute Morgen, einfach auf den Boden geworfen. Wie nett. Ich hob sie auf und steckte sie in meine Hosentasche, ehe ich das Fenster zumachte und dann ins Bad zurückkehrte. »Also, los, Chloe!«, sagte ich fröhlich. »Zeit, aus der Wanne zu hüpfen!«

»Ich möchte, dass Granny mir heute vorliest«, sagte Chloe, und Caroline strahlte.

»Ich denke, das krieg ich hin. Das heißt, natürlich, wenn das für Mummy in Ordnung ist?«

»Natürlich.«

»Versuch dir wegen heute Abend keine allzu großen Gedanken zu machen, Sally«, sagte Caroline sanft. »Ich weiß, dass das schwer ist, aber es kommt ohnehin alles so, wie es kommen soll. Darum hat es absolut keinen Sinn, dagegen ankämpfen zu wollen.«

»Hi.« Matthew schaute auf, als ich ins Wohnzimmer kam und ihn auf dem hinteren Sofa neben seiner Mutter sitzen sah. »Schlafen die Kinder?«

Ich nickte.

»Gott sei Dank. Ich werd uns was vom Imbiss holen, damit du heute Abend nicht noch extra kochen musst. Außerdem möchte ich mich entschuldigen. Du hast recht: Ich hätte vorhin nicht so mit dir reden dürfen.«

Ich warf Caroline einen Blick zu, die mit inniger Hingabe auf ihre Füße hinabsah. Offensichtlich hatte sie ein Wörtchen mit ihrem Sohn geredet.

»Danke«, entgegnete ich. Ich war mir nicht ganz sicher, was ich *sonst* sagen sollte.

»Ich bestelle jetzt was und fahre gleich los. Ich nehme an, du willst mit dem Essen fertig sein, bevor Will und Kelly kommen?«

»Kelly?«, sagte ich verwirrt. »*Kelly* kommt heute nicht – bloß Will.«

Matthew sah sofort seine Mutter an. »Oh, ja, richtig. Tut mir leid, ich ...«

»Er kommt her, um mit mir *über* Kelly zu reden«, erklärte ich. »Ich nehme an, dass du das gemeint hast. Nicht wahr, Caroline?«

»Mein Fehler. Spielt ja auch keine Rolle«, sagte Matthew hastig. »Die Sache ist die, die Fußballjungs gönnen sich heute Abend ein paar Drinks, und ich würde gern hingehen, in erster Linie, weil mein Vertrag endlich gekommen ist, aber wenn du mich hier brauchst ...«

»Herzlichen Glückwunsch! *Mir* macht es nichts aus, wenn du

gehst, aber ...« Ich warf Caroline unbeholfen einen Blick zu. Ich konnte ihm nicht verübeln, dass er nicht hierbleiben wollte, insbesondere im Hinblick darauf, dass er das Haus den ganzen Tag noch nicht verlassen hatte – allerdings wäre meine Mum ziemlich enttäuscht gewesen, wenn ich ausgehen würde, solange sie gerade zu Besuch war.

»Oh, macht euch um mich keine Sorgen«, sagte Caroline. »Wenn das in Ordnung ist, würde ich ohnehin gern zu Bett gehen, sobald wir gegessen haben.«

»Danke, Mum«, sagte Matthew gedankenverloren und schaute stirnrunzelnd auf sein Handy. »Ich nehme an, ich soll das Übliche besorgen? Verflucht – mein Akku gibt allmählich den Geist auf, ich kann die Bestellseite nicht aufrufen. Kann ich kurz deins haben, Sal?«

Ich warf ihm mein Telefon zu. »Das Gästebett ist noch nicht frisch bezogen«, gestand ich Caroline. »Tut mir wirklich leid. Ich kümmere mich gleich darum.«

»Sei nicht albern.« Sie winkte ab. »Ich mach das schon. Überhaupt kein Problem. Ich weiß ja, wo alles ist.«

»Dein Handy ist gesperrt.« Matthew schaute zu mir auf. »Wie lautet dein Code, Sal?«

»Zwei, drei, vier, fünf.« Er verdrehte die Augen.

»Ich denke ...«, begann er, ehe er mitten im Satz abbrach und einfach bloß auf mein Display starrte.

»Was ist?«

Er hielt inne und sah mich dann mit ausdrucksloser Miene an. »Nichts. Also, Hühnchen-Passanda, so wie immer?«

Mein Telefon begann nur Sekunden, nachdem die beiden losgefahren waren, um das Essen zu holen, zu klingeln. Ich brauchte so dringend fünf Minuten für mich selbst, dass ich fast nicht drangegangen wäre, aber es war Mum, und ich wusste, dass sie so lange weiter anrufen würde, bis ich endlich antwortete.

»Hallo, Liebes!«, sagte sie fröhlich. Ich stellte mir vor, wie sie im Häuschen meiner Eltern in Dorset saß, in dem kleinen Küstenort, aus dem ich stammte; im Wohnzimmer brannte das Kaminfeuer, nach dem Abendessen war alles bereits abgewaschen und die Küche wieder blitzblank sauber, während über dem Abtropfgitter ein Geschirrtuch trocknete. Mum hatte ihr Strickzeug im Schoß liegen, und Dad saß zweifellos in seinem Sessel und schaute fern. Einen flüchtigen Moment lang wünschte ich, ich wäre jetzt dort, um mich von ihr auch ein bisschen bemuttern zu lassen. »Wie war dein Tag?«, fragte Mum. »Und wie geht's den Zwergen?«

»Dein Enkelsohn hat heute, wenn's hochkommt, alles in allem eine Dreiviertelstunde geschlafen.« Ich lehnte mich auf dem Sofa zurück und schloss die Augen. »Und ich bin vollkommen fertig.«

Mum stieß einen mitfühlenden Laut aus. »Er ist eben ein kleiner Lausebengel. Das Einzige, worauf ich mich bei dir und deinem Bruder verlassen konnte, war, dass ihr beide jeden Tag zwei Stunden schlaft, wie ein Uhrwerk. Keine Ahnung, was ich getan hätte, wenn ihr das nicht gemacht hättet.«

»Vermutlich hättest du dann das Gefühl gehabt, langsam durchzudrehen.«

»Du wirst nicht durchdrehen, Sally.«

»Ach, tatsächlich? Na, dann weißt du mehr als ich. *Ich* weiß nicht, wie lange ich das alles noch aushalte, das ist mal sicher.« Ich zog elend die Knie an die Brust. »Er will einfach *nicht schlafen*, Mum. Letzte Nacht war er bis elf wach. Und dann ...« Ich hielt inne. Das stimmte doch, oder nicht? War es elf oder zwölf gewesen? Ich konnte mich nicht mehr so recht daran erinnern. »Wie auch immer, der Punkt ist der, dass ich mir nicht sicher bin, ob ich das noch einen Monat länger schaffe, wenn er nicht endlich regelmäßig schläft.«

Darauf folgte ein Moment des Schweigens, ehe meine Mum sagte: »Nun, ich wüsste nicht, was dir für eine andere Wahl bleibt. Ich kann natürlich runterkommen und dir helfen, aber dann ist niemand hier, der sich um den Laden kümmern könnte. Diese Frau, die wir angestellt hatten ... Sie hat schon wieder gekündigt, weil ihr Mann einen Schlaganfall hatte. Nächste Woche führen wir neue Bewerbungsgespräche. Wir müssen unbedingt jemanden eingearbeitet haben, bevor die Sommersaison beginnt. Was ist mit deinem Bruder und Kelly? Kannst du die nicht anrufen? Die wohnen doch bloß eine halbe Stunde von euch entfernt. Will würde nur zu *gerne* vorbeikommen, um dir zu helfen. Da fällt mir ein, soweit ich weiß, wollte er dich doch ohnehin anrufen.«

»Zu Will kommen wir gleich, Mum ... Caroline ist heute Nachmittag völlig überraschend zu Besuch gekommen. Ich glaube, Matthew hat sie angerufen, sie ist heute nämlich gerade erst aus Spanien zurückgekehrt.«

»Ach, tatsächlich? Na, da bin ich erleichtert. Das war sehr vernünftig von ihm. Dann bist du jetzt wenigstens nicht vollkommen auf dich allein gestellt.«

»Stimmt«, gab ich zu. »Allerdings wäre es mir lieber, wenn stattdessen du und Dad hier wärt.«

»Das wäre uns auch lieber. Nachdem ihr alle letztes Wochenende abgereist wart, kam mir das Haus so leer vor. Euch Ostern hier zu haben war wirklich *wundervoll.* Wie dieses wunderschöne kleine Mädchen mit ihrem Körbchen im Garten Eier gesucht hat ...« Sie seufzte. »Also, worüber willst du reden, was Will betrifft?«

Ich atmete tief durch. »Na ja, ich glaube, du weißt, worüber. Er hat aus heiterem Himmel gefragt, ob er heute Abend vorbeikommen kann. Was will er mir sagen, Mum?«

»Nichts, wovon ich wüsste.«

Ich runzelte skeptisch die Stirn. »Wirklich? Kommt er etwa nicht, um mir zu sagen, dass er Kelly heiraten will?«

»Ich habe schon eine ganze Weile nicht mit ihm gesprochen, Liebes. Ich habe keine Ahnung.«

Ich zögerte. Falls er Kelly einen Antrag gemacht hatte, hätte Will es meinen Eltern definitiv erzählt, und Mum wäre vollkommen aus dem Häuschen gewesen, wenn er *tatsächlich* vorgehabt hätte zu heiraten. »Na, dann ist ja alles gut«, sagte ich; mit einem Mal war mir wesentlich heiterer zumute. »Offensichtlich hab ich da was in den völlig falschen Hals bekommen. Macht's dir was aus, wenn ich jetzt auflege, Mum? Ich will nicht unhöflich sein, aber ich könnte wirklich einen Moment Ruhe gebrauchen, bevor Matthew und Caroline mit dem Essen zurückkommen oder die Kinder wieder aufwachen oder Will hier eintrudelt. Ist das okay?«

»Natürlich«, entgegnete sie großmütig.

»Bei dir und Dad ist doch alles in Ordnung, oder?«, fragte ich rasch.

»Uns geht's bestens.«

»Gut. Und das mit Theo *wird* alles besser, nicht wahr?«, fügte ich ein wenig verzweifelt hinzu.

»Aber ja!«, versicherte sie mir. »Damals mit Chloe war es ganz genauso. Erinnerst du dich nicht?«

»Nicht wirklich«, gestand ich. »Ich glaube, ich hab das wohl irgendwie verdrängt.«

»Na ja, jedenfalls war es mit Chloe auch so, glaub mir. Und du *wirst* es überleben. Ich hoffe, diese Nacht verläuft für dich und den kleinen Mann besser als die letzte. Umarm die Kinder von mir und gib ihnen einen Kuss, ja? Dad lässt ebenfalls schön grüßen.«

Sobald ich aufgelegt hatte, fiel mir zu meiner Freude mein Croissant wieder ein. Ich stand auf und ging in die Küche. Ich hatte vielleicht den ganzen Tag gebraucht, um endlich fünf Sekunden Zeit zu haben, es zu essen, doch schließlich war es so weit. Gott sei Dank.

Ich fand die leere, zusammengeknüllte Bäckereitüte auf der Ablage neben dem Herd, inmitten eines Durcheinanders von Blätterteigkrümeln. Matthew hatte sich nicht mal die Mühe gemacht, die Tüte in den Müll zu werfen.

Ich starrte die Krümel an. Rein vernunftmäßig wusste ich, dass das hier schwerlich das Verbrechen des Jahrhunderts war, doch in diesem Moment stand die Sache sinnbildlich für mein gesamtes Leben. Mit einem Schlag war meine Stimmung wieder auf dem Tiefpunkt, und ich verspürte plötzlich das schier überwältigende Verlangen, vor lauter Frust zu schreien, so laut ich nur konnte. Die Wände des Hauses begannen, auf mich einzustürmen, und ich stellte fest, dass ich tatsächlich vor mühsam unterdrückter Wut zitterte. Mit linkischen Händen öffnete ich rasch die Hintertür, um raus in den Seitengang zu fliehen, in die klirrend kalte Nacht.

»Verfluchte Scheiße!«, keuchte ich lauthals, als die eisige Luft meine Haut berührte. Ich schaute zu den funkelnden Sternen so viele Meilen über mir empor, und genauso schnell, wie er gekommen war, begann sich mein Zorn in Wohlgefallen aufzulösen, bis ich schließlich vollkommen erschöpft unter dem gewaltigen Nachthimmel stand und mich winzig und einsam fühlte. »Ich kann nicht mehr«, flüsterte ich ungläubig. Ich selbst ging bei alldem vollkommen unter. Die ständigen Anforderungen meiner Familie verschlangen mich bei lebendigem Leibe. Ich *wollte* das alles nicht mehr! Ich hatte es nicht einmal geschafft, mein verfluchtes Croissant zu essen. Ich ließ den Kopf hängen, und dann hörte ich aus dem Haus das fordernde Geschrei meines Babys ... Einmal mehr blickte ich verzweifelt zum Himmel hinauf, ehe ich mich umdrehte und wieder hineinging.

Als ich Theos Zimmer verließ und wieder nach unten ging, stellte ich fest, dass Matthew und seine Mum mittlerweile mit dem Essen zurück waren. Allerdings war Matthew nirgends zu sehen, und Caroline hatte bereits aufgegessen; als ich das Wohnzimmer betrat und sie vor dem Fernseher fand, stand ihr leerer Teller zu ihren Füßen auf dem Teppich. Sie sprang sofort auf. »Ich hol dir sofort deins, Sally. Ich hab's für dich warmgehalten.« Sie eilte hinüber in die Küche und kam mit meiner Mahlzeit und einem Glas Wasser auf einem Tablett zurück.

»Danke.« Ich hockte mich im Schneidersitz aufs Sofa und nahm das Essen dankbar entgegen.

»Vielleicht solltest du dir überlegen, hier auch so eine Glaswand einziehen zu lassen«, meinte sie und wies auf *Große Träume, große Häuser*, das gerade in der Glotze lief. »Natürlich in kleinerem Maßstab. Oder ihr könntet Doppelfalttüren in den Garten einbauen. Das wäre doch hübsch. Es ist so aufregend, sich auszumalen, was du Tolles aus diesem Haus machen kannst!« Fünf Minuten lang aß ich friedlich mein Abendbrot, ehe ich von einem plötzlichen, lauten Grollen in der Einfahrt unterbrochen wurde. »Was zum Geier ist jetzt los?«, sagte ich verwirrt. Ich stellte mein Tablett auf den Boden, sprang auf und zog den Vorhang beiseite, bloß um zu sehen, wie Matthew in einem Anfall von Hilfsbereitschaft die heute geleerte Mülltonne geräuschvoll hinter sich her über die Einfahrt zog. Ich öffnete das Fenster, lehnte mich nach draußen und flehte mit einem verzweifelten Flüstern: »Matthew! Hör *bitte* auf damit! Ich hab Theo eben erst zum Schlafen gekriegt!«

Er starrte mich an. »Na ja, oben hört er mich doch nicht, oder? Ich wollte bloß die Mülltonne wegstellen, nichts weiter.«

»Bitte – könntest du das *bitte* bleiben lassen?«, bettelte ich. »Ich könnte es jetzt gerade nicht ertragen, wenn er wieder aufwacht, und du machst so einen verfluchten Krach!«

Matthew biss die Zähne zusammen. »Sicher. Ich lass die Tonne dann einfach hier stehen, okay?« Er stellte die Mülltonne demonstrativ mitten in der Einfahrt ab. »Ich würde dann jetzt gern gleich verschwinden und mich mit den Fußballjungs treffen, wenn das in Ordnung ist?«

»Ich denke, das ist vermutlich am besten«, sagte ich erleichtert und schloss das Fenster. Caroline drehte die Lautstärke ein bisschen höher und schwieg diplomatisch.

»Ich weiß, dass ich momentan vermutlich ein bisschen überempfindlich bin, was Lärm angeht«, sagte ich einen Moment später, nachdem ich wieder zu essen begonnen hatte. »Ich bin einfach bloß …« Ich suchte nach den richtigen Worten, um auszudrücken, was ich empfand, fand sie jedoch nicht. »Alles wird wieder besser, sobald Theo anfängt, regelmäßig zu schlafen, das ist alles.«

»So wird es sein. Diese Phase ist immer ausgesprochen strapaziös«, sagte Caroline großmütig. »So strapaziös, dass ich mir diese Qual bloß einmal angetan habe! Als Matthew klein war, war es ein echter Albtraum, ihn zum Schlafen zu kriegen. Selbst wenn ich vor der Wahl gestanden hätte, hätte ich dieses Theater nicht noch mal durchmachen wollen.« Sie lehnte sich auf dem Sofa zurück. »Allerdings waren das damals auch andere Zeiten. Ich meine, ich war gerade erst zweiundzwanzig, als ich Matthew bekam. Ich musste keine interessante berufliche Laufbahn aufgeben, um Mutter zu sein, und meine Eltern waren die ganze Zeit über da, weil sie schon im Ruhestand waren. Sie haben viel auf Matthew aufgepasst. Deine Eltern jedoch arbeiten beide noch, genau wie ich – zumindest inoffiziell –, auch wenn ich dieses Jahr *wirklich* endlich kürzertreten werde. Worauf ich hinaus will, ist, dass du zweifellos nicht dasselbe Maß an Unterstützung bekommst, die wir seinerzeit glücklicherweise hatten.« Sie seufzte. »Und es muss ausgesprochen hart sein, seinen Beruf einfach so mir nichts, dir nichts an den Nagel zu hängen. Du hast so viel aufgegeben. Du musst dich um so unendlich viele Dinge kümmern, Sally, und du stehst momentan unter so gewaltigem Druck von so vielen verschiedenen Seiten, ganz zu schweigen von den Folgen des massiven Schlafmangels, unter dem du leidest. Ich finde, alles in allem hältst du dich wirklich bemerkenswert gut.«

Bei ihren freundlichen Worten schossen mir Tränen in die Augen. »Danke. Allerdings habe ich ständig das Gefühl, eigentlich alles *noch besser* machen zu müssen, immerhin ist das schon das zweite Mal.«

»Oh, Sal, bitte, nicht weinen.« Sie schickte sich an, aufzustehen, doch in diesem Moment kam Matthew herein, und ich wischte mir hastig übers Gesicht.

»Ist alles in Ordnung?«, fragte er, während sein Blick zwischen uns hin und her ging.

»Alles bestens«, sagte Caroline mit engelsgleicher Ruhe. »Hört mal, falls es euch nichts ausmacht, würde ich mich jetzt gern hinlegen. Barcelona war doch recht anstrengend, und ich hätte nichts dagegen, ein bisschen Schlaf nachzuholen. Ich würde dir, Sal, ja anbieten, mich heute Nacht um Theo zu kümmern, wenn er aufwacht, doch das würdest du ohnehin nicht wollen, oder?« Sie wandte sich um, um mich anzusehen.

»Nein«, gestand ich. »Danke für das Angebot, aber ich mach das schon.«

»Nun, dann ruhe ich mich die Nacht über aus, sodass ich dir diesbezüglich morgen eine Hilfe sein kann.«

»Ich geh auch bald ins Bett. Hoffentlich dauert es nicht mehr allzu lange, bis mein Bruder ...«

Doch bevor ich den Satz zu Ende bringen und »hier ist« sagen konnte, klingelte es an der Tür. Caroline und Matthew tauschten einen besorgten Blick, was mir irgendwie seltsam vorkam. Caroline sprang auf. »Ich hol schnell mein Handy aus der Küche und sage euch dann Gute Nacht.«

»Und ich mach auf, bevor Will noch mal klingelt und Theo aufweckt.« Matthew eilte in den Flur hinaus.

Ich hörte meinen kleinen Bruder vergnügt »Hallo!«, rufen, gefolgt von einem laut geflüsterten »Mist, tut mir leid!«, vermutlich als Reaktion auf Matthews Drängen, nicht ganz so laut zu sein. Ich stellte meinen Teller beiseite und erhob mich erwartungsvoll. Im nächsten Moment kam Will um die Ecke; er trug noch immer seinen Mantel und seine Straßenschuhe; offenbar hatte Matthew ihm nicht erlaubt, sich draußen im Flur auszuziehen, um nicht noch mehr Lärm zu machen.

Ich öffnete gerade den Mund, um ihm zu sagen, wie schick er aussah – doch dann erkannte ich, warum meinem Mann und meiner Schwiegermutter so unbehaglich zumute war, denn hinter ihm trat – rank und schlank wie immer – Kelly hervor.

Kapitel 5

Sie musterte mich kühl mit dunklen Augen und strich sich dann eine verirrte Locke ihres langen, glänzend braunen Haars aus dem Gesicht. Allerdings erkannte ich zu meiner sofortigen Erleichterung, dass sie keinen Ring am Finger trug, als sie mir ihr breites, unmöglich weißes Lächeln schenkte. »Hi, Sal.«

Sie war der einzige Mensch, bei dem ich es hasste, wenn er mich so nannte. Irgendwie klang mein Name aus ihrem Mund wie der eines tumben Bauerntölpels, doch ich schaffte es, nichts weiter zu sagen als »Hallo, Kelly. Du siehst gut aus.« Ich ließ meinen Blick über ihre nackten, gebräunten Beine unter dem eng anliegenden, beerenroten Bleistiftrock schweifen, den sie mit hautfarbenen Vierzehn-Zentimeter-High-Heels kombiniert hatte. Im Hinblick darauf, dass selbst ihr nicht entgangen sein dürfte, dass wir gerade erst April hatten, vermutete ich, dass die Wahl ihres Outfits darauf abzielte, ihre – wie ich annahm – Solariumbräune zur Schau zu stellen, doch was das betraf, lag ich falsch.

Sie hob eine sorgsam nachgezogene Augenbraue und sagte stolz: »Danke. Ich komme gerade aus Teneriffa, wo wir die Fotos für die Werbekampagne für meine neue Bademoden-Kollektion geschossen haben.«

»Wie nett.«

»Eigentlich war es eher Arbeit.« Sie zuckte mit den Schultern. »Außerdem hab ich für eine sechsteilige Serie gedreht, während ich dort war.«

»Großartig«, sagte ich und verzichtete absichtlich darauf, irgendetwas zu fragen, was dieses Thema vertieft hätte, worauf sie offensichtlich aus war. »Kommt rein und setzt euch – aber wärt ihr bitte so nett, vorher eure Schuhe auszuziehen?«

Sie runzelte leicht die Stirn und sah Will an, der bereits dabei war, seine aufzuschnüren.

»Es ist bloß wegen der Kinder«, erklärte ich. »Theo spielt oft auf diesem Läufer, wisst ihr, darum ...«

»Okay«, sagte sie knapp, stellte ihre Handtasche ab, kickte die Pumps von ihren Füßen und wirkte dabei beträchtlich weniger elegant als zuvor.

»Vielen lieben Dank.« Ich lächelte.

»Soll ich den Kessel aufsetzen, bevor ich gehe? Möchte jemand eine Tasse Tee?« Matthew schaute aufmerksam zwischen uns hin und her und fügte dann rasch hinzu: »Niemand? Okay ... Tut mir leid, dass ich euch keine Gesellschaft leisten kann, aber ich bin bald wieder da, Sal. Und bevor du fragst, es dürfte so kurz nach elf werden.« Er lächelte, doch ich sah, dass der Unterton in seiner Stimme Kelly ebenso wenig entging wie die Tatsache, dass er mir keinen Abschiedskuss gab. »War schön, dich zu sehen, Will – Kelly.« Er winkte uns allen flüchtig zu, bevor er hinauseilte und die Tür hinter sich schloss.

»Also, wie geht's dir, Schwesterchen?« Will trat vor und umarmte mich. »Du siehst fantastisch aus!«

Ich schenkte ihm ein dankbares Lächeln. Das war eine liebenswürdige Lüge; in Wahrheit sah ich aus wie ein Rollbraten. Meine Umstandshosen hielten zwar mein Bäuchlein in Schach, erzeugten dafür aber mehrere unschmeichelhafte Beulen, wo das Fett über den Rand des Taillenbunds zu entkommen versuchte. Ich bedachte Kellys Aufmachung mit einem weiteren ungläubigen Blick und beäugte dann ihr Sofia-Loren-Haar, während ich mich zwang, mich daran zu erinnern, dass sie zehn Jahre jünger als ich war und keine Kinder hatte – aber trotzdem: Was hatten Berühmtheiten eigentlich für ein Styling-Geheimnis, das dem Rest von uns verwehrt blieb? Verlegen berührte ich meinen schlampig gebundenen Pferdeschwanz. Seit Theos Geburt hatte ich mir das Haar weder schneiden noch färben lassen. Die einzig prominente Persönlichkeit, der ich optisch derzeit nacheiferte, war Francis Rossi, Sänger und Gitarrist von Status Quo.

»Ja, sicher«, sagte ich und schlurfte zurück ins Wohnzimmer. »*Ich* mach uns etwas zu trinken. Was darf ich euch anbieten. Tee? Kaffee?«

»Bevor du das tust«, sagte Will und streckte einen Arm aus, um mich zurückzuhalten, »möchten wir dir gern eine Neuigkeit mitteilen.«

»Ach, wirklich?« Ich blieb abrupt stehen, vollkommen überrumpelt. »Was gibt's denn?«

Mein Bruder ließ mich los, trat einen Schritt näher an Kelly heran, räusperte sich nervös und nahm ihre Hand in seine.

Ich erstarrte. Oh, *nein* ...

»Kelly und ich werden ...«

Just in diesem Moment ging die Tür hinter ihnen auf, und Caroline kam herein. »Es tut mir furchtbar leid, zu stören, Sally, aber ich kann mein Ladekabel nicht finden. Hast du es vielleicht gesehen?« Sie lächelte. »Bitte entschuldige.«

»Alles gut«, sagte ich, während ich meinen Bruder weiterhin entsetzt anstarrte. »Will, du kennst ja meine Schwiegermutter Caroline. Und, Caroline, das ist Kelly, Wills Freundin.«

Will gab Kelly frei, die sich nun ganz Caroline zuwandte. Ich sah, wie ein flüchtiger Ausdruck der Verwirrung über das Gesicht meiner Schwiegermutter huschte, als sie Kelly erkannte. Kelly liebte diesen Moment ... den Moment, in dem den Leuten dämmerte, dass sie eine *Berühmtheit* vor sich hatten. Dabei war sie bloß Darstellerin in einer Seifenoper, um Gottes willen. Ich verfolgte, wie Caroline ihre Miene unverzüglich wieder unter Kontrolle brachte, als sie Kelly gedanklich einordnete und ihr dann höflich eine Hand hinhielt. »Erfreut, Sie kennenzulernen. Ich bin Caroline Hilman.«

Ich konnte Kellys Gesicht zwar nicht sehen, dafür jedoch die perfekt manikürte Hand, die sie ausstreckte. »Kelly Harrington.« Ich wartete darauf, dass sie selbstverliebt noch irgendetwas hinzufügte, wie etwa: »Ja, man kennt mich aus dem Fernsehen. Nein, nein – bitte, zu Verlegenheit besteht kein Anlass ... Das passiert mir ständig ...« Bla, bla, bla ... Doch bevor sie etwas sagen konnte, zog Caroline sich auch schon wieder zurück. »Tut mir aufrichtig leid, Sie unterbrochen zu haben. Würden Sie mich jetzt bitte entschuldigen? Es war wirklich schön, Sie wiederzusehen, Will, und es hat mich gefreut, Sie kennenzulernen, Kelly. Gute Nacht, alle miteinander.« Als sie sich zurückzog, warf sie mir einen mitfühlenden Blick zu, und da wurde mir klar, dass sie und Matthew bereits wussten, dass Will und Kelly heiraten würden.

Alle wussten es, außer mir.

Will wandte sich wieder zu mir um. »Okay, versuchen wir's noch mal. Wie wär's bei dieser Gelegenheit mit einem kleinen Gläschen Prickelwasser? Immerhin gibt es was zu feiern!« Er verschwand kurz im Flur und tauchte einen Moment später mit einer Plastiktüte wieder auf, aus der der Hals einer Champagnerflasche ragte. Er zog die Flasche heraus und reichte sie mir mit einem hoffnungsvollen »Bitte freu dich für mich«-Blick. »Also, ich bin mir zwar sicher, dass du mittlerweile schon von selbst darauf gekommen bist – Kelly und ich werden heiraten! Ist das nicht der Hammer?«

Kelly starrte ihn an. »Tut mir leid«, sagte er hastig. »Mit ›Hammer‹ meine ich natürlich, dass wir es kaum erwarten können und schon ganz aufgeregt sind.«

Ich nahm den Champagner langsam entgegen und musterte meinen Bruder. Einen flüchtigen Moment lang sah ich in ihm den kleinen Jungen, dem ich eine Leine umgebunden hatte, um ihn herumzuführen, als wäre er mein Hündchen; damals war ich fünf und er drei. Er seinerseits sah mich besorgt an, und mir wurde klar, dass ich hier gerade mit Samthandschuhen angefasst wurde. Diese Ankündigung wurde heruntergespielt, während man mir das Ganze so schonend wie möglich beibrachte, Stück für Stück, als würden sie mit einer katastrophalen Reaktion meinerseits rechnen.

Ich wandte mich an Kelly, seine künftige Ehefrau; eine rücksichtslos ehrgeizige und vollkommen unaufrichtige künftige Ehefrau, die eines Tages zwangsläufig jemanden aus ihrer Branche kennenlernen würde, der glamouröser, wohlhabender und einflussreicher war als mein Bruder. Derweil hallte Carolines Ratschlag in meinem Kopf wider. »Herzlichen Glückwunsch«, sagte ich, obwohl ich plötzlich das kaum zu unterdrückende Bedürfnis verspürte, die Flasche aus meinen Fingern gleiten zu lassen. *Nicht sie. Bitte, jede andere, aber nicht sie, Will. Sie verdient niemanden, der so gütig und liebevoll ist wie du. Du magst ja ein sehr intelligenter Mann sein, aber ihrer diamantenen Härte hast du nichts entgegenzusetzen. Sie wird dich gnadenlos schikanieren, niedermachen und am Ende vollkommen am Boden zerstört zurücklassen, ohne dich auch nur noch eines einzigen Blickes zu würdigen.*

Ein kleines, zufriedenes Lächeln umspielte Kellys hübsche Lippen. »Danke, Sally.«

»Ich mein's ernst«, sagte ich. »Ich freue mich für euch beide.« Und ich hielt ihr meine Hand hin.

Ihre Augenbrauen zuckten vor Überraschung, doch dann streckte sie ebenfalls die Hand aus. Während Will zuschaute, zuckte ich fast unmerklich zusammen, als wir einander berührten; ihre langen Fingernägel ruhten flüchtig auf dem fleischigen Ballen meiner Handfläche, und ich vermutete, dass sie sie nur zu gern hineingegraben hätte. Stattdessen ließen wir einander einfach wieder los, und ich wandte mich an Will, der mich überschwänglich umarmte. »Danke«, flüsterte er.

»Na, dann erzählt mal.« Es kostete mich einige Mühe, mein Lächeln aufrechtzuerhalten. »Wann ist das passiert?«

»Vor zwei Tagen«, sagte Will, der jetzt glücklich grinste. »Ich bin nach Teneriffa geflogen, um Kelly zu überraschen. Da war dieser atemberaubende Sonnenuntergang, und ...«

»Er hatte alles ganz genau geplant«, unterbrach Kelly ihn. »Wir hatten einen Privattisch auf der Dachterrasse dieser Penthouse-Suite. Es war unglaublich!«

»Und wo ist der Ring?«

Will lachte. »Soll das ein Scherz sein? Dass ich allein den richtigen für sie finden würde, war vollkommen ausgeschlossen, deshalb habe ich es gar nicht erst versucht.«

»Wir gehen morgen shoppen«, sagte Kelly selbstgefällig.

Ich riss die Banderole vom Hals der Flasche und drehte die Agraffe auf, ehe ich nahezu lautlos den Korken herausgleiten ließ.

»Gut gemacht«, sagte Will beeindruckt.

»Ich hol schnell ein paar Gläser.« Ich nahm das Babyfon und ging in den Flur hinaus. Sobald ich in der Küche war, öffnete ich den Schrank, griff nach drei Champagnerflöten – und schloss dann für eine Sekunde die Augen.

Er würde das tatsächlich durchziehen. Sie würde nicht in absehbarer Zeit wieder verschwinden.

Mist.

»Sally?« Ich erschrak und wirbelte hastig herum, wo ich Will hinter mir stehen sah. »Alles okay?«

»Natürlich. Hab sie schon.« Ich hielt die Gläser hoch.

»Ich meinte eher, ob das, was ich dir gerade erzählt habe, für dich okay ist. Ich bin mir durchaus darüber im Klaren, dass du und Kelly, na ja, dass ihr nicht unbedingt die besten Freundinnen seid, und ich wollte den richtigen Moment abwarten, damit wir alle, falls nötig, in Ruhe darüber reden können.«

Ich dachte darüber nach und sagte vorsichtig: »Das ist wirklich lieb von dir, aber hier geht es nicht um mich oder darum, was ich davon halte. Solange du damit glücklich bist, ist das alles, was für mich zählt.« Ich hielt inne und konnte mir dann nicht verkneifen hinzuzufügen: »Du *bist* doch glücklich, oder? Bist du dir absolut sicher, dass es das ist, was du willst? Ich frag dich das, weil ihr schließlich erst seit elf Monaten zusammen seid, und ich versichere dir, Will, welche Macken auch immer eure Beziehung hat, sobald ihr Kinder habt, treten die wie unter einem Vergrößerungsglas eine Million Mal deutlicher zutage, und wenn man dann nicht stark genug ist, überlebt eine Ehe das nicht.«

Will schaute besorgt drein. »Ist bei dir und Matthew alles in Ordnung?«

»Uns geht's bestens«, sagte ich hastig. »Es ist nur so, dass Kelly ...«

»... direkt hinter dir steht«, sagte da eine Stimme, und ich drehte mich schuldbewusst um. Kelly hielt ihre Schuhe in der einen und ihre Handtasche in der anderen Hand und musterte mich frostig. »Eigentlich wollte ich das hier bloß an die Eingangstür stellen.« Sie hob die Tasche und die Pumps in die Höhe. »Außerdem wollte ich fragen, ob ich euer stilles Örtchen benutzen dürfte, aber – was wolltest du gerade sagen? Nur aus Neugierde. ›Es ist nur so, dass Kelly...‹« Sie wartete.

»Ich wollte sagen ›sehr auf ihre Karriere bedacht ist‹«, log ich. »Und ich denke nicht, dass es fair wäre, von dir zu erwarten, dass du das alles einfach aufgibst, obwohl ich weiß, dass Will nicht wollen würde, dass eure Kinder, falls ihr mal welche habt, in eine Kita kommen. Ist es nicht so, Will?«

Beide wirkten mehr als nur ein bisschen verwirrt, was wohl auch verständlich war.

»Aha«, sagte Kelly und warf Will einen »Wovon redet sie da?«-Blick zu, als sie ihre übrigen Habseligkeiten neben der Haustür deponierte.

»Na ja, besten Dank dafür, dass du so weit vorausdenkst«, sagte Will. »Garantiert werden wir uns auch darüber unterhalten, wenn und falls sich irgendwann die Notwendigkeit dazu ergeben sollte.«

»Wunderbar!«, erwiderte ich. »Wie auch immer, lasst uns zurück ins Wohnzimmer gehen. Wenn wir uns hier unterhalten, wird Theo mit Sicherheit wach. Wir sind genau unter seinem Zimmer. Die Toilette ist gleich dort drüben, Kelly.«

»Danke«, sagte sie und bedachte mich mit einem weiteren ungläubigen Blick, als sie auf Zehenspitzen an mir vorbeihuschte.

Drüben im Wohnzimmer nahm Will sein jetzt volles Glas zur Hand. »Bist du sicher, dass alles okay ist?«

»Du meinst wegen dem, was ich gerade darüber gesagt habe, dass eure Kinder in eine Kita müssen?« Ich rieb mir die Augen. »Ja, das war vermutlich ein bisschen zu viel des Guten. Tut mir leid. Ich bin bloß ziemlich kaputt, das ist alles. Da hab ich mich wohl ein bisschen zu missverständlich ausgedrückt.«

»Kein Problem«, sagte er unsicher. »Im Übrigen, bloß für die Akten und um deine Frage zu beantworten: Ja, ich bin sehr glücklich. Glücklicher als jemals zuvor, würde ich sogar behaupten.«

Dem folgte ein Moment des Schweigens. »Tja, wenn das so ist, gibt's dazu nichts weiter zu sagen, oder?«

»Gib ihr eine Chance, Sal. Wenn du das tust, wirst du feststellen, dass du sie doch magst. Wirklich. Könntest du es wenigstens versuchen – für mich? Vielleicht könntet ihr ja noch mal von vorn anfangen?«

Wir schauten beide auf, als Kelly eintrat. »Also, ich würde euch gerne sagen, dass es mir leidtut«, erklärte ich, während ich mein Glas aufnahm, »denn offensichtlich wart ihr ein bisschen besorgt deswegen, mir von eurer Hochzeit zu erzählen, die mir *sehr* am Herzen liegt, und ich möchte nicht, dass ihr diesbezüglich einen falschen Eindruck von mir habt. Das sind tolle Neuigkeiten und nichts, womit ihr hinterm Berg halten solltet. Ich würde gern einen Toast auf euch ausbringen – auf das glückliche Paar.«

Die beiden hoben ihre Gläser, doch plötzlich glaubte ich, Theo zu hören, während mir gleichzeitig einfiel, dass ich das Babyfon in der Küche liegen gelassen hatte. »Sorry, entschuldigt mich bitte einen Moment«, sagte ich, sprang auf und stellte mein Glas hin. Ich verharrte einen Augenblick am Fuß der Treppe und lauschte gerade angestrengt nach oben, als die Tür aufging und Will zu mir rauskam. »Ganz im Ernst, Sally – ist alles in Ordnung mit dir?«

»Absolut!«, flüsterte ich und legte einen Finger auf meine Lippen. »Ich dachte, ich hätte Theo gehört, nichts weiter. Ich hol nur schnell das Babyfon, dann bin ich sofort wieder bei euch.«

Als ich zurückkam, reichte Kelly mir mein Glas. »Auf das glückliche Paar«, wiederholte ich. Dann stießen wir an und tranken.

Kelly räusperte sich. »Um ehrlich zu sein, habe ich ebenfalls etwas zu sagen. Sally, du bedeutest Will sehr viel, deshalb bist du auch mir wichtig. Ich liebe Will sehr und möchte ihn glücklich machen. Wenn du mich lässt, würde ich gern mein Bestes tun, um ein Teil eures Lebens und eurer Familie zu werden. Mir ist klar, dass so was nicht über Nacht passiert und dass dafür Zeit und Mühe nötig sind, von beiden Seiten. Doch ich bin bereit, diese Zeit zu investieren, und ich hoffe, du bist es auch.« Sie atmete aus, und Will griff nach ihrer Hand, um sie flüchtig zu küssen.

Sie schenkte ihm ein Lächeln, ehe sie sich mir zuwandte und mir geradewegs in die Augen schaute.

Hätte ich nicht gewusst, dass sie Schauspielerin war, oder aus erster Hand das unfreundliche, unreife Verhalten erlebt, zu dem sie fähig war, hätte ich ihr jedes einzelne Wort geglaubt, doch so, wie die Dinge lagen, sahen wir einander einen Moment lang durchdringend an, ehe ich sagte: »Natürlich bin ich das.« Darauf folgte eine Pause, ehe ich hinzufügte: »Also, ich nehme an, Mum und Dad wussten es bereits, und Matthew vermutlich auch?«

Will nickte. »Du bist die Letzte, die es erfährt, ja – aber das hat überhaupt nichts zu bedeuten. Wie ich schon sagte, ich wollte dir das persönlich sagen, statt es dir zusammen mit allen anderen mitzuteilen, deshalb mussten wir den richtigen Moment dafür finden.«

»*Meiner* Familie haben wir es ebenfalls bereits gesagt, doch wir wollten es dir unbedingt selbst sagen, bevor wir die Pressemeldung rausgeben«, erklärte Kelly mit ernster Miene, und ich unterdrückte ein Lächeln. »Was ist?«, schnappte sie verärgert. »Die Medien werden großes Interesse daran haben.«

»Kelly ...«, murmelte Will.

»Tut mir leid, tut mir leid«, sagte sie hastig. Vielleicht hatte ich die beiden doch falsch eingeschätzt. Will schien ihr wesentlich weniger durchgehen zu lassen, als ich angenommen hatte.

Wir tranken den Champagner. Ich fragte sie, ob sie schon ein Datum festgelegt hätten. Das hatten sie tatsächlich: den 10. Dezember. »Ich wollte schon immer eine Weihnachtshochzeit, so lange ich denken kann!«, sagte Kelly mit kindlicher Aufregung. »Ein Mantel mit Pelzkragen, Kerzen und Weihnachtsbäume!« Sie erkundigten sich danach, ob Chloe vielleicht ihr Blumenmädchen sein dürfe, und ich sagte, natürlich dürfe sie das – sie würde darüber zweifellos ganz aus dem Häuschen sein. Will erzählte mir, dass er zwei Trauzeugen hatte, beides Studienfreunde von ihm – und dann fragte er mich, ob ich vielleicht in Erwägung ziehen würde, während des Trauungsgottesdienstes eine Hochzeitsansprache zu halten. Ich entgegnete höflich, wenn es das sei, was sie wollten, dann wolle ich das gerne tun. Sie berichteten mir von den Orten, die sie für die Trauung in Betracht zogen – darunter, zu meinem Entsetzen, auch das Hotel in Cornwall, das lange Zeit so etwas wie Matthews und mein geheimer Rückzugsort gewesen war. »Will hat mir erzählt, wie gern ihr zwei dort seid. Wir haben es uns angeschaut, fanden dann aber, dass es ein bisschen zu klein ist«, sagte Kelly zerknirscht und zu meiner grenzenlosen Erleichterung. Ich wollte nicht, dass das Hotel von Erinnerungen an ihre Hochzeit überschattet wurde. Stattdessen zeigte sie mir auf Wills Handy Bilder irgendeines riesigen Herrensitzes, den sie bereits gebucht hatten. Das Ganze war wirklich kein Witz; die Hochzeit würde stattfinden. Ich schenkte mir noch ein Glas ein.

»Aber bitte verrate niemandem, wo wir die Feierlichkeiten machen werden, ja?«, bat Kelly. »Reporter werden dich anrufen und versuchen, es aus dir rauszukitzeln; am besten sagst du dann einfach immer bloß ›kein Kommentar‹. Wir haben nämlich einen Exklusivvertrag mit einem dieser Magazine ...« Oh, wie grässlich. Ich warf Will einen bestürzten Blick zu. »... und denen würde es überhaupt nicht gefallen, wenn irgendwas vorher durchsickert.«

»*Vielleicht* schließen wir einen Vertrag mit denen ab«, sagte Will nachdrücklich. »Ich bin nach wie vor dafür, dass wir uns einfach aus dem Staub machen und irgendwo an einem Strand heiraten, bloß wir beide.«

Einen flüchtigen Moment lang wirkte Kelly angefressen, doch dann seufzte sie und sagte: »Okay. Also, es besteht die Möglichkeit, dass wir einen Exklusivvertrag abschließen. Wie auch immer, sag bitte trotzdem nichts, Sal ... Falls das in Ordnung ist«, fügte sie schnell hinzu.

»Natürlich. Noch ein Schlückchen?« Ich hielt ihnen die Flasche hin. Sie tauschten einen raschen Blick. »Tut mir leid – ich hab mein Glas ziemlich zügig weggezischt«, sagte ich heiter. »Aber, hey, schließlich haben wir ja auch was zu feiern.«

Kelly schüttelte zimperlich den Kopf. »Danke, aber ich muss noch fahren.«

»Also, ich bin dabei«, sagte Will, doch gerade, als ich die Flaschenöffnung an sein Glas hob, wachte Theo auf. Als ich ihn schließlich wieder zum Schlafen gebracht hatte, war eine weitere halbe Stunde verstrichen, und als ich die Treppe runterkam, warteten Will und Kelly im Wohnzimmer darauf zu gehen. »Ich hol kurz meine Schuhe«, sagte Kelly und verschwand.

»Wir würden ja gern noch länger bleiben, aber wie ich sehe, hast du alle Hände voll zu tun«, meinte Will.

»Ja, tut mir leid«, erwiderte ich resigniert. »Momentan ist alles ein bisschen viel.«

»Lass dich nicht unterkriegen, Schwesterchen. Ich finde, du machst das großartig.«

»Danke.« Zu meinem großen Verdruss füllten sich meine Augen unvermittelt mit Tränen. »Oh, du liebe Güte!« Ich wischte sie mit meinem Ärmel fort. »Denk dir nichts dabei; ich leide gerade bloß unter extremem Schlafmangel. Ich heule nicht, weil ich traurig darüber bin, dass ihr heiratet. Wirklich nicht.«

»Ich hab da ein kleines Problem ... Ich fürchte, ich muss mir ein Paar Schuhe von dir borgen, Sally, weil es scheint, als wären meine ...« Kelly tauchte wieder auf und sah mich stirnrunzelnd an. »Warum weinst du?«

»Alles okay.« Ich winkte ab. »Tut mir leid, warum brauchst du Schuhe von mir?«

»Na ja, bei einem von meinen ist gerade die Hacke abgebrochen, was vollkommen grotesk ist. Ich wusste nicht mal, dass so was überhaupt *möglich* ist.« Sie hielt den kaputten Pumps in die Höhe.

Wollte sie damit etwa andeuten, ich hätte mich daran zu schaffen gemacht? Warum zum Teufel sollte ich das tun? »Im Schrank unter der Treppe stehen meine Stiefel.«

»Du meinst *Gummistiefel?*«, fragte sie mit schmalen Augen.

»Genau. Wahrscheinlich sind sie dir ein bisschen zu groß, aber dafür kannst du sie so lange haben, wie du sie brauchst.« Sie verließ den Raum, um die Stiefel zu suchen, und mir bereitete der Gedanke daran, dass sie in diesen Tretern unter ihrem Bleistiftrock nach Hause stapfen musste, diebisches Vergnügen. Tatsächlich sah Kelly vollkommen lächerlich aus, als wir kurz darauf alle an der Vordertür standen. Ihr vormals erwähnter guter Wille schien sich zusammen mit ihrem Stil in Wohlgefallen aufgelöst zu haben.

»Also, kann ich Chloe schon erzählen, dass ihr möchtet, dass sie euer Blumenmädchen ist, oder soll ich damit lieber noch warten?«, fragte ich höflich.

»Noch warten? Für den Fall, dass irgendwas schiefgeht und wir die Sache abblasen, meinst du?«, schnappte Kelly.

»Nein, für den Fall, dass ihr es ihr lieber selbst sagen möchtet.«

»Oh«, machte sie und drückte ihren kaputten Schuh an sich, als wäre es ein Kind. »Ich verstehe. Tut mir leid.«

»Sag du's ihr ruhig, Sal, das ist schon in Ordnung«, entgegnete Will hastig. »Hör zu, es war schön, dich zu sehen, und ich hoffe, dass Theo für heute Funkstille hält. Lass uns bald mal zusammen mittagessen oder so was.«

In der Sekunde, in der sie fort waren, eilte ich in die Küche, schnappte mir mein Telefon und rief Mum an. »Ich hab dich vorhin rundheraus gefragt, ob die beiden heiraten werden, und du meintest, du wüsstest nichts davon«, sagte ich, ohne mir auch nur die Mühe zu machen, Hallo zu sagen. »Wie konntest du mir das nur verschweigen?«

Sie seufzte. »Oh, Liebes, Will hat mich darum gebeten, es für mich zu behalten. Abgesehen davon stand es mir nicht zu, dir diese Neuigkeit zu berichten. Ich nehme an, sie sind gerade weg?«

»Ja, sie *sind* gerade weg. Dann wusstest du also auch, dass Kelly herkommen würde, genauso wie Matthew und Caroline? Warum verhalten sich alle mir gegenüber in dieser Angelegenheit so seltsam, als müsste man mich mit Samthandschuhen anfassen? Okay, die zwei heiraten, und ja, ich kann Kelly *nicht leiden* – und nein, auch wenn sie die letzte Frau auf Erden wäre, würde ich nicht wollen, dass Will sie zur Frau nimmt –, aber was kann ich schon dagegen unternehmen? Das Einzige, was mir bleibt, ist, mich damit abzufinden, oder nicht? Also, warum tut ihr alle so, als wäre das für mich eine solche Katastrophe?«

»Niemand verhält sich seltsam, Sally. Dein Bruder wollte dir das Ganze bloß so schonend wie möglich beibringen, das ist alles. Du hast recht, es ist kein Geheimnis, dass ihr zwei Mädels euch nicht sonderlich grün seid. Viel wichtiger aber ist, dass wir alle wissen, dass du die Situation in letzter Zeit als ziemlich schwierig empfindest, darum ...«

»Mum, ich ›empfinde die Situation‹ nicht bloß als schwierig«, unterbrach ich sie. »Sie *ist* schwierig. Mein Sohn will nicht schlafen, mein Mann ist vollkommen gestresst, und – *oh, verfluchte Scheiße noch mal, Theo! Gönn mir doch gefälligst mal eine Pause!* Mum, ich muss auflegen. Theo ist *schon wieder* wach. Ich ruf dich später noch mal an, okay?«

Als Theo schließlich wieder in seinem Bettchen lag, kehrte ich nach unten zurück, um die Gläser und die Flasche einzusammeln. Ich trug alles in die Küche und griff nach meinem Telefon, auf dem ich mir Theos Schlafzeiten notierte, in dem sinnlosen Versuch, darin so etwas wie ein Muster zu erkennen. Doch alles, was die Liste zeigte, war, dass ich viel wach war und es keinerlei Muster *gab*. Trotzdem tippte ich pflichtschuldig »aufgewacht: 20.30, eingeschlafen: 21.15« ein.

Wir alle wissen, dass du die Situation in letzter Zeit als ziemlich schwierig empfindest ...

Als ich mich schwer auf einen Stuhl am Küchentisch sinken ließ und mich an Mums Bemerkung von vorhin erinnerte, stellte ich fest, dass mich das wirklich verletzte. Ich hätte gern erlebt, wie einer der anderen siebenmal in der Nacht aufstand und trotzdem am nächsten Tag wieder normal funktionierte. Ich nippte an meinem halb vollen Champagnerglas und dachte niedergeschlagen an Kellys selbstgefälliges kleines Grinsen.

Der Fußboden knarzte, und als ich aufschaute, sah ich Caroline vor mir stehen.

»Hi«, sagte ich resigniert. »Du hattest recht.« Ich prostete ihr mit meinem Glas zu. »Sie laufen tatsächlich demnächst in den Hafen der Ehe ein. Doch andererseits wusstest du das natürlich bereits ...«

Ich dachte an ihren Rat, wie ich auf Kelly und meinen Bruder reagieren sollte. »Allerdings weiß ich deinen Versuch zu schätzen, mich vorzuwarnen. Das war nett von dir.« Ich nahm die Flasche. »Möchtest du einen Schluck?« Bevor sie antworten konnte, stand ich bereits auf, um ihr ein Glas zu holen. Als ich zurückkam, saß sie am Tisch und stützte ihren Kopf in die Hände.

Ich sah sie verwirrt an. Das war eine reichlich melodramatische Reaktion auf das, was ich gesagt hatte. Sie atmete vernehmlich aus und ließ ihre Hände auf die Tischplatte sinken. Sie hielt die Augen geschlossen und öffnete sie jetzt flatternd, als hätte sie Schmerzen. Sie schien drauf und dran zu sein, irgendeine folgenschwere Entscheidung zu treffen. Dann setzte sie sich mit einem Ruck unvermittelt aufrecht hin und schaute mir direkt in die Augen. »Sally, wenn es eine Person im nächsten Umfeld von Chloe und Theo gäbe, bei der ich befürchten würde, sie wäre womöglich auf gefährliche Weise labil und könnte den beiden ernsthaften Schaden zufügen, würdest du doch von mir erwarten, dass ich eingreife und das unterbinde, oder nicht?«

»Natürlich«, sagte ich sofort.

Sie streckte den Arm aus und ergriff meine Hand. »Du kannst dir nicht mal vorstellen, wie schwer es mir fällt, dieses Gespräch mit dir zu führen. Ich könnte alles *verlieren.* Das ist dir doch klar, oder?«

»Caroline, wovon redest du da überhaupt? *Wer* im Umfeld meiner Kinder könnte ihnen Schaden ... Oh, mein Gott. Du meinst Kelly, die Freundin meines Bruders – also, seine Verlobte?«, korrigierte ich mich und starrte Caroline ungläubig an. »Du *kennst* sie?«

»Dazu darf ich nichts sagen.«

Meine Augen weiteten sich. »Du hast sie *behandelt?*«

Caroline entgegnete nichts darauf, sah mich jedoch einen Moment lang vielsagend an und wiederholte dann: »Dazu darf ich nichts sagen.«

»Himmel – ja, sie *war* deine Patientin«, raunte ich. »Und sie ist *gefährlich?*« Ich hob schockiert mein Glas und nahm einen großen Schluck. »Ich wusste zwar, dass sie extrem unangenehm ist, aber das ... Ich kann es einfach nicht glauben!«

Caroline räusperte sich und verfiel in einen leichten Plauderton. »Weißt du, meine Arbeit bringt es mit sich, dass ich manchmal auf Klienten oder ehemalige Klienten treffe, wenn ich es am wenigsten erwarte. In solchen Fällen – und in diesem Punkt unterscheide ich mich sicherlich von den meisten Kollegen – richtet sich meine Reaktion danach, was diese besagte Person mir signalisiert. Wenn jemand in der Öffentlichkeit offen auf mich zukommt und nicht damit hinterm Berg hält, dass wir uns kennen, verhalte ich mich dementsprechend. Tun sie hingegen so, als wäre ich ihnen fremd, dann mache ich das ebenfalls. Tatsächlich gebe ich dann sogar vor, ihnen noch nie zuvor begegnet zu sein, da die Möglichkeit besteht, dass sie in Gesellschaft ihres Freundes oder Partners sind, die nichts davon wissen, dass sie in Behandlung sind oder waren; das ist für mich Teil der ärztlichen Schweigepflicht. Doch natürlich steckt man dabei hin und wieder in einem echten Dilemma.« Ihre Stimme geriet leicht ins Wanken. »Ich denke, ich nehme auch etwas Champagner, wenn ich darf.«

Ich schenkte ihr hastig etwas ein, und sie nahm dankbar einen Schluck, während ich ebenfalls einen nahm. Ich verstand, was sie damit zu sagen versuchte, ohne es konkret zu sagen. Sie *kannte* Kelly. »Aber du bist Kinderpsychologin«, sagte ich nach einem weiteren Moment unbehaglichen Schweigens. Meine Gedanken rasten.

»Das stimmt. Kinder- und Jugendpsychologin.«

»Du beschäftigst dich mit Essstörungen.«

»Unter anderem, ja. Allerdings ist das mein Fachgebiet, da hast du recht.«

Ich bemühte mich, mich zu konzentrieren; allmählich schwirrte mir der Kopf. Ja, Kelly war außerordentlich schlank. Aber eine Essstörung? Darauf wäre ich nie gekommen. »In welcher Hinsicht ist sie gefährlich?«

»Natürlich ist es wichtig, im Gedächtnis zu behalten, dass Menschen als Kinder Dinge getan haben können, die sie als Erwachsene niemals täten, und dass die Möglichkeit besteht, dass sie ihr Leben nach entsprechender Behandlung und Resozialisierung trotz allem wieder in den Griff bekommen«, fuhr Caroline fort, als hätte sie mich nicht gehört. »Manchmal allerdings scheint man es mit Patienten zu tun zu haben, denen man offenbar nicht helfen kann, ganz gleich, wie sehr man es auch versucht.«

»Jesus ...«, raunte ich. »Was zur Hölle hat Kelly *getan?*«

»Ich habe nicht behauptet, dass sie irgendetwas getan hat«, sagte Caroline sofort.

»Okay. Dann darfst du es mir also nicht sagen. Na, gut.« Ich versuchte nachzudenken. »Moment mal, sie ist berühmt. Ich meine, zwar nicht megaberühmt, aber wenn sie etwas wirklich *Schlimmes* getan hätte, hätte irgendein Journalist das doch mittlerweile ausgegraben, oder nicht?«

Caroline sagte nichts.

»Ich muss Will davon erzählen.«

»Nein, musst du nicht«, widersprach Caroline sogleich. »Dann würde ich *alles* verlieren, Sally. Obwohl ich nicht einfach in dem Wissen schweigen kann, dass jemand, sagen wir mal, gewisse *Absichten* hegen könnte, die sich als problematisch erweisen könnten, wenn sich besagter Jemand – aus welchen Gründen auch immer – irgendwann mal allein um Theo und Chloe kümmern würde, ist das mit Will ein vollkommen anderes Thema. Erwachsene können ihre eigenen Entscheidungen treffen. Kinder nicht.«

»Okay, jetzt machst du mir wirklich Angst. Was meinst du mit ›gewissen Absichten‹, und was hat das mit meinen Kindern zu tun?«

Caroline stieß angespannt die Luft aus. »Ich sage nicht, irgendetwas Bestimmtes zu wissen, oder dass sie mir gegenüber irgendwelche direkten Drohungen dir oder deiner Familie gegenüber geäußert hat. Das hat sie nicht getan. Wäre das der Fall, würde ich geradewegs zur Polizei gehen. Das Ganze ist so ungeheuer knifflig ... Wie soll ich es am besten ausdrücken?« Sie hielt inne. »Wusstest du, dass es Verbindungen zwischen Essstörungen und Unfruchtbarkeit gibt?« Sie sah mich an und wartete.

»Unfruchtbarkeit? Kelly kann keine Kinder bekommen?« Mein Verstand rotierte.

»Das hab ich nicht gesagt.«

»Stimmt«, sagte ich langsam. »Doch bestünde nicht – rein hypothetisch, natürlich – die Gefahr, dass jemand, der nicht imstande ist, eigene Kinder zu haben, eine ungesunde Verbundenheit zu den Kindern anderer entwickeln könnte?« Ich gähnte; trotz meiner inneren Anspannung war ich nach wie vor hundemüde.

»Tut mir leid. Ich kann wirklich nicht behaupten, irgendeinen Beweis dafür zu haben, dass es so *ist*. Hör zu, ich habe dich schon länger wach gehalten, als ich sollte, und es besteht kein Anlass, heute Nacht noch irgendetwas zu unternehmen. Wir unterhalten uns morgen früh weiter über alles, in Ordnung? Bis dahin versuch einfach, nicht in Panik zu verfallen.«

»Aber ich kann jetzt unmöglich ins Bett gehen!«, sagte ich verblüfft. »Ich muss ganz genau wissen, was …«

Bevor ich weitersprechen konnte, leuchtete unvermittelt mein Handy vor uns auf dem Tisch auf, zum Zeichen, dass eine Nachricht eingegangen war. Ich nahm das Telefon zur Hand und warf einen Blick aufs Display. »Eine SMS von Will«, erklärte ich Caroline. »Er ist inzwischen wieder zu Hause, aber Kelly ist auf dem Weg hierher! Offenbar hat sie ihr Handy hier vergessen. Oh Gott. Glaubst du, sie kommt zurück, um mit dir zu reden?«

Caroline schaute besorgt drein. »Verflucht.« Sie vergrub ihren Kopf einen Moment lang in den Händen, ehe sie ihn ebenso plötzlich wieder hob. Sie sprang rasch auf. »Ich geh jetzt wieder ins Bett. *Falls* sie nach mir fragt, was sie – da bin ich mir sicher – nicht tun wird, sag ihr, dass es eine kurzfristige Planänderung gab und ich schon nach Hause gefahren bin.« Sie eilte in den Flur hinaus und kam dann geradewegs wieder zurück, mit einem iPhone in der Hand. »Das muss ihres sein. Es lag auf der Ablage neben deinen Schlüsseln.«

»Gib es mir.« Ich streckte die Hand danach aus – genau in dem Moment, als ich einen Wagen in die Einfahrt einbiegen hörte. »Da ist sie schon. Du solltest besser verschwinden!«

Ich sah auf das Display, das den Anfang einer SMS anzeigte, die Kelly von jemandem empfangen hatte, der sich »BFFI« nannte – beste Freundinnen für immer. Mein Gott, wie alt waren die, zwölf? Da stand:

Wie ist es damit gelaufen, es der Psycho-Zickenschwester zu sagen? Hat sie ... Doch der Rest der Nachricht blieb frustrierenderweise verborgen, und das Telefon war gesperrt. Psycho-Zickenschwester? Wie charmant.

Ich ging in den Flur und wartete, die Arme nervös vor der Brust verschränkt, und erschrak, als schließlich lautlos eine Gestalt vor der Tür auftauchte. Durch das Glas sah ich, wie sie eine Hand hob, gefolgt von einem leisen Klopfen. Ich atmete tief durch, streckte die Hand aus und öffnete die Tür.

»Hallo.« Jetzt, wo sie sich nicht in Gesellschaft meines Bruders befand, lächelte sie nicht annähernd so überschwänglich wie zuvor, während sie mir die Gummistiefel hinhielt. »Ich dachte, die kann ich dir genauso gut gleich wiederbringen. Hübsche Idee, übrigens. Also, wie wär's, wenn du mir sagst, was dieses ganze Affentheater eigentlich soll?«

»Ich hab keine Ahnung, was du damit meinst«, entgegnete ich, während ich sie abschätzend mit völlig neuen Augen musterte.

»Ach, komm schon, Sally. Schuhe für vierhundert Pfund gehen nicht einfach so von allein kaputt, und ich glaube nicht, dass du dir einfach einen Spaß daraus machen wolltest, zu sehen, wie ich mich in diesen Stiefeln lächerlich mache. Lass uns darüber reden, warum du mein Handy aus meiner Handtasche genommen hast. Was hattest du damit vor?«

»Ich hab überhaupt nichts genommen!«, rief ich. »Bist du sicher, dass *du* es nicht vielmehr absichtlich hiergelassen hast, damit du einen Grund hattest, zurückzukommen? Ich hab nicht bemerkt, dass dein Telefon auf der Ablage liegt, weil ich mich da gerade von meiner Schwiegermutter verabschiedet habe, die unerwartet nach Hause musste.«

»Was dachtest du denn, was ich tun würde?« Einen Moment lang schaute Kelly irritiert drein. »War doch klar, dass ich zurückkomme, um mein Handy zu holen! Dachtest du allen Ernstes, ich würde es einfach hier bei dir lassen?« Sie warf einen Blick auf den Bildschirm, und ihre Augen weiteten sich, als sie die Nachricht sah und ihr klar wurde, dass ich sie gelesen haben musste. »Das ist wirklich unangenehm«, murmelte sie, ehe sie lachte und vage mit den Schultern zuckte. »Ach, was soll's? Vielleicht lernst du ja was daraus. Kennst du das Sprichwort: ›Der Lauscher an der Wand hört seine eigene Schand?‹«

Ich weigerte mich, den Köder zu schlucken. »Wäre das dann alles?« Ich gähnte von neuem. Tatsächlich *konnte* ich gar nicht anders – ich versuchte nicht, sie damit zu provozieren.

Sie schnaubte leise. »Tut mir leid. Halte ich dich von irgendwas ab? Nun ja, bevor ich gehe, Sally – und da ich weiß, dass wir jetzt ganz *unter uns* sind –, möchte ich dir *doch* etwas sagen, von dem ich möchte, dass du es weißt.«

Dann hatte sie ihr Telefon also *tatsächlich* absichtlich hiergelassen, um einen Vorwand zu haben, noch einmal allein zurückzukommen. Unwillkürlich verkrampfte ich mich.

»Du kannst mich – *HATSCHI!*«, nieste sie plötzlich theatralisch und so überlaut, dass der Flur förmlich zu erbeben schien. Darauf folgte ein Moment der Stille, und dann begann Theo, oben zu heulen.

»Oh, nein ...«, sagte sie. »Das tut mir ja *so* leid.«

Ich ließ sie nicht aus den Augen. »Rühr dich nicht vom Fleck.« Widerwillig wandte ich ihr den Rücken zu und hastete die Treppe hoch, um Theos Tür zu schließen, bevor er mit seinem Gebrüll auch Chloe wecken konnte. Als ich wieder nach unten eilte, fand ich Kelly am Türrahmen lehnend; sie ließ die ganze kalte Luft herein und wartete. »Was immer du mir zu sagen hast, du hast fünf Sekunden.«

Sie starrte mich an. »Hast du auch nur die geringste Ahnung, wie unhöflich und herablassend du manchmal bist?«

»Ich meine, du hast fünf Sekunden, weil Theo jetzt weint. Wie du unschwer hören kannst.«

Sie verdrehte die Augen. »Oh, schau den Tatsachen doch endlich ins Auge, Sally. So was machen Babys nun mal, und das, obwohl du ständig alle dazu nötigst, hier wie auf rohen Eiern herumzuschleichen, um nur ja keinen Laut zu machen.«

»Sagt die Frau mit der langjährigen Erfahrung im Keine-Kinder-haben.« Die Worte kamen mir über die Lippen, bevor mir die Bedeutung dessen, was ich gerade gesagt hatte, überhaupt richtig klar war.

Wieder starrte sie mich an. »Nun, so entzückend diese Unterhaltung auch sein mag – was ich wirklich sagen will, ist, dass ich zwar nicht genau weiß, was du im Schilde führst; renn meinetwegen heulend zu deinem Bruder, stampf mit den Füßen auf und flüstere Will von früh bis spät Gift ins Ohr, wenn du dich dann besser fühlst. Doch das wird nicht das Geringste ändern. Du wirst uns nicht auseinanderbringen – ich *werde* Will heiraten, und du kannst nichts tun, um das zu verhindern. Wenn ich etwas haben will, dann kriege ich es auch, ganz egal, ob Jobs, Männer oder was auch immer ...« Sie lächelte mich an. »Du wärst wirklich sehr schlecht beraten, wenn du dich mit mir anlegen würdest.«

Wahrscheinlich hätte ich eine derart lächerliche Aussage davor einfach ignoriert. Vielleicht hätte ich sogar darüber gelacht, doch im Hinblick auf Carolines Enthüllungen spürte ich nun, wie ein Adrenalinstoß meinen Körper durchfuhr, und ich trat vor. »Drohst du mir etwa?«

Ihr Lächeln verschwand, und sie richtete sich zu voller Größe auf. »Wie bitte?«

»Es ist mir gleich, für wen du dich hältst«, fuhr ich fort und merkte, wie meine Stimme zu zittern begann. »Oder in wie vielen beschissenen Seifenopern du mitgespielt hast, die dir offenbar den Eindruck vermittelt haben, dass du dich auch im realen Leben so aufführen kannst, denn eins lass dir gesagt sein: Ich werde alles tun, um meine Familie zu beschützen. Hast du verstanden? Absolut *alles*.«

Sie sagte kein Wort, sondern kam noch näher, sodass sich unsere Gesichter jetzt bloß noch wenige Zentimeter voneinander entfernt befanden. »Ganz wie du willst«, flüsterte sie leise, während ich mich bemühte, mit keiner Wimper zu zucken. »Du willst Krieg? Den kannst du haben.«

Sie machte so abrupt auf dem Absatz kehrt, dass ich erschrak. Mit wild pochendem Herzen verfolgte ich, wie sie zu ihrem Wagen ging. Dann schloss ich hastig die Tür – von dem Wunsch erfüllt, sie zuschlagen zu können –, ehe ich die Treppe hinauflief, um nach Theo zu sehen. Gnädigerweise brauchte ich bloß zehn Minuten, um ihn wieder schlafen zu legen. Mit etwas Glück kam jetzt die dreistündige Schlafphase, die er jede Nacht hatte, bevor er erneut aufwachte. Als Nächstes schlich ich mich in Chloes Zimmer und schaute nach meiner Tochter. Sie lag mit von sich gestreckten Gliedern auf dem Bett, die Decke auf den Boden gestrampelt. Ich deckte sie wieder zu und huschte auf Zehenspitzen in den Flur hinaus. Carolines Tür war geschlossen, und der Spalt darunter verriet mir, dass auch das Licht aus war. Alles war so, wie es sein sollte, doch als ich mich schließlich in mein eigenes Schlafzimmer begab, nachdem ich mich zuvor so leise wie möglich abgeschminkt, mir die Zähne geputzt und eine Paracetamol genommen hatte, war ich vollkommen erschöpft und zugleich krank vor Sorge.

Du willst Krieg? Den kannst du haben.

Ich versuchte, Kelly aus meinen Gedanken zu verdrängen, streifte mein Shirt ab und stieg aus meinen schmuddeligen Jeans. Automatisch durchsuchte ich sämtliche Hosentaschen, bevor ich die Jeans in den Korb mit der Schmutzwäsche gab, und stieß dabei auf die Notiz, die ich Matthew geschrieben hatte. Ich warf den zerknüllten Zettel auf den Nachttisch, ehe ich ins Bett stieg und meinen Kopf schwer aufs Kissen sinken ließ. Ich fing an, mich benommen und krank zu fühlen. Längst bereute ich es sehr, den Champagner getrunken zu haben. Ich hatte bloß anderthalb Gläser, doch meine Toleranzgrenze für Alkohol lag momentan praktisch bei null.

Ich griff nach meinem Handy und begann gähnend, eine kurze Liste der Dinge zu erstellen, die ich morgen früh einkaufen musste, doch sosehr ich auch versuchte, *nicht* an sie zu denken, so hartnäckig kam mir Kelly immer wieder in den Sinn. Sie hatte vorsätzlich dafür gesorgt, dass sie einen Grund hatte, zurückzukommen und mir die Stirn zu bieten.

Gefährlich labil.

Eine potenzielle Gefahr.

Sie, die Frau, die mein Bruder heiraten wollte und die außerdem »gewisse Absichten« hegte, die sich womöglich als Risiko für meine Kinder erweisen konnten. Ich musste so lange aufbleiben, bis Matthew heimkam, und mit ihm darüber reden; das musste ich tun. Bis dahin würde ich bei eingeschaltetem Licht ein bisschen vor mich hindösen. Ich schloss die Augen, und mein Handy begann, mir wie ein schweres Gewicht in der Hand zu liegen. Matthew würde bald wieder da sein. Er hatte gesagt, es würde nicht allzu spät werden.

Du willst Krieg? Den kannst du haben.

Das Versprechen, das Kelly mir zugeflüstert hatte, war mein letzter bewusster Gedanke, ehe ich die Augen schloss und alles um mich herum in Schwärze versank.

Kapitel 6

»Das ist absolut alles, woran ich mich erinnere, alles, was passiert ist, bis zu dem Moment, in dem ich eingeschlafen bin«, versichere ich der Ärztin, die mir in dem kleinen Verhörraum auf der Polizeistation gegenübersitzt. »Also, ja, ich würde zustimmen, dass ich in letzter Zeit unter ziemlichem Stress stand, und ja, ich entsinne mich, dass ich ziemlich mit den Nerven am Ende war, als ich gestern Abend zu Bett ging – wegen dieses Streits, den ich mit der Verlobten meines Bruders hatte –, aber ich kann ehrlich gesagt nicht behaupten, dass ich in diesem Moment irgendwelche Selbstmordgedanken gehegt oder den Wunsch verspürt habe, mir selbst etwas anzutun.« Ich schlucke nervös.

Statt etwas zu sagen, kritzelt die Ärztin bloß etwas auf ihren Notizblock. Ich warte einen Moment, und als sie auch weiterhin schweigt, gerate ich in Panik und fahre verzweifelt fort: »Was den Zettel betrifft, den ich in meiner Jackentasche hatte – den der Mann gefunden hat, nachdem er mich zu Boden geworfen hatte, obwohl ich doch bloß runter zum Hotel gehen wollte, weil ich *Hilfe brauchte* ... Jetzt, wo ich die Nachricht komplett gelesen habe, bin ich mir absolut sicher, dass es die ist, die ich meinem Mann nach unserer Auseinandersetzung gestern Morgen geschrieben habe. Ich kann verstehen, dass das in diesem Zusammenhang fragwürdig aussieht – sogar *sehr* fragwürdig –, doch ich wollte ihm damit einfach klarmachen, dass ich mich nicht mehr länger streiten will; *davon* hatte ich genug. Nicht vom Leben an sich. Ich wollte mich bei ihm für mein Verhalten entschuldigen und nicht dafür, dass ich all dem ein Ende mache. Allerdings sehe ich ein, dass sich das für jemand Außenstehenden vielleicht ein bisschen anders darstellt, wenn man nicht weiß, was *wirklich* passiert ist ...« Ich gerate ins Plappern. Ich gebe mir große Mühe, damit aufzuhören, greife nach meinem Plastikbecher und trinke einen Schluck Wasser.

»Trotzdem sind Sie sich nicht sicher, wie der Brief in Ihre Jackentasche gekommen ist?«

Ich schüttle den Kopf. »Nein, dafür habe ich keine Erklärung. Soweit ich mich entsinne, habe ich ihn das letzte Mal gesehen, als ich ihn auf meinen Nachttisch gelegt habe.« Ich wollte hinzufügen: »Und es macht mir Angst, dass ich keinerlei Erinnerung an die letzten zehn Stunden habe und nicht weiß, was in dieser Zeit mit mir passiert ist. Es ist nicht mal so, dass ich mich einfach an nichts erinnern kann; vielmehr kommt es mir vor, als hätte jemand einen Pause-Knopf gedrückt, von dem ich nicht wusste, dass ich ihn habe, sodass ich an einem bestimmten Punkt stehen geblieben bin, während alles andere um mich herum seinen Lauf nahm.« Allerdings habe ich den Eindruck, dass es dieser Ärztin vor allem darum geht, sich davon zu überzeugen, dass ich psychisch nicht so labil bin, dass ich eingewiesen werden müsste. Darum halte ich den Mund.

»Also, gut, Sally. Vielen Dank«, sagt sie schließlich. »Wie ich Ihnen zu Beginn unseres Gesprächs bereits erklärt habe, ist es meine Aufgabe, Sie zu begutachten, da Sie aufgrund von Paragraf 136 des Gesetzes zur psychischen Gesundheit festgenommen wurden. Dabei bin ich zu dem Schluss gelangt, dass ich nicht glaube, dass es in Ihrem persönlichen besten Interesse ist, weiter festgehalten zu werden. Ich werde mich aber trotzdem mit dem Kriseninterventionsteam bei Ihnen zu Hause in Verbindung setzen, damit man Ihnen auf Wunsch jede Unterstützung zukommen lässt, die Sie vielleicht brauchen.«

»Danke.« Am liebsten hätte ich vor Erleichterung geheult, doch ich riss mich zusammen, da mir klar war, dass ich unbedingt rational und psychisch stabil wirken musste. »Ich will einfach bloß nach Hause zu meinen Kindern.«

Der freundliche Polizist räuspert sich. »Wir sind bereits in Kontakt mit der Kent Police, die schon bei Ihnen zu Hause war, da Ihr Ehemann Sie gestern Abend gegen halb elf als vermisst gemeldet hat. Wie ich Ihnen bereits sagte, haben die dortigen Kollegen uns darüber informiert, dass Ihr Sohn und Ihre Tochter wohlauf und gut versorgt sind. Normalerweise würden wir jetzt einen Ihrer nächsten Angehörigen bitten, Sie hier abzuholen, doch so, wie die Dinge liegen, bringen wir Sie zurück nach Kent.«

Ich versuche, mir meine Gefühle nicht anmerken zu lassen, aber, oh, danke, Gott! Ich hatte angenommen, dass Matthew herkommen würde, doch bis er hier wäre und wir gemeinsam zurückgefahren wären, wäre ich erst am späten Abend wieder daheim – und ich will unbedingt Chloe und Theo sehen. Vielleicht sind die Polizisten deshalb bereit, mich zu fahren – weil sie wissen, dass ich ein Baby habe. »Moment mal«, sage ich dann langsam, als mir mit einem Mal ein schrecklicher Gedanke durch den Kopf schießt. »Sind Sie *sicher,* dass mit Theo und Chloe alles in Ordnung ist? Das ist doch nicht der Grund dafür, dass sie mich den ganzen Weg zurück nach Hause fahren, oder? Damit ich so schnell wie möglich wieder daheim bin, weil es dort einen Notfall gibt? Niemand hat ihnen was getan oder sie von zu Hause verschleppt? Sie werden nicht vermisst? Sie sind sich absolut sicher, dass sie in Sicherheit sind?«

Der Polizist schaut besorgt drein. »Ja, da bin ich mir absolut sicher. Haben Sie denn irgendeinen Grund zu der Annahme, sie könnten in Gefahr sein?«

Ich zögere. Keinen konkreten, nein. Kelly hat *mir* gedroht, nicht den Kindern, und ich hatte schließlich noch keine Gelegenheit, ausführlich mit Caroline über ihre Befürchtungen zu sprechen, die sie gestern Abend zur Sprache gebracht hat. »Tut mir leid. Ich fürchte, ich überreagiere gerade ein bisschen. Ich bin einfach so durcheinander wegen allem, was passiert ist; dass ich jetzt hier bin und keine Ahnung habe, warum und wieso. Irgendwie ergibt momentan nichts einen Sinn. Ich will bloß nach Hause und mich selbst davon überzeugen, dass alles in Ordnung ist, auch wenn die aktuelle Situation alles andere als normal ist. Das habe ich damit gemeint.«

Er nickt, scheinbar zufrieden, und ich versinke in Schweigen. Doch es ist bereits zu spät, die Saat des Zweifels in meinem Verstand wurde ausgebracht. Auch dass uns ein wunderschöner Frühlingsmorgen erwartet, als wir das Revier verlassen und zum Wagen gehen, macht die Sache nicht besser. Hätte mir jemand gestern um diese Uhrzeit gesagt, dass ich mehrere Stunden kinderfrei haben würde, hätte ich womöglich vor Dankbarkeit geweint, doch als ich jetzt einsteige, kann ich an nichts anderes denken als an Chloe und Theo. Ich bin krank vor mühsam unterdrückter Panik. Bitte, Gott, lass mit meinen Kindern alles okay sein. Falls sie ihnen irgendetwas getan oder ihnen sonst wie Schaden zugefügt hat, bringe ich sie um. Ich kauere mich auf den Rücksitz und starre schweigend auf die bildschöne Landschaft hinaus, die an uns vorbeizieht. Warum kann ich mich nicht entsinnen, dass ich nur Stunden zuvor von einem Fremden in die Gegenrichtung gefahren wurde? Ich habe nicht einmal den Funken einer Erinnerung daran. Dieses Gefühl ist zutiefst beunruhigend. Und was zur Hölle hat es mit diesem Brief in meiner Jacke auf sich? Wie ist er dorthin gelangt? Meine Finger schließen sich um die Notiz, die jetzt in meiner Tasche ist, während ich an die Wellen denke, die unermüdlich an den Strand schwappen, und daran, wie ich oben auf der Klippe über dem Meer herumgewankt bin. Ich wäre beinahe in die Tiefe gestürzt. Dieser Mann meinte, es würden ständig irgendwelche Körperteile angespült werden.

Ich erschauere und ziehe meine Jacke ein wenig fester um meine Schultern, als ich mit einem Mal, wie aus dem Nichts, vor meinem geistigen Auge sehe, wie ich mit ausgestreckten Armen durch die Luft stürze. Ich stelle mir vor, wie das eiskalte Wasser über meinem Kopf zusammenschlägt, und muss die Lider einen Moment lang fest zusammenkneifen, um die Bilder aus meinen Gedanken zu verdrängen. Die Vorstellung, dass ich absichtlich dort raufgegangen bin, um mich runterzustürzen, ist vollkommen absurd. So etwas würde ich niemals tun.

Ich hasse mein Leben.
Ich weiß nicht, wie lange ich das alles noch aushalte.
Aber solche Sachen sagt man eben manchmal, oder nicht?
Wir alle wissen, dass du die Situation in letzter Zeit als ziemlich schwierig empfindest.

Nein. Hätte ich das wirklich vorgehabt, wüsste ich das. *Sicher?* Ja, denn wer würde schon vergessen, dass er beschlossen hat, sich umzubringen? Und könnte sich dann nicht daran erinnern, diesen Entschluss tatsächlich in die Tat umzusetzen?

Ich öffne ruckartig die Augen.

»Alles in Ordnung mit Ihnen, Sally?«, fragt der freundliche Polizist, und ich zucke erschrocken zusammen, weil sich die weite, mit Kühen gesprenkelte Landschaft irgendwie in eine vierspurige Autobahn mit Schallschutzwänden verwandelt hat. Ich blinzle und schaue mich um, die Augen groß vor Verwirrung. »Wo sind wir?«

»Auf der M25«, sagt er und dreht sich halb um, um mich anzusehen. »Sie haben den Großteil der Fahrt über geschlafen.«

Was? Aber das ist unmöglich! Wir sind doch erst vor ein paar Minuten in Cornwall losgefahren! Ich versuche, mich aufzusetzen, sacke dann aber wieder auf dem Rücksitz zusammen, als die Bewegung mich vor Schmerz zusammenzucken lässt. Mein Kopf fühlt sich an, als wäre jemand darauf herumgetrampelt; meine Schläfen pochen, und die Innenseite meiner Augen fühlt sich vor Erschöpfung an wie grobes Sandpapier. Ich werfe benommen einen Blick auf die Uhr am Armaturenbrett, doch der Beamte hat recht, es ist jetzt 14.45 Uhr. In meinem Verstand mochten sich die Fragen vielleicht nur so überschlagen haben, außerstande, zur Ruhe zu kommen – doch mein Körper hatte offensichtlich andere Pläne; die Verlockungen eines ruhigen Wagens und das Wiegen der Straße waren schlichtweg zu groß.

»In einer guten halben Stunde sollten wir da sein.«

Ich versuche, mich zu konzentrieren. Vielleicht bin ich ja sogar rechtzeitig genug wieder zu Hause, um für Chloe Abendessen zu machen. Allerdings gibt es dann heute Fischstäbchen, weil ich für das Brathähnchen, das ich eigentlich zubereiten wollte, nicht genug Zeit haben werde. Ich frage mich, ob Matthew sie zum Ballett und zum Schwimmen gebracht hat, so wie immer. Ich hoffe es sehr, denn zweifellos brauchte sie diese Ablenkung, weil ich nicht da war. Wie hat er Chloe meine Abwesenheit wohl erklärt?

Gott sei Dank ist Caroline da. Sie hat ihm garantiert dabei geholfen, alles zu regeln, und – wichtiger noch als alles andere – ich weiß, dass sie Chloe das Gefühl gegeben hat, dass alles in Ordnung ist. Dass sie sicher ist. Denn sie *ist* sicher. Das muss sie einfach sein. Beim Gedanken an mein kleines Mädchen, verwirrt und verängstigt, das wissen will, wo ich bin, grabe ich meine Fingernägel in meine Handfläche. Fast geschafft. Fast zu Hause.

Um Viertel vor vier sind wir endlich da. Der Wagen meiner Eltern steht in der Einfahrt – in einem untypisch schiefen Winkel, der verrät, dass sie in aller Eile hergekommen sind –, doch unser eigenes Auto ist nirgends zu sehen. Ich beiße mir besorgt auf die Unterlippe und muss mich zusammenreißen, um nicht einfach vorauszulaufen und den Polizisten, der neben mir hergeht, hinter mir zurückzulassen.

Er klopft an die Eingangstür, und in der Stille des verschlafenen Nachmittags warten wir darauf, dass jemand öffnet; das einzige Geräusch in der Nähe ist das Brummen des Rasenmähers unseres Nachbarn Ron, der zum ersten Mal in diesem Jahr seine Wiese stutzt. Für gewöhnlich wäre ich jetzt drinnen und würde Ron und seinen Eifer in punkto Gartenarbeit verfluchen, während ich verzweifelt versuche, Theo zum Einschlafen zu bringen.

Auf der anderen Seite der Glastür nähert sich lautlos eine Gestalt, die sich als Caroline entpuppt, als sie aufmacht. Sie wirkt angespannt und müde, schenkt mir jedoch ein freundliches Lächeln, als sie beiseitetritt und in vollkommen normalem Tonfall »Hallo, Sally« sagt, als würde ich gerade vom Einkaufen zurückkommen.

Sobald wir drinnen im Flur sind, streckt sie dem Polizisten ihre Hand entgegen. »Hallo. Ich bin Dr. Caroline Hilman.« Sie lächelt von neuem und wartet einen Moment, um die Tatsache, dass sie Ärztin ist, wirken zu lassen. »Ich bin Verwaltungsratsmitglied von Abbey Oaks, einer Einrichtung, die psychologische Hilfe und Behandlung anbietet, nicht weit von hier. Außerdem bin ich Sallys Schwiegermutter, habe hier heute also praktisch gleich zwei Jobs zu erledigen. Wenn Sie so gütig wären, einen

Moment zu warten? Ich bin sofort wieder bei Ihnen, um den Papierkram zu erledigen, den Sie vermutlich dabeihaben.« Sie spricht höflich, aber bestimmt und führt mich weiter ins Haus, ohne eine Antwort abzuwarten.

Sie bringt mich ins Wohnzimmer, wo ich Mum und Dad nervös auf zwei gegenüberliegenden Sofas sitzen sehe. Mum ruft bei meinem Anblick »Oh!«, ehe sie sich hastig die Hand vor den Mund hält. Ihr Gesicht ist ganz aufgedunsen vom Weinen, und ihre Augen beginnen sich erneut mit Tränen zu füllen, als sie aufspringt und quer durch den Raum auf mich zuläuft, mich in die Arme nimmt, mir übers Haar streichelt und mich küsst. »Jetzt bist du in Sicherheit. Wir passen auf dich auf, das verspreche ich dir, und alles wird wieder gut.«

Ich löse mich mit Nachdruck aus ihrer Umarmung. »Wo sind Chloe und Theo?«

Mum wirft Caroline einen Blick zu, der dafür sorgt, dass mein Herz einen Schlag lang aussetzt, und ich wirble herum, um meine Schwiegermutter anzusehen. »Caroline?«

»Es geht ihnen bestens. Sie sind mit Matthew unterwegs und werden jeden Moment wieder hier sein.«

»Matthew ist allein mit ihnen unterwegs?«, sage ich besorgt. Er hat noch nie etwas mit beiden zusammen unternommen. Außerdem ist es immer noch so kalt, dass beide Jacken brauchen und Theo wahrscheinlich sogar eine Mütze.

»Es schien sinnvoll zu sein, dass Chloe beim Eintreffen des Streifenwagens nicht hier ist und sich alle ein bisschen beruhigen können«, erklärt Caroline vernünftig, ehe sie sanft hinzufügt: »Er kommt schon mit den Kindern zurecht.«

»Versprichst du mir, dass es ihnen gut geht?«

»Du weißt, dass ich dich in einer solchen Angelegenheit niemals anlügen würde«, entgegnet sie.

»Hat Chloe danach gefragt, wo ich bin?«

»Ja. Wir haben ihr erzählt, dass du heute arbeiten bist. Damit war die Sache für sie erledigt. Wenn es dir recht ist, kümmere ich mich jetzt um die Polizei, in Ordnung?«

Ich nicke, und sie verlässt den Raum.

Ich wende mich wieder an meine Mum, und wir sehen einander nur an; niemand weiß so recht, was er sagen soll.

»Es tut mir ja so leid«, platzt es schließlich einen Moment später aus Mum heraus. »Gestern Abend hast du mir gesagt, dass du mit den Nerven am Ende bist, und ich hab dir nicht richtig zugehört. Das tut mir wirklich leid, Sally. Es ist nur so, dass Theo doch schon dein zweites Baby ist und du alles so gut im Griff zu haben schienst. Ja, du hast auf mich sehr müde gewirkt, doch mir wäre niemals in den Sinn gekommen, dass es sich dabei wieder um diese Postnatale Depression handelt, unter der du auch damals bei Chloe gelitten hast. Auf dem Weg hierher habe ich heute Morgen die ganze Zeit gegoogelt, und die Symptome treffen zu hundert Prozent auf dich zu: Du weinst viel, hast keine Energie und kein Selbstvertrauen, fühlst dich überfordert und ...« Sie tritt unbehaglich von einem Fuß auf den anderen. »... bist übermäßig reizbar. Ich kann nicht glauben, dass ich so dumm war. Doch jetzt höre ich dir zu, und wir werden dir helfen. Wir *alle* werden dir helfen.«

Ich reibe mir müde die Augen. Gott, ich fühle mich grässlich. »Diese ganzen Symptome treffen auf *jede* Frau zu, die jemals ein Baby bekommen hat, oder nicht?«

»Ja, aber nicht jede Frau hat einen Notkaiserschnitt und verliert beinahe ihren Sohn, so wie du mit Theo. Und damals bei Chloe war dir überhaupt nicht klar, dass du unter einer Depression leidest, nicht wahr? Wem ist das gleich noch aufgefallen? Deiner Hebamme?«

»*Sie* dachte, ich hätte eine Postnatale Depression. Ich selbst hab das nie geglaubt.«

»Gestern Abend meintest du, du könntest dich nicht wirklich daran erinnern, wie du dich nach Chloes Geburt gefühlt hast, weil du das verdrängen würdest.« Sie schaut mich besorgt an.

»Ich hab damit gemeint, dass ich nicht gern daran denke, weil das eine ziemlich schwierige Phase meines Lebens war. Ich wollte damit nicht sagen, dass ich mich im wahrsten Sinne des Wortes nicht daran erinnere. Mum, könnte ich mich einen Moment lang setzen?«

»Oh, aber natürlich, Liebes!«, sagt sie hastig. »Tut mir leid. Ich wollte dich nicht so überfallen!«

Ich lasse mich aufs Sofa sinken. »Schon okay. Du bist nicht die Einzige, die Fragen hat. Ich begreife einfach nicht, warum ich mich an nichts mehr erinnern kann, nachdem ich gestern Abend zu Bett gegangen bin. Ich hab nicht die geringste Ahnung, was zehn Stunden lang mit mir passiert ist. Ich weiß nicht, wie ich nach Cornwall gekommen bin oder was ich dort wollte.«

»Will meinte, du hättest gestern Abend geweint, und dass das, was du gesagt hast, teilweise nicht allzu viel Sinn ergeben hätte.«

Ich zögere. »Ja, das stimmt, aber ...«

»Und mir hast du erzählt, du hättest das Gefühl, vollkommen durchzudrehen, und seiest dir nicht sicher, wie lange du das alles noch durchhältst.« Jetzt treten Mum ihrerseits wieder Tränen in die Augen. »Du kannst uns *vertrauen*, Sally. Wirklich. Es ist okay, uns zu sagen, warum du dorthin gefahren bist.«

»Aber genau das ist ja der springende Punkt. Ich *kann* euch das nicht sagen, weil ich es *selbst* nicht weiß.«

»Die sagen, du hattest einen Brief dabei«, flüstert Mum, »an Matthew. Einen Abschiedsbrief.«

Ich schüttle den Kopf. »Nein, das ist so nicht richtig. Und wenn Matthew nach Hause kommt, beweise ich euch das. Es geht um das hier.« Ich greife in meine Tasche und hole das mittlerweile reichlich zerfledderte Stück Papier hervor; Mum weicht davor zurück, als sei es verflucht. »Das ist bloß eine Notiz, die ich Matthew letzte Woche nach einem Krach auf den Schreibtisch gelegt habe. Das wird er euch bestätigen. Ich hab keine Ahnung, wie der Zettel in meiner Jacke gelandet ist. Das ergibt überhaupt keinen Sinn.«

Caroline kommt ins Wohnzimmer zurück. »Die Polizei ist weg.« Sie nimmt auf dem Sofa Platz. »Nachher wird dich das Kriseninterventionsteam anrufen. Vielleicht kommt auch jemand von denen persönlich vorbei. Das hängt davon ab, wie gut die Betreuung hier außerhalb der regulären Dienstzeiten ist.«

Darauf folgt eine Pause, und dann sage ich: »Caroline, ich habe Mum und Dad gerade erzählt, was passiert ist, nämlich, dass ich heute Morgen auf dem Rücksitz eines Taxis aufgewacht bin, ohne zu wissen, wie ich dorthin gekommen bin, obwohl ich genau die Summe Geld bei mir hatte, die ich brauchte, um die Fahrt zu bezahlen – was zugleich surreal und ziemlich beängstigend ist.« Ich atme tief durch. »Ich weiß, dass ich Theo wieder schlafen gelegt habe, nachdem Kelly gegangen ist. Dann habe ich nach Chloe geschaut, und als ich sah, dass das Licht in deinem Zimmer aus ist, bin ich selbst schlafen gegangen. Hast du anschließend irgendwas Ungewöhnliches gesehen oder gehört?«

Sie schüttelt den Kopf. »Sobald ich sicher war, dass Kelly fort ist, habe ich in meinem Zimmer gewartet, für den Fall, dass du noch mal reinschauen würdest, um mit mir über irgendwas zu reden.« Sie schaut mich mit fast flehentlichem Blick an, und ich weiß, dass sie damit auf unser Gespräch über Kellys Vergangenheit anspielt und auf ihre Verbindung zueinander. »Doch alles blieb ruhig, darum habe ich meine Ohrenstöpsel eingesetzt. Wir hatten uns ja bereits darauf verständigt, dass du dich in der Nacht um Theo kümmerst, und ich wollte ausgeruht sein, um dir heute Morgen zur Hand zu gehen. Natürlich habe ich damit gerechnet, dass er viel wach sein würde, und nach dem Kongress war ich ein wenig erschöpft, daher ...« Sie zuckt hilflos mit den Schultern. »Mir wäre nicht mal im Traum eingefallen, dass die Ohrenstöpsel ein Problem sein könnten; im Gegenteil. Wenn überhaupt, schien es mir am *Vernünftigsten* zu sein, sie zu tragen. Ich bin jedenfalls sofort eingeschlafen und habe nicht das Geringste gehört.«

»Dann hat also Matthew festgestellt, dass ich fort bin?«

»Ja. Als er aus der Kneipe nach Hause kam, lagst du nicht im Bett, darum dachte er, du schläfst bei Theo im Zimmer. Theo ist gegen halb elf aufgewacht und fing an zu weinen. Als er nicht wieder aufhörte, schaute Matthew nach, was los ist, und entdeckte, dass du verschwunden bist.«

Beim Gedanken daran, wie Theo immer verzweifelter nach mir verlangte und glaubte, ich hätte ihn mitten in der Nacht im Stich gelassen, umklammere ich fest die Armlehne des Sofas.

»Ist Chloe auch wach geworden?«

»Zum Glück nicht, nein, auch wenn ich mir offen gestanden nicht erklären kann, warum nicht. Matthew kam zu mir, wir riefen die Polizei, und dann ging es einfach immer weiter.«

Oh Gott. Armer, armer Matthew. »Das muss schrecklich für euch gewesen sein. Es tut mir ja so leid.«

»Ist schon okay, Sally«, sagt sie sanft. »Theo ist nichts passiert. Er hat sich rasch wieder beruhigt.«

Ich nicke, überwältigt von Schuldgefühlen, weil ich nicht für meinen Sohn da gewesen war, als er mich brauchte. Wo war ich, als mein Baby nach mir schrie? Was ist mit mir passiert?

Dann erregt etwas draußen vor dem Fenster meine Aufmerksamkeit und lenkt mich ab. Unser Wagen biegt in die Einfahrt. Sie sind zurück! Ich springe auf, als Matthew aussteigt. Er sieht mich nicht; stattdessen öffnet er die Beifahrertür für Chloe. Beim Anblick ihres blonden Kopfes, der um die Ecke des Renaults gehüpft kommt, halte ich den Atem an, dann taucht sie vor der Scheibe auf. Sie späht aufgeregt hinein, und als sie mich entdeckt, hellt sich ihr Gesicht auf; ich höre sie förmlich »Mummy!« rufen. Ihre pure Freude, mich zu sehen, lässt mich gleichzeitig lachen und schluchzen, als wir uns beide umdrehen und zur Vordertür laufen. Ich bin zuerst da und stoße die Tür gerade rechtzeitig auf, um zu hören, wie Matthew – der gerade dabei ist, Theo in seinem Kindersitz vorsichtig aus dem Auto zu heben – ihr nachruft, sie solle nicht so rennen, damit sie nicht stolpert und hinfällt.

Sie wirft sich mir atemlos in die Arme und reißt mich dabei fast von den Füßen. »Mummy! Mummy«, sagt sie immer wieder und umklammert überschwänglich meine Beine. Die Erleichterung dieses Wiedersehens scheint fast ein bisschen zu viel für sie zu sein, weil sie mit einem Mal einen Hüpfer macht und miaut. »Oh, was für ein süßes kleines Kätzchen«, bringe ich mühsam hervor, springe auf dieses Spiel an, das sie sehr gern spielt, hebe sie hoch, drücke sie an mich, schließe die Augen und halte sie ganz fest. »Na, wie heißt du denn?«

»Ella«, piepst sie.

Ich genieße den vertrauten, süßen Geruch ihres Haars, während ich mir vorstelle, wie ich am Rande dieser Klippe herumgewankt bin. Der Gedanke daran bereitet mir körperliche Übelkeit.

»Du hast mir gefehlt«, sage ich und versuche, mich nicht von den Gefühlen in meiner Stimme verraten zu lassen, denn Caroline hat recht: Für Chloe ist es wichtig, dass alles so schnell wie möglich wieder ganz normal läuft. Matthew taucht im Türrahmen auf, die Wickeltasche über die Schulter geschlungen, während sich Theo gemütlich in seine Sitzschale kuschelt. Theo trägt eine Jacke und eine Mütze. Matthew bleibt stehen, starrt mich mit großen Augen an – und stolpert dann förmlich über die Schwelle herein.

Ich trete instinktiv vor, ohne Chloe loszulassen, und strecke eine Hand aus, um Theo zu stützen – stattdessen hebt Matthew Theos Sitz so zur Seite, dass er nicht zerdrückt wird, schlingt seinen freien Arm um uns und hält Chloe und mich ganz fest, ehe er seine Stirn gegen meinen Kopf legt und ein zittriges Seufzen ausstößt.

»Bärenumarmung!«, sagt Chloe ein bisschen unsicher, und windet sich frei, sodass Matthew gezwungen ist, uns loszulassen. Er stellt Theo vorsichtig auf dem Teppich ab, und als Chloe sich die Schuhe von den Füßen kickt, strecke ich die Arme aus, um Theos Haltegurte zu lösen.

»Hallo«, flüstere ich, während Theo mich mit feierlicher Miene mustert. »Hallo, mein kleiner Schatz.« Ich lächle ihn an, schlucke den Kloß hinunter, der mir in der Kehle sitzt, und nach einem Moment des Zögerns verzieht er das Gesicht zu einem breiten Grinsen. Ich hebe ihn aus der Schale, nehme ihn auf den Arm und drehe mich um, um festzustellen, dass Matthew mich eindringlich anschaut. Ich sehe ihm an, dass ihm etwas auf der Zunge liegt, das er unbedingt loswerden will. Ich hoffe zwar, dass er damit noch wartet, bis Chloe ins Wohnzimmer abgedüst ist, doch er kann sich offensichtlich nicht mehr länger beherrschen.

»Es tut mir so unendlich leid. Das ist alles meine Schuld.«

»Nein, ist es nicht«, sage ich, ein wenig verdutzt, während ich Theos stämmigen kleinen Körper an mich drücke.

»Doch, ist es«, beharrt er. »Ich hätte gestern Abend nicht weggehen dürfen. Es lag an Wills Neuigkeiten, nicht wahr? Die waren der Auslöser – oder ist sonst noch was passiert?«

Ich werfe Chloe einen raschen Blick zu und lege dann einen Finger auf meine Lippen, ehe ich Theo auf meine Hüfte verlagere, um ihm die Mütze abzunehmen und den Reißverschluss seiner Jacke zu öffnen. »Und, hattest du Spaß mit Daddy und Theo, Clo?«, frage ich. »Wo seid ihr denn überall gewesen?«

»Also, zuerst waren wir im Café, um einen Babychino zu trinken«, beginnt Chloe. »Daddy meinte, ich könnte auch ein ...«

»Sally!« Matthew tritt verzweifelt vor und unterbricht sie. »Bitte! Rede mit mir! Du musst ...«

»Hallo, Chloe!« Bevor er fortfahren kann, taucht zum Glück Caroline in der Wohnzimmertür auf. »Hab ich das gerade richtig gehört? Ihr habt einen Babychino getrunken? Na, das ist ja toll! Komm her und erzähl mir, was du dazu hattest; ich wette, ein Stück Kuchen, oder war's ein Keks? Soll ich Theo auch für einen Moment nehmen?« Sie schaut besorgt zwischen uns hin und her und streckt die Arme aus.

Ich will Theo zwar keine einzige Sekunde mehr hergeben, doch sie hat recht: Die Kinder sollten hiervon nichts mitbekommen. Widerwillig lasse ich zu, dass sie ihn nimmt. »Danke, Caroline.«

Ich warte, bis alle gemeinsam im Wohnzimmer verschwunden sind und die Tür hinter sich geschlossen haben. Dann stehen Matthew und ich uns im Flur gegenüber.

»Es tut mir wirklich leid«, sagt er wieder, und zu meinem Entsetzen füllen sich seine Augen mit Tränen. Ich habe Matthew noch nie zuvor weinen sehen. »Ich hab dich so schmählich im Stich gelassen, Sally. Ich hab mich aufgeführt wie ein Kleinkind. Gestern – als du plötzlich weg warst ... Ich hatte noch nie im Leben solche Angst. Ich dachte, ich würde alles verlieren ... Ich weiß, dass du darüber nachgedacht hast, mich zu verlassen; das habe ich dann ja auch schwarz auf weiß auf deinem Handy gesehen. Als ich dann feststellte, dass du weg bist, habe ich ...«

»Tut mir leid, was *hast* du denn auf meinem Handy gesehen?«
Ich bin vollkommen verwirrt.

Er holt ein Taschentuch hervor und schnäuzt sich die Nase.
»Als du mir dein Telefon gegeben hast, um beim Imbiss das
Abendessen zu bestellen, ging die letzte Webseite auf, die du be-
sucht hast – die mit diesen ganzen Infos über Scheidungen. ›Sind
Scheidungen schlecht für Kinder?‹, ›Was Scheidungen für Kinder
wirklich bedeuten‹ ...«

Mir klappt der Mund auf. »Oh, nein, nein! Das hast du vollkommen falsch verstanden. Ich bin bloß im Netz gesurft. Ich hab
gegoogelt, welche Auswirkungen kleine Kinder auf die Ehe haben können. Ich hab nicht hinter deinem Rücken irgendwelche
Scheidungstipps eingeholt. Oh, Matthew! Da musst du ja vollkommen am Boden zerstört gewesen sein. Warum hast du mich
denn nicht einfach gefragt, was es damit auf sich hat?«

Er wischt sich mit dem Handrücken über die Augen. »Ich hab
schon eine ganze Weile versucht, mit dir zu reden. Beim letzten
Mal hast du dann gemeint, wenn ich nicht glücklich wäre, sollte
ich doch gehen. Und nach dem, was ich auf deinem Telefon gesehen hatte, war ich zu verängstigt, das Thema noch mal zur
Sprache zu bringen, für den Fall, dass du tatsächlich ernst meinst,
was du gesagt hast – dass es tatsächlich vorbei ist. Ich kenne dich.
Sobald du deine Entscheidung wegen irgendwas erst mal getroffen hast, gibt es kein Zurück mehr.«

»Ich hatte nicht die Absicht, dich zu verlassen!«

»Na ja, als ich entdeckte, dass du weg bist, hab ich aber genau
das gedacht – besonders, als wir dann feststellten, dass das Geld
ebenfalls verschwunden war. Doch dann fand ich dein Handy,
und da wusste ich, dass etwas nicht stimmt, darum haben wir die
Polizei gerufen. Als man uns dann sagte, wo du bist und was du
vorhattest ...« Seine Stimme bricht.

»Tut mir leid. Ich verstehe nicht recht: Welches Geld meinst
du?«

Er schaut wieder zu mir auf. »Ist schon okay, Sal. Das spielt
keine Rolle. Glaub mir, mir ist vollkommen gleich, was du damit

gemacht hast, solange du nur wieder in Sicherheit bist. Ich kann dir gar nicht sagen, wie sehr ich mich schäme, weil ich dich nicht genügend unterstützt habe, dass ich die Augen davor verschlossen habe, unter welchem Stress du stehst, und ...«

»Matthew, ich habe absolut keine Ahnung, von welchem Geld du da redest!«

Er bedenkt mich mit einem merkwürdigen Blick. »Na, von dem aus Mums Reisetasche, unter der Treppe? Hast du die etwa nicht mitgenommen?«

»Nein. Da war Bargeld drin? Wie viel denn?«

Er zögert, schluckt nervös und sagt: »Alles. Alles, was wir haben. Fünfundsechzigtausend Pfund.«

Kapitel 7

»Das ist nicht dein Ernst«, sage ich langsam.

Er lacht nicht. »Dann weißt du also nicht, was damit passiert ist?«

Ich schnappe entsetzt nach Luft. »Was zur Hölle hat unser ganzes Geld *in einer Tasche unter der Treppe* zu suchen?«

»Du kannst es mir ruhig sagen, Sally«, beharrt er. »Ist schon in Ordnung.«

»Aber ich hab das Geld nicht genommen!«, erwidere ich mit lauter, verängstigter Stimme.

Er schaut besorgt drein und steht auf. »Beruhige dich, Liebling. Ich wollte dich nicht aufregen. Bitte, ich will dir doch nur helfen. Ich ...«

Die Wohnzimmertür geht auf, und Caroline und meine Mutter erscheinen. »Ist alles in Ordnung?«, fragt Mum.

»Ich hab Sally gerade erzählt, dass die Tasche weg ist.« Matthew sieht seine Mutter an.

»Ah«, sagt sie, als hätte sie bereits damit gerechnet. Sie richtet sich noch ein bisschen mehr auf, als würde sie sich dafür wappnen, an die Frontlinie zu treten. »Das ist alles meine Schuld, Sally. Matthew hat sich da nichts vorzuwerfen. Vor etwa zwei Wochen habe ich ihn gefragt, ob ihr mir vielleicht vorübergehend das Geld leihen könntet, das ihr bei dem Wohnungsverkauf verdient habt. Ich wusste, dass ihr eine große Summe auf der Bank habt, um davon das Haus zu renovieren. Ich wollte dieses Geld nutzen, um einem kleinen, aber wichtigen Frauenhaus mit einem Privatkredit auszuhelfen. Ein Bauunternehmer wollte die Immobilie hinter dem Rücken der Betreiberinnen kaufen und das Frauenhaus dichtmachen. Wir hatten nur wenig Zeit, ein Gegengebot zu unterbreiten. Ich hatte einige Vermögenswerte, die ich dem Frauenhaus schenken wollte, um die entsprechenden Kosten zu decken, aber der Eigentümer des Hauses lehnte ab. Er verlangte Bargeld. Also habe ich einen stattlichen Batzen meines eigenen Barvermögens zur Verfügung gestellt und Matthew gefragt, ob ich mir die fünfundsechzigtausend Pfund von euch leihen könnte, um die Summe vollzumachen. Ich versprach ihm, das Geld so schnell wie möglich wieder zurückzuzahlen.«

»Und du hast eingewilligt, ohne vorher auch nur ein einziges Wort mit mir darüber zu reden?« Ich sehe Matthew ungläubig an.

»Ich habe ihn gebeten, dich nicht damit zu behelligen«, sagt Caroline. »Ich fürchtete, dass du ihn womöglich – und aus vollkommen verständlichen Gründen – davon überzeugen würdest, mir das Geld nicht zu borgen, und dieses Risiko konnte ich in diesem Moment einfach nicht eingehen. Es war so ungeheuer *wichtig,* dass ich das Geld bekomme, Sally. In diesem Haus sind Frauen mit Kindern, die sonst nirgends hinkönnen ... Doch jetzt sind sie in Sicherheit, und das dank dir und Matthew. Als ich dann gestern Abend hierherkam, hatte ich euer Geld dabei, die ganze Summe, um sie Matthew zurückzugeben.«

»Eigentlich sollte ich die Tasche unter der Treppe hervorholen und sie hoch in Mums Zimmer bringen; darum hatte sie mich ja auch eigens gebeten«, erklärt Matthew. »Aber als ich mich dann schließlich darum kümmern wollte, schlief Theo, und ich hatte Angst, Lärm zu machen und ihn zu wecken. Du warst ja schon sauer auf mich, weil ich die Mülltonne über die Einfahrt gerollt habe – was übrigens ziemlich bescheuert von mir war«, fügt er hastig hinzu. »Wie auch immer, ich wollte das Geld heute zur Bank bringen, aber ...« Er bricht ab.

»Ich musste euch Bargeld zurückgeben, andernfalls wären wegen der Vermögenswerte, die ich liquidiert habe, Steuern und Gebühren fällig geworden, verstehst du?«, erklärt Caroline.

»Also, hast du das Geld?«, will Matthew von mir wissen. »Es ist okay, wenn du es genommen hast, Sally. Wie ich bereits sagte, das Wichtigste ist jetzt, dass du sicher und wohlbehalten wieder bei uns bist.«

Mein Mund klafft ein Stück weit auf. Jetzt ist es an mir, von

Gefühlen überwältigt zu Boden zu sinken, während ich zu nichts weiter fähig bin, als zu den beiden aufzusehen.

»Hat es dir jemand gestohlen?« Matthew hockt sich neben mich und ergreift fast verzweifelt meine Hand. »Bist du deshalb in Panik geraten und hast beschlossen, dich ...«

»Matthew«, mischt Caroline sich ein. »Vielleicht ist jetzt nicht der richtige Zeitpunkt für dieses Gespräch. Sally ist praktisch gerade erst wieder heimgekommen, und im Hinblick darauf, was sie durchgemacht hat, denke ich, sollten wir diese Unterhaltung lieber auf später verschieben.«

Ich versuche, mich zusammenzureißen. »Ich hatte vierhundert Pfund dabei, mit denen ich das Taxi bezahlt habe. Wenn ihr sagt, dass unter der Treppe viel Geld lag, vermute ich, dass ich es daher hatte, doch mit Sicherheit weiß ich das nicht. Ich kann mich jedenfalls nicht daran erinnern, es von dort genommen zu haben.« Ich lege meinen Kopf in die Hände. »Aber das kann nicht stimmen. Wenn ich bloß vierhundert Pfund genommen habe, wo ist dann der Rest? Und noch etwas anderes ist merkwürdig ...« Ich greife in meine Tasche, hole den sogenannten Abschiedsbrief hervor und reiche in Matthew. »Siehst du? Das ist der Zettel, den ich dir nach unserem Streit wegen der Nudeln auf den Schreibtisch gelegt habe. Wie ist der in meine Jacke gekommen?«

Matthew überfliegt die Notiz und schaut mich dann besorgt an. »Sal, diesen Brief habe ich noch nie zuvor gesehen.«

Ich habe das Gefühl, als würde mir jemand die Beine unter dem Körper wegtreten. Darauf folgt eine lange, unbehagliche Pause. »Doch, hast du«, versuche ich es erneut. »Ich hab das geschrieben, als du Chloe zur Schule gebracht hast.«

»Aber wenn ich das gelesen hätte, hätte ich definitiv etwas dazu gesagt. So was würde ich doch niemals einfach ignorieren.«

Ich zögere, schließlich war es mir selbst ja auch merkwürdig vorgekommen, dass er überhaupt kein Wort darüber verloren hatte. »Du hast den Brief *wirklich* nicht gesehen?« Ich schaue ihn verwirrt und mit zusammengekniffenen Augen an.

»Nein. Und ich verstehe ehrlich gesagt auch nicht, warum du

ihn mir überhaupt geschrieben hast«, sagt er ruhig. »Warum hast du nicht einfach gewartet, bis ich wieder da bin, um die Sache dann mit mir persönlich zu besprechen? Wenn du was auf dem Herzen hast, sprichst du normalerweise *immer* darüber.«

»Na ja, du meintest, du willst nicht darüber reden.« Ich starre den Brief mit meiner eigenen Handschrift benommen an. Ich fühle mich, als würde ich allmählich den Verstand verlieren. Ich *habe* ihm diese Zeilen geschrieben, und später fand ich den Zettel dann auf dem Boden seines Arbeitszimmers, das weiß ich genau.

»Du solltest hochgehen und dich hinlegen.« Mum kommt zu mir rüber, legt ihre Arme um mich und hilft mir auf die Füße. »Du bist offensichtlich vollkommen erschöpft und nicht in der Verfassung für solche Gespräche. Wie Caroline schon sagte, spielt das Geld im Moment keine Rolle, und keiner von uns denkt, dass du irgendwas mit seinem Verschwinden zu tun hast.« Sie wirft Matthew einen warnenden Blick zu.

»Ich drehe nicht durch, Matthew, das verspreche ich dir«, sage ich eindringlich. »Aber diese ganze Sache ist einfach ... bizarr und auch ziemlich unheimlich, um ehrlich zu sein.«

»Ich ersetze euch das Geld ohnehin«, sagt Caroline plötzlich. »Hätte ich nicht darum gebeten, es mir leihen zu können, würden wir diese Unterhaltung jetzt nicht führen. Wenn es jetzt verschwunden ist, bin ich dafür verantwortlich. Immerhin hat Matthew mir das Geld in gutem Glauben überlassen. Außerdem war es vollkommen falsch von mir, Matthew zu bitten, nicht mit dir über die Angelegenheit zu reden, Sally. Du bist seine Frau, und natürlich hätte er das mit dir besprechen müssen. Ich war einfach dermaßen geblendet von der Wichtigkeit dessen, was ich mit dem Geld machen wollte, dass bei mir offenbar die Vernunft ausgesetzt hat. Das macht das Ganze allerdings nicht weniger inakzeptabel. Es tut mir wirklich unendlich leid. Diesmal wird es kein solches Durcheinander geben. Sobald ich das Geld organisiert habe, überweise ich es direkt auf euer Konto. Steuern und Gebühren sind mein Problem. Bitte macht euch deswegen keine Gedanken. Deine Mutter hat recht, Sally: Momentan ist es viel wichtiger, dass wir uns um *dich* kümmern. Warum ruhst *du* dich jetzt nicht ein bisschen aus? Du siehst erschöpft aus.«

»Ich bin okay, aber danke. Ich möchte einfach bloß ein bisschen Zeit mit meinen Kindern verbringen.«

»Aber ist nicht genau das Teil des Problems?«, fragt Matthew. »Du hast sie *immer* um dich. Du hattest schon wer weiß wie lange keine Zeit mehr für dich. Wir sind alle hier, wir kümmern uns um Chloe und Theo. Geh du nur schlafen.«

»Das ist wirklich lieb von dir«, sage ich. »Aber ich will jetzt *wirklich* bei ihnen sein.«

»Bitte, sei nicht sauer, Liebling«, fleht Mum. »Niemand sagt, dass du *nicht* bei ihnen sein kannst. Wir machen uns bloß Sorgen um dich, das ist alles. Also komm, gehen wir zu ihnen.«

Ich erwidere nichts darauf, ich wage es nicht, etwas zu sagen, und wir alle gehen ins Wohnzimmer.

Um ehrlich zu sein, mache ich mir *auch* Sorgen um mich.

Ich sitze bei den Kindern, während sie ihr Abendessen einnehmen, genauso, wie ich es normalerweise auch täte, auch wenn ich das Kochen heute Mum überlassen habe. Caroline ihrerseits überlässt das Feld Mum – wofür ich dankbar bin – und hat sich ins Wohnzimmer zurückgezogen, um zusammen mit Matthew und Dad im Fernsehen Rugby zu schauen. Ich füttere Theo, während Mum in geschickter Hast mit Ofenhandschuhen und Backblechen hantiert. Chloe freut sich sichtlich, dass alle hier sind; sie plappert fröhlich davon, wie es beim Ballett war und dass sie beim Schwimmen vom Sprungbrett gesprungen ist. Wäre der Umstand nicht gewesen, dass ich heute Morgen am anderen Ende des Landes im Pyjama auf dem Rücksitz eines Taxis aufgewacht bin, dessen Fahrer vierhundert Pfund von mir verlangte, wäre es ein richtig angenehmer Samstagabend gewesen.

Ich lächle, während ich den Kartoffelbrei, das Karottenmus und den Brokkoli – das Abendessen, das Mum im Handumdrehen und ohne jede Mühe gezaubert hat – in Theos hungrige Babyschnute löffle und dabei das Zittern meiner Hände so gut wie möglich zu verbergen versuche. Ich gebe mir große Mühe, ruhig zu wirken, doch in Wahrheit bin ich so krank vor Sorge und Verwirrung, dass mir ein regelrechter Stein im Magen liegt. Haben sie recht? Habe ich das tatsächlich alles getan? »Das machst du ganz toll, mein liebster kleiner Junge!« Ich wende mich an Chloe, die neben mir sitzt. »Und du isst auch total super, mein liebstes kleines Mädchen.«

»Dein liebstes *großes* Mädchen«, berichtigt sie mich grinsend.

»Natürlich. Sorry.« Ich gebe ihr einen Kuss auf die Stirn, ehe ich mich wieder Theo zuwende und resolut ein Gähnen unterdrücke. Ja, ich bin körperlich vollkommen erledigt, aber die Kinder müssen sehen, dass mit mir alles in Ordnung ist – dass alles *normal* ist. Mir ist aufgefallen, dass sie mich seit meiner Rückkehr keine einzige Minute mit Chloe und Theo allein gelassen haben. Haben sie immer noch Angst, ich könnte eine Gefahr für mich selbst sein?

»Wer weiß sonst noch über letzte Nacht Bescheid?«, frage ich, bemüht, meine Stimme beiläufig klingen zu lassen. Mum versteift sich – sie steht über die Spüle gebeugt da und schrubbt den großen Kochtopf mit einer Hingabe, als hinge ihr Leben davon ab.

»Na ja, dein Bruder natürlich, und Kelly. Will war außer sich vor Sorge. Ich konnte ihn gerade so davon abhalten, herzukommen, um hier mit uns darauf zu warten, dass du zurückkommst. Er macht sich Vorwürfe, dass er für das verantwortlich ist, was passiert ist, wegen dem, was er dir gestern Abend erzählt hat.«

Also das ist *wirklich* verrückt. »Mum! Ich bin zwar alles andere als der größte Fan seiner Verlobten, aber zu so dramatischen Überreaktionen neige ich dann doch nicht.« Ich versuche, mich vor Chloe zusammenzunehmen.

»Ich denke, er meint, dass die Sache mit der Hochzeit das war, was das Fass zum Überlaufen gebracht hat.«

»Oh, ich verstehe.« Ich schweige einen Moment lang. »Hat Kelly euch denn auch erzählt, dass wir unmittelbar, bevor sie wieder hier abgerauscht ist, einen ziemlich hitzigen Wortwechsel hatten?«

Mum hört auf zu schrubben und dreht sich um. »Nein. Was ist passiert?«

»Von wem redet ihr?« Chloe schaut neugierig auf, als sie merkt, dass die Sache interessant werden könnte.

»Von Onkel Will, Liebling«, sagt Mum. »Er wird heiraten und möchte, dass du sein Blumenmädchen bist! Ist das nicht toll?«

»Ich muss aufs Klo«, sagt Chloe.

»Okay, dann ab mit dir.« Ich schiebe ihren Stuhl zurück, sodass sie runterklettern kann. »Aber komm danach gleich wieder her, du hast nämlich erst halb aufgegessen ... Das war, als Kelly allein hier war«, fahre ich fort, nachdem Chloe von ihrem Stuhl gestiegen und davongewuselt ist. »Das Letzte, was sie zu mir sagte, war, wenn ich Krieg haben wolle, könne ich den kriegen. Sie kam noch mal zurück, weil sie ihr Handy vergessen hatte, was ich in dem Moment schon seltsam fand. Für gewöhnlich kann man sie kaum von dem Ding trennen. Dann ist Theo aufgewacht, und ich hab sie hier unten allein gelassen, um nach ihm zu sehen ... Oh, mein Gott!« Mit einem Mal fällt mir etwas ein. »Davor war sie im Schrank unter der Treppe zugange, weil ihr Absatz abgebrochen ist und ich ihr meine Gummistiefel geliehen habe!«

Mums Miene ist ausdruckslos.

»Sie hat eine Riesensache daraus gemacht und behauptet, ich hätte ihren Schuh kaputt gemacht – absichtlich. Carolines Reisetasche war auch da drin – die Tasche, die jetzt verschwunden ist ... zusammen mit fünfundsechzigtausend Pfund von unserem Geld.«

»Sarah Jayne Tanner!«, tadelt mich Mum, als wäre ich wieder vierzehn und sie hätte gerade eine Packung Kippen in meiner Unterwäscheschublade gefunden. »Kelly ist vielleicht in vielerlei Hinsicht kein ganz einfaches Mädchen, aber ihr etwas Derartiges vorzuwerfen, ohne jeden Beweis und bloß, weil du sie nicht leiden kannst, ist unverzeihlich. Wenn du nicht weißt, wo das Geld geblieben ist, dann ist das in Ordnung. Niemand macht dir deswegen irgendwelche Vorwürfe. Aber denk dir bitte nicht einfach irgendwas aus.« Mum ist schockiert.

»Ich denke mir gar nichts aus.« Was hat Caroline noch gleich über Kelly gesagt? Einige Kinder tun Dinge, die sie als Erwachsene nicht tun würden, doch andere werden schon böse geboren, ohne dass man daran irgendetwas ändern könne. Das deutet zweifellos auf gewisse kriminelle Tendenzen hin. Was, wenn das unerwartete Wiedersehen zwischen Caroline und Kelly etwas in *Kelly* ausgelöst hat?

»Caroline hat doch schon gesagt, dass sie euch das Geld in voller Höhe wiedergibt«, unterbrach mich Mum.

»Ja, aber dann ist sie um fünfundsechzigtausend ärmer.«

Mum wirft einen Blick zur Tür hinüber und senkt dann die Stimme. »Na ja, ich bin sicher, sie wird's verschmerzen.«

»Mum!« Jetzt bin ich die Entsetzte. »Das ist eine gewaltige Stange Geld, und ja, Caroline ist nicht gerade mittellos, aber ein nennenswertes Einkommen hat sie gegenwärtig auch nicht mehr, schließlich ist sie offiziell im Ruhestand.«

»Aber sie hat Matthew gebeten, dich bei dieser Sache außen vor zu lassen, schon vergessen?«, flüstert Mum eindringlich.

»Und sie hat sich dafür entschuldigt. Man kann nicht von ihr erwarten, einfach eine solche Summe zu verlieren ...«

»Ich weiß, was du da tust, Sally«, unterbricht Mum mich unvermittelt und wirft das Geschirrhandtuch auf den Küchentresen. Dann kommt sie zu mir herüber, setzt sich mir gegenüber hin und nimmt meine Hand. »Dass dieses Geld verschwunden ist, kommt dir gerade ziemlich gelegen, weil du so versuchen kannst, die Aufmerksamkeit der anderen von dir abzulenken, aber mir ist es vollkommen gleich, ob du es die Toilette runtergespült hast, einen Schein nach dem anderen. Du brauchst mir nichts vorzumachen. Das gilt auch für diese ›*Ich bin in einem Taxi aufgewacht und kann mich an nichts erinnern*‹-Nummer. Wenn du nicht darüber reden willst, was letzte Nacht passiert ist, dann ist das okay. Ich will dir einfach bloß helfen, damit es dir wieder besser geht. Alles, was ich weiß, ist, dass mein kleines Mädchen – das ich über alles liebe – heute Morgen verwirrt und verzweifelt aufgegriffen wurde, in einer sehr gefährlichen Situation, weit weg von zu Hause. Ganz gleich, wie es dazu gekommen ist oder warum – es ist *passiert,* und jetzt, wo du selbst Mutter bist, sollte dir klar sein, warum ich unbedingt herkommen musste, um nach dir zu sehen, um mich zu vergewissern, dass du in Sicherheit bist, und dir meine Hilfe anzubieten. Bitte, lass mich dir helfen, so wie du es auch tätest, wenn wir hier über Chloe reden würden statt über dich.«

Ich antworte nicht, da neben mir mein Handy zu klingeln anfängt – ein Anruf mit unterdrückter Nummer. Fast hätte ich nicht darauf reagiert, doch dann fällt mir wieder ein, dass Caroline meinte, das Kriseninterventionsteam würde mich kontaktieren. »Mum, da sollte ich besser rangehen. Kannst du solange Theo übernehmen?«

Sie nickt und nimmt mir den Löffel ab.

»Hallo? Ja, ich bin Sally Hilman. Ja, das kann ich.« Ich stehe auf. »Nur einen Moment, bitte.«

Ich gehe geradewegs in mein Schlafzimmer, um ungestört zu sein, und verbringe die nächsten fünf Minuten damit, einer Frau namens Maureen zuzuhören, die die monotonste Stimme hat, die ich je gehört habe.

»Nun, wie ich Ihnen bereits erklärt habe, *Sally«,* sagt sie – während des Gesprächs hat sie mich mindestens fünfhundert Mal beim Vornamen genannt, und sie spricht sehr bedächtig, »sind wir dazu da, um Ihnen kurzfristig Rat und *Unterstützung* zukommen zu lassen. Wenn Sie der Meinung sind, dass kein Bedarf für einen Hausbesuch besteht, dann ist das vollkommen *in Ordnung.* Ich bin zufrieden mit allem, was Sie mir erzählt haben, und es freut mich, dass Sie in Ihrer Schwiegermutter eine professionelle *persönliche* Hilfe haben. Das ist wirklich *großartig.«*

»Kannst du kommen und mir den Popo abwischen?«, brüllt Chloe – was im Groben genau das ausdrückt, was ich bei diesem Telefonat empfinde.

»Entschuldigen Sie mich bitte eine Sekunde.« Ich halte meinen Finger auf die Sprechöffnung des Handys und rufe zurück: »Darüber haben wir doch gesprochen, Liebling. Das kannst du schon ganz alleine.«

»Ich will aber nicht!«, entgegnet Chloe.

»Ich erledige das«, sagt Matthew, der plötzlich wie aus dem Nichts auftaucht und rasch zum Badezimmer hinübermarschiert.

»Tut mir leid, da bin ich wieder«, sage ich langsam zu Maureen, während mir klar wird, dass Matthew die ganze Zeit vor der Tür gestanden und gelauscht hat.

»Gar kein *Problem,* Sally. Also, ich werde Ihren Hausarzt vom positiven Verlauf unseres Gesprächs unterrichten, sodass er sich bei Bedarf mit Ihnen in Verbindung setzen kann. Ich gehe davon aus, dass das irgendwann Anfang kommender Woche sein wird. Doch sollte sich in der Zwischenzeit irgendetwas ändern und Sie Unterstützung benötigen, zögern Sie bitte nicht, sich bei uns zu melden. Haben Sie etwas zum Schreiben zur Hand? Dann gebe ich Ihnen eine Nummer. Haben Sie? Oh, das ist *großartig.*«

»Und?« Genau in dem Moment, als ich auflege, taucht Matthew wieder auf.

»Hätte ich dieser Frau auch nur noch eine Minute länger zuhören müssen, hätte ich mich *definitiv* von einer Klippe gestürzt.« Ich reibe mir müde den Nacken und versuche zu lächeln.

Matthew klappt vor Entsetzen der Unterkiefer runter. »Sally!«

»Sorry«, sage ich hastig, schlagartig zur Einsicht gebracht. »Ich hab bloß versucht, ein bisschen die Stimmung aufzulockern.«

Er blickt zu Boden. »Ich glaube nicht, dass wir diese Sache wirklich herunterspielen können. Das ist für keinen von uns fair, vor allem nicht dir gegenüber.«

»Es tut mir wirklich leid.«

»Also, hat sie irgendwas Hilfreiches gesagt? Dir Unterstützung angeboten?«

»Daddy!«, brüllt Chloe. »Ich krieg den Wasserhahn nicht zu, und der Fußboden ist schon ganz nass.«

»Mist ... Ich komme!«, ruft er zurück.

»Ich geh schon.« Ich springe automatisch auf die Füße. »Ich kümmere mich um sie.«

»Nein, nein.« Er streckt eine Hand aus. »Ich mach das. Schon okay. Alles ist unter Kontrolle.«

Er eilt aus dem Raum, bevor ich die Chance habe, darauf noch irgendetwas zu erwidern, und ich lasse mich widerstrebend zurück aufs Bett fallen. Ich werfe einen Blick auf mein Telefon. Habe ich wirklich gerade fünf Minuten mit einem Kriseninterventionsteam darüber gesprochen, Hilfe wegen eines Selbstmordversuchs in Anspruch zu nehmen, bei dem ich mich nicht einmal daran erinnere, ihn überhaupt unternommen zu haben?

Alles ist unter Kontrolle ... Abgesehen von mir. Ich habe das Gefühl, mich nicht im Geringsten unter Kontrolle zu haben.

Wieder denke ich an Kelly und daran, wie Mum auf meine Anschuldigung reagiert hat. Falls sie recht hat und *ich* die fünfundsechzig Riesen genommen habe, was um alles in der Welt habe ich dann damit gemacht? Ich habe keine Ahnung. Wirklich absolut nicht die leiseste Ahnung.

Nachdem die Kinder gebadet sind, besteht Mum darauf, Theo die Flasche zu geben und ihn ins Bett zu bringen. Ich solle mich ausruhen, sagt sie. Ich fühle mich tatsächlich nicht sonderlich gut – mir ist ziemlich übel –, darum lasse ich sie machen, trage ihr aber auf, mich zu holen, wenn er Probleme macht, anstatt zu versuchen, Theo selbst ruhig zu bekommen. Dementsprechend erstaunt bin ich, als ich sie kaum fünfzehn Minuten später aus seinem Zimmer schlüpfen sehe und sie mir den hochgereckten Daumen zeigt, während ich bei Chloe sitze und ihr eine Gute-Nacht-Geschichte vorlese. Gott sei Dank kann Matthew den anderen gegenüber bestätigen, wie nervig es mit Theo normalerweise ist, andernfalls würden vermutlich alle denken, dass ich mir das Ganze bloß ausdenke. Garantiert ist das reiner Zufall. In einer Minute wird er wieder aufwachen.

Chloe ist begeistert, mich ausnahmsweise ganz für sich allein zu haben, und kuschelt sich, in ihrem Bett sitzend, an meine Schulter, während ich neben ihr auf dem Boden hocke. Sie zwirbelt mit den Fingern gedankenverloren meine Haare, während sie aufmerksam den Geschichten über Frau Pfeffertopf, Ella Bella und schließlich den Brombeermäusen lauscht. Es ist die über

Primrose, die sich in den Wäldern verirrt, bevor ihre Eltern sie wiederfinden. »Als ich heute Morgen aufgewacht bin, warst du nicht da«, sagt Chloe, als wir zur letzten Seite kommen, auf der Primrose sicher in ihrem Bettchen liegt und ihre Mummy sie zudeckt.

Ich zögere. »Nein, war ich nicht. Ich musste arbeiten. Dad und Granny haben es dir erzählt, weißt du noch?«

Sie nickt. »Granny hat mir Haferbrei gemacht, aber sie hat die Banane in den Brei *reingetan*, statt auf einen Teller daneben. Das mochte ich nicht.«

»Na ja.« Ich lege das Buch beiseite, und als sie sich auf ihr Kissen zurücklegt und mit diesen hellblauen Augen zu mir aufschaut, beuge ich mich über sie und streichle ihr sanft den Kopf. »Granny weiß einfach nicht, wie du es am liebsten hast, das ist alles. Morgen lege ich die Banane für dich wieder auf ein Tellerchen, in Ordnung?«

»Dann musst du morgen nicht wieder zur Arbeit?«

»Nein.« Ich schüttle den Kopf. »Und auch nicht in absehbarer Zeit.«

»Gut«, sagt sie nachdrücklich.

»Ich liebe dich so sehr, Clo«, sage ich mit etwas bebender Stimme.

»Ich liebe dich auch.« Sie dreht sich auf die Seite, fort von mir. »Du kannst jetzt das Licht ausschalten und mir mein Schlaflied vorsingen, Mummy.«

Ich tue, wie geheißen, und fange an zu singen, während sie glücklich den Kopf in ihrer Decke vergräbt und ihren Teddy Herrn Hund umklammert, der ihr im Bett Gesellschaft leistet, seit sie zehn Monate alt ist, und dort, wo er einst Fell hatte, mittlerweile eher haarlos glänzt. Im sanften rosa Schein ihres Nachtlichts schaue ich mich in ihrem gemütlichen, hübschen Zimmer um. Hier sieht es aus wie im Brombeerhag, nur in echt. Ich will, dass sie sich immer so sicher fühlt wie jetzt, dass ich bei ihr bin, um sie zu lieben und auf sie aufzupassen. Während ihr blondes Haar durch meine Finger gleitet und sich ihr kleines Gesicht beim Klang meiner Stimme zu entspannen und immer weicher zu werden beginnt, stelle ich mir vor, wie ihr Leben wohl wäre, wenn mir etwas zustieße, etwas, das bedeuten würde, dass ich nicht länger für sie da sein könnte. Seit ihrer Geburt ist das meine allergrößte Angst, und plötzlich trifft mich die Erkenntnis mit derartiger Klarheit, dass ich fast laut aufkeuche – außer Atem –, als mir bewusst wird, dass es absolut und vollkommen undenkbar ist, dass ich letzte Nacht mit der Absicht in dieses Taxi gestiegen bin, Selbstmord zu begehen.

Ja, ich bin müde, ja, ich leide sogar unter Erschöpfung und ernstem Schlafmangel, und ja, manchmal bin ich auch deprimiert – doch trotz allem bin ich nicht annähernd so verzweifelt wie es einige dieser Menschen sein müssen, die sich tatsächlich umbringen, weil sie ungeachtet des Wissens, dass sie dabei ein Kind oder Kinder, die sie über alles lieben, zurücklassen, dennoch das Gefühl haben, ihnen bliebe keine andere Wahl, als alldem ein Ende zu machen. Chloe und Theo wecken in mir den Wunsch, ewig zu leben. Ich will niemals von ihnen getrennt sein, nicht für eine Sekunde.

Aber was ist *dann* letzte Nacht passiert?

Ich streichle ihr weiter den Kopf, nehme mit der anderen Hand mein Telefon, tippe auf das Notiz-Icon und rufe Theos Schlafzeiten auf. Der letzte Eintrag lautet: *aufgewacht: 20.30, eingeschlafen: 21.15.* Als Nächstes tippe ich auf das Uhren-Icon und gehe zu meiner Stoppuhr, die immer noch läuft und gegenwärtig bei 22 Stunden und 23 Minuten steht. Bis zu der Mahlzeit abends um 22.00 Uhr hatte ich versucht, dafür zu sorgen, dass zwischen Theos Mahlzeiten nicht mehr als vier Stunden vergehen. Warum hätte ich einen Countdown starten sollen, wenn ich nicht vorhatte, zu Hause zu sein, wenn er endet? Oder pflichtschuldig eine Notiz in meinem jämmerlichen Schlaftagebuch machen sollen? Als ich meine Aufzeichnungen noch einmal durchsehe, entdecke ich außerdem noch eine Einkaufsliste. Die Anzeige daneben besagt, dass sie gestern um 21.30 Uhr erstellt wurde. Ich soll also unmittelbar, bevor ich das Haus verließ, um mir das Leben zu nehmen, eine Liste von Besorgungen für den nächsten Tag gemacht haben, um mich daran zu erinnern, Thunfisch, Süßkartoffeln und Babybels einzukaufen? Was für ein Schwachsinn.

Die Aussicht darauf, den anderen beweisen zu können, dass ich mit Selbstmord nichts am Hut habe, lässt mein Herz schneller schlagen. Ich rufe meine Anrufliste auf. Wenn ich mit allem anderen richtigliege, müsste ich gegen neun Uhr abends einen ausgehenden Anruf an ein Taxiunternehmen finden.

Doch die ganze Liste wurde gelöscht. Es sind überhaupt keine Telefonate verzeichnet.

Abrupt höre ich auf, Chloe zu streicheln, die bereits eingeschlafen ist, und setze mich aufrechter hin. Ich räume die Historie meines Handys niemals auf. Dafür habe ich weder einen Grund noch die nötige Zeit.

Aber wenn ich das nicht gemacht habe, wer dann? Und was versucht dieser Jemand zu verbergen? Den Namen der Taxifirma, die *er/sie* mit meinem Handy angerufen hat?

Ich erhebe mich unruhig; meine Beine sind ein bisschen steif geworden, und ich schleiche aus Chloes Zimmer, so leise ich kann. Ich ziehe gerade behutsam die Tür zu, als ich hinter mir jemanden »Alles in Ordnung?« flüstern höre, was mich so erschreckt, dass ich auf der Stelle herumwirble.

Es ist Matthew. »Ich war gerade dabei, ein paar frisch gewaschene Handtücher zusammenzulegen«, sagt er und deutet auf unser Schlafzimmer, das sich hinter ihm befindet. »Dann ist mit Chloe alles gut gelaufen?«

Wenn man bedenkt, dass dies der Mann ist, der es nicht mal schafft, seine Socken in den Schmutzwäschekorb zu werfen, selbst wenn er direkt danebensteht – ganz zu schweigen davon, dass meine Mutter das gesamte Haus ungeachtet des Umstands, dass sie noch keinen Tag hier ist, ohnehin bereits generalüberholt hat –, weckt sein Handtuchzusammenlege-Alibi sofort mein Misstrauen. Offensichtlich ist er jetzt an der Reihe, mich im Auge zu behalten.

»Es geht ihr gut«, sage ich in gedämpftem Tonfall. »Ich glaube, ich ruhe mich jetzt ein bisschen aus. Würdest du den anderen bitte sagen, dass ich erst ein wenig später runterkomme?« Damit gehe ich um ihn herum zu unserer Schlafzimmertür.

»Ich komme mit«, flüstert er.

Ja, er hält definitiv Wache. »Ich hab nicht vor, irgendwas anzustellen, Matthew. Ich will mich wirklich einfach bloß einen Moment hinlegen.«

»Oh, ja, absolut! Das weiß ich doch. Es ist nur so, dass ich auch ziemlich müde bin, und ich fand, es wäre schön, dich mal wieder im Arm halten zu können.« Er zuckt unbeholfen mit den Schultern, und ich seufze.

»Also, gut. Dann komm.«

Wir lassen uns unsicher aufs Bett sinken und liegen reglos einen Moment lang nebeneinander, ehe er die Arme ausstreckt und mich an sich zieht, sodass mein Kopf auf seiner Brust ruht und er seinen Arm um mich geschlungen hat. Keiner von uns sagt etwas; wir liegen einfach nur da.

»Das haben wir schon eine ganze Weile nicht mehr gemacht«, sagt er schließlich.

»Vielleicht sollte ich öfter von irgendwelchen Klippen springen.«

Sofort spüre ich, wie er sich anspannt. »Sally, bitte, hör auf damit. Du hast ja keine Ahnung, wie schrecklich das gestern Abend war. Ich hab überall nach dir gesucht, während Theo das Haus zusammengebrüllt hat.«

»Matthew, ich hatte wirklich nicht die Absicht, mich umzubringen.« Ich drehe mich etwas in seinem Griff und schaue zu ihm auf. »Das weiß ich jetzt mit Gewissheit. Die Frage ist: Wie bin ich in dieses *Taxi* gekommen? Und dann die Notiz in meiner Tasche: Wer hat sie dort reingesteckt, damit man sie fälschlicherweise für einen Abschiedsbrief hält? Bist du dir wirklich sicher, dass du den Zettel gestern tatsächlich nicht auf deinem Schreibtisch bemerkt hast? Als ich ihn gestern Abend vom Boden aufhob, schien es, als wäre er dorthin geworfen worden. Allerdings stand das *Fenster* auf; ich habe es dann zugemacht«, erinnere ich mich.

»Vielleicht hat der Wind den Brief vom Tisch auf den Boden geweht, ohne dass es dir aufgefallen ist?«

»Ich hab diesen Brief definitiv nicht gesehen. Und du brauchst mir das alles auch gar nicht zu erklären, Sal. Mum hat mir erzählt, wie niedergeschlagen du gestern Abend warst, weil Will und Kelly heiraten, und ich weiß, dass dich auch noch jede Menge andere Dinge belastet haben. Mums Vorschlag, gemeinsam in den Urlaub zu fahren, hat dich nicht im Geringsten interessiert. Dieser Urlaub würde uns keinen Penny kosten! Trotzdem hast du dich rundheraus geweigert, das auch nur in Erwägung zu ziehen ...«

»... aber doch bloß, weil ich momentan kaum weiß, wo mir der Kopf steht. Das ist alles ... Aber, Matthew, die Anruflisten auf meinem Handy wurden gelöscht. Du hast gesagt, du hättest mein Telefon gefunden, und dass du deshalb in Panik geraten seist, dass mir was zugestoßen sein könnte. Da hast du doch garantiert geguckt, wen ich angerufen habe, oder ob irgendjemand sich bei mir gemeldet hat?«

»Ja, hab ich«, entgegnet er ruhig. »Doch da war überhaupt nichts. Wie du schon sagtest, wurden alle Verbindungsdaten absichtlich gelöscht. Und all deine Textnachrichten sind auch weg – so, als hättest du reinen Tisch gemacht und dich einfach verabschiedet.«

Darauf folgt ein Moment des Schweigens, ehe ich erstaunt sagte: »Du denkst, dass *ich* das getan habe?«

»Oh, Sal«, erwidert er mit fast unmerklich brechender Stimme. »Bitte hör auf damit. Ich kann es nicht ertragen, mit anzusehen, wie du diese Scharade durchziehst, mit der du den Brief zu rechtfertigen versuchst, den du bei dir hattest, oder darauf beharrst, wie seltsam es doch ist, dass du vierhundert Pfund in bar bei dir hattest, obwohl wir eine Tasche voller Geld hier im Haus hatten, das jetzt verschwunden ist, oder warum es dich ausgerechnet nach Cornwall verschlagen hat, wo wir einige unserer glücklichsten Tage verbracht haben. Dabei ist das vollkommen normal: Manchmal tun Menschen sich nun mal schwer und finden es schwierig, ja, sogar unmöglich, mit ihrem Leben zurechtzukommen. Du kümmerst dich mittlerweile seit sechs Monaten praktisch im Alleingang um die Kinder; das würde *jeden* an die Grenze seiner Belastbarkeit bringen. Das Problem ist: Ja, du hast manchmal ein bisschen niedergeschlagen gewirkt, doch alles in allem hast du dich so großartig geschlagen, dass ich überhaupt nicht realisiert habe, wie schlecht es dir tatsächlich geht. Nein!« Er hält abrupt inne und korrigiert sich: »Das stimmt so nicht. In Wahrheit habe ich dir nicht die Aufmerksamkeit geschenkt, die ich dir hätte schenken müssen, weil ich so mit meiner Arbeit beschäftigt war. Eigentlich solltest du stinkwütend auf mich sein, weil ich dich nicht genügend unterstützt habe! Alle sollten mir das unter die Nase reiben und mich anbrüllen: ›Sieh nur, wozu du deine Frau getrieben hast!‹ Aber tu bitte nicht so, als wäre nichts passiert! Ich weiß nicht, was dich dazu gebracht hat, es dir noch mal anders zu überlegen, oder ob dir dieser Bursche wirklich das Leben gerettet hat, wie er es der Polizei erzählt hat, doch so oder so *danke ich Gott dafür*, dass du noch da bist!« Er setzt sich auf, mit einem Mal schier außer sich, und fordert energisch: »Na, los, sag's! Sag mir, dass ich ein wertloser Mistkerl bin! Für das, was du getan hast, brauchst du dich nicht zu schämen; im Gegenteil. Wenn man die Gründe dafür kennt, bricht es einem das Herz, und ich kann von Glück sagen, dass die Sache nicht in einer Tragödie geendet ist. Um ein Haar hätte ich meinen beiden wundervollen Kindern für den Rest meines Lebens erklären müssen, warum sie keine Mutter mehr haben, und das wäre ganz allein meine Schuld gewesen.« Eine Träne rinnt seine Wange hinab, und er wischt sie energisch fort. »Mum sagt, dass viele der Leute, die diesen Weg gehen, das nicht zuletzt deshalb tun, weil sie glauben, ihre Familien wären ohne sie besser dran. Bitte, *bitte*, rede dir ja nicht solchen Unfug ein! Wir – die Kinder, ich, deine Eltern, *alle* – brauchen dich, Sally, so sehr. Wenn dir irgendwas zustoßen würde, wären wir alle vollkommen am Boden zerstört. Du musst mir versprechen, dass du so was nie wieder tun wirst – niemals wieder. Wir besorgen dir Hilfe, alle Hilfe, die du brauchst, jemanden, mit dem du darüber reden kannst, wie du dich fühlst, und auch praktische Unterstützung. Hey, du könntest doch wieder anfangen zu arbeiten.« Er sieht mich erwartungsvoll an. »Niemand sagt, dass du Hausfrau und Mutter sein *musst*. Ich weiß, dass wir darüber gesprochen haben, dass das die Art und Weise ist, wie wir unsere Kinder gern großziehen würden, solange sie noch so klein sind, doch viele Frauen ziehen es vor, stattdessen zu arbeiten, und das ist absolut in Ordnung. Für *mich* ist das *absolut in Ordnung*. Was auch immer du möchtest – wir kriegen das schon hin. Ich liebe dich so unendlich.«

Seine leidenschaftliche Ansprache sorgt dafür, dass ich ihn erstaunt anstarre. »Matthew.« Ich ergreife seine Hand. »Ich hab die Daten auf meinem Handy nicht gelöscht. Ich habe keine Ahnung, warum ich in Cornwall war oder was ich dort wollte. Ich weiß nicht, was in den zehn Stunden passiert ist, die ich von zu Hause fort war. Ich kann nicht mal sagen, dass ich mich nicht daran erinnere; vielmehr ist es so, als hätte es diese zehn Stunden niemals gegeben. Da ist nichts – bloß eine Leere, auf die ich mir keinen Reim machen kann. Das ist die Wahrheit!«

Er lässt einen Moment lang den Kopf hängen, ehe er sich müde die Augen reibt. »Okay«, entgegnet er. »Und was genau willst du damit sagen? Dass dein Verstand vielleicht beschlossen haben könnte, das alles irgendwie *auszublenden?*«

»Nein!«, sage ich frustriert. »Hat meine Mum dir erzählt, dass ich mich in der Zeit nach Chloes Geburt so gefühlt habe? Das hab ich nicht wörtlich gemeint.«

»Na ja, du könntest *meine* Mum fragen, was es damit auf sich hat, schätze ich«, schlägt er vor, ohne auf meinen Einwand einzugehen. »Ich weiß nicht mal, ob es überhaupt *möglich* ist, bewusst Erinnerungen zu verdrängen, aber Mum kann dir das mit Sicherheit beantworten.«

Ich bin drauf und dran, ihn zu fragen, warum er meinen Worten nicht einfach Glauben schenkt und darauf vertraut, dass ich die Wahrheit sage, als das Babyfon rauscht und das vertraute Geräusch von Theo, der gerade aufwacht, die Pattsituation zwischen uns in Wohlgefallen auflöst. Wusste ich's doch, dass er nicht allzu lange schlafen würde.

Ich stehe auf, aber Matthew greift nach meinem Arm. »Warten wir einfach einen Moment ab; vielleicht beruhigt er sich ja wieder.«

»Das wird er nicht. Er wird einfach bloß immer wacher, und dann wird es noch schwieriger, ihn wieder hinzulegen. Diese Phase haben wir längst hinter uns, Matthew. Wie ich dir schon sagte, müssen wir noch eine Weile warten, bis wir bei ihm mit dem richtigen Schlaftraining anfangen können.«

»Aber ...«

»Bis dahin dauert es höchstens noch einen Monat. Und bisher haben wir das ja auch hingekriegt.«

Seine Augenbrauen schießen ungläubig in die Höhe.

»Ach, Matthew, *glaub* mir doch einfach!«, flüstere ich. »Ich *kriege* das hin, so wie bisher auch! Als ich Chloe ins Bett gebracht habe, habe ich sie angeschaut – und da wusste ich, da *wusste* ich einfach, dass ich mich gestern Abend nicht umbringen wollte. Niemals. Ich wäre vielleicht fast in die Tiefe gestürzt, aber ich hatte nicht vor zu springen.«

»Beruht etwa *darauf* deine neu gewonnene Überzeugung wegen letzter Nacht?« Er sieht mich ungläubig an.

Draußen vor dem Schlafzimmer quietschen die Bodendielen. Jemand geht gerade vorbei zu Theos Zimmer.

»Na, klasse. Jetzt ist Mum zu ihm reingegangen, und nun wird er erst richtig munter.« Ich werfe genervt einen Arm hoch. »Er kennt sie einfach nicht gut genug dafür, dass sie so was machen kann. Er wird total ausflippen!«

»Was redest du da? An Ostern hat er sie das ganze Wochenende über gesehen, und seit gestern ist sie die ganze Zeit hier. Deine Eltern sind seit sieben Uhr früh da, Sal. Sie hat ihn heute Morgen hingelegt, damit er sein Nickerchen machen kann, und nach dem Mittagessen auch.«

Ich lasse mich zurück aufs Bett sinken und vergrabe frustriert den Kopf in den Händen, während ich ruhig zu bleiben versuche.

»Hör zu, könntet ihr alle mich *bitte* einfach das tun lassen, was ich das *gesamte letzte halbe Jahr über* getan habe, und zwar *ganz alleine?* Wenn du mir wirklich helfen willst, dann ist das genau das, was ich mir von dir wünsche.«

Durch das Babyfon hören wir, wie Mum Theo nachdrücklich zuflüstert: »Nachti, Nachti, Theo! Zeit, die Äuglein zuzumachen und ein bisschen zu schlafen. Nachti, Nachti!« Gefolgt von dem Geräusch seiner Zimmertür, die behutsam geschlossen wird. Darauf wiederum folgt eine kurze Pause, und dann fängt Theo *richtig* zu brüllen an.

»Siehst du?«, sage ich, beinah erleichtert, und erhebe mich – doch dann herrscht mit einem Mal, ebenso plötzlich, Stille. Theo hört einfach auf zu schreien. Ich kann ihn tatsächlich *seufzen* hören. Und dann ist es ruhig, abgesehen von einem weiteren Quietschen der Bodenbretter, als Mum wieder nach unten geht. Vor lauter Ungläubigkeit steht mir der Mund auf, teilweise aus Erleichterung über das, was gerade passiert ist – und teilweise wegen der absoluten, brutalen Ungerechtigkeit der Situation, schließlich habe ich so lange und so hart daran gearbeitet, Theo in weniger als einer Minute dazu zu bringen, das zu tun, was er gerade getan hat.

»Lass dir einfach von uns helfen, Sally«, sagt Matthew flehentlich. »Komm, gehen wir runter, und dann fragen wir Mum, was es mit dieser Verdrängungstheorie auf sich hat, okay?«

Caroline und ich sitzen in der Spielecke, während die anderen sich taktvoll ins Wohnzimmer zurückziehen. Ich kauere auf dem Sofa und halte einen Becher Tee umklammert, den Mum mir aufgedrängt hat. Caroline sitzt auf dem Fußboden und stützt ihren Ellbogen auf das Sofa, das ein bisschen zu klein ist, um zwei Personen Platz zu bieten, ohne dass sie sich dabei praktisch auf dem Schoß hocken.

»Du musst das nicht tun, Sally.« Sie schaut zu mir hoch. »Ich will bloß, dass du das weißt. Doch wenn du gern mit mir reden möchtest, dann nur zu. Es erübrigt sich wohl, zu sagen, dass ich niemand anderem gegenüber auch nur ein Sterbenswörtchen darüber verlieren werde – es sei denn, natürlich, ich wäre der Ansicht, du bist eine Gefahr für dich selbst oder für jemand anderen. Offen gestanden denke ich sogar, es wäre besser, wenn du mit jemandem sprechen würdest, der deine Situation vollkommen objektiv beurteilen kann und keinerlei persönliche Bindung zu dir hat. Dein Hausarzt kann das für dich arrangieren, oder ich empfehle dir einige Kollegen – von denen natürlich keiner mit mir darüber sprechen wird, was du ihm sagst, wie ich betonen möchte.«

»Ich würde von dir gern mehr über Kelly erfahren«, sage ich mit diskret gesenkter Stimme, und ihr Lächeln schwindet. »Hat sie versucht, direkt mit dir in Kontakt zu treten?«

Caroline wirft über die Schulter einen Blick auf die geschlossene Tür und wendet sich dann wieder mir zu. »Nein, hat sie nicht.«

»Und du hast auch nicht bemerkt, dass sie irgendwas Verdächtiges getan hat, als sie hier war? Während ich mit Theo oben war, beispielsweise?«

»Nein, habe ich nicht.« Sie hält inne. »Ich habe gehört, wie ihr Wagen in die Auffahrt einbog, aber ich bin im Gästezimmer geblieben, wie wir es besprochen hatten, damit sie mich nicht sieht.«

»Ich hatte bisher noch keine Gelegenheit, dir das zu sagen, aber unmittelbar nach ihrer Ankunft ist Theo aufgewacht – oder vielmehr, *sie* hat ihn wachgemacht –, und ich ließ sie unten stehen, um oben nach ihm zu sehen. Da hätte sie genügend Zeit gehabt, sich deine Tasche zu schnappen und sie in ihren Wagen zu bringen. Außerdem wusste sie, dass die Tasche da ist, weil sie sie vorher gesehen hatte. Mir ist klar, dass du mir nicht sagen kannst, ob sie so was früher schon mal gemacht hat, darum lass es mich einfach so ausdrücken: Denkst du, sie wäre fähig, dieses Geld zu stehlen?«

Caroline zögert. »Ja, wäre sie, aber … Hast du irgendwelche Beweise dafür, dass sie das getan hat?«

»Also, *ich* war's jedenfalls nicht, Caroline.« Ich schaue ihr direkt in die Augen. »Ich schwöre dir, dass *ich* es nicht war. Ich bin entsetzt darüber, dass du fünfundsechzigtausend Pfund verloren hast. Das ist eine gewaltige Summe Geld! Das wirst du doch mit Sicherheit der Polizei melden?«

Sie schüttelt den Kopf. »Nein, werde ich nicht. Ich möchte nicht, dass ihr diesem Maß an Stress und Überprüfung durch die Behörden ausgesetzt seid. Das ist nicht fair und ist es auch nicht wert. Es ist eine Sache, wenn die Polizei glaubt, es hier mit einem Selbstmordversuch zu tun zu haben – womit sie sich, wie ich dir bedauerlicherweise mitteilen muss, ständig herumschlagen muss –, doch schweren Diebstahl mit in die Gleichung reinzubringen ist was vollkommen anderes.«

»Du willst sie damit davonkommen lassen?«

»Wenn ich dich richtig verstehe, hast du keinerlei *Beweise* dafür, dass Kelly das Geld genommen hat, nicht wahr?«, erwidert sie behutsam. »Was bleiben uns in diesem Fall denn für andere Möglichkeiten? Sie dieser Tat zu bezichtigen würde einen Feuersturm nach sich ziehen, den ich dir nicht mal ansatzweise beschreiben kann. Es gibt da ein chinesisches Sprichwort, das besagt: ›Übst du Geduld in einem Moment des Zorns, ersparst du dir hundert Tage Kummer‹, und noch ein *anderes*, das lautet: ›Treib einen Hund in die Enge, und er beißt.‹ So, wie ich das sehe, sind beides in dieser Situation recht weise Ratschläge. Ob es nun Kelly war, die das Geld genommen hat, oder etwas anderes damit passiert ist – ich werde diesen Verlust als sinnvolle Investition in die Wahrung des Familienfriedens betrachten, und das solltest du auch. Belassen wir's einfach dabei.«

Ich sehe sie ungläubig an. »Aber ...«

»Also, Matthew meinte, du hättest einige Fragen zu verdrängten Erinnerungen?«

»Nicht wirklich. Er und meine Mutter scheinen das allerdings für eine mögliche Erklärung für das zu halten, was passiert ist.«

»Okay.« Sie reibt sich müde die Augen, und einen flüchtigen Moment lang sieht sie genauso aus wie Matthew und Chloe. »Also, ich nehme an, du sprichst von psychogener oder dissoziativer Amnesie?«

»Amnesie? Du meinst so wie bei Jason Bourne, der bewusst alles verdrängt, weil er den Gedanken daran nicht erträgt, dieses Ehepaar mit dem kleinen Mädchen ermordet zu haben?«

»In gewisser Hinsicht, ja, jedenfalls in Bezug darauf, dass das Ganze weit über normale Vergesslichkeit hinausgeht. Allerdings kommt die Art von persönlichem Identitätsverlust, wie man es manchmal in Filmen sieht, im richtigen Leben ausgesprochen selten vor. Ich denke, du – oder Matthew und deine Mum –, ihr sprecht von situationsbezogener Amnesie, die durch ein Ereignis ausgelöst wird, das einen psychisch überfordert: von posttraumatischem Stress, wenn du so willst. Die These dabei lautet, dass das Erlebte psychologisch so schmerzvoll oder grauenhaft ist, dass das Hirn die Erinnerung daran kurzerhand ›ausblendet‹. Die solcherart unterdrückten oder verdrängten Erinnerungen tauchen dann erst im Laufe der Zeit wieder auf, entweder im Rahmen einer Therapie oder weil sie durch andere Erinnerungen oder Ereignisse getriggert werden. Es *gibt* dokumentierte Fälle von Menschen, die sich nicht entsinnen konnten, dass sie nur wenige Stunden zuvor versucht hatten, sich umzubringen.« Sie hält kurz inne. »Doch zugleich erfährt jemand mit dieser Art von Amnesie normalerweise wiederholte Phasen, in denen er sich auch an andere Dinge aus seinem Leben nicht erinnern kann, und das trifft hier offensichtlich nicht zu. Zudem ist es möglich, dass Leute das erleben, was wir als ›dissoziative Fugue‹ bezeichnen; das sind Zeitabschnitte, in denen jemand während eines vorübergehenden Erinnerungs- oder Identitätsverlusts an einen anderen Ort reist, ohne hinterher zu wissen, wie er dorthin gelangt ist. Allerdings passiert *das* für gewöhnlich über einen Zeitraum von mehreren Tagen. Keines dieser Szenarien trifft auf dich zu, Sally, auch wenn ich wohl darauf hinweisen sollte, dass ich hier gerade keine offizielle Diagnose stelle«, betont sie. »Was zudem in vielerlei Hinsicht vollkommen unangemessen wäre.«

»Aber du glaubst nicht, dass ich absichtlich irgendetwas verdränge?«

Im ersten Moment erwidert sie nichts, sondern sieht mich bloß nachdenklich an. »Ich denke nicht, dass man irgendetwas verdrängen kann, das überhaupt nicht passiert ist, nein. Doch wie ich schon sagte, ich stelle hier keine formelle Diagnose.« Sie steht auf. »Du solltest wissen, dass Matthew und deine Eltern mich gebeten haben, heute Nacht hierzubleiben, quasi in professioneller Funktion. Ich habe ihnen erklärt, dass das meiner Ansicht nach nicht notwendig ist, denn das ist es, soweit es mich betrifft, nicht.«

»Danke.« Endlich mal ein Fünkchen Zuversicht.

»Aber ich schaue morgen früh gleich als Erstes hier vorbei. Hoffentlich besänftigt sie das.«

»Soll mir recht sein. Was immer sie wollen.«

»In Ordnung.« Sie nickt. »Dann sag ich ihnen Bescheid. Eins noch, bevor ich das tue: Ich würde dir für heute Nacht gern eine Schlaftablette geben. Wie's scheint, hat deine Mum Theo auf die liebevollste Weise, die man sich nur vorstellen kann, gezähmt, deshalb finde ich, kannst du den Kleinen ruhigen Gewissens ihr überlassen.«

»Nein, danke.« Ich *werde* ihnen allen beweisen, dass alles so laufen kann wie immer.

»Na ja, ich lege die Tabletten jedenfalls ins Badezimmer, damit du sie nehmen kannst, falls du's dir anders überlegen solltest; und falls nicht, stören sie da niemanden. Ich muss sagen, dass es schon ziemlich unfair von Theo war, sich vorhin so schnell wieder zu beruhigen, doch ich glaube mich daran zu erinnern, dass das früher ganz normal war – ich meine, den schlechten Schlafzyklus eines Babys dadurch zu durchbrechen, dass jemand anderes als die Mutter die Aufgabe übernimmt, es hinzulegen. Ich wünschte, ich hätte eher daran gedacht; vielleicht hätte dir das geholfen. Wie auch immer, wenigstens bekommst du ab sofort ein bisschen mehr Ruhe, schätze ich.«

»Caroline, es tut mir leid, aber ich bin noch nicht fertig. Ich muss immer noch mit dir über Kellys Absichten im Hinblick auf Chloe und Theo reden; über das, worüber wir gestern gesprochen haben. Weshalb *genau* sorgst du dich um die Kinder?«

Sie seufzt und nimmt dann wieder Platz. »Ich habe ebenfalls über das nachgedacht, was ich dir erzählt habe, und mich gefragt, ob ich womöglich zugelassen habe, dass meine eigenen Gefühle als Großmutter womöglich meine professionelle Objektivität überschatten. Oder, um es direkter auszudrücken, habe ich quasi in der Hitze des Gefechts aufgrund meiner Überraschung darüber, Kelly wiederzusehen, überreagiert, und hätte ich meine Worte dir gegenüber entsprechend mit mehr Bedacht wählen sollen? Ja, mit Sicherheit. Es war vollkommen unverantwortlich von mir, dir solche Angst zu machen, ohne näher darauf eingehen zu können, und das tut mir wirklich leid. Ich kann dir allerdings versichern, dass ich *jetzt* die Erste wäre, die die Behörden alarmiert, wenn ich konkret wüsste, dass irgendetwas vorgeht, das sich als Gefahr für Theo und Chloe erweisen könnte. Das, worüber wir gestern Abend gesprochen haben ...«

»... darüber, dass Kelly psychisch labil ist und sie, weil sie selbst keine Kinder bekommen kann, womöglich ein Auge auf meine geworfen hat, meinst du?«, erinnere ich sie demonstrativ. »Also, eigentlich *ist* das ziemlich konkret, meinst du nicht?«

»Moment. Ich verstehe, warum du so reagierst, Sally, aber ich möchte darauf gern näher eingehen – und das sagen, was ich schon gestern Abend hätte sagen sollen. Ich glaube offen gestanden nicht, dass es irgendetwas bringt, ohne Not in einem Wespennest herumzustochern. Jeder, einschließlich Kelly, hat ein Recht auf seine eigene Vergangenheit, und keiner von uns kann seinem früheren Leben entfliehen. Doch bedeutet das, dass das, was früher einmal war, für alle Zeiten bestimmt, wie die Leute uns sehen? In einer idealen Welt nicht, nein. *Aber* ...« Als ich ihr widersprechen will, hebt sie eine Hand. »... ich denke, es ist angemessen, dass man in solchen Fällen ein gewisses Maß an Vorsicht walten lässt. Ich habe dir gesagt, dass ich dir diese Dinge über Kelly bloß anvertraut habe, weil ich Angst hatte, dass Chloe und Theo – durch welche Umstände auch immer – in der alleinigen Obhut einer bestimmten Person landen könnten. Doch jetzt, wo ich dich darauf hingewiesen habe, glaube ich nicht, dass das noch länger ein Problem ist, und ich bin ausgesprochen zuversichtlich, dass gerade genug von uns hier sind, dass wir uns um die Kinder im Augenblick keine Sorgen zu machen brauchen.

Stattdessen würde ich mich lieber auf dich konzentrieren, und darauf, dass du die Hilfe und Unterstützung erhältst, die du benötigst.«

»Tja, das ist die andere Sache. Ich glaube nämlich nicht, dass ich irgendwelche Hilfe brauche. Ich habe auf meinem Handy eine Einkaufsliste mit Dingen gefunden, die ich heute besorgen wollte, und ich habe gestern Nacht einen Timer gestartet, sodass ich genau wusste, wann ich Theo das nächste Mal füttern muss. Das ist nicht unbedingt etwas, das jemand täte, der vorhat, sich umzubringen, oder?«

Caroline sieht mich mitfühlend an, sagt aber nichts, und ich muss zugeben, laut ausgesprochen klingen diese »Argumente« irgendwie nicht mehr ganz so überzeugend. »Doch noch wichtiger ist ...« Ich räuspere mich. »... dass ich mittlerweile hundertprozentig sicher bin, dass ich Chloe und Theo so etwas niemals antun könnte. Mir ist klar, dass das angesichts dieser Notiz in meiner Tasche ziemlich merkwürdig klingt, aber ich habe den Zettel nicht eingesteckt, und ich kann mich wirklich und ehrlich an nichts von dem erinnern, was passiert ist, nachdem ich ins Bett gegangen bin. Die Frage ist: Wohin führt uns das? Wo stehen wir jetzt? Es *muss* doch jemanden geben, der weiß, was mit mir geschehen ist!«

Caroline schaut verblüfft drein. »Denkst du, *Kelly* hat was mit deinem Verschwinden zu tun? Willst du das damit andeuten?«

Ich zögere. »Na ja, hassen tut sie mich mit Sicherheit – sie glaubt allen Ernstes, dass ich versuche, sie und Will auseinanderzubringen. Und, um ehrlich zu sein«, gestehe ich, während ich Caroline geradewegs in die Augen schaue, »hat sie damit recht. Wenn ich sie auseinanderbringen könnte, würde ich es tun.« Ich denke an Kelly, ihr Gesicht nur Zentimeter von meinem entfernt, wie sie mir ihre Drohungen zuflüstert. »Als ich da oben auf dieser Klippe stand, wäre ich beinahe in die Tiefe gestürzt, Caroline, und ich glaube, ich kann mit Fug und Recht behaupten, dass das Kelly wunderbar in den Kram gepasst hätte. Dann wäre ihre Beziehung zu meinem Bruder in trockenen Tüchern gewesen, und sie hätte fortan eine wesentlich größere, direktere Rolle im Leben von Chloe und Theo gespielt. Außerdem war sie die letzte Person, die ich gesehen habe, bevor ich zweihundertfünfzig Meilen entfernt wieder zu mir gekommen bin; da hat sie mir gesagt, wenn ich Krieg wolle, könne ich den haben.«

»Ihr habt euch gestritten?« Caroline wirkt zutiefst besorgt. »Weswegen?«

»Na, wegen Will! Sie hat mir vorgeworfen, dass ich versuchen würde, einen Keil zwischen sie zu treiben, und meinte, dass sie ihn trotzdem heiraten würde – komme, was da wolle.«

Caroline atmet vernehmlich aus.

Ich schweige einen Moment lang. »Also, lautet dein Rat immer noch, einfach den Mund zu halten und sie meinen Bruder heiraten zu lassen, der nicht die geringste Ahnung hat, wozu sie fähig ist?«

»Oh, Sally, die Menschen sind zu allem Möglichen fähig«, sagt sie ruhig. »Worauf es ankommt, ist vielmehr, was sie tatsächlich *tun*. Doch das ist etwas, woran du jetzt keinen Gedanken verschwenden solltest.«

»Dann glaubst du nicht, dass sie etwas mit alldem zu tun hat?«

»Jedenfalls ist mir jetzt klar, dass ich dich gar nicht erst mit meinen Befürchtungen hätte behelligen dürfen. Das tut mir unendlich leid. Meine Worte prägen deine ganze Auffassung in Bezug auf Kelly, und das ist höchst bedauerlich. Lieber Himmel, ich habe hier wirklich einen ziemlichen Schlamassel angerichtet.« Sie schließt für eine Sekunde die Augen. »Hör zu, soweit es Kelly betrifft, würde ich ihr keine weiteren Gründe dafür liefern, anzunehmen, dass sie recht hat und dass du *tatsächlich* versuchst, sie und Will auseinanderzubringen. ›Such nicht nach Ärger, wenn du keinen haben willst.‹ Vergiss auch das Geld – es ist weg, und damit ist die Sache erledigt. Bitte, mach dir keine *Sorgen* um die Kinder, denn sie sind sicher, das verspreche ich dir. Und wenn du sagst, dass du keine Hilfe brauchst und alleine zurechtkommst, ist das in Ordnung. Ich vertraue dir. Um also deine Frage zu beantworten, wo wir jetzt stehen ...« Sie erhebt sich von neuem. »Wir sind gewappnet und vorgewarnt, streben aber dennoch einen Neuanfang an. Und nun ist es an der Zeit, dass wir alle ins Bett gehen.«

Kapitel 8

Wie üblich steht unsere Schlafzimmertür weit offen, damit wir hören können, falls Chloe aufsteht, doch abgesehen vom Brummen der Schlafhilfe in Theos Zimmer, das wir durchs Babyfon hören, ist es still im Haus. Es ist erst zehn Uhr abends, aber Matthew, meine Eltern und die Kinder schlafen schon.

Normalerweise würde ich diese Ruhe genießen, in der Wärme meines Bettes schwelgen, in der Weichheit des Kissens und der friedvollen Stille, doch stattdessen liege ich auf der Seite, von Matthew abgewandt, und kann nicht abschalten. Caroline glaubt immer noch, dass ich versucht habe, mich umzubringen. Und als ich mit ihr darüber sprechen wollte, ob sie es für möglich hält, dass Kelly vielleicht etwas damit zu tun haben könnte, dass ich auf dieser Klippe gelandet bin, hat sie mich angeschaut, als wäre ich ein Kind, das flunkert, um etwas zu vertuschen, das es angestellt hat.

Doch ist diese Anschuldigung wirklich so lächerlich?

Und was ist mit dem verschwundenen Geld?

Warum zur Hölle kann ich mich nicht daran erinnern, was passiert ist?

Ich drehe mich um, um Matthew anzusehen, doch da ich immer noch außerstande bin, zur Ruhe zu kommen, werfe ich mich rasch wieder auf die andere Seite. Ich kann einfach nicht begreifen, wie mir zehn Stunden meines Lebens abhandengekommen sind. Wie ist das nur möglich?

Frustriert greife ich nach meinem Handy und google über Gedächtnisverlust.

Wenn Sie dies lesen, weil Sie fürchten, unter Demenz zu leiden, seien Sie beruhigt: Höchstwahrscheinlich ist das nicht der Fall. Denn jemand mit Demenz wäre sich über besagten

Gedächtnisverlust überhaupt nicht im Klaren. Wesentlich geläufigere Ursachen für Gedächtnisverlust sind Depressionen, Stress oder Angst.

Matthew seufzt unruhig im Schlaf, gestört von meinen Bewegungen, und dreht sich um. Ich erstarre einen Moment lang, ehe ich mein Telefon hastig mit dem Display nach unten auf die Matratze lege, damit der beleuchtete Bildschirm ihn nicht vollends aufweckt. Ich bin so daran gewöhnt, dass er im Gästezimmer schläft, dass es ein wirklich komisches Gefühl ist, dass er jetzt wieder neben mir liegt. Ich warte einen Moment, bis er wieder eingenickt ist, ehe ich mein Telefon erneut zur Hand nehme und als Erstes auf »Depressionen« klicke.

Hinter Depressionen steckt mehr, als bloß, sich einige Tage lang unglücklich zu fühlen oder »die Nase voll« von allem zu haben. Depressionen zeigen sich bei verschiedenen Menschen auf unterschiedliche Weise und können dementsprechend eine breite Palette von Symptomen nach sich ziehen. Bei der »harmlosesten« Form von Depressionen ist der Betroffene womöglich einfach bloß beständig gedrückter Stimmung, während man bei schweren Depressionen nicht selten von Selbstmordgedanken heimgesucht wird, weil man das Gefühl hat, das Leben sei nicht mehr länger lebenswert.

Das hilft mir nicht weiter. Das ist bloß eine Definition von Depressionen an sich und hat nicht das Geringste mit Gedächtnisverlust zu tun. Ich seufze entnervt und will mein Telefon gerade wieder weglegen, als ich mich daran erinnere, wie Matthew vorhin mit Tränen in den Augen davon berichtet hat, wie er diese Informationen über Ehescheidungen auf meinem Handy gefunden hat. Rasch lösche ich den gesamten Suchverlauf und lege das Handy behutsam auf den Nachttisch, ehe ich mich auf die andere Seite drehe – und einen fürchterlichen Schreck bekomme, da

Matthew mit weit offenen Augen daliegt und mich schweigend ansieht.

»Du liebe Güte!«, keuche ich. »Was *machst* du da?«

»Dich dabei ertappen, wie du irgendwelches Zeug darüber von deinem Handy löschst, dass Depressionen Selbstmordgedanken verursachen.«

Ich werde rot. »Ich hab nach den Ursachen für Gedächtnisverlust gegoogelt, zu denen anscheinend auch Depressionen gehören.«

Er sagt nichts, sondern schaut mich bloß an.

»Matthew, du hast mich bei überhaupt nichts ›ertappt‹. Ich schwör's dir!«

»Als du gestern Nacht verschwunden warst«, sagt er, ohne auf meinen Einwand einzugehen, »hab ich von deinem Handy aus Liv angerufen, für den Fall, dass sie weiß, wo du steckst, aber sie hatte auch keine Ahnung. Wie wir alle hier war auch sie außer sich vor Sorge. Als man dich heute Morgen fand und wir wussten, dass du in Sicherheit bist, hab ich mich noch mal bei ihr gemeldet, um ihr Bescheid zu geben, und als ich ihr erzählt habe, unter welchen Umständen du aufgegriffen wurdest, war sie vollkommen fassungslos. Dann sagte sie mir, dass du ihr in den letzten paar Tagen Textnachrichten geschickt hast, die sie nicht ernst genommen hat, SMS, in denen so was stand wie ›Dieses Baby macht mich fertig‹ und ›Ich hasse mein Leben‹.« Er hält einen Moment lang inne, und ich kann nicht anders, als ihm zuzustimmen: So unverblümt und aus dem Kontext gerissen hört sich das wirklich grauenvoll an.

»Aber dir ist schon klar, dass ich das nicht wörtlich gemeint habe, oder?«, entgegne ich langsam. »So was sagen die Leute doch ständig!«

»Ich nicht«, widerspricht er. »Ich sage nicht zu meinen Kumpels, dass ich mein Leben hasse.«

»Ach, komm schon, Matthew. Ich hasse mein Leben nicht – das ist doch bloß Gejammer, wie man es von sich gibt, wenn man total kaputt und müde ist. Nichts weiter.«

»Sie wusste alles über unseren Streit und meinte, du hättest sie um ihren Rat gebeten, was Scheidungen betrifft.«

»Hey, jetzt mach mal halblang!« Unwillkürlich weiche ich vor ihm zurück. »Ich hab sie nur gefragt, ob es normal ist, dass ein Ehepaar darüber *spricht*, sich scheiden zu lassen, ohne es wirklich so zu meinen. Wie auch immer, Matthew – was Liv gesagt hat, spielt überhaupt keine Rolle. *Ich* sage dir, dass es nicht so war. Sie ...«

»Und sie hat mir erzählt, dass das nicht das erste Mal war, dass du versucht hast, dich umzubringen.«

Zwei, vielleicht drei Sekunden lang erstarre ich mitten in der Bewegung, bevor der Schock über seine Worte in meinem Kopf implodiert und ich in ein Vakuum gesogen werde, in einen luftleeren Raum, in dem alles an mir vorbeizurauschen beginnt; als würde man durch das Innere eines Kaleidoskops fallen – helle, bunte Splitter meines Lebens ziehen blitzschnell an mir vorüber –, bis ich mich schließlich abrupt in meinem kleinen Zimmer an der Universität wiederfinde. Ich sehe mich schluchzend auf dem Einzelbett hocken. Ich habe die Knie bis an die Brust hochgezogen, während ich mich vor und zurück wiege, weil mein Herz soeben in Stücke gerissen wurde und ich vor lauter Kummer nicht stillsitzen kann. Joe – an einer anderen Uni, gute zweihundert Meilen entfernt – hat gerade auf dem Telefon des Studentenwohnheims angerufen, um mir mitzuteilen, dass er doch keine Fernbeziehung führen möchte. Mit unfehlbarem Timing (Dad hatte zwölf Tage zuvor seinen zweiten Herzinfarkt gehabt) erklärt er, dass er der Ansicht sei, wir sollten uns für eine Weile eine Auszeit gönnen. Ich bitte ihn, zu ihm kommen zu dürfen. Ich sage ihm, dass ich in den ersten Zug steige, den ich kriegen kann, um die Sache mit ihm zu besprechen und alles wieder ins Reine zu bringen. Doch er beharrt darauf, dass ich das nicht tun soll. Es täte ihm leid, aber er habe es sich anders überlegt, und es sei ihm wichtig, ehrlich mit mir zu sein.

Das ist das erste Mal, dass ich den perfekten Sturm aus Zurückweisung, Liebeskummer, Trauer und Furcht durchleide, alles auf einmal – und in jener Nacht tue ich dann etwas *wirklich* Dämliches. Meine beiden besten Freundinnen auf dem Flur, auf dem ich wohne, besorgen mir aus dem Campus-Supermarkt Wodka, um damit mein Leid zu ertränken. Eine von ihnen – sie studiert im ersten Jahr Theaterwissenschaften und ist besessen von *Pulp Fiction* – tut so, als wäre sie der weibliche Tarantino, marschiert mit großen Schritten in mein Zimmer, die Flasche und ein Päckchen Zigaretten in den Händen, wedelt damit herum und ruft: »Scheiß auf ihn! Trink was davon, rauch die hier, und fang morgen ein neues Leben an – denn ohne diesen Typen bist du besser dran!« Offensichtlich hat sie großen Spaß daran, sich auszumalen, wie sie in diesem Moment aussieht und klingt. Wir kippen eine *Menge* Wodka, ehe die beiden in ihre eigenen Zimmer zurückschwanken. Ich krabble unter meine Decke, doch ich bin mehr als nur ein bisschen angetrunken, und durch Tränen, die ich einfach nicht zurückhalten kann, sucht mein stockbesoffener Teenager-Verstand noch immer verzweifelt nach einer Möglichkeit, diesen ersten Jungen zu halten, den ich je geliebt habe. Verschwommen komme ich zu dem Schluss, dass Joe, wenn mir irgendetwas Schreckliches zustieße, erkennen würde, was ich ihm bedeute, und zu mir zurückkäme. Darum stehe ich wieder auf, stelle mir vor, wie er schluchzend neben meinem Bett sitzt, während ich an ein Lebenserhaltungssystem angeschlossen bin, so wie das, an dem ich Dad vor kaum zwei Wochen gesehen habe, und öffne eine Schachtel Paracetamol – damals war es noch möglich, ohne Rezept so viel davon zu kaufen, wie man wollte. Ohne zu zögern, schlucke ich den gesamten Packungsinhalt und schleppe mich zurück ins Bett.

Als ich am nächsten Tag aufwache, fühle ich mich erstaunlich gut. Ich habe bemerkenswert gut geschlafen. Allerdings bin ich wieder nüchtern, und die Erinnerung an das, was ich letzte Nacht getan habe, jagt mir eine Heidenangst ein, besonders, als mir klar wird, dass in der Schachtel zwanzig Tabletten drin waren.

In den nächsten achtundvierzig Stunden, die ich größtenteils damit verbringe, mir die Seele aus dem Leib zu kotzen, habe ich *jede Menge* Zeit zum Nachdenken. Das hätte mich *umbringen* können. Wie war es möglich, dass ich noch lebte? Das war in den Tagen, bevor es das Internet gab, deshalb fand ich darauf damals keine Antwort, und natürlich gab es auch niemanden, mit dem ich darüber hätte sprechen können. Tatsächlich habe ich keiner Menschenseele von diesem schäbigen, zutiefst privaten Augenblick meines Lebens erzählt, bis Liv und ich sechzehn Jahre später eine dieser intensiven Offenbarungs-/Verbundenheitsunterhaltungen über die Jungs und Männer führten, die wir geliebt und verloren hatten; wir waren beide hochschwanger und schauten einen Film, während wir Kuchen aßen, den wir auf unseren kugelrunden Bäuchen balancierten.

»Ich weiß ehrlich gesagt nicht, wie du das überleben konntest«, sagte Liv erstaunt. »Ich schätze, einige Leute vertragen Drogen und Medikamente einfach besser als andere. Du hattest ja solches Glück!«

»Mir ist damals überhaupt nicht in den Sinn gekommen, dass ich sterben könnte; ich hab mir einfach bloß vorgestellt, wie er wie ein Irrer ins Krankenhaus rast, um mich zu retten.«

»Der klassische Teenagerschrei nach Hilfe.« Liv schüttelte ungläubig den Kopf.

»Nein, das war es eigentlich überhaupt nicht«, berichtigte ich sie. »Ich denke, teilweise war ich wegen dem, was meinem Dad passiert war, immer noch ziemlich neben der Spur, doch vor allem war ich wohl einfach bloß ziemlich angepisst und ziemlich blöd.«

Ich strecke die Hand aus und greife nach Matthews Arm. »Hast du gehört? Ich sagte, ich war damals ziemlich angepisst und eine Idiotin. Außerdem war ich gerade mal neunzehn. Ich weiß nicht, was für einen Eindruck Liv dir vermittelt hat, aber ...«

»Du hast zwanzig Paracetamol geschluckt?« Matthew schaut verängstigt und bestürzt drein, fast so, als würde er mich kaum wiedererkennen. »Wir sind seit sechs Jahren verheiratet, und dir ist nie in den Sinn gekommen, mir davon zu erzählen?«

»Einfach, weil es niemanden was angeht. Außerdem hat das

überhaupt keine Bedeutung für mein jetziges Leben, ganz gleich, in welcher Art.«

»Ach, wirklich?«, sagt er zweifelnd. »Denkst du nicht, dass es wichtig gewesen wäre, die Sache zu erwähnen, als du nach Chloes Geburt diese Probleme hattest? Denkst du nicht, dass ich das *Recht* hatte, davon zu erfahren?«

»Nein, das denke ich nicht. Und das gilt für beides. Hör zu, wir wissen beide, dass es nach Chloes Geburt nicht einfach für uns war, aber Himmel noch mal, Matthew – nenn mir einen einzigen Menschen, für den das erste Baby keine Herausforderung ist! Ich glaube nicht, dass ich damals mehr Depressionen hatte als irgendeine andere Mutter. Und jetzt bin ich kein bisschen depressiv. Tatsächlich komme ich sogar viel besser zurecht als beim ersten Mal, weil ich *weiß*, dass es besser werden wird. Das, was an der Uni passiert ist, war wirklich bescheuert, und es ist lange her. Liv hatte absolut keinen Grund, dir davon zu erzählen.«

»Ich denke, sie war der Ansicht, sie hätte keine andere Wahl. Sie hatte Angst, dass du womöglich in noch größere Gefahr gerätst, wenn sie nichts sagt, wenn wir das ganze Bild nicht kennen.«

»Oh, mein Gott!« Ich schaue hoch zur Decke und versuche angestrengt, ruhig zu bleiben. »Darum glaubt mir keiner, was gestern Nacht passiert ist, stimmt's? Wegen dem, was Liv dir gesagt hat? Hör zu: Die Sache damals war nichts weiter als eine Megadummheit! Und auch letzte Nacht hatte ich nicht vor, mich umzubringen!«

»Wenn du an meiner Stelle wärst, Sal, was würdest du dann von alldem halten?«, fragt er mit leiser Stimme. »Meine Frau, die ›ihr Leben hasst‹ und darüber nachgedacht hat, sich von mir scheiden zu lassen, verschwindet mitten in der Nacht mit fünfundsechzig Riesen in bar. Da muss ich doch zwangsläufig denken, dass sie mich und unsere Kinder verlassen hat. Am nächsten Morgen erfahre ich dann, dass sie von einem Passanten daran gehindert wurde, in Cornwall von einer Klippe zu springen und dass sie einen Abschiedsbrief bei sich trug. Ihre beste Freundin erzählt mir, dass sie vor langer Zeit, als sie zur Uni ging, schon einmal versucht hat, sich umzubringen. Dann kommt meine Frau nach Hause. Sie kann nicht erklären, wo das Geld geblieben ist, versucht, mir einzureden, dass ich diesen Brief bereits kannte – was absolut nicht der Fall ist –, und dann gibt sie auch noch zu, dass ich recht habe; vor achtzehn Jahren hat sie eine Paracetamol-Überdosis eingenommen, von der sie mir nie was erzählt hat. Aber keine Sorge, das hat nicht das Geringste mit *dieser* Situation zu tun, und warum zum Geier glaube ich ihr nicht einfach, wenn sie sagt, dass sie *keine Ahnung* hat, was vergangene Nacht passiert ist? Das ist alles. Das ist ihre Erklärung. Würdest du dir das selbst glauben, Sal?«

»Ja. Würde ich. Weil es die Wahrheit ist.«

»Oh, Sally, hör auf, mich so zu behandeln. Bitte. Das ist beleidigend.«

»Ich behaupte ja gar nicht, dass mich das in einem guten Licht dastehen lässt, aber …«

Er lacht ungläubig. »Oh. Okay. Das ist gut. Zumindest in diesem Punkt sind wir uns einig.«

»Hör auf damit, Matthew!« Ich bin den Tränen nahe. »Bitte. Ich bin deine Frau. Ich schwöre dir, dass ich nicht weiß, wie ich auf diesen Klippen gelandet bin – und ich habe *Angst,* Matthew. Ich bin ins Bett gegangen und zweihundertfünfzig Meilen entfernt wieder zu mir gekommen! Vergiss, was Liv dir erzählt hat. Vertrau *mir* – *hilf* mir!« Ich lasse seinen Arm los und ergreife flehentlich seine Hand. »Ich liebe Chloe und Theo über alles. Ich würde ihnen das niemals antun. Es muss eine andere Erklärung für das geben, was gestern Nacht passiert ist.«

Auch seine Augen werden wieder feucht, und er zögert. »Na, dann raus damit«, flüstert er. »Wie *lautet* diese Erklärung? Was ist wirklich geschehen? Sag's mir.«

Darauf folgt eine lange Pause. Ich will ihm von meinem Verdacht gegenüber Kelly erzählen, und auch alles, was Caroline mir unter vier Augen über sie anvertraut hat. Doch da ich ihm nicht verraten möchte, dass seine Mutter gegen ihre ärztliche Schweigepflicht verstoßen hat, tue ich es nicht.

»Das kann ich nicht«, gestehe ich schließlich, und Matthew seufzt schwer.

Aus dem Babyfon dringt Theos Weinen, und ich schicke mich an aufzustehen.

»Nein«, sagt Matthew. »Du musst dich ausruhen.« Er schlägt die Decke zurück und steigt aus dem Bett. Ich lausche, wie er den Flur entlanggeht, und warte darauf, dass Theo noch durchdringender zu brüllen anfängt, als Matthew ihn hochnimmt, doch stattdessen beruhigt mein Ehemann unser Baby auf eine Art und Weise, von der ich nicht mal wusste, dass er überhaupt dazu fähig ist, und sorgt tatsächlich dafür, dass Theo wieder einschläft.

Was zur Hölle ist über Nacht mit meiner Welt passiert?

Mein Handy brummt in meiner Hand. Ich werfe einen Blick auf das Display, das eine Nachricht von Liv anzeigt.

Wie geht's dir?

Ich denke nicht mal darüber nach, was ich tue. Meine Finger tanzen wütend über die winzigen Tasten.

Du hast es ihm gesagt? WTF?

Drei Punkte erscheinen, als sie ihre Antwort darauf einzutippen beginnt.

Ich musste es tun. Du hast zwei Kinder, Sally. Du hast kein Recht, egoistische Entscheidungen zu treffen.

Ich keuche in fassungslosem Erstaunen. Tja, ich schätze, dann ist es ja gut, dass ich *nicht* gerade versucht habe, mich umzubringen. Danke für die aufmunternden Worte, Liv.

Bist du sauer auf mich?, schreibe ich.

Drei Punkte ...

Ja. Bin ich. Sehr.

Wow. Alles, wozu ich fähig bin, ist, dazusitzen und den Bildschirm einen Moment lang geschockt anzustarren, doch dann beginnen die drei Punkte wieder, wie wild zu blinken.

So viele Menschen lieben dich. Es gibt so viel in deinem Leben, wofür es sich zu leben lohnt!

Oh, okay. Ich glaube, jetzt begreife ich, was los ist. Ich zögere, dann tippe ich.

Geht es hierbei vielleicht mehr um dich als um mich? Ich schwöre dir, ich weiß, wie glücklich ich mich schätzen kann, zwei Kinder zu haben. Ich würde ihnen niemals irgendwie wehtun. Ich kann mich nicht erinnern, was letzte Nacht mit mir passiert ist.

Eine Pause, dann setzen sich die Punkte wieder in Bewegung. Ich warte – doch dann erstarren sie und verschwinden schließlich ganz.

Lass uns morgen darüber reden, ok?, texte ich.

Die Nachricht wird sofort zugestellt, doch während Liv gelesene Textbotschaften normalerweise mit einem »X« bestätigt, halte ich das Telefon noch immer in der Hand, ohne eine Antwort bekommen zu haben, als Matthew wieder ins Schlafzimmer zurückkehrt.

»Du musst wirklich ein wenig schlafen, Sal«, sagt er und klettert neben mir ins Bett. »Leg das Handy weg.«

Ich komme der Aufforderung nach, und er dreht sich von mir weg, auf die andere Seite des Bettes. Doch ich kann nicht schlafen. Natürlich nicht.

Als ich mir sicher bin, dass Matthew eingenickt ist, greife ich wieder nach meinem Telefon, diesmal, um Kelly Harrington zu googeln. Die jüngsten Schlagzeilen poppen auf. Da ist ein Link zu MailOnline.

Das Foto, das ich sehe, als ich darauf klicke, lässt mich so laut fluchen, dass es an ein Wunder grenzt, dass ich nicht das ganze Haus aufwecke. Meine künftige Schwägerin strahlt wie die Grinsekatze auf Steroiden, während sie auf einem, wie es scheint, Instagram-Selfie ihre linke Hand in die Höhe hält. »*Ja, es stimmt! Ich bin so glücklich!*« *Kelly Harrington bestätigt stolz ihre Verlobung und teilt erste Bilder von sehr eindrucksvollem Klunker!*, verkündet die Überschrift.

Kelly Harrington teilt ihr Glück mit der Welt, nachdem ihr Freund während eines romantischen Urlaubs auf Teneriffa um ihre Hand angehalten hat!

Sagte sie nicht, sie wäre auf den Kanaren gewesen, um zu arbeiten?

Eine weitere Aufnahme neben dem Text zeigt Kelly in einem bis zu ihren Achseln ausgeschnittenen Badeanzug; sie räkelt sich auf einem sonnenbeschienenen Felsen wie Andromeda in einem Männermagazin.

Die schöne siebenundzwanzigjähre – Siebenundzwanzig? Ich dachte, sie ist dreißig? – *Schauspielerin tweetet »Ja, es stimmt! Ich bin so zufrieden und glücklich!«, nachdem eine gut informierte Quelle* – also Kelly selbst – *MailOnline verraten hat, dass ihr Lebensgefährte, der Fernsehproduzent Will Tanner, mit dem sie seit gut einem Jahr liiert ist, bei Sonnenuntergang vor ihr auf ein Knie gesunken ist, um ihr einen Heiratsantrag zu machen. Auch bei der Wahl des Rings hat Tanner sich nicht lumpen lassen: Er steckte der berühmten Schönheit an seiner Seite einen atemberaubenden Solitär-Diamantring für stattliche 70 000 Pfund an den Finger!*

Siebzigtausend Pfund? Mir klappt der Mund auf.

Aber Will hat doch überhaupt nicht so viel Geld! Und selbst wenn, würde er es niemals für einen Ring ausgeben – das ist einfach lächerlich! Ich scrolle weiter runter und nehme den klobigen Stein an ihrem schmalen Finger näher in Augenschein – und dann ist es, als würde Kellys Faust geradewegs durch das Display donnern und mitten in meinem Gesicht landen, so unvorbereitet trifft mich die Erkenntnis.

Okay, Caroline, *jetzt* weiß ich genau, wo dein Geld abgeblieben ist.

Kapitel 9

»Du irrst dich, Sally, und du musst damit aufhören.« Mum hantiert im Bademantel in meiner Küche herum und holt Messer und Gabeln für das Frühstück aus den Schubladen, das auf dem Herd brutzelt. »*Natürlich* hat der Ring nicht so viel gekostet. Ich hab gestern Abend mit Will gesprochen, nachdem die beiden gestern Nachmittag shoppen waren, und da hat er mich vorgewarnt, dass die Summe, die Kellys Presseagentin den Medien nennen würde, reichlich übertrieben sei. Sie steht im Fokus der Öffentlichkeit, da wird praktisch von ihr erwartet, dass sie perfekte Kleidung und perfektes Haar und perfekte Nägel hat – und eben auch den entsprechenden Schmuck. Die Leute wollen doch, dass ihre Stars glamourös und abgehoben sind, oder nicht? Man will sie auf Jachten in Cannes sehen, und nicht, wie sie ihren Einkaufswagen durch den Aldi nebenan schiebt.«

Ich starre meine Mutter an. »Sie ist nicht Elizabeth Taylor, Mum! Und Will ist auch nicht Richard Burton. Selbst wenn der Ring nur die Hälfte von dem gekostet hat, was in den Zeitungen steht, wissen wir beide, dass er ihn sich auch dann nicht leisten könnte. Also, *womit* haben sie ihn bezahlt?«

Mum wirbelt schwungvoll zu mir herum und richtet den Pfannenwender auf mich, den sie in der Hand hält. »Ich mein's ernst. Hör auf damit. Wir haben das doch gestern Abend schon besprochen. Sie hat Carolines Geld nicht genommen.«

»Dabei ist das doch das perfekte Alibi. Was macht man am besten mit Geld, das man schleunigst loswerden muss? Man kauft einen Ring, von dem niemand genau weiß, was er kostet, und steckt ihn sich an den Finger.«

»Oh, Sally! Hörst du dir eigentlich selber zu, was du da redest? Noch nie in meinem Leben hab ich solchen Unsinn gehört.« Mum dreht den Speck in der Pfanne und drückt die Streifen wütend mit dem Pfannenwender runter.

»Also, ich bin gestern in Cornwall aufgewacht, ohne die geringste Ahnung zu haben, wie ich dorthin gelangt bin. Das ist *passiert*. Und ich begreife irgendwie nicht, warum das hier weniger schwer zu glauben sein soll. Weiß Will eigentlich, dass unser Geld verschwunden ist?«

»Bitte sag ihm nichts davon«, fleht Mum plötzlich. »Er macht sich auch so schon genügend Sorgen um dich. Obwohl ich ihm gesagt habe, dass du sicher bei dir zu Hause bist, wollte er gestern unbedingt herkommen und für dich da sein. Genau wie Kelly.«

»Sie wollte mit Sicherheit nicht wegen *mir* herkommen, Mum. Kelly und ich haben uns gestritten. Schon vergessen?«

»Das ist vorbei. Das, was passiert ist, hat alles verändert. Jetzt will sie dich unterstützen, genau wie der Rest deiner Familie.«

»Nein, will sie nicht!«, rufe ich. Wie gern würde ich Mum erzählen, was ich über ihre zukünftige Schwiegertochter erfahren habe. »Hättest du auch nur die geringste Ahnung davon, was ...«

»Du hast Carolines Geld doch nicht genommen, oder?«, fragt Mum mit einem Mal mit gesenkter Stimme.

Ihre unerwartete Frage bringt mich vollkommen aus dem Konzept. »Was? Nein! Natürlich nicht!«

»Ich glaube, ich an deiner Stelle wäre schon ein wenig in Versuchung gewesen – wenn auch nur, um es eine Zeitlang zu verstecken und Caroline eine Lektion zu erteilen. Wie konnte sie nur so dreist sein, Matthew hinter deinem Rücken darum zu bitten, ihr eure gesamten Ersparnisse zu leihen?«

»Ich habe es weder genommen noch versteckt. Ich wusste Freitagabend ja nicht mal, dass dieses ganze Geld hier ist.«

»Ach, tatsächlich? Also, wenn jemand eine Riesentasche bei mir zu Hause deponieren würde, würde ich mit Sicherheit einen flüchtigen Blick hineinwerfen. Aber vielleicht geht's ja nur mir so.«

»Mum, bitte, hör mir zu. Ich versuche gerade, dir klarzumachen, dass ich mir wegen Kelly ernsthafte Gedanken mache, weil sie ...«

»Guten Morgen«, sagt da unvermittelt eine Stimme hinter uns, und wir zucken schuldbewusst zusammen, ehe ich mich umdrehe und Caroline im Durchlass zur Spielecke stehen sehe. Beim Anblick ihres feschen rosa Issa-Jumpsuits – ein Outfit, das bei den meisten Frauen, die auch nur halb so alt sind wie sie, nicht annähernd so gut aussehen würde wie bei meiner Schwiegermutter – zieht Mum verlegen den Gürtel ihres Morgenmantels fester zu. Ich bitte sie nicht darum, ihre spitzen schwarzen Pumps mit den Zehn-Zentimeter-Absätzen auszuziehen. Das fiele mir nicht mal im Traum ein. Ihre Schuhe auszuziehen wäre für Caroline der Gipfel schlechter Manieren.

»Und? Wie geht's uns allen heute Morgen?« Sie schenkt uns ein Lächeln.

»Sehr gut, besten Dank, Caroline«, entgegnet Mum liebenswürdig. »Möchtest du ein Schinkensandwich?«

»Nein, vielen Dank. Allerdings duftet es hier ganz köstlich. Soll ich mich um die Meute kümmern?«

»Nicht nötig. Chloe ist oben in ihrem Zimmer, um sich umzuziehen, und Matthew wechselt Theo gerade die Windeln«, sage ich; irgendwie bringe ich es nicht über mich, ihr direkt in die Augen zu sehen.

»Oh, wie manierlich«, sagt Caroline. »Konntest du letzte Nacht ein bisschen schlafen?«

»Ein bisschen, ja«, lüge ich. »Hört mal, würde es euch beiden was ausmachen, mich für einen Moment zu entschuldigen? Ich glaube, ich habe gerade einen Anruf verpasst.« Ich greife in die Tasche meines Hausmantels und hole mein Handy hervor. »Vielleicht war das wieder das Kriseninterventionsteam.« Ich tue so, als würde ich das Display studieren. »Ich höre lieber mal meine Mailbox ab.«

Im Flur komme ich an meinem Vater vorbei, der gerade auf dem Weg in die Küche ist, die Sonntagszeitung im Arm. »Hallo, Liebes. Du siehst heute Morgen schon viel besser aus. Ich war gerade bei der Tankstelle, um mir die Zeitung zu holen, und hab dir eine Zeitschrift mitgebracht. Ich dachte, dann kannst du dich hinterher in Ruhe eine Weile bei einer Tasse Tee hinsetzen und lesen. Deine Mum und ich passen solange auf die Zwerge auf.«

Ich nehme das Hochglanzeinrichtungsmagazin entgegen, das er mir hinhält, gerührt von dieser zwar kleinen, aber ausgesprochen aufmerksamen Geste. »Danke, Dad.«

Er lächelt gütig, streckt die Hand aus und zerwühlt mir das Haar, bevor er in der Küche verschwindet. Mir sitzt ein Kloß im Hals, und ich muss mich zwingen, mich zusammenzureißen – bevor ich nach unten aufs Klo eile. Vermutlich bleiben mir allenfalls zwei, drei Minuten, bevor eines oder gleich beide Kinder Anspruch auf mich erheben.

Ich schließe leise die Tür und lasse mich auf den Toilettendeckel sinken. Es ist offensichtlich, dass ich von den anderen hier im Haus keine Rückendeckung oder Unterstützung zu erwarten habe, aber ich finde, ich sollte Will anrufen und mit ihm über Kelly reden. Wäre die Sache umgekehrt und Will hätte ernste Bedenken wegen Matthew, würde ich das wissen wollen. Tatsächlich würde ich es sogar als Verrat betrachten, wenn er mir *nichts* davon erzählen würde, und ich habe das Gefühl, als hätte ich ohnehin keine andere Wahl, als mit ihm zu reden, schließlich geht es hier um die Sicherheit unserer Familie, insbesondere um die meiner Kinder. Das, was ich zu Kelly gesagt habe, ist mein Ernst: Ich würde alles tun, um sie zu beschützen. Aber was genau kann ich Will erzählen? Da ich Carolines Informationen nicht preisgeben darf, besteht die Gefahr, dass er auf meine Behauptungen genauso reagiert wie die anderen oder womöglich noch wesentlich schlimmer, immerhin liebt er diese Frau. Ja, ich will, dass Kelly aus unserem Leben verschwindet, doch was ist, wenn ich damit riskiere, meinen Bruder zu verlieren? Ich atme langsam aus. Nein, ich muss es tun. Ich muss ihm von meinen Ängsten berichten. Es ist das Richtige.

Das Telefon klingelt so lange, dass ich schon damit rechne, dass gleich seine Mailbox drangeht, aber im letzten Moment meldet er sich dann doch selbst mit einem verschlafenen: »Hey, Sal, alles okay bei dir?«

»Oh, tut mir leid«, sage ich hastig. »Ich hab dich geweckt.« Ich habe ganz vergessen, dass nur Menschen mit kleinen Kindern im Haus um neun Uhr morgens an einem Sonntag schon auf sind.

»Schon okay. Ich hatte mein Telefon extra neben dem Bett liegen, für den Fall, dass du reden willst.«

Ich zögere und schaffe es dann zu sagen: »Danke. Das ist wirklich lieb von dir. Hör zu, Will, können wir uns für einen Moment privat unterhalten, quasi unter vier Ohren? Würde es dir was ausmachen, irgendwo hinzugehen, wo niemand mithören kann?«

»Nein, kein Problem.« Er klingt besorgt, und es folgt eine Pause, bevor er sich wieder meldet. »Ich bin jetzt im Gästezimmer. Was gibt's?«

Ich atme tief durch. »Also, dann erzähl doch mal von deinem Shoppingtrip gestern!«

Wieder zögert er, ehe er langsam erwidert: »Ähm, okay. Du meinst, um den Ring zu kaufen?«

»Nein, von euren Wochenendbesorgungen!«, versuche ich, zu witzeln. »Ja, natürlich, um den Ring zu kaufen!«

»Ähm, wir sind zu diesem Laden gegangen, den Kelly kennt. Na ja, sie kennt die Tochter des Inhabers. Uns beiden gefiel praktisch von Anfang an derselbe Ring, also haben wir ihn gekauft. Da gibt's eigentlich nicht viel zu erzählen.« Darauf folgt weiteres Schweigen, bevor er sagt: »Er hat jedenfalls nicht annähernd so viel gekostet, wie es in der Presse steht, falls es das ist, worum du dir Gedanken machst.«

Also, gut. Los geht's.

»Ich mache mir tatsächlich ein bisschen Sorgen, ja«, gestehe ich. »Ich möchte nicht, dass du dich finanziell übernimmst, um einen Lebensstil zu führen, der im Grunde gar nicht so recht zu dir passt. Kelly hat sich doch an den Kosten für den Ring beteiligt, oder?« Dieser absolut unhöfliche Versuch, herauszufinden, ob sie sich von meinem Bruder aushalten lässt, lässt mich sogar selbst das Gesicht verziehen.

»Sally«, unterbricht Will mich behutsam. »So ist Kelly nicht, glaub mir. Sie hat keine solchen Erwartungen. Ich verrate dir im Vertrauen, dass der Ring mich siebentausend gekostet hat – was immer noch eine Menge Geld ist, aber der Vater ihrer Freundin hat uns einen wirklich *guten* Preis gemacht.«

Es ist absolut unmöglich, dass der Ring auf diesem Foto bloß sieben Riesen gekostet haben soll. Schlagartig gebe ich jeden noch so dürftigen Versuch von Subtilität auf. »Dann hast du ihn bezahlt? Nicht sie?«

»Natürlich hab ich ihn bezahlt!« Er lacht. »Himmel, du willst mir doch wohl nicht erzählen, dass Matthew wollte, dass du für deinen *eigenen* Ring mit löhnst? Warum erfahre ich das erst jetzt?«

»Wie du dich vielleicht erinnerst, haben wir keinen Ring gekauft«, sage ich gedankenverloren. »Meiner ist ein Familienerbstück von seiner Großmutter.«

»Ach, ja, richtig – sehr schön. Das sind die besten Ringe.«

»Schätze schon, ja, auch wenn ich glaube ...«

»Kelly war so ungeheuer aufgeregt«, unterbricht er mich. »Das war wirklich süß. Tatsächlich war sie dermaßen damit beschäftigt, den Ring an ihrem Finger zu bestaunen, dass sie, als wir zum Wagen zurückkamen, feststellte, dass sie ihre Handtasche beim Juwelier vergessen hatte. Verrücktes Huhn! Ich musste sie absetzen und einmal um den Block fahren, damit sie noch mal reinflitzen und sie holen konnte.«

Sofort horche ich auf. »Sie hat ihre Handtasche vergessen?« Im Hinblick darauf, dass sämtliche Taschen, die ich je bei ihr gesehen habe, extrem teure Designerstücke waren, fällt es mir ausgesprochen schwer, das zu glauben.

»Ja. Zum Glück hatte der Vater ihrer Freundin sie weggestellt, doch mittlerweile war der Macker ihrer Freundin eingetrudelt, sodass ich sage und schreibe acht Runden drehen musste, während sie alle drinnen im Laden waren, wo sie vermutlich die ganze Zeit über bloß rumgeschnattert haben.« Er lacht.

»Na, du weißt doch, wie wir Mädchen sind«, entgegne ich langsam. »Also, sag schon, was genau ist das für ein Ring? Ist er aus Platin oder Weißgold? Welchen Schliff hat der Stein?«

»Oh Gott, Sal, keine Ahnung!«, ruft er. »Er ist, na ja, irgendwie quadratisch. Und aus Platin, denke ich.«

»Aus Platin, denkst du ...«, wiederhole ich ungläubig.

»Das ist das Teuerste, oder? Ja, mit Sicherheit. So, wie die Dinge liegen, haben wir echt ein gutes Geschäft gemacht.«

Darauf möchte ich wetten, jedenfalls, was Kelly betrifft. Für mich ist vollkommen offensichtlich, was passiert ist. Kelly hat den Laden mit dem »bescheideneren« Ring, den Will bezahlt hatte, verlassen, ehe sie sich eine Ausrede einfallen ließ, um noch mal zu dem Juwelier zurückzukehren – und sich heimlich einen viel teureren zu holen, während er im Wagen wartete. Solange sie mit einem Ring zurückkam, der ungefähr dieselbe Form besaß wie der, den sie zuvor gemeinsam ausgesucht hatten, wäre Will niemals aufgefallen, ob der neue größer war oder drei- oder gar dreißigmal so viel kostete. Der Umstand, dass sie mit dem Juwelier bekannt ist, bestärkt mich nur noch mehr in meiner Überzeugung, was sie getan hat. Vermutlich hatte sie den Ring, den sie in Wirklichkeit haben wollte, schon vorher ausgesucht und zur Seite legen lassen – und wenn man sie in dem Laden persönlich kennt, werden sie auch nichts gegen Bargeld einzuwenden haben, oder? Schließlich waren Carolines Scheine echt.

»Na, jedenfalls, vergiss nicht, den Ring in deinen Versicherungsvertrag aufnehmen zu lassen, okay?«, rate ich ihm. »Ringe müssen für die Haftpflicht einzeln aufgeführt werden.«

»Darum hat sie sich bereits gekümmert. Ich glaube, ihr Agent hat das erledigt.«

Tadaaa! Ich *habe* recht, denn das ist einfach bloß merkwürdig. Warum um alles in der Welt sollte ihr Agent so etwas für sie machen? Vielleicht kann ich ihm *so* vor Augen führen, was für eine Art Mensch Kelly in Wahrheit ist. Alles andere brauche ich nicht mal zur Sprache zu bringen. Kelly hat sich ihr eigenes Grab geschaufelt.

»Will, du solltest sie darum bitten, den Ring bei *deiner* Versicherung anzugeben statt bei ihrer. Und sag ihr auch, dass du ein Diamantzertifikat dafür brauchst.«

Dem folgt eine lange Pause. Schließlich entgegnet mein Bruder: »Sally, ich denke, es wäre vielleicht einfacher, wenn du mir sagst, was genau das Problem ist.«

»Das Problem ist, dass ich mir ziemlich sicher bin, dass der Ring, den sie jetzt trägt, nicht derjenige ist, den ihr zusammen ausgewählt habt«, sage ich langsam, darauf bedacht, kein Wort über das verschwundene Geld zu verlieren. »Ich denke, sie hat ihn gegen einen Ring getauscht, der ein bisschen ... extravaganter ist, während du draußen im Wagen gewartet hast.«

Darauf folgt ein so langes Schweigen, dass ich schon glaube, die Verbindung sei unterbrochen worden. »Hallo? Will?«

»Ich bin noch da.«

»Frag sie einfach. Das ist alles, was ich sage.«

»So was würde Kelly niemals tun. Sie weiß, wie sehr das meine Gefühle verletzen würde. Es ging dabei vor allem darum, dass wir gemeinsam etwas ausgesucht haben, das ich mir gerade noch leisten konnte. Und sie selbst hätte sich auch keinen Ring für siebzigtausend kaufen können. Soapstars verdienen nicht annähernd so viel Geld, wie alle glauben.«

Unvermittelt klopft es an der Tür, und ich zucke erschrocken zusammen. »Mummy?«, sagt eine Kinderstimme. »Die Tür ist abgeschlossen, darum kann ich nicht reinkommen, aber ich möchte, dass du mir einen Zopf flechtest.«

»Ich komme sofort, Clo. Will? Tut mir leid, ich muss aufhören. Ich ruf dich nachher noch mal an, wenn das okay ist?«

»Klar, kein Ding«, sagt er abwesend. »Ich bin da.«

Ich lege auf und öffne die Tür. Chloe steht draußen; sie hält meine Bürste und ein Haarband in den Händen. »Ich hab alles dabei, was wir brauchen!«

»Hast du die Sachen selbst geholt? Super!«

Sie nickt stolz, gibt mir Bürste und Haarband und dreht sich um. »Kannst du bitte weit unten anfangen?«

»Aber natürlich, Schatz.« Ich ziehe sie dichter zu mir und fange an, ihr Haar zu bürsten, wobei ich darauf achte, es oben am Ansatz festzuhalten, während ich die kleinen Knoten an den Enden ausbürste, damit es nicht ziept. Sie hält wunderbar still und wartet geduldig, bis ich fertig bin. Mein Blick fällt auf ihre zierlichen Arme und ihren perfekt geschwungenen, winzigen Hals. Ich beginne zu flechten, und dann fällt mir plötzlich wieder ein, was Caroline gestern Abend gesagt hat, darüber, dass momentan genug von uns da sind, weswegen wir uns wegen etwaiger Gefahren für die Kinder keine Sorgen machen müssen, und unwillkürlich beiße ich die Zähne zusammen. Inwiefern sollte mich das eigentlich beruhigen? Entweder ist jemand gefährlich, oder er ist es nicht. Es war richtig von mir, Will anzurufen, daran habe ich nicht den geringsten Zweifel.

»Bist du fertig, Mummy? Ich hab Hunger.«

»Ja – alles erledigt!« Ich wickle das Gummiband um das Zopfende. Gefährlich und verschlagen ... Ich will nicht, dass diese Frau jemals wieder in unsere Nähe kommt. »Na los, holen wir uns was zu essen.«

Wir gehen in die Küche, wo alle gerade am Frühstückstisch sitzen – alle, mit Ausnahme von Caroline, die auf dem Sofa Platz genommen hat und eine Tasse Tee umfasst hält.

»Hier, das ist für dich, Liebes.« Mum steht hastig auf und reicht mir einen Teller, auf dem sich Eier, Speck, Pilze und Tomaten türmen. »Und das ist deins, Chloe.«

»Danke, Granny Sue«, sagt Chloe höflich und setzt sich auf ihren Stuhl. »Kannst du mich ranschieben, Mummy?«

Ich tue, worum sie mich gebeten hat, ehe ich mich auf den Platz gegenüber von Matthew sinken lasse. »Soll ich das machen?« Mit einem Nicken deute ich auf die Schüssel Babybrei, mit dem er sehr langsam und mit viel Bedacht unseren Sohn füttert.

»Nein, lass mal. Ich muss lernen, das besser hinzubekommen, und außerdem macht's mir Spaß.« Er lächelt Theo an. »Ja, genauso ist es! Dich zu füttern macht Daddy Spaß! Ist mit dem Interventionsteam alles gut gelaufen?«, fragt er dann mit einem Mal ultrabeiläufig.

Ich werfe Chloe einen kurzen Blick zu, die sich mit großem Appetit über ihr Essen hermacht; gutes Kind. »Ja, danke. Sollen wir nachher zusammen in den Park gehen, Chloe?«

Ihr kleines Gesicht leuchtet auf, und sie nickt glücklich. »Dann zeig ich dir, wie ich *rückwärts* die Rutsche runtersause!« »Nein! Das ist ja unglaublich. Das *kannst* du?«, sage ich in gespieltem Erstaunen.

Sie grinst. »Ja, das *kann* ich!«

»Denkst du nicht, es wäre vielleicht klüger, heute hierzubleiben und dich auszuruhen?«, fragt Matthew. »Ich kann auch mit Chloe in den Park gehen ... Sue, es würde dir doch nichts ausmachen, Theo heute früh hinzulegen, damit Sal sich noch eine Weile aufs Ohr hauen kann?«

»Natürlich nicht«, sagt Mum. »Matthew hat recht, Sally. Du solltest wirklich versuchen, unsere Hilfe anzunehmen, und dir ein bisschen Ruhe gönnen, solange wir hier sind.«

»Aber ich ...«, setze ich zum Protest an, doch da unterbricht Caroline mich und erklärt mit ruhiger, aber bestimmter Stimme: »Ich denke, der Park ist eine tolle Idee, Sally.« Ich schaue sie dankbar an, und sie fügt nachdrücklich hinzu: »Du solltest mit Chloe hingehen. Nur ihr zwei.«

»Früher haben wir das immer Mädchenzeit genannt«, sagt Chloe plötzlich. »Wenn nur Mummy und ich was unternommen haben. Wenn nur ich und Daddy unterwegs waren, war das Vater-Tochter-Zeit, und wenn ich, Mummy und Daddy zusammen waren, war das Familienzeit.«

»Ganz genau. Cleveres Mädchen«, erwidere ich, als mir einfällt, dass wir das früher tatsächlich ständig gesagt haben, doch dann werde ich von meinem Handy abgelenkt, das in meiner Tasche brummt, um den Eingang einer Textnachricht zu verkünden. Ich hole das Telefon hervor, in der Erwartung, dass die Nachricht von Liv ist, doch zu meiner Überraschung stammt sie von Will.

Hab mich gerade mit Kelly gezofft. Du hattest recht. Sie hat den Ring umgetauscht.

»Nein!«, rufe ich laut und ohne nachzudenken.

»Was ist?«, fragt Matthew, der mich jetzt genauso neugierig anschaut wie alle anderen.

Hatten einen Riesenkrach – sie war außer sich. Richtig hysterisch. Angeblich wollte sie »mir nicht wehtun«, doch mein Ring entsprach wohl nicht ganz ihren Vorstellungen, darum meinte sie, ihn ein bisschen »upgraden« zu müssen ... Bitte, sag niemandem was davon. Ich weiß noch nicht, wie ich damit umgehen soll. Vielleicht komme ich nachher bei euch vorbei, je nachdem, wie sich die Dinge hier entwickeln. Danke jedenfalls für den Hinweis. X

»Ach, gar nichts«, sage ich sofort. Will ist sich nicht sicher, wie er damit umgehen soll? Was soll das denn heißen? Erwägt er vielleicht die Möglichkeit, die ganze Sache mit der Hochzeit abzublasen?

All diese Fragen bleiben den Rest des Tages über frustrierenderweise unbeantwortet. Als wir später im Park sind, schicke ich meinem Bruder eine Nachricht, und dann ein bisschen später noch eine, um zu sehen, ob er rüberkommen und den Braten mit uns essen will, den Mum gerade zubereitet – doch er antwortet nicht.

Erst kurz nachdem Caroline gegen neunzehn Uhr zu sich nach Hause aufgebrochen ist, klopft es laut an der Haustür.

Meine Eltern schauen von der Landwirtschaftsdoku auf, die gerade im Fernsehen läuft, und Matthew ist mit einem Satz auf den Beinen. »Mum muss was vergessen haben. Sie weckt noch Theo auf!« Er eilt aus dem Raum, bloß um kurz darauf mit gelinde besorgter Miene zurückzukehren. »Sally? Da ist jemand für dich an der Tür.«

Verwirrt stehe ich auf, ziehe meine ausgebeulte, aber bequeme Lieblingsstrickjacke fester um mich und trete in den Flur hinaus. Ich rechne damit, dass es Liv ist – von der ich den ganzen Tag über nichts gehört habe – oder vielleicht sogar Will, doch die Person, die ich auf der Schwelle stehen sehe, unpassenderweise mit einem großen Blumenstrauß, Schokolade und einer Zeitschrift in der Hand, ist Kelly – und sie sieht verdammt wütend aus.

Im Gegensatz zu dem Hochglanzpüppchen von dem Instagrambild, das ich gestern Abend gesehen habe, sind ihre Augen vom Weinen leicht gerötet; sie hat kein Make-up aufgelegt, und ihr Haar ist zu einem Pferdeschwanz zurückgebunden. Sie trägt ein schwarzes, langärmliges Oberteil über dunklen Skinny-Jeans und ein Paar abgestoßene alte Converse-Turnschuhe, doch alles in allem sieht sie atemberaubend gut aus. Fast wie ein vollkommen anderer Mensch. Sie starrt mich grimmig an, und ich weiß, dass die Unterhaltung, die wir jetzt führen werden, ziemlich unschön werden wird, und ganz ohne Maske.

»Das warst du, oder?«, legt sie los. »*Du* hast angerufen – und mit einem Mal fragt Will mich nach Diamantzertifikaten und Versicherungsunterlagen. Hasst du mich wirklich so sehr? Bist du tatsächlich so *eifersüchtig?* Hättest du deine Nase nicht in Angelegenheiten gesteckt, die dich nichts angehen, hätte Will nie was davon erfahren. Das Einzige, was du damit erreicht hast, ist, ihm wehzutun – schon wieder!«

»*Ich?*«, sage ich ungläubig. »Also, ich war nicht diejenige, die absichtlich ihre Handtasche beim Juwelier hat liegen lassen, damit ich zurückgehen und den Ring umtauschen konnte, bevor irgendjemand ein Foto von mir mit dem ›nicht standesgemäßen‹ Verlobungsring machen kann, für den mein bedauernswerter Bruder so hart gearbeitet hat, um ihn dir zu schenken.«

Sie läuft rot an. »Maß dir ja nicht an, zu glauben, du wüsstest auch nur das Geringste über mich!«

»Ich weiß wesentlich mehr, als du denkst«, entgegne ich unklugerweise.

Ihre Augen verengen sich zu Schlitzen, und nach einem Moment des Schweigens sagt sie mit gefährlich leiser Stimme: »Und was genau soll das bedeuten, Sally?«

Ich begreife schlagartig, dass ich schon viel zu viel gesagt habe und kurz davor bin, Caroline zu verraten. Verzweifelt bemüht, Kellys Aufmerksamkeit auf ein anderes Thema zu lenken, platze ich heraus: »Warum hast du es getan? Weil du im Haus zufällig einen Batzen Bargeld rumliegen sahst, von dem du dachtest, du könntest es eben mal sinnvoll investieren?«

Sie wird kalkweiß und raunt: »Nein! Natürlich nicht.«

»Du lügst. Das sehe ich dir an. Ich weiß, dass du das Geld geklaut hast!«

Wieder wandelt sich ihr Gesichtsausdruck. »*Geklaut?* Von wem?«

»Von meiner Schwiegermutter«, sage ich bedächtig und achte aufmerksam auf ihre Reaktion.

Sie lacht ungläubig. »Oh, mein Gott! Du bist wirklich vollkommen verrückt, oder? Ich wusste ja schon immer, dass du gewisse psychische Probleme hast – aber *das* ist eine vollkommen neue Liga.«

»Ich *weiß,* dass du die fünfundsechzigtausend genommen hast.«

»*Fünfundsechzigtausend Pfund?*« Sie schüttelt fassungslos den Kopf. »Okay, Sally – trotz allem, was wir Freitagabend zueinander gesagt haben, wollte ich, nachdem man dich in Cornwall aufgegriffen hat, die Füße stillhalten und dich in Ruhe lassen. Du bist krank, das verstehe ich, aber du kannst es einfach nicht bleiben lassen, oder? Du musst einfach immer wieder Ärger machen, doch ich sagte dir bereits, *dass ich mir das nicht von dir bieten lasse.* Weißt du, all meine Freunde wollen mich damit beruhigen, dass sie mir sagen, dass du dich jeder Frau gegenüber so verhalten würdest, mit der Will zusammen ist, aber da bin ich anderer Ansicht. Diese Sache zwischen uns ist was Persönliches; ich weiß, dass es so ist. Aber warum? Was hab ich dir jemals getan? Ich bin doch bloß ein nettes, ganz gewöhnliches Mädchen.«

»Nein, bist du nicht.«

Sie mustert mich einen Moment lang, ehe sie ihren Kopf nach hinten wirft, als stünde sie im Lichtkegel eines Scheinwerfers. »Ja, ich schätze, da hast du recht. An mir ist gar nichts gewöhnlich. Aber, weißt du, ich hab nicht bloß ein hübsches Gesicht, ich bin außerdem wesentlich cleverer, als du mir zugestehst, und falls es dir ein Trost ist, Sally, *ich* glaube dir. Ich denke nicht, dass du versucht hast, Selbstmord zu begehen.«

»Ach, ja? Und warum nicht?«

»Ich weiß genau, was du getan hast – mir machst du keine Sekunde was vor. Menschen, die sich wirklich umbringen wollen, tun es auch. Sie *begehen* Selbstmord. Du hältst dich für ziemlich gerissen, oder? Fährst mit einem Taxi nach Cornwall, in deinem

Schlafanzug. ›Woohoo, schaut alle her, ich springe gleich von dieser Klippe ...‹« Sie starrt mich angewidert an. »Nichts bringt einen Mann wirkungsvoller dazu, nach deiner Pfeife zu tanzen, als eine Frau, die im wahrsten Sinne des Wortes am Abgrund steht, was, Sal? Jetzt ist er um einiges aufmerksamer als vorher, nicht wahr? Und natürlich ist jetzt jeder auf deiner Seite. Schließlich kann niemand sauer auf die arme, kleine Sally sein, wenn sie sich in Dinge einmischt, die sie nichts angehen, immerhin ist sie ja im Augenblick so ungeheuer verletzlich, da darf man sie nicht aufregen. Doch die Sache ist die, Sal ...« Sie kommt noch einen Schritt näher auf mich zu und lässt die Blumen in ihrer Hand achtlos herunterhängen. Während ich mich zwinge, mich nicht vom Fleck zu rühren, und mich frage, ob sie mir eine knallen wird, hallt Carolines Warnung, nicht im Wespennest herumzustochern, durch meinen Kopf. »Normale Menschen ziehen keine solchen Nummern ab, bloß um Aufmerksamkeit zu erregen. Um so was zu machen, muss man schon ziemlich *gestört* sein.«

»Ich hab überhaupt nichts getan!«, halte ich dagegen. »Und das weißt du auch. Du warst die Letzte, die ...«

»Ach, halt die Klappe! Ich hab dir keinen einzigen Penny gestohlen. Und nur, um das klarzustellen, der Ring hat auch nicht mal annähernd so viel gekostet. Du tätest gut daran, zu begreifen, dass nicht alles, was in den Zeitungen steht, wahr ist. Aber noch wichtiger ist – betrachte das als professionellen Rat, von einer Schauspielerin zur anderen –, die Dinge nicht zu übertreiben. Sonst halten dich am Ende *wirklich* noch alle für psychisch labil, und dann ist der Spaß schneller vorbei, als du gucken kannst, glaub mir.«

»Ist die Haustür offen, Sally? Hier zieht es gerade ganz fürchterlich ... Oh, Kelly!« Mum taucht neben mir auf; im ersten Moment strahlt sie, als sie Kelly erblickt, doch dann schaut sie besorgt drein. »Ist alles in Ordnung mit dir, Liebes? Wo ist Will?«

»Zu Hause. Alles bestens. Ich wollte nur kurz vorbeischauen, um Sal das hier zu bringen«, sagt Kelly ernst, und jede Spur ihrer Verärgerung ist verschwunden, als hätte man einen Schalter umgelegt, als sie mir die Blumen, die Schokolade und die Zeitschrift hinhält. »Ich weiß, es ist nicht viel – aber ich wollte, dass Sal weiß, dass ich an sie denke.«

»Na, das ist aber nett! Und deshalb bist du extra den ganzen Weg hierhergekommen?« Mum wirft mir einen vielsagenden Blick zu.

»Danke, Kelly«, sage ich pflichtschuldig.

»Gern geschehen. Du hast so viel durchgemacht, Sally, aber, bitte, vergiss nicht, dass wir immer für dich da sind. Ruf einfach an, und ich setze mich sofort ins Auto. Ich verschwinde nicht so einfach, verlass dich drauf.«

Kapitel 10

Um Viertel vor sieben kommt das Montagmorgen-Chaos im Haus so langsam auf Touren. Theo brabbelt seit einer halben Stunde in seiner Wiege vor sich hin, nachdem ich ihn bereits gefüttert habe, als er um sechs wach wurde, um ihn anschließend noch mal hinzulegen. Seitdem habe ich ihn nicht mehr hochgenommen, und das nicht nur, weil ich mich an meine eine heilige Regel klammere, dass Kinder vor sieben Uhr morgens ohnehin nicht richtig munter sind, sondern vor allem, weil ich selbst noch im Bett liege und an Kelly denke und daran, wie sie gestern Abend aus heiterem Himmel auf unserer Türschwelle stand. Sie ist wild entschlossen, ein Teil von Wills Leben zu bleiben. Das hat sie mir unmissverständlich klargemacht.

Matthew fängt an, in der Dusche herumzulärmen, und als Theo merkt, dass noch jemand anderes wach ist, ändert er sogleich seine Taktik: Er brüllt lauthals los, damit ihn jemand aus seiner Wiege befreit. Widerwillig raffe ich mich auf, aber erst mal sehe ich nach Chloe, die auf ihrem Bett sitzt und in einem Buch blättert.

»Guten Morgen, Liebling, wie geht's? Gut geschlafen?« Ich schenke ihr mein übliches Lächeln. »Was möchtest du zum Frühstück?«

»Ein gekochtes Ei, bitte. Ist heute ein Schultag?«

»Ja. Granny Sue und Grandpa haben gefragt, ob sie dich hinfahren können. Das wird sicher spaßig. Ich werde nur kurz Theos Windel wechseln, dann gehen wir runter und machen uns fertig, in Ordnung?«

»Kann ich mitkommen und Theo aus der Wiege holen?« Sie krabbelt vom Bett und flitzt an mir vorbei. Ich nehme noch kurz ihre Schuluniform und ihre Haarbürste, bevor ich ihr folge, und auch vor dem Badezimmer mache ich noch einmal kurz Halt, um an die Tür zu klopfen. »Matthew? Vergiss nicht, Mum und Dad müssen auch noch duschen. Ich pack schon mal Chloes Pausenbrot ein, aber kannst du bitte runterkommen und dich zu Theo setzen, sobald du angezogen bist?«

»Wird gemacht«, ruft er zurück. Er klingt ungewöhnlich gelassen; normalerweise hasst er es, gedrängt zu werden. »Bin gleich fertig.«

Ich gehe weiter und stelle fest, dass Chloe an der Seite von Theos Wiege hochgeklettert ist und ihm wiederholt mit durchdringend hoher Stimme zuzwitschert: »Guten Morgen!« Theo hat sich in seinem Babyschlafsack auf den Bauch gerollt und streckt den Hals, um zu ihr hochzublicken. Ich komme gerade noch rechtzeitig, um zu sehen, wie er die Knie an die Brust hochzieht und sich zum Loskrabbeln bereitmacht. »Das lassen wir mal lieber bleiben.« Ich hebe ihn hoch und lege ihn hastig auf die Wickelmatte, während Chloe weiter durchs Zimmer hüpft und herumquietscht. »Liebling, könntest du vielleicht damit aufhören? Bitte?«, frage ich mit einem Lächeln, obwohl es ein wirklich grässliches Geräusch ist.

»Alles in Ordnung hier drinnen?« Matthew taucht plötzlich an der Tür auf, ein Handtuch um die Hüfte, sein Haar nass. Und zu meiner eigenen Überraschung denke ich: *Er sieht wirklich attraktiv aus.* »Soll ich die Windeln wechseln?«

»Ähm, nein, danke.« Ein wenig verschämt ziehe ich mein hässliches Nachthemd runter, sodass es meine Beine und meinen Hintern besser bedeckt.

»Sicher?« Er klingt besorgt. »Es macht mir wirklich nichts aus, falls du einen Moment für dich brauchst. Du klingst ein wenig gestresst.«

»Es geht mir gut, wirklich«, versichere ich ihm, woraufhin er nickt und wieder verschwindet.

Ich klinge gestresst? Das ist mir gar nicht aufgefallen.

Sonst halten dich am Ende wirklich *noch alle für psychisch labil, und dann ist der Spaß schneller vorbei, als du gucken kannst, glaub mir.*

Ein wenig beunruhigt verdränge ich Kellys Stimme aus meinem Kopf, während ich mich vorbeuge, um Theo auf den Arm zu heben, und mich dann wieder aufrichte. Ich darf ihre Worte nicht an mich ranlassen; das ist nämlich genau, was sie will. Ich hätte nie sagen sollen, dass ich mehr über sie weiß, als sie denkt. Das war verrückt. Vermutlich wird sie schon bald eins und eins zusammenzählen und erkennen, dass Caroline geredet hat. Ich habe praktisch genau das getan, wovor Caroline Angst hatte. Sollte ich sie vorwarnen? Vermutlich. Dabei war es nicht mal nötig, Kelly zu beschuldigen, dass sie das fehlende Geld genommen hat. Will wird sicher seine eigenen Nachforschungen anstellen, um rauszufinden, woher sie so viel Kohle hat. Früher oder später wäre es also sowieso rausgekommen, auch ohne dass ich den Elefanten im Porzellanladen spiele.

Ich muss mich mit ihm treffen und die Sache klären. Wann arbeitet er wohl wieder von zu Hause aus? Das wäre vermutlich die beste Lösung. Wir müssen uns hinsetzen und die Dinge in Ruhe besprechen, ohne dass ständig irgendjemand anderes hereinplatzt.

»MUMMY!« Chloe zieht an meinem Ärmel und holt mich in die Realität zurück. »*Ich sagte*, ich will heute Zöpfe!«

»Schon gut, schon gut«, beschwichtige ich sie schnell. »Entschuldige, Clo. Natürlich kannst du Zöpfe haben. Machen wir sie unten. Dann kann ich Theo auf seine Matte legen.«

Als wir am Gästezimmer vorbeikommen, ruft meine Mutter: »Sally! Bist du das?«

Ich öffne die Tür, stecke den Kopf nach drinnen und sehe Mum aufrecht im Bett sitzen, in der einen Hand eine Tasse Tee, in der anderen einen Roman von Maeve Binchy. Dad sitzt auf dem Sessel in der Ecke, bereits in Hose, Hemd und Krawatte und darüber einem gründlich gebügelten Pullover. Jacke und Schuhe hat er auch schon bereitgestellt. Offensichtlich ist er schon seit einer ganzen Weile auf. »Morgen, Liebling«, sagt er, ohne von seinem Reiseführer aufzublicken: *Die schönsten Strände Großbritanniens.*

»Dad hat schon geduscht, und ich hab Chloes Pausenbrot

gemacht«, erklärt meinte Mutter. »Den Tisch haben wir auch schon gedeckt. Sobald Matthew im Bad fertig ist« – sie fährt im selben Tempo fort, und mein Gehirn hat Mühe, mit all den Informationen mitzuhalten – »werde ich mich noch kurz frisch machen. Wann müssen wir gehen?«

»Viertel nach acht.«

»Granny Sue, Mummy macht mir ein gekochtes Ei!«, piepst Chloe dazwischen.

»Wie schön!« Mum lächelt. »Dann ist die Sache entschieden?«

»Was für eine Sache?«

»Oh, Sally, du musst schon zuhören!« Sie verdreht ungeduldig die Augen. »Ich gehe als Nächste ins Bad. Dauert auch nur fünf Sekunden.«

»Bad ist frei!«, ruft Matthew.

»Na also!« Mum stellt ihre Tasse ab, schlägt die Decke zurück und steht mit wallendem Nachthemd auf, um nach ihrem Handtuch und ihrem Kulturbeutel zu greifen. »Ich mach ganz schnell!« Und schon ist sie durch die Tür geschlüpft.

Ich wünschte, ich hätte ihre Energie. Vielleicht, wenn ich besser geschlafen hätte; Theo scheint wieder in seine alten Muster zurückzufallen. Aber jetzt ist keine Zeit, sich lange damit aufzuhalten. »Komm, Clo, machen wir dich fertig. Au!« Ich verziehe das Gesicht, als Theo eine Hand voll meines ungebürsteten Haars packt und daran zieht. »Können wir das bitte sein lassen, Liebling? Dad, möchtest du auch ein Ei zum Frühstück?«

Er blickt lächelnd von seinem Buch auf. »Ich warte lieber, was deine Mutter sagt. Falls ich mich nicht irre, hatte sie Toast und Müsli geplant.«

»Es ist nur ein Ei«, entgegne ich sanft. »Wenn du eins willst, kannst du ruhig eins essen. Deswegen werdet ihr schon nicht zu spät kommen.«

»Na, wenn das so ist, nehme ich gern eins, danke. Matthew hat Chloes Kindersitz schon in unser Auto gestellt – und ich hab das Navi programmiert. Wir sind also aufbruchbereit. Ich komm in einer Minute runter, in Ordnung?«

»Mummy, du musst sagen ›Wetten, dass ich schneller in der Küche bin als du‹«, zwitschert Chloe, als wir das Zimmer verlassen und sie sich an mir vorbeischleicht.

»Wetten, dass ich schneller in der Küche bin als du«, wiederhole ich pflichtbewusst. Manchmal mache ich mir wirklich Sorgen, was wohl aus Dad wird, falls Mum durch irgendeine grausame Ironie des Schicksals vor ihm stirbt und er wieder für sich selbst denken müsste. Ich bin nicht sicher, ob er noch dazu in der Lage ist. Um ehrlich zu sein, kann ich mich nicht mal an die Zeit erinnern, *bevor* er krank wurde – die Zeit, als Mum noch nicht alles für ihn bestimmt hat. »Clo – aber langsam die Treppe runter! Ich will nicht, dass du stolperst!«

»Werd ich nicht!«, ruft sie zurück.

»Siehst du? Gewonnen.« Sie strahlt, als ich Sekunden nach ihr die Küche betrete. »Darf ich mir was auf dem iPad angucken?«

»Ja, Kleines, darfst du.« Mein Blick fällt auf das Pausenbrot, das Mum bereits auf die Seite gelegt hat. Ich lege die Uniform und die Bürste ab und betrachte die vier mit Frischhaltefolie erstickten Sandwiches, den Apfel und – völlig überraschend – das hartgekochte Ei. Seit wann ist Mum auf? Seit 1950? Alles, was Chloe jetzt noch braucht, ist eine Flasche Ingwerlimonade. Kurz versuche ich noch, zu sehen, was sich zwischen den zusammengeschnürten Sandwichhälften befindet. Sieht nach Käse aus. »Wundervoll«, seufze ich – und setze Theo dann hastig in seine Babywippe.

»Was ist los?«, fragte Chloe misstrauisch. »Warum hast du so komisch ›wundervoll‹ gesagt?«

»Weil Granny Sue dir Käsesandwiches gemacht hat«, erkläre ich, während ich das Brot zur Hand nehme und Mayonnaise und Gurken aus dem Kühlschrank fische.

»Aber ich mag keinen Käse auf meinem Sandwich.« Chloe klingt besorgt. »Ich hab einen Babybel in der rosa Lunchbox, *neben* meinen Sandwiches. Auf die Sandwiches will ich Thunfisch.«

»Bin schon dabei.« Ich nehme eine Dose aus dem Schrank.

»Kannst du dich schon mal anziehen? Alles gut, Theo, Mummy ist ja hier. Ich mach nur noch kurz das hier fertig, dann hol ich dich.«

Chloe runzelt die Stirn. »Was ist das für ein Geräusch, Mummy? Klopft da jemand an der Tür?«

»Sally!«, ruft im selben Moment Matthew von oben. »Hast du mich gehört? Ich sagte, da ist jemand an der Tür. Ich bin noch nicht angezogen – kannst du nachsehen?«

Ich blicke auf mein violettes, blumengemustertes Nachthemd hinunter. Ach, zum Teufel damit. Wen interessiert, wie ich aussehe? »In Ordnung!«, rufe ich zurück, dann lege ich die Thunfischdose beiseite und eile in den Korridor. Tatsächlich, da ist jemand vor der Tür. Ich löse die Kette, mache auf ... und sehe mich unvermittelt *Kelly* gegenüber. In den zwölf Stunden, seit wir uns das letzte Mal gegenübergestanden haben, hat sie wieder in den Glamour-Modus gewechselt. Sie trägt jede Menge Make-up und eine Sonnenbrille auf ihrem voluminösen, frisch gewaschenen Haar. Das eng anliegende, rote Kleid, das sie mit unmöglich hohen Schuhen kombiniert hat, wirkt völlig fehl am Platz, wenn man bedenkt, dass sie in einer Hand einen Gehstock hält und mit der anderen eine Kasserolle auf ihre Hüfte stützt. Verschämt verschränke ich die Arme vor der Brust. Von all den Leuten, die mich so sehen müssen ... Aber bevor ich etwas sagen kann, taucht Chloe neben mir auf, ihre Schuluniform über dem Arm, und blickt neugierig zu Kelly hoch.

»Ja, hallo!« Kelly reißt dramatisch die Augen auf und bedenkt Chloe mit einem heillos übertriebenen »Ich rede gerade mit einem Kind«-Lächeln, bevor sie sich weit vorbeugt, sodass ihre Nase nur wenige Zentimeter von dem Mädchen entfernt ist. »Deine Uniform ist ja *toll!* Gehst du gleich zur Schule? Gefällt es dir da?«

Chloe sagt nichts, schaut Kelly nur verunsichert an und schiebt sich dann unauffällig hinter meine Beine. »Geh in die Küche und sieh nach Theo, ja?«, sage ich leise. »Ich komm gleich nach.«

»Tschüss, Clo-Clo!« Kelly winkt fröhlich. Dann, als meine Tochter außer Sicht ist, wendet sie sich mir zu.

»Was willst du schon wieder hier?« Ich starre sie an. »Du musst damit aufhören, Kelly. Das wird unheimlich.«

Sie atmet tief durch und setzt ein gezwungenes Lächeln auf. »Oh, komm schon. Du weißt genau, warum ich letzte Nacht hergekommen bin. Ich war völlig aufgelöst. Aber *jetzt* bin ich hier, weil ich einige Dinge gesagt habe, die ich besser nicht gesagt hätte. Du machst gerade offensichtlich eine schwere Phase durch, und ich hätte mitfühlender sein sollen. Ich weiß, ich hätte auch einfach anrufen können, aber ich wollte vorbeikommen und mich persönlich entschuldigen.«

»Du weißt, dass es gerade mal kurz nach halb sieben ist, oder?«, kontere ich gedehnt.

»Natürlich weiß ich das«, schnappt sie, in die Defensive gedrängt, aber dann scheint sie sich wieder zu fangen und lächelt erneut. »Ich meine, ja, ich weiß, Sally. Ich bin heute den ganzen Tag beim Dreh, und ich hätte sonst nicht vorbeikommen können. Aber ich wollte, dass du weißt, wie ernst ich es meine. Hier – ich hab was für dich.« Sie versucht, mir die Kasserolle hinzuhalten, aber sie hat Mühe damit. »Tut mir leid, kannst du mal eben diesen Stock nehmen? Ich hab hin und wieder Labyrinthitis – ist so ein Ohr-Gleichgewichtssinn-Ding – und ich bin heute nicht ganz sicher auf den Beinen.«

Am liebsten würde sich sagen, dann hättest du dir mal besser andere Schuhe angezogen, aber ich widerstehe der Versuchung. Stattdessen lasse ich mir den Stock geben, damit Kelly die Kasserolle in beide Hände nehmen und sie mir hinhalten kann. Ich starre darauf und weiß nicht so recht, was ich sagen soll. Das ist so bizarr. Was zum Teufel will sie damit bezwecken?

»Es ist Hühnchen«, erklärt sie, nachdem sie wieder den Stock genommen hat.

»Danke.«

Es folgt eine unbehagliche Pause, ehe sie schließlich sagt: »Also gut, dann gehe ich mal besser. Nur eins noch: Ich hab dir kein Geld gestohlen. So was würde ich nie tun. Zugegeben, ich *hab* den Ring ausgetauscht, aber ich dachte nicht, dass ich dadurch jemandem Schaden zufügen würde. Das war nie meine Absicht. Ich wollte, dass du das weißt.« Sie dreht sich um und geht die Auffahrt hinab zu dem schwarzen Wagen, aus dem sogleich ein Mann in Anzug steigt, um ihr die Beifahrertür zu öffnen.

Mum tritt neben mich, eine Schürze um die Mitte, die Ärmel hochgerollt. »Sally, warum machst du neue Pausenbrote für Chloe? Moment mal ... ist das schon wieder Kelly?« Sie blickt verwirrt drein, während der Wagen davonrollt.

»Ja. Sie hat mir eine Kasserolle gemacht.«

»Aha!«, sagt Mum fasziniert. »Erst kommt sie gestern Nacht den weiten Weg hierher, um dich mit diesen herrlichen Geschenken aufzumuntern, und jetzt das. Siehst du? Sie gibt sich Mühe. Ich hab's dir doch gesagt.«

»Mum, ich möchte einfach nur wieder reingehen. Ich hab immer noch mein Nachthemd an«, sage ich, als ich bemerke, dass Ron von gegenüber auffällig unauffällig zu uns herüberstarrt, während er den Innenraum seines Autos saugt – als wäre es völlig normal, morgens um halb sieben sein Auto zu saugen. »Hallo, Ron!«, rufe ich, und er winkt zögerlich. Jetzt kann er nicht mehr so tun, als würde er uns nicht beobachten.

»Also gut – lass mich die Kasserolle nehmen.«

»Nein, du fasst sie nicht an. Keiner von euch.« Ich drehe mich um und stampfe in die Küche, wo ich den Deckel von dem Topf reiße, den Fuß auf den Tritthebel des Mülleimers hinabsausen lasse und die Kasserolle umdrehe. Ihr Inhalt klatscht in den Plastiksack, als hätte sich jemand übergeben.

»Was um alles in der Welt tust du da?«, fragt Mum mit offenem Mund.

»Ich will nicht, dass einer von euch das isst – vor allem nicht die Kinder.«

»Ich verstehe«, sagt meine Mutter langsam. »Ist das auch der Grund, warum du Chloe ein neues Pausenbrot machst? Hab ich irgendwas getan, was dich wütend gemacht hat? Es tut mir wirklich leid, falls du ...«

»Nein, nein.« Ich schüttle frustriert den Kopf. »So ist es nicht.

Hör zu, ich möchte das jetzt nicht erklären, aber ich traue Kelly nicht, und darum will ich vorsichtig sein, das ist alles.«

»Vorsichtig? Warum?«

»Wie gesagt, das möchte ich jetzt nicht erklären.« Ich nicke in Chloes Richtung. Sie spielt zwar, aber ich kann sehen, dass sie jedes Wort verfolgt. »Mum, ich verliere nicht den Verstand – sieh mich bitte nicht so an. Das ist alles keine große Sache, versprochen. Chloe isst keinen Käse, also mach ich ihr Thunfischsandwiches, und ich will nicht, dass sie Kellys Essen isst. Das ist alles. Okay?«

»Okay«, sagt Mum mit einem breiten Lächeln. »Absolut kein Problem.«

»Großartig«, erwidere ich tonlos. Danke, Kelly. Wegen dir denkt meine Mutter jetzt, ich hätte wieder einen »Moment«. »Chloe, mach dich fertig. Ihr müsst gleich los.«

Genau um Viertel nach acht beobachten ich und Theo, nun beide angezogen, wie meine Eltern Chloe auf ihrem Sitz festschnallen. Da biegt plötzlich Carolines Mercedes um die Ecke und rollt die Auffahrt hoch.

»Guten Morgen, alle zusammen.« Sie lächelt breit, während sie aus dem Wagen steigt. Sie sieht absolut makellos aus in ihrem maßgeschneiderten Blazer, ihren weiten, knöchellangen Hosen und ihren hohen Pumps. Sie muss auf dem Weg zu irgendetwas Arbeitsbezogenem sein. »Ich kann Chloe zur Schule bringen, falls ihr möchtet, Sue? Dann müsstet ihr nicht fahren.«

»Nein, schon gut, danke, Caroline«, sagt Mum lächelnd. »Bob hat das Navi programmiert, es ist also überhaupt kein Problem. Wir halten uns einfach an die Ansagen. Geh du nur rein und trink einen Tee mit Sally und Theo.« Sie deutet auf mich und weitet vielsagend die Augen. Ich frage mich, ob der Geheimdienst weiß, was für eine Agentin ihm an meiner Mutter verloren gegangen ist. Sie strahlt uns noch mal an, dann klettert sie in den Wagen, schlägt die Tür fest zu und winkt noch einmal kurz.

»Bitte, sag mir, dass sie dich nicht überredet haben, hier auf mich aufzupassen, während sie Chloe zur Schule fahren«, sage ich, als Caroline mich und Theo erreicht hat und wir gemeinsam zusehen, wie meine Eltern die Einfahrt hinabrollen, wobei die Parksensoren pflichtbewusst piepsen. »Auch wenn Matthew heute nicht zu Hause arbeiten würde, wäre ich vollkommen sicher.«

»Oh, sieh dir nur den kleinen Schatz an. Sie ist hinreißend.« Caroline seufzt, als der Wagen mit der winkenden Chloe außer Sicht ist, dann dreht sie sich um. »Und dir auch einen schönen Morgen, du Herzensbrecher.« Sie nimmt Theos Hand in ihre und schüttelt sie sanft, bevor sie sich vorbeugt und ihn küsst. »Ich bin hier, weil ich dich überzeugen soll, einen Arzt anzurufen, damit du heute noch einen Termin kriegst. Matthew macht sich Sorgen wegen dem, was deine Freundin Liv ihm erzählt hat, und er glaubt, du brauchst schnellstmöglich Unterstützung.«

Ich versteife mich unmerklich. »Dann hat er euch also allen von meinem kleinen Moment der Unzurechnungsfähigkeit erzählt? Ich dachte es mir fast schon.«

Sie gestikuliert hilflos mit den Armen. »Ich finde auch nicht, dass er das hätte tun sollen. Das war was Privates – was ich ihm übrigens gesagt habe.«

Jetzt bin ich an der Reihe zu seufzen. »Komm, ich mach uns einen Tee. Passiert dir so was jedes Mal, wenn jemand, den du kennst, eine Krise oder einen Zusammenbruch hat? Erwarten die Leute, dass du alles wieder ins Lot bringst, weil du beruflich damit zu tun hast?«

»Meistens, ja«, sagt sie mit einem Nicken, während wir zurück ins Haus gehen. »Es stört mich nicht wirklich. Der Job bringt das eben mit sich. Und ich achte auch darauf, nicht mehr Verantwortung zu übernehmen, als ich mit mir vereinbaren kann. Aber bei dir ist das was anderes. Du bist meine Schwiegertochter. Da will ich natürlich helfen.«

»Nicht, dass ich einen Zusammenbruch gehabt hätte, oder eine Krise«, schiebe ich rasch nach, dann lege ich Theo auf seine Matte und gebe ihm seinen singenden Oktopus. »Obwohl ...« Ich zögere nervös, unwillig, zuzugeben, dass ich Mist gebaut habe. »Letzte Nacht habe ich vielleicht einen Fehler gemacht.«

»Oh?«, macht sie, während sie zwei Tassen aus dem Schrank nimmt. »Tee oder Kaffee?«

»Tee, bitte.« Ich setze mich neben Theo, damit ich ihr nicht in die Augen sehen muss. »Kelly kam rüber, und ich hab was Dummes zu ihr gesagt.«

Caroline wendet mir den Rücken zu, während sie den Teekessel füllt, und im ersten Moment bin ich mir nicht sicher, ob sie mir überhaupt zuhört. Sie stellt den Kessel auf den Herd, schaltet ihn an und schlüpft aus ihrer Jacke, unter der eine marineblaue Bluse zum Vorschein kommt. Erst, nachdem sie den Blazer über die Lehne eines Küchenstuhls drapiert hat, sieht sie erwartungsvoll zu mir hinab. »Also? Was ist passiert?«

»Ich habe auf MailOnline ein Bild von Kelly mit ihrem neuen Verlobungsring gesehen, und in dem Bericht hieß es, der Ring hätte siebzigtausend Pfund gekostet. Ich kann jetzt nicht ins Detail gehen, aber mein Bruder hat bestätigt, dass sie am Samstag etwas wirklich Übles getan hat. Sagen wir einfach, ich weiß jetzt, was aus deinem Geld geworden ist.«

Carolines Augenbrauen zucken in die Höhe. »Und da bist du ganz sicher?«

»Sie hat es natürlich geleugnet, aber ja, ich bin ziemlich sicher.«

»Du hast mit ihr darüber gesprochen?«, unterbricht sie mich.

»Ich weiß, ich weiß«, seufze ich. »Tut mir leid. Ich weiß nicht, was ich mir dabei gedacht habe. Ich bin das Ganze noch mal durchgegangen, und keiner von uns hat dich direkt erwähnt, aber sie hat trotzdem ziemlich empfindlich reagiert. Das war letzte Nacht. Und heute Morgen um kurz nach halb sieben war sie schon wieder hier.«

Caroline erwidert nichts, wartet nur stumm darauf, dass ich fortfahre.

»Diesmal wollte sie sich entschuldigen – sie hat mir sogar eine Kasserolle gebracht. Es war völlig surreal. War sie auch so, als du sie behandelt hast? Wie Jekyll und Hyde? Ich hab übrigens niemandem sonst erzählt, dass sie meiner Meinung nach das Geld gestohlen hat«, füge ich hinzu.

»Vermutlich wäre es besser, es bleibt so.« Caroline denkt angestrengt nach. »Hör zu, Sally, ich verstehe, das muss für dich alles sehr belastend sein, und ich verspreche, wir kommen gleich wieder auf Kelly zurück, aber – wir sollten nicht vergessen, was dieses Wochenende noch passiert ist. Wie spät ist es eigentlich?« Sie dreht sich um und wirft einen Blick auf die Küchenuhr. »Gleich halb neun. Dann solltest du jetzt im Krankenhaus einen Termin ausmachen können. Wie ich schon sagte, Matthew und deine Eltern halten es wirklich für wichtig, dass du zum Arzt gehst.«

Einen Moment lang schweige ich, dann ziehe ich die Kordel an dem Oktopus, und sobald die Musik erklingt, greift Theo danach. »Und du findest das auch?«

»Sagen wir mal so, ich bin nicht sicher, dass sie wirklich verstehen, was bei diesem ersten Termin passieren wird«, antwortet sie. »Ich dachte mir, es bringt vielleicht mehr, wenn wir beide die Sache kurz noch mal durchgehen. Ein Arzt kann dir ein Zehn-Minuten-Gespräch anbieten, und seien wir ehrlich, das ist nicht genug Zeit, um die psychologischen Probleme abzudecken, die du vielleicht oder vielleicht auch nicht hast. Er kann höchstens beurteilen, ob du selbstmordgefährdet bist – was ja offensichtlich *nicht* der Fall ist – und dich an einen Spezialisten überweisen. Man wird deine Vergangenheit durchleuchten, dich untersuchen, körperliche Symptome in Betracht ziehen, die du womöglich hattest oder hast. Solche Sachen. Aber« – sie atmet tief ein – »deine Geschichte ist derart *seltsam*, dass sie keine eindeutige Diagnose zulässt. Zunächst wird dein Arzt erwägen, dass es Amnesie ist – aber wie wir bereits besprochen haben: Eine Amnesie funktioniert nicht so. Und dann wird er anfangen, sich zu fragen, ob du vielleicht lügst oder ob du ein psychologisches Problem hast.«

Ich blicke ruckartig zu ihr auf. Diesmal ist die Pause deutlich länger, unterbrochen nur von Theo, der ein paar Bausteine gefunden hat und damit herumklappert. »Das hatten wir doch schon. Ich sage die *Wahrheit*, Caroline.«

»Okay«, erwidert sie gedehnt, »dann wird dein Arzt keine Wahl haben, als eine der exotischeren Möglichkeiten in Betracht zu ziehen.«

»Ich verstehe nicht.« Ich bin wirklich verwirrt. »Was für Möglichkeiten?«

Der Teekessel kocht, aber sie ignoriert es. »Mentaler Blackout und Gedächtnisverlust können physische Ursachen haben; Kopfverletzungen, Schilddrüsenunterfunktion, Alkoholismus ... Gehirnläsionen oder -tumore.«

»Ein Gehirntumor?«, wiederhole ich mit großen Augen. Theo, der fröhlich einen Bauklotz herumschwenkt, blickt zu mir hoch und lächelt.

»Ja. Der Arzt wird vorschlagen, dass man dich auf all diese Dinge untersucht. Bist du wirklich sicher, dass du Matthew und deinen Eltern diese Sorge zumuten möchtest?«

»Caroline, ich schwöre dir, ich sage die Wahrheit!«, erkläre ich mit Nachdruck. »Ich kann verstehen, dass du es für *seltsam* hältst, aber ich versichere dir, ich hab mir das nicht einfach nur ausgedacht.« Ich schlucke. »Du meintest, das wären exotische Möglichkeiten. Wie oft kommt so war vor?«

»Eher selten.« Sie schließt kurz die Augen und fährt sich müde mit der Hand übers Gesicht, als würde sie nach einem anderen Ansatz suchen. »Aber es würde deiner ganzen Familie trotzdem Angst machen, vor allem, da die meisten Allgemeinmediziner nicht gerade die taktvollsten sind. Die denken sich nichts dabei, dich eben mal so zur Computertomografie zu schicken. Dann kommt das Warten auf die Ergebnisse, und wenn die negativ sind, war ...«

»Aber was, wenn sie nicht negativ sind?«, wispere ich. Ich kann spüren, wie sich mein Puls vor Furcht beschleunigt.

Caroline stutzt. »Wurde bei dir vielleicht schon irgendetwas diagnostiziert, und du hast es den anderen nur noch nicht gesagt?«

»Nein!«, protestiere ich. Jetzt bin ich vollkommen perplex. »Natürlich nicht!«

»Dann werden die Ergebnisse auch höchstwahrscheinlich negativ sein, denn diese Fälle sind *extrem* selten.« Etwas sanfter fügt sie hinzu: »Bist du ganz sicher, dass du dich an gar nichts erinnerst? Da ist *wirklich* gar nichts zwischen Freitagnacht, als du ins Bett gegangen bist, und Samstagmorgen, als du in Cornwall aufgewacht bist?«

»Ja, ich bin sicher, Caroline.«

Meine Stimme muss gereizt klingen, denn sie schiebt hastig nach: »Ich behaupte nicht, du wüsstest, was passiert ist, oder dass du lügst, Sally. Das ist kein Vorwurf. Wirklich nicht. Ich frage nur, ob du dich an irgendetwas erinnerst, also reg dich bitte nicht auf. Alles ist in Ordnung.«

Ich blicke zu Boden, und mir wird übel. Warum redet sie mit mir, als wäre ich eine ihrer Patientinnen? »Nun, um deine Frage zu beantworten: Nein, ich erinnere mich an rein gar nichts«, wiederhole ich zum bestimmt schon hundertsten Mal, so ruhig ich nur kann. Anschließend nehme ich Theo auf den Arm und stehe auf wackeligen Beinen auf. »Könntest du ihn kurz nehmen? Ich bin sofort wieder da.« Ich gehe zum Tisch und halte ihr den Kleinen hin.

»Natürlich«, sagte sie besorgt und nimmt ihn. »Wo gehst du hin?«

»Nur auf die Toilette. Das ist alles.«

»Bist du sicher, dass es dir gut geht?«

»Alles in Ordnung«, lüge ich. »Dauert nur eine Minute.«

Nachdem ich die Tür hinter mir geschlossen habe, setze ich mich auf den Klodeckel, zücke mein Handy und tippe den Suchbegriff *Gehirnläsionen und Tumore* ein.

Gehirnläsion (Läsion des Gehirns) – jegliche Art von abnormalem Gewebe an oder im Gehirn

So heißt es in dem ersten Artikel, der bizarrerweise von einer Werbeanzeige für »den perfekten Seidenrock« gesäumt wird.

Die Hauptursachen für Gehirnläsionen sind: Verletzungen, Infektionen, Schädigung des Immunsystems, Ablagerungen, vaskuläre oder genetische Defekte, Blutungen, Absterben oder Fehlfunktion der Gehirnzellen, ionisierende Strahlung.

Das klingt ja alles ganz zauberhaft.
Ich schlucke besorgt und lese weiter.

F: Welche Symptome begleiten eine Hirnläsion?
A: Kopfschmerzen, Übelkeit, Appetitlosigkeit, Störungen der Sehkraft, Veränderungen in der Stimmung, im Verhalten, im Konzentrationsvermögen, Gedächtnisverlust und Verwirrung.

Herrje. Das beschreibt ziemlich genau, wie ich mich gefühlt habe, als ich in dem Taxi aufwachte. Ich versuche, ruhig zu bleiben. Was hat Caroline noch über die anderen physischen Ursachen für Gedächtnisverlust gesagt? Ich rufe die Startseite des staatlichen Gesundheitsdienstes auf.

Gedächtnisverlust kann ein Zeichen für ein ernst zu nehmendes Gesundheitsrisiko sein und sollte vom Hausarzt überprüft werden. Falls Sie diesen Text lesen, weil Sie befürchten, Sie können an Demenz leiden, seien Sie beruhigt. Personen mit Demenz sind sich ihrer Erinnerungslücken nicht bewusst.

Habe ich das nicht letzte Nacht schon gelesen? Ich runzle die Stirn. Ich glaube, schon, aber ... *ich kann mich nicht erinnern.* Matthew würde jetzt glauben, dass ich nur einen Witz mache, aber mir ist nicht nach Lachen zumute.

Die häufigsten Ursachen für Gedächtnisverlust sind Kopfverletzungen oder Schlaganfälle. Weniger häufige Auslöser sind Schilddrüsenunterfunktion, Alkoholmissbrauch, Hirnblutungen, transiente globale Amnesie (Durchblutungsstörungen im Gehirn, die episodischen Gedächtnisverlust zur Folge haben) oder Hirntumore.

Schon wieder Tumore. In der Küche fängt Theo an zu weinen, aber ich starre weiter die Worte auf dem Bildschirm an, unfähig, mich zu bewegen. Ich kann keinen Tumor haben. Das ist einfach unmöglich. Theos Kreischen wird lauter. Wie mechanisch stehe ich auf und öffne die Tür.

Mein Baby reibt sich die Augen, als ich den Raum wieder betrete, und als es mich sieht, streckt es mir die Arme entgegen, damit ich es nehme.

»Ich fürchte, er ist schon müde«, sagt Caroline. »Falls du möchtest, bringe ich ihn für dich ins Bett.«

»Ist schon in Ordnung.« Ich nehme ihn, plötzlich beseelt von dem verzweifelten Wunsch, seinen beruhigend festen und sich windenden Körper an mich zu drücken. »Aber erst lasse ich mir noch einen Termin geben.« Ich ziehe unbeholfen das Handy aus der Tasche meiner Jeans, stütze Theo auf meine Hüfte und suche in der Kontaktliste nach der Nummer des Krankenhauses.

Caroline sagt nichts; sie steht nur auf und gießt Wasser aus dem Teekessel in zwei Tassen.

Es sind mehrere Versuche nötig, aber schließlich komme ich durch und mache einen Notfalltermin für heute um zwei Uhr aus. Kaum habe ich aufgelegt, kommt Matthew mit einer leeren Tasse in die Küche.

»Oh, hi, Mum.« Er tut so, als wäre er überrascht, Caroline zu sehen. »Ich wusste gar nicht, dass du heute vorbeikommen wolltest.«

»Sally hat sich gerade einen Arzttermin geben lassen«, erklärt sie leise. Sie versucht nicht mal, bei seinem Täuschungsmanöver mitzuspielen. »Um zwei, richtig, Sal?«

Ich nicke, und Matthew errötet schuldbewusst. »Okay, ähm ... gut. Ich kann dich fahren, falls du magst. Dann, äh, dann mache ich mich jetzt lieber wieder an die Arbeit, damit ich mir den Nachmittag freinehmen kann.« Er verschwindet, sichtlich betreten. Oder zumindest hat es den Anschein. Nicht, dass ich wirklich Notiz davon nehme. Ich muss daran denken, wie ich mich gefühlt habe, als ich damals mit Mum im Korridor des Krankenhauses saß. Ich war gerade zwölf, gar nicht mal *so viel* älter als Chloe jetzt, und beobachtete Will, wie er mit einer seiner Star-Wars-Figuren spielte. Dann tauchte ein Arzt aus einem der Zimmer auf und sagte mit ernster Stimme zu Mum – die meine Hand fest packte: »Mrs. Tanner, es tut mir leid, aber Ihr Mann hatte einen Herzinfarkt.«

Ich drücke Theo fest an mich. Diese Erinnerung ist jetzt zugepflastert mit dem Wort *Hirntumor, Hirntumor, Hirntumor, Hirntumor* ... Ich versuche, meinen Geist zu leeren, den Gedanken fortzuschieben, aber stattdessen wiederholt er sich in einer immer schriller werdenden Endlosschleife, ganz tief in meinem Kopf.

Kapitel 11

Auf dem Weg ins Krankenhaus sagen weder ich noch Matthew, der fährt, ein Wort. Gott sei Dank kann er meine Gedanken nicht lesen – er würde sofort einen Unfall bauen.

Ich kann nicht glauben, dass Caroline mich gefragt hat, ob bei mir schon etwas diagnostiziert wurde. Offensichtlich sieht sie darin eine mögliche Erklärung für die Ereignisse am Freitag.

Sie glaubt also, ich wollte mich umbringen, um die anderen vor dem Schmerz zu bewahren, den sie durchleiden müssten, falls ich langsam an einer tödlichen Krankheit sterbe.

Aber wenn ich erfahren hätte, dass ich an einer solchen Krankheit leide, hätte ich Matthew ganz bestimmt davon erzählt. Und wie jede Mutter würde ich versuchen, so lange wie nur irgend möglich bei Chloe und Theo zu bleiben. Ich würde sie darauf vorbereiten wollen, dass ich sterben werde, damit sie verstehen, was geschieht, damit sie sich an den Gedanken gewöhnen können. Ich würde ihnen erklären, dass ich in den Himmel gehe, aber dass der Weg dorthin so weit ist, dass ich nicht zurückkommen kann. Dass niemand wirklich weiß, wie der Himmel aussieht, und dass wir dort nur hinkommen, wenn wir sterben. Dass Leute manchmal – nicht oft – krank werden und die Ärzte sie nicht mehr gesund machen können. Ich würde wollen, dass sie eine Chance haben, sich von mir zu verabschieden.

Meine Augen füllen sich mit Tränen, und ich muss mich umdrehen und aus dem Fenster schauen, damit Matthew es nicht merkt. Bis zu diesem Morgen habe ich überhaupt nicht daran gedacht, dass ich ein gesundheitliches Problem haben könnte. Ich versuche, meine Verzweiflung hinunterzuschlucken und ruhig zu bleiben. Sagte Caroline nicht, dass so etwas äußerst selten ist? Aber selten ist nicht unmöglich ... Herrgott! Noch ein grässlicher Gedanke kriecht unerwünscht durch meinen Kopf: Was, wenn bei mir bereits ein Gehirntumor oder so etwas diagnostiziert wurde und *ich mich nur nicht daran erinnern kann?* Nein, das ist verrückt – das kann nicht sein. Wer könnte so was Schreckliches vergessen? Und es ist ja nicht so, als hätte ich davor schon mal einen Gedächtnisaussetzer gehabt; es sind nur diese zehn Stunden Freitagnacht. Ich atme tief ein, versuche, mich zu entspannen. Der Arzt wird mir mehr sagen können. Falls mir irgendwelche beunruhigenden Symptome aufgefallen wären, wäre ich bestimmt zuerst zu ihm gegangen ... und wie Caroline betont hat, man hätte mich an einen Spezialisten überwiesen. Man hätte Tests durchgeführt, Scans gemacht. Und das wiederum wäre dokumentiert worden. Falls nötig, kann ich also um Einblick in meine medizinische Akte bitten und mich selbst vergewissern.

Kurz schließe ich die Augen und lehne mich nach hinten. Ich fühle mich völlig überwältigt. So viele Gedanken drängen sich in meinem Kopf: Gedächtnisverlust, Tumore, Kelly, das verschwundene Geld, der weinende Matthew, Liv, Flaschen mit Paracetamol, Abschiedsbriefe, Taxis, Chloe, die mit ihren großen blauen Augen zu mir hochblickt und sagt, dass ich nicht da war, als sie aufgewacht ist. Alles ist durcheinander, ein verworrener, beängstigender Knoten, der immer weiter zu wachsen scheint.

»Das ist das erste Mal, dass wir allein aus dem Haus sind, seit Theo geboren wurde.« Matthews Stimme schneidet durch die Verwirrung, dann fügt er vorsichtig hinzu: »Wenn sich alles wieder normalisiert hat, würde ich gern mit dir ausgehen. Zumindest wissen wir jetzt, dass Theo auch von anderen Leuten in den Schlaf gewiegt werden kann. Ein schickes Abendessen oder so.«

»Das wäre nett.«

Er sieht zu mir herüber. »Wie fühlst du dich?«

»Du meinst wegen des Arzttermins?« Ich starre aus dem Fenster. »Ähm, ich hab ziemliche Angst.«

Er runzelt die Stirn, zögert und streckt dann doch den Arm aus, um meine Hand zu nehmen. »Ich bin bei dir, und ich werde nicht zulassen, dass dir irgendwas passiert. Hier geht es darum, dir zu helfen, nicht, dich zu verurteilen. Sie kann nicht einfach eine willkürliche Entscheidung über deine Zukunft treffen, Sal. Das weißt du doch, oder?«

Er glaubt, ich hätte Angst, dass man mich wieder einsperren könnte. Caroline hat recht: Matthew hat augenscheinlich keine Ahnung, was auf uns zukommen könnte. Ich korrigiere ihn nicht, denke stattdessen an das erste Mal zurück, als er meine Hand auf diese Weise gedrückt hat – das liegt jetzt acht Jahre zurück – und daran, wie verzweifelt ich mich nach seiner Berührung sehnte. Ich hatte mehrere Gespräche mit Matt Le Hengst (nicht unbedingt der originellste Spitzname, wenn man bedenkt, dass ich bei einer Werbeagentur arbeitete), woraufhin ich mir selbst – und einigen Kollegen, denen ich vertraute – sagte, dass es falsch wäre, eine persönliche Beziehung mit einem Kunden zu haben ... aber, *oh Mann*, sah er gut aus in seinem Anzug. Trotz allem muss ich kurz lächeln, als ich daran zurückdenke, wie ich versuchte, mich bei langweiligen Besprechungen in irgendwelchen öden Konferenzräumen zu konzentrieren, während Matthew mir gegenübersaß und sich mit dienstbeflissenem Nicken Notizen machte. Wie sich herausstellte, ging es ihm ähnlich, und wir beide versuchten nur, uns einander nicht nackt vorzustellen.

»Was ist so witzig?«, fragt Matthew, als er den Blinker betätigt und in die Straße vor dem Krankenhaus einbiegt.

»Hmm?« Ich drehe mich um, und um ein Haar sage ich es ihm, aber dann fühle ich mich seltsam verlegen und schüchtern. »Oh, nichts.«

Ich sehe wieder aus dem Fenster und denke an die lächerlich glamouröse Party, als unser Kunde den Start seiner Werbekampagne feierte. Die Feier fand auf einem Hoteldach hoch über London statt, und sie war ein voller Erfolg. Ich hatte ein Glas zu viel und sprach ihn an. Dann – ein Spaziergang im Hyde Park, bei dem er meine Hand nahm. Unser erster Kuss. Ein romantisches Abendessen. Gemeinsam ins Kino. Abendessen bei mir. Abendessen bei ihm. Sex, Sex, Sex – mehrere Wochenenden, die wir praktisch nur im Bett verbrachten. Ich stellte ihn meinen Freunden vor, ein erster Wochenendtrip nach Cornwall, wo ich einen Surf-Kurs machte, weil ich beweisen wollte, dass auch ich sportlich und abenteuerlustig sein konnte. Bald darauf ein luxuriöses Wochenende in Paris – in dessen Verlauf ich schließlich eingestand, dass mir Kunstgalerien und Cocktails lieber waren als Sport und Outdoor-Aktivitäten. Kennenlernbesuche bei der Familie des jeweils anderen. Dann das desaströse Wochenende in Schottland. Unser erster richtiger Streit. Urlaub am Strand. Skiurlaub. Zusammenziehen. Die neue Wohnung, und natürlich auch neue Möbel, nachdem wir beide unsere Beförderung bekamen. Anschließend der Antrag in dem Hotel in Cornwall, wo wir unseren ersten Wochenendausflug verbracht hatten. Hochzeitsvorbereitungen. Das Hochzeitskleid. Die Hochzeitstorte. Alles drehte sich nur noch um die Hochzeit, bis ich in meinem ganzen Leben keine Einladung und keine Playlist mit Liebesliedern mehr sehen wollte. Der Junggesellinnenabschied. Die traumhafte Hochzeit, die so unglaublich schnell vorbeiging, dass man sie fast hätte wiederholen wollen. Die Flitterwochen, die ich größtenteils verschlief, durchzogen von dem Wissen, dass ich vermutlich nie wieder so gut in einem Bikini aussehen würde. Der Schwangerschaftstest. Panikkäufe, bei denen wir die halbe Babyabteilung von John Lewis leerkauften. Die Erschöpfung und die Verwirrung, als ich sah, wie Matthew Chloe zum ersten Mal in die Arme nahm und dabei laut losweinte. All die teuren Mutterkurse, bei denen ich routinemäßig erst während der letzten Minuten hereinplatzte. Der Urlaub in Cornwall, den wir nach zwei Tagen abbrachen, als das Baby krank wurde. Die abstumpfenden Krabbelgruppen. Die Rückkehr in den Beruf und die vielen Tränen, die ich auf der Toilette vergoss, weil ich Chloe so schrecklich vermisste, weil ich so müde war, weil ich ein schlechtes Gewissen hatte, weil ich mit der Arbeit überfordert war. Die ersten Wochenenden, als wir es wagten, abends auszugehen. Der Versuch, wieder in die alte Routine zurückzufinden. Der Versuch, wieder öfter ins Fitnessstudio zu gehen. Der erste heiße Urlaub und im Herbst danach die Entdeckung: Ich war wieder schwanger. Mein Bauch, der so schnell so groß wurde. Die Erkenntnis, dass ich nie wieder einen Bikini anziehen würde, basta. Raus aus der Wohnung und stattdessen ein Haus gekauft. Packen. Umziehen. Neu einrichten. Die Wiege aufbauen. Die Babykleidung waschen, die wir aufgehoben hatten, fest überzeugt, dass das neue Baby auch ein Mädchen sein würde. Der Schock, als die Amme, die meine Hand hielt, verkündete, es wäre ein Junge. Der Augenblick, als Matthew schließlich eine verschüchterte Chloe zu dem Brutkasten führte und sie Theo zum ersten Mal sah. Und das Gefühl, mich nie in meinem Leben so glücklich gefühlt zu haben wie in diesem Moment.

Na schön, wir haben also vielleicht schon ein ganzes Leben miteinander verbracht, aber das heißt nicht, dass es jetzt vorbei sein darf.

Matthew zieht seine Hand zurück, um einen anderen Gang einzulegen, und ich lege meine auf mein Knie. Wir hatten noch nicht mal Gelegenheit, Theos Geburt richtig zu verarbeiten. Ich weiß, wer wir waren und wie wir an diesen Punkt gelangt sind, aber ich bin nicht sicher, wer wir jetzt sind. Wir brauchen Zeit, um uns wieder zu finden, zu lernen, wie alles hineinpasst in diesen neuen Abschnitt in unserem Leben ... oder was ich zumindest für einen neuen Abschnitt in unserem Leben hielt. Noch einmal schließe ich kurz die Augen. Ich darf nicht schwer krank sein. Ich kann Theo und Chloe nicht alleinlassen. Das geht nicht. Ich *muss* ganz einfach gesund sein.

»Da wären wir.« Matthews Stimme lässt mich hochschrecken. Wir biegen auf den Parkplatz des Krankenhauses ab und finden auf wundersame Weise sofort eine freie Lücke. Ich versuche, mich zu beruhigen, während er den Motor abstellt, dann sieht er mich an. »Ich würde gerne mitkommen, falls das für dich in Ordnung ist. Es sei denn, natürlich, du möchtest dem Arzt etwas sagen, das du nicht vor mir ansprechen möchtest. So was wie deine Nacht an der Universität.«

Ich zögere. Soll ich ihn bitten, draußen zu warten, um ihn zu schützen, bis ich selbst weiß, ob ich schwer krank bin? Aber er sieht bereits jetzt so besorgt aus; da wäre es nicht fair, ihn völlig im Dunkeln zu lassen, selbst wenn es nur zu seinem Besten ist. »Ja, du kannst mitkommen«, sage ich. Wäre es andersherum, würde ich auch sofort Bescheid wissen wollen, ganz gleich, wie verheerend die Diagnose auch sein mag. Das ist eine Sache, der wir uns zusammen stellen sollten. »Aber können wir uns erst kurz darüber unterhalten, was da drin passieren könnte?«

Er schaut auf seine Uhr. »Ich will nicht, dass wir zu spät kommen.«

»Matthew, ein paar Minuten werden keinen Unterschied machen.«

»Bei unserem Glück wäre ich mir da nicht so sicher. Komm, wir können drinnen reden.« Er steigt aus und schlägt die Tür zu.

Im Wartezimmer lauschen wir dem krächzenden Husten mehrerer Senioren und sehen zu, wie ein Dreijähriger fröhlich Broschüren zum Thema »Rauchen aufgeben« und »Herzinfarkten vorbeugen« zerfleddert. Da dreht Matthew sich zu mir herum und fragt: »Also, worüber wolltest du mit mir sprechen?«

Ich schüttle den Kopf. »Schon gut. Nicht weiter wichtig.« Das ist wohl kaum der richtige Ort, um ihm von meiner Befürchtung zu erzählen, außerdem bin ich inzwischen viel zu angespannt. Matthew nimmt meine Hand und drückt sie. »Keine Sorge, Sal«, flüstert er, dann beugt er sich herüber und küsst mich auf die Stirn. »Versuch, dich zu entspannen. Du hast jedes Recht, nervös zu sein, aber ich verspreche dir, alles wird gut.«

Oh, Matthew – bitte, Gott, mach, dass er recht hat. Ich versuche, mich abzulenken. »Hoffentlich schafft Mum es, Theo für seinen Mittagsschlaf in die Wiege zu bekommen.«

»Sie macht das schon. Während des Wochenendes hat er doch schon viel besser geschlafen, oder nicht?«

»Ja«, gebe ich zu. »Was ich äußerst unfair von ihm finde, wenn ich ehrlich sein soll.«

Er lacht leise. »Ja, ich weiß. Aber ich weiß auch, wie viel dir das alles abverlangt hat, Sal. Ich hätte viel früher etwas tun sollen, damit er sich angewöhnt, auch ohne dich einzuschlafen. Das tut mir leid.«

»Du musst dich nicht entschuldigen. In ein paar Monaten hätte er sowieso gelernt, allein einzuschlafen. Wir hätten die Lage unter Kontrolle bekommen – hätten die Ereignisse uns nicht überrollt.«

»Glaubst du?«, fragt er nach einer Pause.

»Natürlich! *So* schlimm war es doch gar nicht. Nun, gestern Nacht war er jedenfalls wieder ganz der Alte. Ich musste aufstehen und ihn um ...« Aber die Worte ersterben auf meinen Lippen, als ein Summer ertönt und über dem Kopf der Rezeptionistin der Name Sally Hilman aufblinkt. Termin bei einem Doktor A. Sawyer, Zimmer E.

Ich atme scharf ein. »Wir sind dran.«

Matthew wirft mir einen besorgten Blick zu. »Sally, es wird nichts passieren. Ich bin bei dir.«

Seite an Seite betreten wir den kleinen Raum, nachdem wir höflich geklopft haben, und eine Frau, ungefähr im selben Alter wie ich, kommt mit einem freundlichen Lächeln auf uns zu. »Hallo, ich bin Dr. Sawyer.«

»Ich bin Sally Hilman, und das ist mein Mann, Matthew. Ist es in Ordnung, wenn er bleibt?«

»Sicher doch!« Sie schiebt einen zweiten Stuhl vor ihren Schreibtisch. »Bitte nehmen Sie Platz ... Also, Sally.« Sie wendet sich mir zu. »Nachdem Sie heute Morgen angerufen hatten, habe ich mir vom Kriseninterventionsteam Ihre Entlassungsunterlagen schicken lassen. Sie hatten da wohl ein paar schwere Tage.« Sie mustert mich mitfühlend.

»Allzu angenehm war es nicht.« Ich versuche zu lächeln.

»Wie geht es Ihnen jetzt?«

»Äh, um ehrlich zu sein, bin ich ziemlich nervös.«

Matthew nimmt meine Hand.

»Was genau macht Ihnen zu schaffen?«, fragte Dr. Sawyer ruhig.

Ich versuche, mich zu räuspern. »Ich weiß nicht, wie viel das Kriseninterventionsteam Ihnen erzählt hat, aber ich bin Freitagabend ganz normal ins Bett gegangen und dann Samstagmorgen auf einer Klippe ein paar Hundert Kilometer entfernt in einem Taxi aufgewacht. Ich habe keinerlei Ahnung, was in den Stunden davor passiert ist. Sie sind einfach weg. Ich hatte einen völligen Blackout. So was ist mir noch nie passiert. Zuerst dachten alle aus mehreren Gründen, dass ich vorgehabt hätte, mich umzubringen, aber ich bin sicher, dass das nicht der Fall ist. Trotzdem macht es mir natürlich zu schaffen, dass ich mich an nichts erinnern kann. Mir war übel, als ich aufwachte, meine Sicht war verschwommen, und ich hatte auch starke Kopfschmerzen. Seitdem bin ich ständig müde – und wohl auch oft gereizt und unbeherrscht.« Ich zögere, atme tief ein und drücke Matthews Hand, um ihn vorzuwarnen. »Ich weiß, dass das alles Symptome einer physischen Erkrankung sein können ... zum Beispiel eines Gehirntumors.«

Matthew, der bisher aufmerksam zugehört und dabei auf einen Punkt auf dem Boden gestarrt hat, reißt abrupt den Kopf hoch und sieht mich schockiert an. Oh Gott, ich hätte *wirklich* darauf bestehen sollen, dass wir im Auto darüber sprechen. Jetzt weiß ich genau, warum Caroline sich solche Sorgen gemacht hat.

»Und dann ist da noch etwas, was ich gerne geklärt hätte«, fahre ich rasch fort. »Steht vielleicht etwas in meiner Akte, was darauf hindeutet, dass bei mir bereits eine solche Krankheit diagnostiziert wurde?«

Dr. Sawyer blinzelt verwirrt, dann wendet sie sich ihrem Monitor zu und überfliegt die Daten. »Nein, davon steht hier nichts. Sie können es sich selbst ansehen, falls Sie möchten. Der letzte Eintrag bezieht sich auf eine postnatale Routineuntersuchung im Januar.«

Ich linse kurz zu Matthew hinüber, um sicherzugehen, dass er alles verarbeitet hat. »Ich frage nur, weil ich am Samstag etwas in meiner Tasche hatte, was zunächst ein Abschiedsbrief zu sein schien, und meine Schwiegermutter war besorgt, dass vielleicht schon eine tödliche Krankheit diagnostiziert worden wäre. Für sie wäre das der einzige Grund, warum ich je einen Selbstmord in Betracht ziehen würde – um meiner Familie das Leid meiner unheilbaren Krankheit zu ersparen.«

»Was?«, entfährt es einem völlig entsetzten Matthew. Seine Hand ist in meiner erschlafft.

»Tut mir leid, Liebling, nur einen Moment.« Ich schaue ihn beschwörend an, bevor ich mich wieder Dr. Sawyer zuwende. »Ich möchte noch mal für alle klarstellen, dass das absolut nicht der Fall war. Sie haben also keine Aufzeichnungen darüber, dass ich auf irgendetwas untersucht wurde?«

»Nein, nichts. Aber haben Sie diese Symptome immer noch?«, fragt die Ärztin. »Haben Sie immer noch Kopfschmerzen?«

»Nein.«

»Sie wachen morgens also nicht mit Kopfschmerzen oder anderen Leiden auf.«

»Nein.«

»Und als Sie diese Schmerzen hatten, wurden sie da schlimmer, wenn sie husten oder niesen mussten.«

»Nicht, dass ich wüsste.«

»Und an diesem Samstagmorgen, da war ihnen übel und Sie konnten nicht klar sehen.«

»Ja«, gestehe ich. »Alles war verschwommen, als ich aufwachte, kurz bevor ich mich übergab. Die Kopfschmerzen waren auch ziemlich übel, wie der schlimmste Kater, den ich je hatte.«

»In Ordnung, Sally.« Sie sieht mich einen Moment nachdenklich an. »Ich werde Sie jetzt untersuchen, aber ich denke, wir sollten auch ein paar Bluttests machen. Vielleicht kann eine der Schwestern das erledigen, solange Sie noch hier sind, dann müssen Sie später nicht extra deswegen noch mal zurückkommen. Darüber hinaus würde ich Sie gern für eine Computertomografie an einen Kollegen verweisen. Und wir können gleich einen Termin für ein weiteres Gespräch ausmachen, sagen wir gegen Ende der Woche, wenn wir die genaueren Details kennen.«

»Entschuldigen Sie, aber wofür sind die Bluttests und die Computertomografie?«, fragt Matthew dazwischen.

»Wir sehen uns das Blutbild, das Knochenprofil und die Nieren-, Leber- und Schilddrüsenfunktion an, um sicherzugehen, dass diese Episode nicht mit erhöhten Kalziumwerten, einer Infektion oder einer Schilddrüsenunterfunktion zu tun hat. Das CT soll zeigen, ob das Gehirn durch irgendeinen abnormen Zustand beeinträchtigt wird«, erklärt Dr. Sawyer. »So etwas kommt manchmal vor, und da müssen wir natürlich auf Nummer sicher gehen. Aber ich möchte betonen, dass solche Fälle äußerst selten sind.«

»Dann klingt das für Sie also nicht nach irgendeiner Art von Amnesie?«, frage ich.

»Nein. Die Episode, die Sie beschrieben haben, unterscheidet sich stark von den Symptomen einer transienten globalen Amnesie. Nehmen Sie zurzeit irgendwelche Medikamente, Sally?«

Ich schüttle den Kopf. »Ich hatte Freitagabend ein oder zwei Gläser Champagner, obwohl ich sonst in letzter Zeit überhaupt keinen Alkohol getrunken habe. Aber das reicht sicher nicht für einen völligen Blackout, oder? Meine Schwiegermutter hat mir eine Schlaftablette angeboten, aber ... nein, warten Sie.« Ich breche unvermittelt ab. »Das war gestern Nacht. Entschuldigen Sie. Ich bin ein wenig durcheinandergekommen – wie gesagt, ich bin schrecklich müde.«

»Tut mir leid, aber können wir hier mal kurz unterbrechen?«, schnappt Matthew. Er sieht wirklich schockiert aus. »Sally, du hast keinen Gehirntumor. Das ist völlig ausgeschlossen.«

Ich fühle mich schrecklich, weil ich ihm das antue, aber ich hatte keine andere Wahl; ich musste der Ärztin die Wahrheit sagen. Diese Sache ist zu wichtig. Ein weiteres Mal drücke ich seine Hand. »Selbst wenn da irgendetwas ist – wir werden damit fertig.«

»Nein, nein, nein.« Er schüttelt vehement den Kopf. »Das ist nicht ... in Ordnung. Was ich meine, ist« – er dreht sich zu Dr. Sawyer um – »wir standen in letzter Zeit unter großem Stress. Sally hat das alles bewundernswert bewältigt, aber das war alles auch extrem herausfordernd für sie. Die Geburt unseres Sohnes vor einem halben Jahr war äußerst traumatisch. Man brachte unser Baby mit einem Notfall-Kaiserschnitt auf die Welt, und er musste sofort nach der Geburt wiederbelebt werden ...« Zu meinem Schrecken beginnt Matthews Stimme plötzlich zu zittern, und seine Augen füllen sich mit Tränen. »Er war mehrere Tage auf der Intensivstation, und wann immer Sally ihn gesehen hat, um ihn zu stillen, war das eine große Belastung für sie. Entschuldigen Sie bitte.« Er schluckt und versucht, sich zu sammeln.

Ich hatte keine Ahnung, dass ihn diese Sache so mitgenommen hat – oder ist er nur so aufgewühlt, weil er glaubt, ich wollte mich Freitagnacht umbringen? Ich bin mir nicht sicher, und weil ich nichts Falsches sagen will, sage ich letztlich gar nichts.

»Unserem Sohn geht es wieder gut, und Sally auch, obwohl sie sich eine Infektion eingefangen hat. Das war eine wirklich schlimme Zeit für uns. Wir haben immer noch Probleme, wieder in den Alltag zurückzufinden, vor allem, weil der Kleine nachts nicht richtig schläft. Sally hat sich nachts ganz allein um ihn gekümmert, damit ich genug Schlaf bekomme, bevor ich zur Arbeit gehe. Aber während der letzten Tage hat sie Freunden und Familie gegenüber zum Ausdruck gebracht, dass sie damit nicht mehr fertigwird – was absolut verständlich ist. Sie sagte, dass sie ihr Leben hasst ... solche Sachen eben. Und nach dem, was Freitagnacht passiert ist, hat ihre Freundin mir erzählt, dass Sally tatsächlich schon mal versucht hat, Selbstmord zu begehen. Falls es sich also um eine Art postnatale Depression handelt, dann möchte ich, dass sie jede erdenkliche Hilfe bekommt. Was immer Freitag passiert ist, es darf nicht noch mehr solche Episoden nach sich ziehen. Ich weiß, ich drücke mich ziemlich unbeholfen aus, aber was ich sagen will, ist: Sie hat keinen Hirntumor.« Er schaut mich flehentlich an. »Es ist kein Tumor«, wispert er.

Ich sehe die Ärztin an. »Falls ich einen Tumor hätte, könnte das ein so extremes Verhalten erklären – zum Beispiel, dass ich mitten in der Nacht durchs halbe Land fahre? Und könnte es erklären, dass ich mich jetzt nicht mehr daran erinnere?«

»Ja, möglich ist es.«

Ich zögere. »Können Tumore das gesamte Verhalten verändern? Können sie einen irrational machen oder paranoid?«

»Menschen, die an Tumoren leiden, erleben mitunter negative Veränderungen in ihrer Persönlichkeit, ja.«

»Würde ich merken, dass ich mich so anders verhalte?«

»Nun«, beginnt sie, um die richtige Wortwahl bemüht, »es könnte sein, dass so jemand nicht merkt, wenn sich sein Verhalten ändert oder problematisch wird. Aber warten wir doch einfach auf die Testresultate, bevor wir irgendwelche voreiligen Schlüsse ziehen, in Ordnung?«

Wir steigen wieder ins Auto und fahren los, um Chloe von der Schule abzuholen. Ungefähr fünf Minuten herrscht Schweigen, bis ich es schließlich mit einem Räuspern breche. »Matthew?«, frage ich zögerlich.

Er zuckt unmerklich zusammen, und sein Kopf ruckt besorgt in meine Richtung. »Ja?«

»Es tut mir leid, dass du das alles miterleben musstest, als Theo zur Welt kam.«

Er erwidert nichts darauf, aber ich sehe, dass sich seine Finger fester um das Lenkrad schließen.

»Das muss schrecklich für dich gewesen sein.«

»Ich dachte, ich würde euch beide verlieren. Du auf dem Tisch, während sie den Schnitt zunähten, und Theo, der nicht atmen wollte ...«

»Das hast du auch gesehen? Wie sie mich zusammengeflickt haben?« Ich bin entsetzt.

»Einen Teil davon, ja«, erwidert er tonlos. »Der Trennschirm war viel kleiner als bei Chloes Geburt. Damit hatte ich selbst nicht gerechnet.« Er atmet gepresst aus. »Und als dann plötzlich alles aus dem Ruder lief ...«

Ich warte darauf, dass er fortfährt.

»Ich hab mich so hilflos gefühlt. Zwei von ihnen haben dich zusammengeflickt, die anderen drückten die Maske auf Theos Gesicht, und als das nicht funktionierte, schoben sie ihm einen Schlauch in den Hals ...« Er schüttelt den Kopf. »Er war so winzig, Sal.«

»Es tut mir schrecklich leid, Matthew. Warum hast du mir das nie erzählt?«

»Ich konnte nicht!«, entfährt es ihm. »Ich bin schließlich nur dagestanden. Du musstest das alles über dich ergehen lassen. Und die Sache hat dich auch so schon genug mitgenommen.«

»Denkst du noch immer daran?«

Er sieht mich nicht an. »Ja. Manchmal, wenn ich überhaupt nicht damit rechne, blitzen die Bilder wieder vor mir auf.« Er räuspert sich. »Ich hätte versuchen sollen, die Sache besser zu verarbeiten.«

Ich hatte ja keine Ahnung von alldem. Und jetzt habe ich ihn mit zu einem Arzttermin genommen und ihn mit der Nachricht überfallen, dass etwas mit mir nicht stimmen könnte. Als würde es nicht schon reichen, dass er denkt, ich hätte vor zwei Tagen Selbstmord begehen wollen. Mein armer, armer Ehemann.

»Aber hier geht es nicht um mich. Ich komm damit schon klar. Mach dir bitte keine Sorgen deswegen, ich krieg das hin. Im Moment ist viel wichtiger, was du da drin bei der Ärztin gesagt hast.« Er starrt auf die Straße vor uns. »Du meintest, Mum hätte sich Sorgen gemacht? Hat sie mit dir darüber gesprochen?«

»Ja, und das war gut so. Sie hat sich Sorgen gemacht, dass ich vielleicht nicht die Wahrheit sage und nur behaupte, dass ich mich an nichts erinnern kann. Sie meinte, das könnte Dr. Sawyer zu Rückschlüssen führen, die alle unnötig in Angst versetzen. Das Problem ist aber: Ich *sage* die Wahrheit. Und auch wenn die Sache dich ganz offensichtlich in Angst versetzt *hat* – was mir wirklich, wirklich leidtut –, habe ich keine Ahnung, was Freitagnacht passiert ist. Bis deine Mum es angesprochen hat, wusste ich nicht mal, dass so eine Gedächtnislücke ein Symptom eines körperlichen Problems sein kann. Insofern bin ich ihr wirklich dankbar. Ich wollte der Ärztin eigentlich nicht alles sagen, aber welche Wahl hatte ich schon? Es wäre Chloe und Theo gegenüber völlig verantwortungslos gewesen, keine Tests zu machen, obwohl ich vielleicht solche Symptome habe.«

Er presst die Kiefer zusammen und schweigt einen Moment, dann platzt es unvermittelt aus ihm heraus: »Und ist es zu fassen, dass die Ärztin dir nur diesen Patienten-Gesundheitsfragebogen mitgegeben hat, den du beim nächsten Mal wieder mitbringen sollst?« Er neigt den Kopf in Richtung der Blätter, die auf meinem Schoß liegen. »Wie lautet noch mal Frage neun? Hatten Sie während der letzten zwei Wochen ...«

»... den Gedanken, dass sie lieber tot wären, oder den Wunsch, sich selbst wehzutun?«, lese ich vor.

»Großer Gott!« Er schüttelt verärgert den Kopf. »Ich meine, vergessen wir mal alles andere. Diese Ärztin hatte eine Frau vor sich, die eine schwere Geburt hinter sich hat, die ihrem Umfeld erzählt hat, dass sie am Ende ist, und die irgendwann mal eine Überdosis Paracetamol genommen hat. Wozu braucht sie da noch diesen beschissenen Fragebogen?«

Ich schaue ihn wortlos, aber forschend an. Er hat wirklich Angst. Das ist der eigentliche Grund für diesen Wutausbruch.

»Entschuldige«, sagt er einen Moment später. »Es ist nur ... ich liebe dich mehr als alles auf der Welt. Das ist so ziemlich das Einzige, was ich noch mit Bestimmtheit weiß. Alles, was ich will, ist, dass es dir und den Kindern gut geht und wir zusammen sind.«

»Ich weiß«, bringe ich schließlich hervor. »Ich liebe dich auch.«

Wir erreichen Chloes Schule, und Matthew beginnt, am bereits überfüllten Straßenrand nach einem Parkplatz zu suchen.

Was sollen wir nur tun, wenn wirklich etwas nicht mit mir stimmt? Mit allem anderen werde ich fertig, aber nicht damit. Irgendwie fühlt sich mein eigener Körper schon jetzt fremd an ... obwohl das natürlich vollkommen absurd ist. Ich weiß schließlich noch gar nicht, ob ich etwas habe. An diesem Gedanken muss ich mich festhalten.

Matthew findet eine winzige Lücke und quetscht den Wagen hinein, dann schaltet er den Motor ab. »Alles in Ordnung? Soll ich reingehen und Clo holen?«

Ich nicke nur, weil ich meiner Stimme nicht trauen kann.

»Möchtest du mitkommen? Das würde ihr bestimmt gefallen. Wir holen sie nicht allzu oft gemeinsam ab.«

Er hat recht. Chloe wird sich so freuen, dass sie mit ausgebreiteten Armen auf uns zurennen und »Mummy! Daddy!« rufen

wird, und ich weiß nicht, ob ich mich dann noch zusammenreißen kann. Sie soll ihre Mutter nicht in Tränen ausbrechen sehen.
Meine Augen fühlen sich jetzt schon feucht an. Also schüttle ich
den Kopf. »Ich denke, ich werde hier warten, wenn das in Ordnung ist.«

Matthew sieht mich an, dann erklärt er: »Du bist gesund, Sally.
Diese Tests werden alle negativ ausfallen.« Er öffnet die Autotür.
»Ich lass die Schlüssel stecken, nur für alle Fälle.« Ich schaue ihm
nach, während er auf das Tor zugeht und es grob weiter aufstößt.

Er wird so wütend, wenn er unter Druck steht. Ich weiß, das
ist seine Art, damit fertigzuwerden – aber ich wünsche mir trotzdem, er würde einen anderen Weg finden. Ihn so zu sehen macht
die Sache nicht leichter für mich. Im Gegenteil.

Plötzlich fällt mir etwas ein. Selbst wenn Caroline sich irrt und
ich einen Tumor oder so was habe, würde das immer noch nicht
erklären, warum ich die Notiz in meine Tasche gesteckt habe.
Oder warum ich die Anrufliste auf meinem Handy gelöscht habe.
Aber andererseits wäre das wohl ein perfektes Beispiel für irratio-
nales Verhalten; man kann es nicht erklären – man kann nur er-
mitteln, wodurch es ausgelöst wird. Wichtiger noch: Was, wenn
ich so was noch mal tue – und wenn ich diesmal wirklich springe?
Ich versuche, die aufkeimende Panik hinunterzuschlucken. Ich
darf nicht krank sein ... *ich darf einfach nicht!*

Jemand klopft ans Fenster, und ich schrecke hoch. Es ist eine der
Mütter. Sie steht neben dem Auto, ihre Tochter an der einen Hand,
eine Lunchbox und mehrere Blätter mit Kinderzeichnungen in der
anderen. Ich öffne die Tür, und sofort wallt eine Parfumwolke über
mich hinweg. »Hi, Sally.« Sie lächelt mit dem passiv-aggressiven
Ausdruck einer Person, die wütend ist, weil sie wegen der schieren
Dummheit der ganzen Welt um sie herum fünf Sekunden länger
warten muss. »Könntest du vielleicht ein wenig zurücksetzen, damit ich mit meinem Wagen aus der Lücke komme?« Sie nickt in
Richtung ihres klobigen Lexus. »Es ist ein wenig eng.«

»Tut mir leid, Lydia. Matthew hatte es eilig«, entschuldige ich mich.
Eigentlich sollte ich aussteigen und um den Wagen herumgehen, aber

aus Gründen, die ich nicht vor Lydia ansprechen werde, rutsche ich lieber unbeholfen auf den Fahrersitz rüber.

Ich muss den Hintern hochdrücken, um nicht am Schaltknüppel hängen zu bleiben, aber dabei verliere ich das Gleichgewicht, und mit einem alarmierten Keuchen strecke ich den rechten Arm aus, um mich abzustützen. Das wiederum lässt einige der Knöpfe an meiner engen Bluse aufplatzen, sodass mein BH darunter zum Vorschein kommt. Kurz sehe ich zu Mutter und Tochter hinüber, die mein bizarres Auto-Yoga mit fassungsloser Miene verfolgen.

Mit brennenden Wangen setze ich den Renault schließlich zurück, woraufhin die beiden in ihren Lexus steigen, und Lydia winkt kurz – um ehrlich zu sein, sieht es aber eher aus wie ein wütendes Faustschütteln als wie eine Geste des Dankes. Ich muss unwillkürlich an Kelly denken, als der Lexus davonbraust, nur um zehn Meter weiter an einer roten Ampel wieder abzubremsen. Die ganze Welt steht ihr ihm Weg.

Ich schaue ihnen nach, als die Ampel umspringt, und mir fallen wieder Mums Worte ein. Sie meinte, ich würde mich in Kelly irren; und Caroline wollte heute Morgen, dass ich mich nicht so auf Kelly fixieren soll; und Kelly selbst besteht natürlich darauf, dass ich verrückt bin und sie die Unschuld in Person ist ... Ich schließe die Augen. Nach dem Arzttermin heute sollte ich wohl zumindest in Betracht ziehen, dass ich einfach nur paranoid und ein bisschen besessen war, was sie angeht.

Andererseits hat Caroline mich auch wegen Kelly gewarnt – das habe ich mir nicht eingebildet. Und Kelly hat den Ring vertauscht. Es ist also nicht so, als wäre mein Verdacht völlig unbegründet ... aber dann muss ich zugeben, dass ich am Freitag vielleicht keine Kontrolle über meinen Körper und meine Gedanken hatte. Ist die Tatsache, dass ich jetzt noch immer über diese Sache nachdenke, vielleicht schon irrational?

Schlagartig wird mir klar, dass es nicht darum geht, wem in meinem Umfeld ich trauen kann. Nein, das wirklich Erschreckende ist: Ich weiß nicht, ob ich mir selbst trauen kann.

Kapitel 12

Chloe berichtet von ihrem Tag, während wir zurückfahren, aber ich für meinen Teil halte den Mund und überlasse es Matthew, ihre Erzählung zu kommentieren. Als wir einen der ruhigeren Abschnitte der Straße erreichen, öffne ich das Fenster und schließe die Augen, um die kühle Luft auf meiner Haut zu genießen. Chloes und Matthews Stimmen schwappen über mich hinweg, und in meinem Kopf dreht sich alles vor Fragen und Ängsten, auf die ich keine Antwort habe. Nichts ergibt einen Sinn. Ich fühle mich, als würde ich über einem Abgrund hängen, und alles, woran ich mich festhalten will, löst sich in Rauch auf, sobald meine Finger es berühren. So kann ich mich nur an das Wissen klammern, dass ich mir nie wissentlich selbst wehtun würde. Aber das ist bei Weitem nicht genug, um mich zu beruhigen.

»Sal?« Matthew tippt mir auf die Schulter. »Chloe ist kalt.«

»Oh, Schätzchen, tut mir leid.« Sofort beuge ich mich vor und schließe das Fenster wieder. »Besser so? Alles in Ordnung?« Ich drehe mich um und blicke sie besorgt an.

»Hey, ist schon okay. Ihr geht's gut. Ist doch so, oder, Clo?« Unsere Tochter nickt, dann sieht sie sich auf meinem Handy Videos von sich an, als sie ungefähr zwei zwar, und Matthew nimmt meine Hand. Er hält sie sanft in seiner, bis er schalten muss und mich gezwungenermaßen loslässt.

Schließlich biegen wie in die Auffahrt ein, und ich löse zögerlich meinen Sicherheitsgurt, nachdem Matthew den Motor abgeschaltet hat. Mum wird mich mit Fragen löchern, und sie wird sich wahnsinnige Sorgen machen, wenn ich ihr erzähle, dass ich eine Computertomografie machen muss … aber als wir auf die Haustür zugehen, werden rasch dringendere Probleme offensichtlich. Noch ehe wir drinnen sind, kann ich Theo weinen hören.

»Was in aller Welt?«, fragt Matthew alarmiert. In seiner Hast kriegt er den Schlüssel nicht ins Schloss, dann schwingt auch schon die Tür auf, und meine arme Mutter steht vor uns, auf dem Arm einen rot angelaufenen, tränenüberströmten Theo, den sie verzweifelt zu beruhigen versucht. Caroline neben ihr wirkt nicht weniger zermürbt, während sie das Ganze hilflos beobachtet. Beiden Frauen ist ihre Erleichterung deutlich anzumerken, als sie mich sehen. Theo weint offenbar schon länger.

»Hey!«, rufe ich, als ich vortrete und meinen kleinen Jungen auf den Arm nehme. Sein Schluchzen wird sofort leiser, und ich spüre, wie er sich beruhigt. »Was ist passiert?«

»Wenn ich das wüsste«, entgegnet Mum. »Alles war bestens. Wir haben uns prächtig amüsiert. Ich hab ihm vorgelesen, dann wollte ich ihn für einen Mittagsschlaf ins Bett legen. Und da hat es angefangen. Er weinte und wollte sich einfach nicht beruhigen. Ich hab ihn auf den Arm genommen, aber das hat alles nichts gebracht.«

»Ganz ruhig.« Ich reibe Theos Rücken. »War da vielleicht ein plötzliches Geräusch? War jemand hier? Ihr drei wart die ganze Zeit allein im Haus?«

»Um Himmels willen, Sally!«, explodiert meine Mutter plötzlich. »Bitte fang jetzt nicht schon wieder damit an! Das halten meine Nerven nicht aus. *Natürlich* waren wir die Einzigen im Haus!«

Chloe beobachtet uns interessiert, während sie ihre Schulschuhe auszieht, dann kommt sie rüber, streichelt Theos Fuß und säuselt hilfsbereit »Oh, armer, armer Junge!«, genau, wie sie es schon oft aus meinem Mund gehört hat. »Er wollte nur seine Mummy«, attestiert sie noch, bevor sie ins Wohnzimmer davontrippelt.

»Ich glaube, das war wirklich alles«, steuert Caroline bei. »Aber nur, um dich zu beruhigen, es hat erst vor maximal zwanzig Minuten angefangen. Obwohl es sich deutlich länger anfühlte, oder, Sue?«

»Ja«, seufzt Mum. »Oh, ja.«

»Deine Mutter hat sich alle erdenkliche Mühe gegeben. Ich werde jetzt erst mal den Kessel aufsetzen, in Ordnung?«

Sie flüchtet in die Küche, und Mum wendet sich mir zu. »Es tut mir leid. Ich wollte dich nicht so anfahren. Hast du was dagegen, wenn ich mich nur ganz kurz in dem anderen Zimmer hinsetze?«

»Natürlich nicht. Ich will mal sehen, ob ich Theo zu einem Nickerchen überreden kann, selbst wenn es nur zehn Minuten sind. Vielleicht ist er einfach übermüdet. Ich nehme an, er hat davor nicht geschlafen?«

»Richtig.« Mum blickt das Baby ungläubig an. »Mein junger Herr, du hast mich gerade mindestens zehn Jahre meines Lebens gekostet ...« Sie tätschelt meinen Arm. »Du hast die Geduld einer Heiligen, Sally.«

»Hey, Clo, komm, legen wir einen Film für Granny Sue ein, und dann entspannen wir uns erst mal alle.« Matthew schaut mich an. »Möchtest du auch eine Tasse Tee?«

Ich schüttle den Kopf. »Danke, aber ich weiß nicht, wie lange ich oben sein werde.«

In Theos Zimmer angekommen, sehe ich mich gründlich um, aber ich kann nichts Ungewöhnliches feststellen, und sein Geschrei hat ihn so entkräftet, dass er fünf Minuten später bereits schläft und ich mich zurück nach unten schleiche. Ich strecke den Kopf ins Wohnzimmer, wo Chloe sich an die Seite meines Vaters geschmiegt hat, während die beiden gebannt einen *Tinkerbell*-Film ansehen. Mum hat sich daneben mit geschlossenen Augen im Sessel zurückgelehnt. Kurz beobachte ich sie und mache einen mentalen Schnappschuss von der Szene, bevor ich auf Zehenspitzen in die Küche gehe, um Matthew zu sagen, dass ich nun doch eine Tasse Tee möchte. Die Tür steht einen Spalt weit offen, und ich will sie gerade aufstoßen, als ich höre, dass er und Caroline da drinnen gerade streiten. Sie sprechen nur im Flüsterton – aber ein Streit ist es trotzdem. Und es geht um mich.

»Das ist mir egal! Du hättest ihr nie so was sagen dürfen!«, zischt Matthew. »Sie hat sich deswegen viel zu viel Sorgen gemacht.

Im Krankenhaus fing sie plötzlich an, von Hirntumoren zu reden, und wollte ihre Arztberichte einsehen. Als die Ärztin eine CT vorschlug, klang es fast, als würde sie das nur tun, um Sally zu beruhigen.«

»Aber ich habe ihr mehrfach erklärt, dass es nichts Derartiges ist. Falls ...«

»Trotzdem war es nicht gerade die Art mentaler Unterstützung, die sie jetzt braucht«, unterbricht er sie. »Ich weiß, du hilfst ihr, und sie vertraut dir, aber es sollte jemanden außerhalb der Familie geben, mit dem sie reden kann.«

»Oh, Matthew, ich bitte dich!«, entgegnet Caroline. »Sei nicht absurd. Du meine Güte, sie war neunzehn! Sie braucht keine Hilfe.«

Dass sie Partei für mich ergreift, lässt eine Woge der Dankbarkeit in mir hochsteigen.

»Oh, doch, braucht sie«, beharrt Matthew stur.

»Du weißt, dass das nicht stimmt.«

Es folgt eine lange Pause. Ich warte mit angehaltenem Atem.

»Sie meinte auch, du hättest gefragt, ob bei ihr schon irgendetwas festgestellt wurde – und ob sie *deswegen* nach Cornwall gefahren ist«, fährt Matthew fort. »War das wirklich nötig?«

»Viel relevanter ist, dass sie weiterhin darauf beharrt, sich an nichts von dem erinnern zu können, was Freitagnacht passiert ist – von dem Moment an, als sie ins Bett ging, bis zu dem Moment, als sie im Taxi aufwachte.« Mehrere Sekunden Stille. »Wir haben heute Morgen noch mal darüber gesprochen.«

Matthew seufzt. »Dasselbe hat sie auf dem Rückweg vom Krankenhaus gesagt. Sie meinte, sie hätte keine andere Wahl gehabt, als der Ärztin die Wahrheit zu sagen.« Und noch mal eine Pause. »Ich hab noch immer Angst, dass sie plötzlich ...«

Leider bekomme ich das Ende dieses Satzes nicht zu hören, denn eine hohe, aber durchdringende Stimme direkt hinter mir sagt »Mummy?«, und ich schrecke zusammen. Als ich herumwirble, sehe ich Chloe, einen ihrer kleinen Plastikbecher in der Hand. »Ist das altes Wasser oder neu?«, fragt sie.

»Alt. Lass mich dir frisches einschenken.« Ich nehme den Becher und gehe in die Küche.

»Das Geld sollte also heute noch da sein ...« Caroline hebt den Kopf. »Oh, hi, Sal. Ich hab Matthew gerade erzählt, dass ich die fünfundsechzigtausend auf euer Konto überwiesen habe.«

Nein, das hast du ihm nicht gerade erzählt. Natürlich sage ich das nicht. Stattdessen sehe ich ihr ins Gesicht und bedanke mich aufrichtig.

Sie wirkt überrascht. »Du musst mir nicht danken. Ich hatte es mir geliehen – es ist nur recht und billig, dass ich es zurückzahle.«

Ich meinte nicht das Geld, aber ich muss zugeben, ich hätte nicht gedacht, dass sie eine derart große Summe einfach so abschreibt. Da muss irgendetwas zwischen ihr und Kelly sein – etwas, von dem ich nichts weiß. Ansonsten hätte sie doch schon längst die Polizei gerufen. Ich weiß, sie hat gesagt, dass sie die Behörden nicht einschalten will, weil ich sonst auch in die Sache mit hineingezogen würde – und das ist auch wirklich lieb von ihr. Aber wer ist so rücksichtsvoll, wenn es um fünfundsechzigtausend Pfund geht? Außerdem ist es nicht so, als hätte ich irgendetwas Falsches getan. Sie glaubt ja nicht mal, dass ich krank bin – folglich kann sie auch nicht besorgt sein, dass das ein Faktor werden könnte. Also: Warum möchte sie nicht, dass die Polizei Nachforschungen anstellt?

Im Moment habe ich aber weder Lust noch Kraft, um mir Gedanken über das Geld zu machen. Verglichen mit dem, was der Auslöser für die jüngsten Ereignisse sein könnte, wirken die verschwundenen fünfundsechzigtausend seltsam unwichtig. Ich würde alles Geld geben, das ich habe, solange mir nur jemand sagt, dass ich nicht krank bin.

»Damit wäre alles geklärt«, sagt Caroline fest. »Soweit es mich angeht, ist das Ganze nie passiert.«

Die Kinder haben gegessen, sind gebadet und liegen endlich im Bett. Ich komme gerade die Treppe von Theos Zimmer herunter, bereit, mich dem Trommelfeuer an Fragen zu stellen, die meine

Mutter sicher über den Arztbesuch hat – aber sie und die anderen sind im Wohnzimmer bereits in ein ernstes Gespräch darüber verstrickt, wie denn nun weiter verfahren werden soll.

»Ich bin nicht sicher, ob Sally das allein verarbeiten kann, vor allem, da sie all ihre Kraft sparen muss«, sagt Mum, als ich in der Tür erscheine. Vermutlich merkt sie gar nicht, dass ich wieder da bin, denn sie fährt fort: »Das Problem ist, dass wir den Laden jetzt drei Tage geschlossen hatten, und das kann nicht ewig so weitergehen. Ich fühle mich schrecklich deswegen, aber wir müssen morgen wirklich zurück nach Hause. Und ich finde, es wäre das Beste, wenn Sally und die Kinder uns begleiten. Sie sollten bei uns bleiben, bis die Testergebnisse da sind.«

»Mum, ich bin genau hier. Ich kann dich hören.«

»Bob – denkst du, du könntest den Laden bis zum Wochenende allein schmeißen, wenn ich morgens mit dir aufmache und abends mit dir abschließe?« Sie ignoriert mich und blickt Dad sorgenvoll an. »Auf die Weise könnte ich mich um sie kümmern.«

»Einen Moment mal!«, versuche ich es erneut mit einem Einwurf. »Chloe hat Schule, Mum. Wir können nicht einfach ...«

»Sie ist in der *Vor*schule.« Meine Mutter dreht sich zu mir um. »Da kann man schon mal ein paar Tage fehlen. Außerdem würde es ihr guttun – ein kleiner Urlaub am Meer. Du weißt, sie liebt es da oben. Sie kriegt Wills altes Zimmer, du nimmst dein Zimmer, und Theo bringen wir im Gästezimmer unter, so hat jeder Platz für sich. Ich glaube, das würde dir wirklich guttun; nach Hause zu kommen und dich zu entspannen. Und du könntest dich mit ein paar deiner alten Schulfreunde treffen!«

»Mum, die meisten von denen hab ich seit zwanzig Jahren nicht mehr gesehen.«

»Ich finde auch, dass Sally jetzt gerade zusätzliche Unterstützung braucht«, beginnt Matthew. Ich blicke müde zu ihm hinüber. Ja, ich weiß, dass du das findest. Ich hab gehört, was du vorhin zu Caroline gesagt hast – du hast eine Heidenangst, dass ich noch mal ausflippen und verschwinden könnte, um weiß der Teufel was zu tun.

»Gut«, unterbricht meine Mutter Matthew. »Könntest du sie dann morgen nach der Arbeit zu uns fahren? Ich weiß, das ist eine große Bitte, aber ...«

»Eigentlich wollte ich sagen, dass ich es besser finde, wenn sie und die Kinder hierbleiben«, fährt er fort. »Falls sie ...«

»Und was möchtest *du*, Sally?« Caroline dreht sich zu mir um. »Wir werden tun, was immer du für die beste Lösung hältst.«

»Ich möchte hier sein, wenn Ende der Woche die Ergebnisse der Bluttests eintreffen«, sage ich dankbar. »Außerdem hab ich Montagnachmittag meinen CT-Scan.« Falls was mit mir nicht stimmt, möchte ich es Matthew nicht am Telefon mitteilen müssen, zweihundert Meilen entfernt in Dorset.

Er schaut mir direkt in die Augen. »Die Tests werden negativ sein. Dir fehlt nichts.« Als hätte er meine Gedanken gelesen.

»Wir könnten dich am Montag rechtzeitig zurückfahren«, wirft Mum ein. »Wir möchten das schließlich auch nicht verpassen.«

»Ich kann gern ein paar Tage hier einziehen, falls das hilft«, bietet Caroline an.

»Es wäre das Beste für die Kinder, wenn alles möglichst normal weiterläuft«, sagt Matthew hastig. »Bist du sicher, dass es dir nichts ausmacht, Mum?«

Meine Mutter zieht die Augenbrauen zusammen und öffnet den Mund zu einer Erwiderung – aber Gott sei Dank vibriert das Handy in meiner Hosentasche und entbindet mich von der unangenehmen Aufgabe, dazwischengehen zu müssen. Ich zücke das Telefon und sehe, dass ich eine SMS von Liv bekommen habe.

»Ich seh mir das nur kurz an.« Mit diesen Worten gehe ich zum Fenster hinüber und drehe den anderen den Rücken zu.

Musste mich vergewissern, dass es dir gut geht. Du musst am Boden zerstört sein. Wusste sie nicht, dass jemand Fotos macht? Dumme Kuh.

Ich runzle die Stirn und schreibe sofort zurück.

Wusste wer was? Wovon redest du?

OMG. Du hast es nicht gesehen?

Darunter befindet sich ein Link, den ich anklicke.

Er führt mich zu MailOnline und einem Bild von Kelly, makellos in ihrem roten Kleid mit den hohen Schuhen, wie sie mir die Kasserolle hinhält – *mir* in meinem hässlichen, violetten Mutterschaftsnachthemd, mit einem Gehstock in der Hand, mein Haar ein einziges Durcheinander, ohne auch nur die kleinste Spur von Make-up. Ich sehe aus wie eine Wahnsinnige. *»Wenige Tage nach der romantischen Verlobung hilft Klassefrau Kelly schon wieder ihren Freunden ...«* steht neben dem Bild.

Ich atme scharf ein, und das Blut rauscht in meinen Ohren. Meine Finger scrollen nach unten, und da ist noch ein zweites, größeres Bild. Mein Nachthemd steht halb offen, sodass man meinen BH erkennen kann ... großer Gott, man sieht sogar den Ansatz meines Großmutterschlüpfers darunter hervorblitzen – einer der großen Schlüpfer, die ich nach Theos Geburt gekauft habe, damit der Stoff nicht an der Narbe des Kaiserschnitts kratzt, die ich aber aus Gewohnheit weiter trage. Und weil sie eigentlich ganz bequem sind.

»Was ist los?«, fragt Matthew plötzlich. Er steht auf, als er sieht, wie ich mit zitternden Händen das Mobiltelefon halte.

Sein Blick fällt auf das Bild, und sein Mund klappt auf. »Scheiße!«, entfährt es ihm, dann nimmt er das Telefon und reicht es seiner Mutter weiter, bevor er sich wieder umdreht und mich beruhigend in den Arm nimmt. »Sieh mich an. Es ist nur ein Bild. Kein besonders gutes, aber trotzdem nur ein Bild. Es ist völlig bedeutungslos.«

»Oh, Sally!«, höre ich Caroline aufbrausen. »Das ist ja unerhört!«

»Jeder, den ich kenne, wird dieses Bild sehen.« Ich schlucke, den Blick auf meinen Mann gerichtet. »All unsere Freunde. Leute, mit denen ich in der Schule war. Alle bei der Arbeit. Meine Kunden. Die Mütter in Chloes Schule ... alle, Matthew!« Meine Stimme beginnt zu zittern, und heiße Tränen der Erniedrigung schießen in meine Augen. Ich fühle mich wie in diesem Traum, wenn man in einer öffentlichen Toilette sitzt, und plötzlich fliegt die Tür der Kabine auf und alle zeigen lachend mit dem Finger auf einen. »Ich kann das nicht glauben. Darf ich es bitte noch mal sehen?«

Das Handy ist inzwischen zu meiner Mutter gewandert, und sie blickt besorgt zu meinem Vater hinüber.

»Mum, *bitte!*«, flehe ich. »Gib es mir.«

Sie steht steifbeinig auf und reicht mir das Handy. Sofort beginne ich, den Text unter dem Bild zu überfliegen.

Kelly Harrington, der ehemalige EastEnders-Star, machte eine kleine Pause vom Glamour ihres Hauptberufs, um ein wenig zurückzugeben. Sie besuchte ein Wohltätigkeitsprogramm nahe ihrem Domizil in London, wo sie mit ihrem neuen Verlobten, TV-Produzent Will Tanner, lebt. Bodenständig wie eh und je bewies Kelly, dass sie in der Küche ebenso talentiert ist wie auf dem Fernsehschirm, als sie einige ihrer Köstlichkeiten an die Betroffenen verteilte. »Es ist mir sehr wichtig, die psychosozialen Hilfsdienste zu unterstützen, die gerade schwerwiegenden Einschnitten entgegensehen. Sie müssen ihre so wichtige Arbeit fortsetzen können. Psychische Probleme sind nichts, wofür man sich schämen muss, und die Leute, die daran leiden, brauchen unsere Hilfe und unsere Unterstützung.«

Psychische Probleme?

Die Betroffenen?

Ungläubig betrachte ich die vier anderen Bilder von mir und Kelly, die sich unter dem Artikel aneinanderreihen. Auf allen halte ich den Gehstock – als könnte ich nicht mal mehr laufen – und wirke völlig verwirrt; was ich in dem Moment auch war, schließlich war es noch nicht mal sieben Uhr morgens. Schockiert lege ich mir eine Hand auf den Kopf, während meine Augen an den Bildern kleben, die jetzt überall sind. *Überall.* Und ich kann nichts dagegen tun.

»Gib mir das Handy.« Matthew nimmt es mir aus der Hand, liest den Artikel und wirft das Telefon dann aufs Sofa. »Niemand, der dich kennt, wird glauben, dass es um dich geht. Da haben sie offensichtlich das falsche Bild mit dem Text zusammengepackt.

Die Story ist bedeutungslos, und die Fotos sind vielleicht nicht schmeichelhaft, aber sie sind auch nicht schrecklich.«

»Nicht schrecklich?« Ich schaue ihn ungläubig an. »Wir verdienen beide unser Geld damit, Bilder zu präsentieren. Ein Bild sagt mehr als tausend Worte, schon vergessen? Die Kamera lügt nie ... Sie hat ›ein Wohltätigkeitsprogramm‹ besucht«, wispere ich, noch immer fassungslos. »Großer Gott ...«

Mein Handy klingelt.

»Es ist Will, Liebes. Soll ich rangehen?«, fragt Mum. Sie klaubt das Telefon vom Sofa und blickt mich erwartungsvoll an.

Ich sage nichts, und nachdem meine Mutter noch einen Moment gezögert hat, nimmt sie den Anruf entgegen. »Hallo. Ja, ich bin's. Ja, hat sie. Gerade eben. Dann wurde der Artikel gerade erst veröffentlicht?«

Ich wusste, dass Kelly irgendetwas vorhatte, als sie heute Morgen auftauchte und die Geläuterte spielte. Und all dieser Bockmist von wegen Labyrinthitis – das war nur, damit sie mir den Gehstock in die Hand drücken konnte. Damit ich damit fotografiert werde. Sie muss einem Paparazzo einen Tipp gegeben haben, als sie gestern nach Hause kam, gleich nachdem sie mich bedroht hat. So was will gut geplant werden.

»Warum tut sie mir das an?« Meine Augen sind weit vor Furcht, als ich mich zu Matthew umdrehe.

»Wer tut dir was an?«

»Kelly«, wispere ich. »Ich bin nicht paranoid. Ich weiß es. Sie hat das absichtlich getan. Sie hat das alles geplant. Aber warum?«

»Ich glaube nicht, dass du jetzt mit ihr sprechen solltest.« Mum mustert mich besorgt. »Sie ist ganz aufgebracht. Ja, kann ich. Werde ich. Okay. Bis dann.« Sie legt auf und hebt den Kopf. »Er sagt, Kelly ist zutiefst bestürzt.«

Ich traue meinen Ohren nicht. »Sie ist bestürzt?«, rufe ich laut.

»Offenbar ist das alles eine riesige Verwechslung. Sie hat heute Nachmittag eine Wohltätigkeitsorganisation in Hackney besucht. Da gab es ein großes Publicity-Event, und jede Menge Fotos wurden gemacht. Anschließend haben ihre Leute eine Presseerklärung rausgeschickt, und Will meint, irgendein Journalist muss die echten Bilder mit den Aufnahmen durcheinandergebracht haben, die ein Paparazzo heute Morgen von Kelly und dir gemacht hat.«

»Schwachsinn«, entgegne ich sofort. Hat sie das gemeint, als sie sagte, ich sollte nicht alles glauben, was ich in der Zeitung lese? Wollte sie mir eine Lektion erteilen? »Sie hat das absichtlich gemacht, damit ich wie eine Verrückte aussehe.«

»Ich glaube wirklich nicht, dass sie so was tun würde, Sal. Nicht, wo sie weiß, was du Freitagnacht getan ...«, beginnt Matthew.

»Ich wollte mich nicht umbringen, verdammt noch mal!«, brülle ich, bevor er ausreden kann.

Es folgt eine hässliche und unheilvolle Stille, während alle mich anstarren.

»Will hat gesagt, Kelly lädt eine Richtigstellung auf ihrer Website und auf Twitter hoch«, erklärt meine Mutter schließlich. »Sie wird tun, was sie kann, damit alle wissen, dass da ein Fehler passiert ist.«

»Eine Richtigstellung?« Ich wirble zu ihr herum. »Nein! Sag ihr, dass sie das lassen soll! Das kann sie nicht machen! Gib mir das Telefon – schnell!« Ich gehe auf ihre Website, aber es ist zu spät. Sie hat bereits ein Selfie hochgeladen, mit fotogen schimmernden Tränen auf ihren Wangen und einem niedergeschlagenen Ausdruck in den Augen.

›Ich bin untröstlich!‹, steht darunter geschrieben. ›Heute Morgen habe ich jemanden besucht, der eine schwere Zeit durchmacht. Dieser private Moment wurde von einem Fotografen missbraucht.‹ Meinst du den Fotografen, den du vor mein Haus beordert hast? ›In meinem Beruf muss man akzeptieren, dass Leute Bilder von einem machen, aber das gilt nicht für meine Freunde und Familie, und ich kann diesen Eingriff in mein Privatleben nicht gutheißen. Und als wäre das noch nicht schlimm genug, wurden die Fotos fälschlicherweise benutzt, um einen Bericht über meinen Besuch bei einer Hilfsorganisation für psychisch Kranke zu bebildern. Ich hatte diese

*Organisation während einer Pause beim Dreh meiner neuen sechs-
teiligen Miniserie besucht, die diesen Herbst auf ITV ausgestrahlt
wird: Beyond Suspicion – Tödlicher Zweifel.‹*

Ich kann nicht glauben, dass sie tatsächlich Werbung für ihre
neue Serie macht, während sie so tut, als wollte sie sich öffentlich
für meine Erniedrigung entschuldigen.

›*Die betreffende Hilfsorganisation wurde so leider einer Gelegenheit beraubt, auf ihre Arbeit aufmerksam zu machen, da ihr neues
Logo auf den Bildern nicht zu sehen ist. Und auch die Person auf den
Fotos – meine zukünftige Schwägerin, Sally Hilman – ist verständ-
licherweise aufgebracht; nicht etwa, weil sie glaubt, man müsste psychische Probleme vor der Öffentlichkeit verstecken, sondern, weil sie
einfach nur ein normales Leben führen möchte. Das war uncool,
Zeitungsleute. Wirklich uncool ... Im Namen aller Involvierten sage
ich ganz laut SORRY SALLY! Kopf hoch, Schätzchen. JJJ Kelly
XXXX‹*

Ich kann nicht anders: Ich kreische und schleudere das Handy
von mir.

»Sal, was ist los?«, ruft meine Mutter, während sie an meine
Seite eilt. »Kelly will doch nur wiedergutmachen, was ...«

»Sie hat meinen Namen genannt!« Ich presse die Hände gegen
meine Schläfen. »Kapierst du nicht, wie so was funktioniert? Sie
hat meinen Namen ins Netz gestellt, und von jetzt an wird jeder,
der auf Google nach Sally Hilman sucht, diese Bilder sehen!
Glaubst du wirklich, Kelly weiß das nicht?«

»Sal, beruhig dich. Bitte!«, beschwört Matthew mich. »Du
weckst noch die Kinder auf.«

»Ich soll mich beruhigen?« Ich starre sie alle an, während sie
mich besorgt mustern. »Diese Frau ruiniert mein Leben. Jemand
muss sie aufhalten! Warum seht ihr nicht, was sie mir antut?«

Ich schaue Caroline an, in meinen Augen die wortlose Bitte,
dass sie mich unterstützen soll, aber sie wendet nur den Blick ab
und bleibt stumm.

Kapitel 13

Mums Handy piept, als sie mich gerade zudeckt. »Entschuldige«, sagt sie sofort. »Es ist nur eine SMS. Ich stelle das Telefon wieder auf stumm.« Sie zieht es aus ihrer Tasche, aber kaum fällt ihr Blick auf den Bildschirm, klappt ihr Mund auf, und in einer völlig untypischen Reaktion wispert sie »Dieses Miststück!«, bevor sie das Handy hastig wieder wegsteckt.

»Wer war das?«

»Penny Blakewell. Du weißt schon ...«

Ich blicke sie verständnislos an.

»Sie macht beim Cricket immer den Tee. Lässt nie jemand anderen an die Teemaschine. Sie fragt, ob das du auf dem Bild bist, ob es dir gut geht und ob sie irgendwas tun kann, um zu helfen.« Mum errötet. »Ich konnte diese Frau noch nie leiden.«

»Das ist nur der Anfang. Ich hab doch gesagt, jeder wird es sehen.«

»Ich weiß nicht. Penny Blakewell hält immer die Augen nach neuem Tratsch offen ...« Sie zögert. »Warum hattest du überhaupt einen Gehstock in der Hand?«

»Weil Kelly mich gebeten hat, ihn zu halten.«

»In Ordnung. Es bringt nichts, wenn du jetzt noch mal aufstehst und deinen Körper mit Adrenalin überflutest. Du solltest dich im Moment keiner unnötigen Belastung aussetzen. Das hat die Ärztin heute doch sicher auch angeordnet, oder? Matthew hat uns erzählt, dass sie eine ganze Reihe von Tests gemacht hat. Das ist gut, richtig? Es ist schön, dass sie diese Sache so ernst nimmt.« Sie versucht, mir aufmunternd zuzulächeln, aber ich sehe die Kraftlosigkeit in ihren Augen, und es lässt mich Kelly nur umso mehr hassen, weil sie uns das antut. »Soll ich dir gleich noch eine Tasse Tee bringen?«

»Ich möchte nicht weiter über diese Tests nachdenken, Mum.

Besonders nicht die CT.« Ich greife nach ihrer Hand. »Ich bin sicher, die Ergebnisse werden alle negativ sein.«

»Du musst nicht versuchen, mich zu beschützen, Sally. Was immer kommen mag, wir werden damit fertig. Bist du wirklich sicher, dass ich dir nichts bringen kann?«

»Klopf, klopf!«

Die Schlafzimmertür öffnet sich langsam, und Caroline erscheint. »Darf ich reinkommen?« Sie schleicht auf Zehenspitzen herüber und setzt sich auf den Bettrand. Währenddessen summt mein Handy, und ich strecke die Hand aus, um es abzuschalten.

»Vermutlich wieder nur jemand, der seit Jahren keinen Kontakt mit dir hatte und dir mitteilen möchte, dass er dich im Internet gesehen hat.« Caroline nickt in Richtung des Mobiltelefons.

»Davon hatte ich schon genug«, erwidere ich tonlos. »Der Rest sind besorgte Freunde und Kollegen.«

»Ich an deiner Stelle würde das Handy fürs Erste nicht mehr anschalten. Das ist das Beste, was du tun kannst.«

Ich schaue zu Mum hoch. »Ich glaube, ich möchte doch einen Tee, falls es dir nichts ausmacht.«

Sie nickt, sichtlich erleichtert, dass sie etwas für mich tun kann. »Bin gleich wieder da.«

Ich warte, bis sie nach unten gegangen ist, dann drehe ich mich zu Caroline um.

»Erinnerst du dich an unser Gespräch heute Morgen, bevor ich zum Arzt gegangen bin? Du glaubst wirklich, dass ich nicht krank bin?«

»Ich glaube nicht, dass du irgendwelche körperlichen Probleme hast, nein.«

»In dem Fall wüssten wir immer noch nicht, warum ich Freitagnacht einen Blackout hatte. Die Sache, die mich nicht loslässt, wenn ich darüber nachdenke, ist die Notiz in meiner Tasche. Und warum wurde die Anrufliste meines Handys gelöscht? Es ist, als wollte jemand ganz bewusst den Eindruck erwecken, dass ich Selbstmord begehen wollte. Ich weiß, ich hab dir schon gesagt, dass ich Kelly für diesen jemand halte, und jetzt hat sie ganz bewusst diese demütigenden Bilder ins Netz gestellt. Außerdem *weiß* ich, dass sie den Verlobungsring gegen etwas deutlich Teureres eingetauscht hat, nachdem dein Geld verschwunden war. Du hast mich gewarnt, dass ich bei ihr auf der Hut sein soll, und Kelly selbst hat gesagt, falls ich Krieg will, kann ich den haben. Hier läuft etwas schrecklich falsch, und ich muss etwas tun, um sie aufzuhalten, aber ...« Ich mache eine Pause, um Atem zu schöpfen. »Du könntest mir helfen, indem du den anderen sagst, was du über sie weißt – aber du tust nichts –, und ich mache mir allmählich Sorgen, dass ich irgendeine verrückte Besessenheit auf Kelly projiziere. Dass ich vielleicht an einer Form von Paranoia leide. Es fühlt sich nicht so an, aber andererseits – würde man so etwas überhaupt merken? Was ich sagen will: Ich bin nicht sicher, ob ich mir selbst noch trauen kann, und das macht mir Angst.«

»Und du möchtest meine Meinung hören?«

Ich zögere. »Klingt es vollkommen verrückt, wenn ich sage, dass Kelly für meinen Gedächtnisverlust verantwortlich sein könnte?«

»Du meinst, sie hat dich unter Drogen gesetzt?«

»Ja.« Ich blicke Caroline voller Unbehagen an.

Zu meiner endlosen Erleichterung weicht sie nicht vor mir zurück. Sie sieht mich auch nicht an, als hätte ich gerade einen absolut bizarren Verdacht in den Raum gestellt. Stattdessen sagt sie leise: »Es gibt Beruhigungsmittel, die Gedächtnisverlust auslösen können, ja.«

Meine Augen weiten sich, aber ich bleibe stumm und warte darauf, dass sie fortfährt. »Es klingt unglaublich, aber man kann diese Mittel auf Rezept bekommen, zum Beispiel, um Schlaflosigkeit oder Angstzustände zu behandeln – obwohl ihre Wirkung so stark ist, dass sie oft missbraucht werden. Man gibt ein paar Tropfen in einen Drink, und schon kann man sein Opfer ungestört vergewaltigen – oder ausrauben.«

»Wenn man so ein Mittel auf Rezept bekommt, könnte man es also auch ganz legal mit sich herumtragen, richtig?«

»Ja.« Sie nickt. »Solange man es aus der Apotheke hat. Und

viele Täter, die solche Sedativa für kriminelle Zwecke nutzen, kommen ungeschoren davon, weil die Wirkstoffe oft schon nach zwölf Stunden nicht mehr nachweisbar sind. Das macht es praktisch unmöglich, zu beweisen, dass die Droge überhaupt verabreicht wurde.«

»Kelly hatte mein Champagnerglas«, erinnere ich mich. »Als wir auf ihre Verlobung anstoßen wollten, habe ich noch mal kurz das Zimmer verlassen, um zu lauschen, ob Theo weint, und Will ist mir gefolgt. Sie hätte definitiv genug Zeit gehabt, um mir was ins Glas zu schütten. Aber hätte ich es nicht geschmeckt?«

Caroline schüttelt den Kopf. »Eine weitere kontroverse Eigenschaft dieser Beruhigungsmittel ist, dass sie normalerweise keinen ungewöhnlichen Geschmack oder Geruch haben. Erinnerst du dich noch an die Schlaftablette, die ich dir im Bad gelassen habe? Das Zopiclon? Das hat einen metallischen Nachgeschmack, man merkt also immer, wenn man so eine Pille nimmt. Für Flunitrazepam gibt es auch eine neue Formel: Wenn man es in einer Flüssigkeit auflöst, färbt sich das Getränk blau. Aber es sind noch immer viele der alten Tabletten im Umlauf. Wovon du vielleicht schon mal gehört hast, ist Rohypnol – das ist die Vergewaltigungsdroge. Es steht aber nicht auf der Liste der Arzneimittel, die Allgemeinmediziner verschreiben dürfen; meistens bekommt man es nur durch einen Psychiater.«

»Falls Kelly also bei einem Psychiater war, könnte er ihr so was verschrieben haben? Wofür wird es benutzt?«

»Als Schlaftablette. Es ist ungefähr siebenmal stärker als Valium. Tatsächlich wird es oft eingesetzt, wenn Valium bei Patienten nicht mehr wirkt, weil sie eine Toleranz entwickeln – nicht selten aufgrund einer Abhängigkeit.«

»Falls du dir ihre Krankenakte ansiehst, könntest du dann herausfinden, ob sie dieses Zeug nimmt?«

Carolines Augen weiten sich kurz, dann sagt sie zögerlich: »Ich weiß natürlich, dass das nur eine hypothetische Frage ist, weil du mich nie *wirklich* um so etwas bitten würdest. Also gut, *falls* ich Zugang zu ihrer Akte hätte, dann wäre eine solche Verschreibung

sicher darin vermerkt, ja. Aber es gibt keine landesweite Daten-
bank. Die Regierung hat zwar Milliarden Pfund investiert, um eine
einzurichten, aber sie funktioniert nicht. Also müsste ich schon in
der Praxis arbeiten, die Kelly behandelt, um an diese Informationen heranzukommen. Und selbst dann wäre es extrem unmora-
lisch. Ich behaupte nicht, dass so was nie passiert, aber kein Medi-
ziner, der etwas auf seinen Job hält, würde das machen.« Sie macht
eine kurze Pause, um dann umso nachdrücklicher fortzufahren.
»Ich kann dir gar nicht sagen, wie sehr ich unsere Unterhaltung
Freitagabend bedaure. Ich hätte diese Bedenken für mich behalten
sollen. Aber bitte, *bitte*, vergiss nicht, ich würde nie zulassen, dass
Chloe oder Theo etwas zustößt. Außerdem haben alle Patienten
ein Anrecht auf Rehabilitierung, und es gibt keine Beweise dafür,
dass Kelly dir am Freitag irgendetwas in den Drink gemischt hat.«

»Könntest du wenigstens den anderen sagen, was du mir über sie
erzählt hast, damit sie sich selbst ein Bild machen können? Und damit sie nicht länger glauben, ich hätte den Verstand verloren?«

»Das hatten wir doch schon, Liebes. Ich habe es dir gegenüber
nur wegen der Kinder erwähnt, weil sie sich nicht selbst schützen
können. Bei Erwachsenen ist das was anderes, und es gibt keinen
Grund, ihnen irgendetwas zu erzählen. Würde ich auf diese Weise
meine Schweigepflicht brechen, wäre das das Ende meiner Karriere. Natürlich würde ich es sofort tun, falls ich glauben würde,
dass die Kinder in irgendeiner Weise in Gefahr sind. Aber das
glaube ich nun mal nicht! Davon abgesehen, mich zu opfern,
würde es überhaupt nichts bringen. Falls ein Patient mir gegenüber erwähnt, dass er jemanden umbringen will, ja, dann kann
ich natürlich die Polizei informieren – es wird sogar von mir erwartet –, aber alles, was ich jetzt habe, ist dein Wort. Es gibt keinen Beweis dafür, dass Kelly irgendetwas getan hat. Du wolltest
meine Meinung hören? Hier ist sie: Hör auf, Kelly zu verfolgen.
Du hast nichts zu gewinnen und alles zu verlieren.«

Ich rutsche von ihr fort. »Wie meinst du das? Was habe ich zu
verlieren?«

»Die Polizei hat deinem Ehemann und deiner Familie gesagt,

dass du Samstag in den frühen Morgenstunden von einem Passanten gerettet wurdest, als du auf den Rand einer Klippe zugingst. Dann hat deine beste Freundin Matthew erzählt, dass du schon mal versucht hast, dich umzubringen. Das sind zwei unterschiedliche, vertrauenswürdige Quellen, und es gibt keinen Grund, ihnen zu misstrauen. Manchmal hat der *Anschein* genauso viel Einfluss wie das, was *tatsächlich* passiert ist. Deine Situation ist ein perfektes Beispiel dafür, dass das Ganze manchmal größer ist als die Summe seiner Teile. Alles kommt auf die Wahrnehmung an. Deine Eltern und Matthew hatten bereits Angst, dass du labil sein könntest. Jetzt glauben sie sogar, dass du an einer Krankheit leiden könntest. Wie wird es für sie aussehen, wenn du verkündest, dass Kelly – die du ja nicht leiden kannst, wie jeder weiß – eine große Geldsumme aus eurem Haus gestohlen und dich unter Drogen gesetzt hat? Glaubst du, sie werden dir glauben? Oder dein Bruder? Oder werden sie darin eher die Anschuldigungen einer zusehends paranoiden Frau mit psychischen Problemen sehen – einer Frau, der man nicht länger die Aufsicht über ihre Kinder anvertrauen kann, weil sie in ihrer Nähe womöglich nicht mehr sicher sind? Du hast nicht den geringsten Beweis für deine Vorwürfe, Sally«, erinnert sie mich sanft. »Das ist das Problem hier. Siehst du wirklich nicht, wohin dein Verhalten führt, falls du so weitermachst?«

»*Dann hilf mir!*«, schnappe ich verängstigt. »Wenn du ihnen alles sagst, was du über Kelly weißt, werden sie mir glauben.«

»Sal – wird drehen uns hier im Kreis.« Caroline schließt die Augen, als müsste sie ihre Kräfte sammeln, bevor sie weiterspricht. »Zum letzten Mal, du verlangst, dass ich meine Schweigepflicht verletze. Man würde mich der Ärztekammer melden und mir vermutlich meine Lizenz entziehen. Und das wären nur die beruflichen Konsequenzen. Von den privaten will ich gar nicht anfangen. Ich habe bereits einen riesigen Fehler begangen, als ich am Freitag mit dir darüber sprach. Sal, du hast gesagt, du wärst nicht sicher, ob du deinem eigenen Urteil noch trauen kannst, und ich glaube, deine Sorge ist begründet.«

»Dann denkst du also nicht, dass Kelly für Freitagnacht verantwortlich ist?«

Caroline blickt mich ruhig an. »Die Person, deren Verhalten mir im Moment die meisten Sorgen macht, bist du, Sally. Bitte hör auf, dich an diese Sache zu klammern. Tu es für Theo und Chloe. Sie brauchen dich. Gib deinen Eltern und Matthew nicht noch mehr Munition, als sie bereits haben.«

Plötzlich dämmert es mir. »Hat Kelly mit dir gesprochen, und du hast es mir nur nicht erzählt? Was hat sie gesagt? Hat sie dir auch gedroht? Willst du mir deswegen nicht helfen?«

»Ich glaube, wir sollten dieses Thema jetzt abhaken, Sally.«

»Was, wenn wir sofort ins Krankenhaus fahren? Vielleicht ist noch etwas von dem Zeug, das sie mir gegeben hat, in meinem System. Sie können Tests machen. Ich weiß, du hast gesagt, diese Vergewaltigungsdroge kann nach zwölf Stunden nicht mehr nachgewiesen werden, aber vielleicht war es ja ein anderes Mittel.«

»Sally, fast alle Drogen verlassen den Körper binnen zweiundsiebzig Stunden. Es ist Montagabend. Selbst wenn du Freitagnacht irgendetwas eingenommen hast, wird kein Krankenhaustest es jetzt noch finden. Wir *müssen* jetzt damit aufhören.«

»Was wären die Nebenwirkungen, falls Kelly mir so ein Sedativum untergejubelt hätte?«, frage ich stur weiter.

Sie seufzt schwer. »Es gibt zahlreiche Nebenwirkungen. Übelkeit, Paranoia, Gleichgewichtsprobleme, Halluzinationen, Sehstörungen ... «

»Das passt perfekt! Genauso ging es mir, als ich in dem Taxi aufgewacht bin.«

»Das mag ja sein, aber ...« Sie zieht hilflos die Schultern hoch. »Der Taxifahrer hat dir keine Quittung gegeben, keine Karte, nichts, womit man ihn aufspüren könnte.«

»Nein, er konnte mich gar nicht schnell genug aus dem Wagen kriegen. Alles, was er wollte, war sein Geld. Ich war viel zu desorientiert, um auf das Nummernschild zu achten, und das Taxi hatte auch keinen Schriftzug oder so was. Ich weiß nur, dass er einen ausländischen Akzent hatte.«

»Und der Mann, der dich gerettet hat? Hat der das Taxi gesehen?«

Ich schüttle den Kopf. »Als der auftauchte, war das Taxi schon lange fort.«

»Also hast du keinen Beweis. Du kannst deine Familie nicht zwingen, Kelly zu verdächtigen. Du musst damit aufhören, Sally.«

»Auch, wenn ich glaube, dass ich aus meinem eigenen Haus entführt wurde? Ich soll einfach zusehen, wie die Person, die dafür verantwortlich ist, meinen Bruder heiratet, obwohl er der Nächste sein könnte, der durch sie in Gefahr gerät? Ganz abgesehen davon, dass er glaubt, es ist okay, Kinder mit dieser Frau zu haben. Was soll ich tun? Mich völlig von ihm distanzieren, um sicherzugehen, dass Theo und Chloe nichts passiert? Oder soll ich ihn und Kelly als Teil meines Lebens akzeptieren, nur dass ich dann ständig einen Eiertanz aufführen muss, um nicht irgendetwas zu sagen, was sie wütend macht?«

»Nur du kannst entscheiden, wie es weitergehen soll«, erklärt Caroline leise. »Es tut mir leid, Sally. Wie ich schon am Freitag sagte, bevor das alles anfing: Es gibt keine größere Herausforderung für eine Familie, als einen Fremden in ihrer Mitte aufzunehmen. Im Lauf meiner Karriere habe ich viele Familien gesehen, die völlig auseinandergebrochen sind, obwohl sie nur wenige Monate vorher überzeugt waren, dass sie nie etwas trennen könnte – und alles nur, weil ein neuer Partner, eine neue Partnerin die Dynamik verändert hat. Aber es ist längst nicht immer die Schuld des Neulings.« Sie verlagert ihr Gewicht auf dem Bettrand. »Eine Kollegin von mir – die es eigentlich besser hätte wissen sollen – machte ihrem zukünftigen Schwiegersohn das Leben zur Hölle. Er war ein lieber Kerl, aber selbst, wenn er der Erzengel Gabriel gewesen wäre, hätte sie etwas an ihm zu bemängeln gehabt. Niemand war gut genug für ihre Tochter, das hat sie selbst zugegeben.« Caroline schüttelt den Kopf. »In unserem Fall ist das natürlich anders. Ich verstehe, wie du dich gefühlt hast, als Will und Kelly ihre Hochzeit angekündigt haben, aber Kelly wird nun mal Teil dieser Familie werden, und wenn ich ganz ehrlich sein soll, wäre es vielleicht nicht das Schlechteste, wenn du dich ein klein wenig von Will distanzieren würdest. Zumindest fürs Erste.«

Ich fühle mich hundsmiserabel, als ich mich wieder auf das Kissen fallen lasse. »Ich wünschte, irgendein Fremder in einem Auto würde *Kelly* verschleppen. Irgendwohin, wo sie uns nicht mehr belästigen kann.«

Caroline zögert. »Das meinst du nicht ernst, Sally.«

»Oh, doch.« Ich blicke aus erschöpften Augen zu ihr hoch. »Ich würde alles tun, um sie aus unserem Leben zu verbannen.«

»Ich glaube nicht, dass du das willst«, entgegnet sie mit Nachdruck. »Du würdest Kelly nicht wirklich wehtun, oder? Es ist eine Sache, jemandem verbal zu drohen, aber jemandem wirklich körperlichen Schaden zufügen zu wollen, das ist etwas völlig anderes, Sally. Sei ehrlich, würdest du ihr gerne heimzahlen, was sie dir heute angetan hat? Vorhin meintest du, man müsste sie aufhalten. Wie genau würdest du das anstellen?«

»Ich hab das gesagt, weil ich dachte, du würdest mir helfen. Ich wollte, dass *du* sie aufhältst, indem du den anderen erzählst, was du mir erzählt hast. Aber jetzt verstehe ich, dass du das nicht tun kannst. Keine Sorge, Caroline – ich werde Kelly nicht wehtun. Und jetzt würde ich gerne ein wenig schlafen«, wispere ich. »Sag Mum bitte, dass ich doch keinen Tee brauche.«

»Natürlich.« Sie wirkt erleichtert, als sie aufsteht. »Ich hoffe, du kannst dich ein bisschen ausruhen. Morgen früh ist die Entscheidung, wie es weitergehen soll, bestimmt schon viel einfacher.«

Sie streckt den Arm aus, drückt meine Hand und schließt dann leise die Tür hinter sich.

Ich greife nach meinem Telefon, schalte es wieder ein und sehe mir noch mal die Bilder an. Da bin ich in meinem Nachthemd, das weit genug offen steht, um meine Hängebrüste und meinen fetten Bauch zu enthüllen ... mit einem Gehstock in der Hand ... ich schließe die Augen. Die Bilder sind im Internet, alle können sie sehen – jeder, der mir etwas bedeutet; jeder, der mir eigentlich egal sein sollte; und jeder Wildfremde auch. Ich wirke wie eine Verrückte. Zermürbt ziehe ich die Decke enger um mich. Natürlich hat Kelly das absichtlich getan. Warum will das außer mir nur niemand erkennen?

Aber gut. Wenn die anderen nicht bereit sind, mir zu helfen, dann werde ich es eben selbst in die Hand nehmen. Ich *muss* Will die Augen öffnen, damit er erkennt, was für eine Frau seine Zukünftige ist. Bevor es zu spät ist und sie sich für immer in unserem Leben – im Leben meiner *Kinder* – einnistet.

Ich kann nicht einfach nur dastehen und zusehen. Ich weiß, dass ich recht habe, was Kelly angeht. Und morgen werde ich dieser Sache ein für alle Mal ein Ende bereiten.

Kapitel 14

»Chloe war richtig fröhlich, als sie heute Morgen zur Schule ging«, bemerkt Mum, mit Theo auf dem Arm, während wir gemeinsam am Küchentisch sitzen und ich mir einen Schluck Kaffee genehmige.

»Du hast es wirklich geschafft, dass alles normal für sie bleibt«, fügt Dad hinzu. Er wischt das Abtropfbrett ab und hängt das Handtuch dann über den Griff der Ofentür. »Du kannst stolz auf dich sein.«

»Danke, Dad.«

»Also«, fährt Mum heiter fort, »hast du schon entschieden, was du tun wirst? Kommst du mit uns, oder soll Caroline hierbleiben?«

»Ich komme mit euch, falls es in Ordnung ist?« Ich leere meine Tasse und stelle sie ab.

»Das ist ja *wundervoll!*«, ruft meine Mutter aus.

»Aber ich habe es Matthew noch nicht gesagt, könnt ihr es also erst mal für euch behalten? Ihr wolltet ohnehin erst nach dem Mittagessen losfahren, oder?«

»Wann immer es dir passt«, erwidert Mum sofort. Sie lässt Theo auf ihrem Knie wippen und klatscht seine Hände zusammen, was ihm sichtlich Spaß macht.

»Gut, ich dachte mir, falls ihr so gegen zwei aufbrecht, könntet ihr vielleicht die Zimmer für die Kinder vorbereiten, und wenn Matthew mich dann nach dem Abendessen fährt, kann ich die Kleinen direkt ins Bett bringen, wenn ich ankomme.«

»Natürlich. Ihre Zimmer sind eigentlich schon fertig«, gesteht Mum. »Das hab ich noch schnell erledigt, bevor wir Samstag hergefahren sind, nur für den Fall ...« Sie unterbricht sich, und ich glaube, keiner von uns möchte darüber reden, wie dieser Satz normalerweise geendet hätte.

»Dann ist ja alles perfekt«, sage ich rasch. »Matthew kann morgen bei euch zu Hause arbeiten und dann nach dem Abendessen zurückfahren. Und dann kommt er Sonntag oder so wieder und holt uns ab.«

»Das organisieren wir dann schon.« Mum winkt ab. »Soll ich dir beim Packen helfen?«

Ich schüttle den Kopf. »Nein, danke, aber ich muss dich um einen ziemlich großen Gefallen bitten.« Ich räuspere mich. »Würdest du heute Morgen für mich auf Theo aufpassen? Ich möchte kurz weg.«

»Ach, ja?« Sie schafft es, beifällig zu klingen. »Wohin denn?«

»Ich möchte mich mit Liv treffen. Es gibt einiges, was wir klären müssen.«

»Oh? Habt ihr euch gestritten?«

»Sie ist außer sich, weil sie glaubt, ich wollte mich umbringen. Sie möchte so gern noch ein Kind haben, und sie kann nicht verstehen, dass ich vorgehabt hätte, Chloe und Theo im Stich zu lassen. Ich möchte dieses Missverständnis aus der Welt schaffen, bevor ich zu euch fahre. Es ist nicht gut, solche Sachen vor sich hin schwären zu lassen. Bis zu ihr ist es nur eine halbe Stunde. Ich sollte bis spätestens zwei zurück sein.«

Mum öffnet den Mund, um zu protestieren. »Aber du hast eine dreistündige Autofahrt vor dir. Und wir müssen noch besprechen, wie ...«

»Lass sie einfach gehen, Sue«, meldet sich überraschend Dad zu Wort. »Sie möchte eine Freundin sehen, das ist alles.«

Meine Mutter klappt den Mund wieder zu und schürzt die Lippen. Ich nutze die Chance, um hastig aufzustehen und mein Telefon, meine Handtasche und die Autoschlüssel zusammenzuklauben. Aber dann werde ich plötzlich nervös und eile hinüber, um Theo einen Kuss aufzudrücken. »Ihr kriegt das doch hin, ihn schlafen zu legen ... nicht, dass er wieder so einen Weinkrampf bekommt wie gestern.«

»Matthew ist ja hier«, erwidert Mum stoisch. »Falls etwas ist, muss er halt eine Arbeitspause einlegen, bis du wieder da bist.«

»Wohin gehst du denn?«, fragt Matthew, der just in diesem Moment mit einer leeren Kaffeetasse in der Küchentür erscheint.

»Ich möchte zu Liv rüberfahren.«

»Du nimmst das Auto?«, fragt er skeptisch.

»Natürlich! Soll ich etwa zu ihr laufen?«

»Nein ... schon gut.« Am liebsten würde ich sagen, dass ich nicht um seine Erlaubnis bitten muss, aber ich reiße mich zusammen. »Kannst du vorher noch Theos Kindersitz rausnehmen?«, schiebt er nach. »Für den Fall, dass wir eine kleine Spazierfahrt machen müssen, um ihn zu beruhigen. Und Chloes Sitz am besten gleich auch. Könnte schließlich sein, dass du im Verkehr stecken bleibst und wir sie abholen müssen. Ich nehme an, Liv erwartet dich?«

»Ja, natürlich. Aber können wir die Sitze dann bitte gleich ausbauen, damit ich los kann?« Ich setze etwas auf, das hoffentlich wie ein entspanntes Lächeln aussieht.

Matthew mustert mich ruhig. »Sicher. Ich mach mich gleich an die Arbeit.«

»Danke. Ich zieh solange meine Schuhe an.« Ich gehe raus in den Korridor und öffne eine überquellende Schublade der Kommode. »Eine Sonnenbrille sollte ich vielleicht auch mitnehmen«, verkünde ich laut. »Es ist wirklich sonnig geworden, oder? Eure Rückfahrt sollte also zumindest angenehmer sein als die Fahrt hierher, Mum.« Nachdem ich eine Weile zwischen Batterien, Schraubenziehern, Kleingeld und ungeöffneten Briefen herumgewühlt habe, finde ich schließlich meine alte Sonnenbrille. Und kurz darauf schimmert mir entgegen, wonach ich *wirklich* gesucht habe: die Ersatzschlüssel zu Wills Wohnung, die er mir gegeben hat, als er dort einzog. Für Notfälle. Ich nehme sie lautlos aus der Schublade und lasse sie in meiner Hosentasche verschwinden, dann drehe ich mich um und halte effektheischend die Sonnenbrille hoch. »Hab sie!« Ich lächle. »Also gut, dann bis später.«

Mein Handy auf dem Beifahrersitz piepst, als ich in Wills Straße einbiege. Ich nehme es zur Hand, für den Fall, dass es ein Problem mit Theo gibt und Mum oder Matthew mich brauchen, aber ein kurzer Blick auf den Bildschirm verrät mir, dass es nur eine ehemalige Arbeitskollegin ist, mit der ich zum letzten Mal gesprochen habe, bevor Chloe überhaupt geboren war. Ich werfe das Telefon zurück und reiße das Lenkrad herum, um mich in eine unerwartete Parklücke zu schieben, nur einen Steinwurf von Wills Wohnung entfernt. Ich muss die SMS nicht lesen, um zu wissen, was drinsteht; dasselbe, was auch all die anderen geschrieben haben.

Hey, Sally, hab dich in der Mail gesehen. Geht's dir gut? XXX

Ja, mir geht's blendend. Ich wurde nur vollkommen erniedrigt, und alle glauben, ich bin verrückt und verbringe meine Tage in einer geschlossenen Einrichtung für Geistesgestörte, gekleidet in Omaschlüpfer und Nachthemd. Ich weiß deine Sorge/Neugier (das passende ankreuzen) zu schätzen. Und was hast *du* während der letzten fünf Jahre so getrieben?

Ich stelle den Motor ab und greife nach dem Telefon. Vielleicht ist so was heute nötig, damit die Leute tatsächlichen, menschlichen Kontakt mit einem aufnehmen. Falls man ihre Aufmerksamkeit von ihrem Smartphone oder ihrem Computer losreißen will, muss man schon schwere Geschütze auffahren. Zum Beispiel, sich von einem Z-Promi eine Kasserolle überreichen lassen, während man wenig mehr als Unterwäsche trägt. Ich seufze und schreibe zurück.

Lange nicht gesehen! Wie geht's dir?

Fast sofort erscheint ihre Antwort.

Mir geht's gut, danke! Ein wenig hektisch! Hab das Gefühl, immer in Bewegung zu sein. War komisch, dich auf MailOnline zu sehen! Wusste gar nicht, dass du Kelly Harrington kennst.

Nein, *das* hier ist komisch ... und ja, ich sehe, wie beschäftigt du bist ...

Diesmal mache ich mir nicht die Mühe zu antworten. Stattdessen rufe ich Will an.

»Sal!« Er nimmt bereits nach dem ersten Klingeln ab. »Alles in Ordnung?«

»Ja, alles okay. Bist du grade bei der Arbeit? Können wir reden?«

»Ich bin bei der Arbeit, ja, aber das ist schon okay. Ich hab in zehn Minuten ein Meeting, das passt also gerade. Eigentlich wollte ich *dich* heute anrufen, aber du bist mir zuvorgekommen!«

»Ich möchte mich eigentlich nur entschuldigen, weil ich gestern Abend nicht mit dir sprechen wollte. Ich war ...« Ich zögere. Ja, was eigentlich? »Ein wenig emotional.«

»War ja auch kein Wunder. Ich versteh das total. Hoffentlich konnte Mum dir erklären, wie entsetzt Kelly über die ganze Geschichte war.«

Ich knirsche mit den Zähnen. »Ja, sie hat's mir gesagt. Ich will nicht, dass Kelly denkt, ich wäre noch wütend auf sie. Das bin ich nämlich nicht. Vielleicht sollte ich sie anrufen und mich mit ihr treffen?«

»Das wäre nett, ich bin sicher, sie würde sich freuen.« Will wählt seine Worte vorsichtig. »Aber sie ist nicht zu Hause. Sie ist heute am Set.«

»Oh, ich meinte auch nicht jetzt«, sagte ich rasch. »Ich bin gerade unterwegs zu einer Freundin, und danach fahre ich mit den Kindern ein paar Tage zu Mum und Dad. Wenn ich zurück bin, vielleicht.«

»Klingt großartig. Das machen wir auf jeden Fall.«

»Schön. Dann habt ihr beiden nach der Sache mit dem Ring also alles geklärt?«

Will zögert. »Ja, haben wir. Aber trotzdem danke, dass du mich unterstützt hast. Das weiß ich zu schätzen.«

»Kein Problem. Tja, ich mach dann besser mal Schluss. Ich bin gleich bei meiner Freundin.«

»Okay. Viel Spaß. Und ein paar schöne Tage bei Mum.«

»Werden wir haben, danke. Bis dann.«

Ich lege auf. Gut. Wie erwartet sind beide außer Haus. Bewaffnet mit meinem Handy, meinen Schlüsseln und meiner Handtasche steige ich aus dem Auto, und nachdem sich die Türen mit einem Zwitschern verriegelt haben, eile ich über die geschäftige Straße auf den Eingang des Apartmenthauses zu. Dort angekommen, zögere ich, aber nur kurz; ich weiß schließlich, warum ich hier bin und wie wichtig es ist. Um auf Nummer sicher zu gehen, klingle ich bei Will, und es ist genauso, wie er gesagt hat: niemand zu Hause. Als sich nach mehrmaligem Klingeln nichts tut, nehme ich den ersten der beiden Schlüssel und öffne die große Eingangstür. In der Eingangshalle gehe ich zu der breiten Treppe hinüber, ein unverfängliches Lächeln auf den Lippen, für den

Fall, dass mir einer ihrer Nachbarn begegnet, aber alles ist ruhig, und die Türen der anderen Wohnungen bleiben geschlossen. Da klingelt mein Handy, und ich zucke zusammen wie ein gestellter Einbrecher. Es ist Liv, aber ich gehe nicht ran. Ich werde sie später zurückrufen. Jetzt brauche ich meine ganze Konzentration.

Als ich Wills Wohnungstür erreiche, klopft mein Herz schneller, obwohl ich ja eigentlich weiß, dass niemand da ist. Ich muss mich nur beeilen, das ist alles. Ich hole tief Luft, schiebe den Schlüssel ins Schloss, und die Tür schwingt auf ...

Ich war nicht mehr hier, seit Kelly eingezogen ist, und seitdem hat sich so einiges verändert. Das Erste, was mir auffällt, ist der penetrante Geruch von Stargazer-Lilien, der einer großen Vase beim Kamin entströmt. Während ich mich umsehe, entdecke ich eigentlich nur ein Möbelstück, das mir bekannt vorkommt: Wills alter, abgewetzter Ledersessel drüben in der Ecke. Aber davon abgesehen... ist alles neu. Die Wände sind nun in hellem Taubengrau gestrichen, Wills Couch – die er von Mum und Dad hatte – ist verschwunden, ersetzt durch ein äußerst teuer aussehendes L-Sofa mit grauem Samtbezug. Wo sich mal ein kleiner Läufer befand, erstreckt sich nun ein großer, dicker Teppich, der fast den gesamten Holzdielenboden bedeckt und der Wohnung ein deutlich gemütlicheres, beinahe schon kokonartiges Feeling verleiht. An strategischen Stellen sind Lampen positioniert, auf einem weißen Kaffeetisch liegen Hochglanzmagazine aufgefächert, und große Schwarzweißbilder der New Yorker Skyline zieren die Wände. Alles ist nur einen winzigen Schritt davon entfernt, übertrieben zu wirken – aber sosehr ich es hassen will, ich muss zugeben, es gefällt mir. Sehr sogar. Am liebsten würde ich mich auf dem Sofa zusammenrollen wie eine Katze und eine Runde schlafen.

Ich lege meine Tasche und die Schlüssel auf eine Kommode und greife nach einem gerahmten Foto von Kelly und Will. Es sieht aus, als wäre es in einem Restaurant aufgenommen worden; er hat den Arm um sie gelegt, und sie lacht. Ich muss zugeben, sie sehen wirklich glücklich miteinander aus. Andererseits ist sie aber auch eine Schauspielerin. Wer weiß schon, was ihre echten Gefühle oder Motive sind?

Mein Blick richtet sich noch einmal auf Will. Wenn ich an meinen Bruder denke, sehe ich in meinem Kopf meistens immer noch den rundlichen, rotwangigen Dreijährigen, der auf dem Rücken liegt und vor Lachen quietscht, während ich ihn kitzle. Ich weiß, er ist jetzt ein erwachsener Mann, aber für mich wird er immer untrennbar mit diesem Geräusch unschuldiger Freude verbunden sein. Ganz gleich, wie alt er ist, was immer passiert, ich will nicht auf Distanz zu meinem kleinen Bruder gehen müssen, dafür liebe ich ihn viel zu sehr. Folglich habe ich gar keine andere Wahl, als zu tun, weswegen ich jetzt hier bin. Ich stelle das Foto wieder hin, atme tief durch und gehe in Richtung des Badezimmers. Vermutlich der beste Ort, um mit meiner Suche anzufangen. Falls ich starke, verschreibungspflichtige Schlaftabletten im Haus hätte, würde sie sich dort lagern.

In dem kleinen, ordentlichen Raum angekommen, bleibe ich vor dem verspiegelten Badschrank stehen. Will ich das wirklich tun? In Kellys persönlichen Dingen herumwühlen, um zu finden, was sie mir ins Glas gekippt hat – und wenn nicht das, dann etwas anderes Belastendes?

Und die Antwort lautet: Ja, will ich. Sie hat mich unter Drogen gesetzt und mich in ein Taxi gesetzt, das mich Meilen von meinem Zuhause und der Sicherheit meiner Familie fortgebracht hat. Ich brauche nur noch den Beweis.

Ohne noch einmal zu zögern, öffne ich den Schrank. Er ist voller Badezimmerprodukte: Nagelknipser, Ersatzköpfe für die Zahnbürste, eine neue Tube Zahnpasta, Nivea-Creme, Pflaster, ein paar Rasierklingen, Mundspülung. Aber – und meine Augen leuchten auf, als ich es entdecke – da ist auch eine kleine Schachtel mit einem Rezeptaufkleber. Rasch ziehe ich sie hervor und lese die Beschriftung. Ms. K. Harrington, steht auf der Seite, und darüber der Name einer beliebten Marke von Antibabypillen. Ich schneide eine Grimasse und stelle die Schachtel zurück. Anschließend beginne ich, die anderen Medikamente zu überprüfen, aber da sind nur Paracetamol und Ibuprofen.

Als Nächstes bücke ich mich und öffne das Schränkchen unter

dem Waschbecken. Toilettenpapier, eine Ersatzklobürste, Tampax, Bleiche – das war's.

Vielleicht in ihrer Make-up-Tasche? Hastig schleiche ich den Flur hinab in ihr Schlafzimmer. Ein hübscher Raum, sehr friedlich – sie hat ihn hellblau gestrichen, und mehrere weiße Fotorahmen hängen an den Wänden, wobei die Bilder hier Kelly und Will an diversen exotischen Orten zeigen. Dafür, dass sie erst elf Monate zusammen sind, sind sie ganz schön rumgekommen. Ich werfe einen kurzen Blick auf das Bett. Sie schläft offensichtlich auf der rechten Seite, und zu meiner Überraschung entdecke ich auf dem Nachttischchen daneben ein paar historische Romane, die ich selbst gelesen und genossen habe. Und in dem Fach darunter liegt neben einem kleinen Kulturbeutel ihre Make-up-Tasche.

Sie quillt förmlich über vor teuren Marken. Außerhalb einer Parfümerie habe ich noch nie so viele Puder, Selbstbräuner, Lippenstifte und Kajalstifte auf einem Haufen gesehen, aber was ich suche, finde ich auch hier nicht. Also ziehe ich den Reißverschluss wieder zu. Der Kulturbeutel erscheint zunächst vielversprechend, aber da sind auch nur Paracetamol-Schachteln drin – die meisten davon leer –, außerdem Nagellacke und Nagellackentferner, eine Feile, Augentropfen, eine Schlafmaske und ein Anti-Aging-Serum. Keine Schlaftabletten. Frustriert schließe ich die Tasche. Irgendwo *müssen* sie doch sein. Meine Augen richten sich auf die Kommode an der Wand. Natürlich. Die Unterwäscheschublade. Dort versteckt doch jeder seine Geheimnisse. Ich eile hinüber und reiße sie auf. Sie ist bis obenhin gefüllt mit besorgniserregend winzigen Höschen aus Spitze und Chiffon. Herrje, tragen die Leute wirklich noch G-Strings? Obwohl ich mich schrecklich unbehaglich dabei fühle, wühle ich in der Unterwäsche herum, bis ich eine Schmuckschatulle ausgrabe, die mit Ausnahme eines kleinen, blauen Kästchens aber leer ist. Und in dem kleinen Kästchen liegen ein unspektakulärer Ehering, ein Paar recht billig aussehende Herzohrringe und eine lange, ebenfalls unscheinbar wirkende Halskette. Ich klappe erst das Kästchen, dann die Schatulle wieder zu und wühle weiter. Nichts ... Wütend donnere ich die Schublade zu und widme mich der nächsten. Diese ist voller Nachtwäsche, und alles, was ich hier finde, sind zwei ungeöffnete Packungen Kleenex und ein gerahmtes Bild von einem kleinen, blonden Mädchen, ein wenig jünger als Chloe – vielleicht drei Jahre alt –, das in einem Butterblumenfeld sitzt und verlegen lächelt, ihre vorgestreckten Hände voller goldgelber Blüten, während neben ihm eine fröhlich lächelnde Frau in einem Maxikleid aus den Siebzigern liegt. Aber *unter* dem Bild ... JA! Ein kleines Fläschchen. Meine Finger greifen danach und ich nehme es triumphierend aus der Schublade.

Ignatia C30 steht auf dem braunen Glas – was immer das sein soll –, gemeinsam mit dem Namen Miss K. Harrington. Darunter ein Firmenlogo und eine Servicenummer. In der Flasche rasseln ungefähr zwanzig kleine Tabletten. Könnte das sein, wonach ich gesucht habe? Falls nicht, warum hat sie es dann versteckt? Ich hebe mein Handy und mache ein Foto von dem Fläschchen, wobei ich darauf achte, dass ihr Name gut zu erkennen ist. Nachdem ich mir das Foto selbst gemailt habe, schiebe ich die Schublade ein Stückchen weiter auf, um die Pillen wieder zurückzulegen. Und da entdecke ich einen zweiten Bilderrahmen, diesmal mit der Rückseite nach oben. Aus reiner Neugier drehe ich ihn um, und mein Herz bleibt beinahe stehen.

Es ist ein Foto meiner Kinder. Chloe lächelt in die Kamera und umarmt einen drei Monate alten Theo. Ich weiß genau, wann es aufgenommen wurde: bei Mums Geburtstag. Warum zum Teufel hat Kelly dieses Foto hier in der Schublade versteckt? Ich schlucke hart, während ich weiter das Bild anstarre. Mein Puls beschleunigt sich, und ich fühle mich gleichzeitig beunruhigt und wütend.

»Wie kannst du es wagen!«, flüstere ich ungläubig.

»Genau das wollte ich gerade auch sagen«, erklingt eine Stimme hinter mir. Ich atme scharf ein und wirble schockiert herum. Kelly steht im Türrahmen und filmt mit ihrem Handy, wie ich ihre persönlichen Sachen durchwühle.

Kapitel 15

»Ich werde nicht zögern, die Polizei zu rufen, falls es sein muss«, erklärt sie, »ganz egal, welche Konsequenzen das diesmal für dich hat. Du solltest außerdem wissen, dass ich Will getextet habe. Er ist schon auf dem Weg. Nur, damit wir uns verstehen.«

»Warum hast du dieses Foto meiner Kinder?«, schnappe ich, wobei ich es mit zitternder Hand hochhalte.

Sie filmt mich noch immer. »Deine Mutter hat es Will gegeben, und er mag es. Sein Geburtstag ist nächsten Monat, darum habe ich es für ihn einrahmen lassen. Ich habe es noch nicht eingepackt, darum habe ich es in meiner Schublade versteckt, damit er nicht zufällig darüberstolpert. Mich würde aber eher interessieren, was du in unserer Wohnung treibst, Sally, und warum du meine Sachen durchsuchst?«

»Ich bin nicht eingebrochen«, sage ich sofort. »Ich hab nichts Illegales getan.«

»Ja, du scheinst einen Schlüssel zu haben, von dem ich nichts wusste.«

»Will hat ihn mir gegeben, als er eingezogen ist. Für Notfälle.«

»Und denkst du, Will wird es gutheißen, dass du ihn benutzt, um hier rumzuspionieren?«

»Ich dachte nicht, dass jemand hier ist.«

Sie hört auf zu filmen und mustert mich voller Verachtung. »Da bin ich selbst schon drauf gekommen. Ich war in der Küche und hab mir eine Tasse Tee gemacht, als ich dich unten parken sah. Ich dachte, du wolltest mich besuchen, und um ehrlich zu sein, war mir nicht nach einem Gespräch mit dir, also bin ich nicht an die Sprechanlage gegangen, als es klingelte. Danach habe ich noch mal aus dem Fenster gesehen, und dein Auto war immer noch da. Also nahm ich an, jemand hätte dich unten reingelassen. Passiert immer wieder. Ich bin in der Küche geblieben und hab darauf gewartet, dass du klopfst und wieder verschwindest, wenn keiner aufmacht. Kannst du dir vorstellen, wie überrascht ich war, als ich den Schlüssel im Schloss hörte? Du bist einfach hier reinspaziert, als würde dir die Wohnung gehören – *was sie verdammt noch mal nicht tut!*«

Jetzt, wo sie nicht mehr filmt – wo niemand es mehr sehen kann –, zeigt sie offen ihre Wut. Sie spuckt die Worte förmlich aus. »Du suchst doch nicht allen Ernstes nach den fünfundsechzigtausend, oder? Wir beide wissen, dass ich dir das Geld nicht gestohlen habe. Also, warum bist du hier?«

»Du hast recht, ich suche nicht nach dem Geld. Das trägst du schließlich an deinem Finger.« Ich nicke in Richtung des lächerlich großen Diamanten, der an ihrem Ringfinger glänzt.

Kurz hebt sie den Blick zum Himmel. »Großer Gott, jetzt hör schon auf damit! Es hat nicht funktioniert, okay! Dein erbärmliches, kleines Komplott ist fehlgeschlagen, und das weißt du. Hör auf, darauf rumzureiten. Ich frage dich jetzt noch mal: Warum bist du hier?«

»Du weißt genau, warum, Kelly. Vom ersten Moment an, als wir uns trafen, hast du mich gehasst. Du hast mich vor dem Haus eine dumme Schlampe genannt. Es macht dich wahnsinnig, Will mit seiner Familie zu teilen, und mich scheinst du ganz besonders zu hassen. Die Sache ist nur, man hat mich vor dir gewarnt. Ich weiß, was für eine Person du bist, wozu du in der Lage bist – und es macht keinen Unterschied, dass du versuchst, mich wie eine Verrückte aussehen zu lassen. Ich werde nicht zulassen, dass du mir oder meiner Familie noch weiter schadest. *Darum* bin ich hier.«

Sie starrt mich weiter an. »Ich hab dich nie vor irgendeinem Haus beschimpft.«

»Es war direkt vor dieser Wohnung. Ich war schwanger und hab dich zufällig angerempelt, als du am Telefon warst, und du hast mich eine dumme Schlampe genannt.«

»Ist dir je der Gedanke gekommen, dass ich vielleicht die Person gemeint haben könnte, mit der ich am Telefon war, und nicht dich?

Und weißt du eigentlich, wie oft mich Leute anrempeln, weil ich berühmt bin – vor allem Mädchen –, weil sie sich dann toll fühlen? Ich dachte vermutlich, dass du auch so eine bist. Ich bin daran gewöhnt, dass Frauen mich nicht mögen, weil ich hübscher bin und einen glamouröseren Job habe, aber bist du nicht eigentlich zu alt und zu intelligent für so was?«

»Oh, ich bitte dich«, kontere ich. »Ich soll dir abkaufen, dass du die Unschuld in Person bist, nachdem du gestern diese Bilder von mir veröffentlicht hast?«

»Schön, ja, das war ich.« Sie zuckt reuelos mit den Schultern und verschränkt die Arme vor der Brust. »Ich sagte dir doch, du sollst nicht alles glauben, was du in der Zeitung liest. Hoffentlich hast du das jetzt gelernt.«

»Aber das ist nicht alles, was du getan hast, oder?«, dränge ich weiter. »Die Pillen, mit denen du mich Freitag betäubt hast – sind das dieselben, von denen ich jetzt ein Foto auf meinem Handy habe?«

Ihre Miene bleibt ausdruckslos, aber sie starrt mich mit neuer Intensität an. »Was sagst du da?«

»Ich hab ein Foto von deinen Tabletten«, wiederhole ich.

»Nein – ich meine den Teil, wonach ich dich betäubt haben soll. Das ist nicht wirklich dein Ernst, oder?«

»Und ob. Also, sind es dieselben Pillen, die du benutzt hast?«

Sie fängt an, ungläubig zu lachen, dann schiebt sie sich grob an mir vorbei und öffnet die Schublade. »Die hier, meinst du?« Sie hält das kleine Fläschchen hoch. »Das ist ein homöopathisches Heilmittel. Ich bewahre es in der Schublade auf, weil es lichtempfindlich ist und trocken und kühl gelagert werden soll. Wie dumm bist du eigentlich?« Dann schüttelt sie den Kopf. »Nein, das nehme ich zurück. Ich *weiß*, dass du nicht dumm bist. Wer hinterhältig genug ist, um so was abzuziehen, kann nicht dumm sein. Ich meine, du siehst, dass dein Ehemann das Interesse verliert, also konstruierst du dieses Szenario, damit er einen ordentlichen Schreck bekommt und erkennt, wie sehr er dich eigentlich liebt. Du hast doch auch in der Werbebranche gearbeitet, oder?

Du kennst dich also damit aus, Geschichten zu erfinden. Genau so hat die Sache nämlich für mich ausgesehen.« Erneut macht sie eine Pause, während sie mich argwöhnisch mustert. »Ich hab dich nur für eine weitere, kaputte Hausfrau gehalten, die ihre besten Jahre hinter sich hat und mit jemandem verheiratet ist, mit dem sie eigentlich nicht mehr verheiratet sein sollte. Die ihre egoistischen, kleinen Spielchen spielt, ohne daran zu denken, wem sie damit wehtut.«

»Oh, bitte, Kelly! Musst du immer alles so sagen, als würdest du dich dabei auf dem Bildschirm sehen? Das ist nicht nur melodramatisch und verlogen, sondern auch verdammt nervig.«

»Na schön«, erwidert sie ruhig. »Vielleicht sollte ich dir dann einfach sagen, dass dein Bruder wegen deiner miesen, kleinen Nummer am Wochenende in Tränen aufgelöst war. Du hast keine Ahnung, was diese Sache dich kosten wird. Eines Tages werden Chloe und Theo rausfinden, was du Freitagnacht getan hast, und sie werden von deiner ›Überdosis‹« – bei dem Wort zeichnet sie mit den Fingern Anführungszeichen in die Luft – »erfahren, als du neunzehn warst. Und wenn sie das alles erst wissen, werden sie nie wieder dieselben sein. Und du wirst für sie auch nie wieder dieselbe sein.« Ihre Stimme vibriert vor Energie. »Du wirst nie wieder eine Mutter sein, der sie wirklich trauen können.«

Meine Gedanken springen zu dem Ring, der Kette, den kleinen Herzohrringen, die hinten in der Schublade versteckt sind, zu dem Bild des lächelnden kleinen Mädchens und der Frau in dem Maxikleid.

»Kelly, du scheint sehr starke – und äußerst persönliche – Gefühle zu haben, was diese ganze Sache angeht«, unterbreche ich sie. »Ich frage mich, ob du irgendwelche Probleme in deinem Leben hast, die du jetzt auf mich projizierst?«

»Halt den Mund«, sagt sie, jetzt ganz leise. »Spar dir das Mitgefühl, das kaufe ich dir keine Sekunde ab. Du musst wirklich arrogant sein, wenn du glaubst, dass du die Antworten hast, obwohl du noch nicht mal die Fragen kennst. Ich habe meine ›persönlichen Probleme‹ schon vor langer Zeit überwunden, mithilfe von Leuten, die im Gegensatz zu dir auch wirklich was davon verstehen.«

Meint sie Caroline? Wird sie endlich Licht in ihre Beziehung zu meiner Schwiegermutter bringen? Ich halte den Atem an, aber sie verstummt erneut und starrt mich nur auf diese beunruhigende Weise an. Ich bin kurz davor, die unerträgliche Stille zu brechen, als sie plötzlich sagt: »Du lügst schon wieder, oder? Du glaubst genauso wenig, dass ich dich unter Drogen gesetzt habe, wie ich glaube, dass du Selbstmord begehen würdest. Davon bist du weit entfernt. Nein, da ist etwas anderes. Etwas ... oh, mein Gott!« Ihr Mund klappt auf. »Du mieses Stück. Wo hast du es versteckt?«

»Wo habe ich was versteckt?« Ich starre sie verwirrt an.

»Deswegen bist du hier. Du hast gesagt, du brauchst einen Beweis, und du hast ein Foto davon gemacht. Was hast du in meiner Wohnung versteckt, damit es aussieht, als würde es mir gehören?« Sie dreht sich abrupt um und beginnt, die Kleider aus der Schublade zu zerren. »Ich finde es schon – und er wird dir nicht glauben, was immer du getan hast, was immer du hier inszenieren willst. Du wirst ihn mir nicht wegnehmen, du elendes Miststück.«

Dann wirbelt sie ebenso ruckartig wieder zu mir herum. »Du glaubst, du bist ach so schlau, aber hier steht dein Wort gegen meines, Sally. Und du hast recht, alle denken ohnehin schon, das du den Verstand verloren hast.«

Perplex sehe ich zu, wie sie eine Taste auf ihrem Handy drückt und es an ihr Ohr hält. Eine weibliche Stimme meldet sich: »Hallo?«, kann ich hören, und im selben Moment verzerrt Kelly ihr Gesicht zu einer Maske des Schreckens, kombiniert mit einer verängstigten, zitternden Stimme, als sie sagt: »Hallo – Sue?«

Mein Mund klappt auf. Sie hat meine *Mutter* angerufen!

»Hier ist Kelly.« Sie schluckt, damit es klingt, als wäre sie in Tränen ausgebrochen. »Sally ist hier. Will ist schon auf dem Weg, aber sie ist wütend und aggressiv, und ich weiß nicht, was ich tun soll. Sie ist völlig verwirrt. Ja, ich weiß. Nein – ist sie nicht. Nein –

habe ich nicht. Ich hatte es eigentlich nicht vor, aber falls du glaubst, es ist nötig?«

Mein Herz bleibt stehen, als ich erkenne, was sie tut. Oh, nein. Nein, nein, nein ... »Kelly, hör auf!«, sage ich erschrocken und mache einen Schritt auf sie zu. »Gib mir das Telefon!«

»Nein!«, kreischt sie laut. »Komm nicht näher, Sally!«

»Ich hab dich nicht angefasst!«, rufe ich, während sie an mir vorbeiflitzt, ins Bad rennt und die Tür zuknallt. Ich höre, wie der Riegel vorgeschoben wird, und plötzlich muss ich daran denken, was ich zu Matthew gesagt habe, als wir sie einmal in ihrer Fernsehserie sahen, wie sie einen Wutanfall spielte und dann ihrer fiktiven Schwester eine Ohrfeige verpasste. »Zum Glück sieht sie gut aus, denn schauspielern kann sie nicht.« Oh, Mann. Da hab ich mich wohl gewaltig geirrt.

»Ich hab mich im Bad eingeschlossen«, höre ich sie rufen, während ich in den Gang renne und an der Türklinke rüttle. »Kelly, bitte tu das Mum nicht an. Du machst ihr ja Angst!«

»Sie versucht, reinzukommen! Was soll ich tun? Ich weiß nicht, was ich tun soll! Ich glaub, ich ruf die Polizei!«

»Kelly! Hör endlich auf damit!« Panisch trommle ich gegen die Tür, und ich trommle immer noch, als Will in die Wohnung stürmt, vor Erschöpfung keuchend, nachdem er die Treppe hochgerannt ist. Er sieht die geschlossene Badezimmertür, er sieht mich davorstehen, und er streckt vorsichtig die Hand aus. »Sally? Ich bin's. Alles ist gut.«

»Du musst nicht mit mir reden, als wäre ich verrückt«, sage ich, so ruhig, wie es im Moment geht. »Ich weiß, wie es aussieht, aber es ist nicht so, wie du denkst. Ja, Kelly ist da drin.« Ich zeige über meine Schulter. »Aber ich hab nie versucht, ihr was zu tun.«

»Will, bist du das?«, ruft Kelly durch die Tür. Sie klingt, als würde sie vor Furcht weinen.

»Oh, komm schon, Kelly!«, rufe ich frustriert. »Du *weißt*, dass er es ist!«

»Sally, würdest du bitte nicht schreien? Geh bitte zur Eingangstür und bleib da, okay?«

Ich schüttle ungläubig den Kopf, aber ich komme der Aufforderung nach. Falls ich jetzt protestiere, wird er mir nie glauben. Caroline hat mich gewarnt, sie hat mir ganz klar gesagt, ich soll nicht im Wespennest herumstochern ... Oh, Scheiße, und sie hat auch gefragt, ob ich wirklich vorhätte, Kelly wehzutun. Ich muss ruhig bleiben, denn diese Sache sieht nicht gut aus, wie mir jetzt schlagartig klar wird. Es war ein fataler Fehler, hierherzukommen. Was habe ich mir nur dabei *gedacht?*

Als ich mich umdrehe, klopft Will leise an die Tür. »Kel? Ich bin's. Du kannst rauskommen. Alles ist in Ordnung.«

Der Riegel gleitet zurück, und dann steht sie da, ihr Gesicht rot, ihre Augen verquollen vom Weinen. Ich starre sie fassungslos an. Wie kann sie das nur so überzeugend spielen? Mir fällt auf, dass sie eine Nagelschere in den Händen hält, wie ein kleines Messer. Vermutlich, um sich damit zu verteidigen? Diese Frau ist wirklich unglaublich!

Sie lässt die Schere fallen und wirft sich in Wills Arme. »Ich hatte solche Angst«, schluchzt sie. »Mach, dass sie geht. Ich kann das nicht, nicht heute. Bitte, Will!«

»Schon gut, wir gehen. Ich fahre sie in ihrem Wagen heim, dann komme ich sofort wieder zurück. Hältst du das so lange aus?« Will blickt sie besorgt an.

Sie nickt, dann schnieft sie. »Sie hat unsere Sachen durchwühlt. Sie ist verrückt!«

»Schhh, schhh, ist ja gut«, beruhigt er sie. »Alles wird gut. Ich bin gleich wieder da.« Er lässt sie los und dreht sich zu mir um. »Komm, Sal.« Er versucht zu lächeln, aber ich sehe sofort, dass es nur aufgesetzt ist. Immerhin ist er mein Bruder, und ich kenne ihn beinahe so gut wie mich selbst. Er glaubt ihr. Er glaubt ihr zu hundert Prozent.

Ich sage nichts, werfe Kelly nur noch einen finsteren Blick zu, als er mich ins Treppenhaus führt, aber sie weigert sich, mich anzusehen. Stattdessen dreht sie sich um, geht ohne ein weiteres Wort ins Schlafzimmer und schließt die Tür hinter sich.

Kapitel 16

»Das hättest du nicht tun müssen. Ich hätte auch allein nach Hause fahren können.«

»Schon okay. Ich will einfach sichergehen, dass du heil wieder daheim ankommst.«

»Kelly war in keinster Weise in Gefahr.« Ich schaue ihn an, doch sein Blick ist starr auf die Straße vor uns gerichtet. »Ich war nicht dort, um ihr wehzutun – ich hab vorher angerufen, um mich zu vergewissern, dass keiner von euch daheim ist, schon vergessen? Du hast gesagt, ihr wärt beide nicht da.«

»Das hab ich bloß gesagt, weil ich wusste, dass Kelly dich heute nicht würde sehen wollen. Ich hab gesagt, dass sie bei Dreharbeiten ist, weil das einfacher war, als dir zu erklären, warum du nicht vorbeikommen kannst. Heute ist der Todestag ihrer Mutter – auch wenn das letztlich überhaupt keine Rolle spielt. Du hattest in der Wohnung nichts verloren, Sal. Punkt, Aus, Ende. Und obwohl du mich tatsächlich angerufen *hast,* hast du mir bei dieser Gelegenheit erzählt, du würdest eine Freundin besuchen, was eine einzige Lüge war.«

»Tut mir leid, das von Kelly zu hören, und ja, du hast recht«, sage ich leise. »Ich hätte das nicht tun dürfen. Ich weiß, was du jetzt denkst. Du denkst, ich bin krank. Geistig, nicht körperlich. Aber ich möchte, dass du mir vertraust, wenn ich dir sage, dass dem nicht so ist. Ich bin *nicht* krank, und wie ich gerade schon sagte, war der Grund dafür, dass ich in eurer Wohnung war, nicht der, dass ich Kelly etwas antun wollte.«

Einen Moment lang erwidert er nichts, ehe er, noch immer, ohne mich anzusehen, fragt: »Dann nehme ich an, du warst dort, um nach diesen verschwundenen fünfundsechzig Riesen zu suchen?«

Ich ziehe überrascht die Augenbrauen hoch. Hätte Kelly nicht vorhin meine Mutter angerufen, um ihr einzureden, ich würde sie tätlich angreifen, hätte ich ihm jetzt die Wahrheit darüber gesagt, wonach ich in ihrem Apartment Ausschau gehalten habe – aber das ist jetzt unmöglich. Dann würden sie mich bis Ende des Tages wieder einweisen lassen. »Du weißt von dem gestohlenen Geld?«

Will nickt. »Kelly hat mir erzählt, dass du sie beschuldigt hast, es genommen zu haben. Sie hat es aber nicht geklaut, Sal. Ich begreife, was dich vielleicht auf diesen Gedanken gebracht hat, wenn man bedenkt, dass sie den ursprünglichen Verlobungsring einen Tag, nachdem das Geld verschwunden ist, gegen einen viel wertvolleren ausgetauscht hat, doch um ehrlich zu sein, ist das nichts weiter als ein blöder Zufall.«

Moment mal. Es klingt, als würde er *tatsächlich* fast verstehen, warum ich in der Wohnung war. Und er ist offensichtlich nicht halb so sauer wegen dem, was passiert ist, wie ich gedacht hätte. Auch spricht er nicht mit mir, als würde er glauben, ich würde auf einem sehr schmalen Grat zwischen Zurechnungsfähigkeit und Irrsinn wandeln. Mein Herz hämmert wie wild, als mir klar wird, dass ich vielleicht wirklich mit dieser Sache durchkomme, wenn ich sehr, sehr vorsichtig bin.

»Du hast doch niemandem davon erzählt, dass Kelly die Ringe umgetauscht hat, oder?«, fragt Will besorgt.

»Nein. Ich hab dir versprochen, dass ich das nicht tun würde, und ich hab's nicht getan.«

Er wirkt erleichtert. »Danke. Das Problem ist, dass sie für den neuen Ring *wirklich* bar bezahlt hat – was im Hinblick auf die Umstände zwangsläufig *jedem* verdächtig vorkommen muss, und obwohl *ich* weiß, woher das Geld stammt, fällt es mir nicht schwer, zu verstehen, wie du – und die meisten anderen Leute wohl auch – reagieren würdest, wenn ich's dir erzähle.«

»Warum lässt du's nicht einfach drauf ankommen?«, sage ich langsam.

Er atmet tief durch. »Als Kellys Vater starb, entdeckte sie, dass er eine Menge Geld hatte, von dem ihre Familie bis dahin nicht die geringste Ahnung hatte, dass es existiert. Sie lebten damals in dieser sehr bescheidenen Drei-Zimmer-Wohnung, die sie auch nach seinem Tod behielten – Kellys Bruder wohnte dort mit seiner Freundin –, ehe sie dann letztes Jahr beschlossen, sie zu verkaufen. Als sie im Zuge dessen die Wohnung ausräumten, stießen sie dabei auf eine halbe Million Pfund in bar. Das Geld war in *Sainsbury's*-Papiertüten in einem Karton versteckt.« Er wirft mir einen nervösen Seitenblick zu.

Ich halte inne. »Das ist ein Witz, oder?«

»Nein, ist es nicht. Ich mein's ernst. Um keinen Stress mit dem Finanzamt zu kriegen, haben sie niemandem davon erzählt. Kelly und ihr Bruder und ihre Schwester machten zusammen einen echt coolen Urlaub und kauften sich neue Autos ... Zeug für ihr Zuhause, solche Dinge. Kelly hat immer noch einen netten Batzen von ihrem Anteil übrig. Oder zumindest hatte sie das, bis sie diesen Ring gekauft hat; der Rest geht für die Hochzeit drauf. Ich schätze, in gewisser Weise ist es schön, dass sie die Möglichkeit dazu hat, das zu machen. Dann ist es, als hätte ihr Dad irgendwie seinen Anteil daran.«

»Und wann genau hat Kelly dir vom Geld ihres Vaters erzählt?«

»Sonntagabend.«

»Aha. Und du findest es nicht seltsam, dass meine Schwiegermutter ausgerechnet am Freitagabend fünfundsechzigtausend Pfund im Schrank unter unserer Treppe deponiert hat – die sie aus Steuergründen nicht gemeldet hat –, die dann verschwunden sind? Und dann bezahlt deine Verlobte am nächsten Tag ein extrem teures Schmuckstück mit einem Haufen Bargeld, das ihr Dad in Papiertüten ›versteckt‹ hatte, ebenfalls aus Angst vor der Steuer?«

»Na ja, zumindest finde ich, es wäre klüger, wenn alle anfangen würden, solche Dinge über die Banken abzuwickeln, so wie normale Menschen das tun.« Er versucht es mit einem Lachen. »Aber wie schon gesagt, ich denke, das ist alles einfach bloß ein dummer Zufall.«

Dummerweise ist das, worum es hier geht, etwas anderes, als

im Urlaub im Ausland rein zufällig einem Bekannten über den Weg zu laufen ... Nein, das ist die Art von Zufall, die *so* extrem und *so* surreal ist, dass das alles nur eins bedeuten kann: Jemand hat sein Blatt überstrapaziert, und jetzt kollidieren reale Ereignisse mit fiktiven Geschichten, um zu offenbaren, worum genau es sich bei diesen vermeintlichen »Zufällen« handelt ...

Nämlich um nichts weiter als einen Haufen Lügen.

»Hat Kelly dir auch erzählt, dass sie diese Fotos von mir absichtlich in Umlauf gebracht hat?«, frage ich nach einem Moment des Schweigens. »Das hat sie mir gegenüber in der Wohnung unumwunden zugegeben.«

Er runzelt bestürzt die Stirn. »Wirklich? Hat sie das echt gesagt?«

»Sie meinte, sie wollte mir damit eine Lektion erteilen, damit ich nicht alles glaube, was in der Zeitung steht. Außerdem wollte sie mir eins auswischen, weil ich so ›täte‹, als sei ich selbstmordgefährdet, und sie hat gesagt, sie würde nicht eine Sekunde lang glauben, was ich über Cornwall und meinen Gedächtnisverlust und all das erzählt habe.«

Will atmet vernehmlich aus. »Tut mir wirklich leid, das zu hören. Bitte glaub nicht, ich würde versuchen, von den Schwierigkeiten abzulenken, die du gerade hast, aber Kelly hat momentan auch eine ziemlich schwere Zeit. Wie schon gesagt, heute ist der Jahrestag des Todes ihrer Mutter, der ihr immer noch sehr zu schaffen macht.«

»Ich wusste ehrlich gesagt nicht, dass ihre Eltern beide tot sind. Hast du nicht am Freitag gesagt, dass ihr Mum und Dad und auch ihren Eltern von eurer Verlobung erzählt habt?«

»Nein, ich hab gesagt, wir haben's ihrer *Familie* erzählt. Damit meinte ich ihren Bruder und ihre Schwester – außerdem hat sie noch eine Stiefmutter, der sie sehr nahesteht.«

»Wann ist ihre Mutter gestorben?«

»Als Kelly vierzehn war.«

»Oh! Das ist wirklich traurig. Tut mir leid.«

Will schaut mich von der Seite an. »Sie sagten Kelly, sie sei an einer Hirnblutung gestorben. Drei Jahre darauf starb ihr Vater dann an Krebs.«

»Wie schrecklich«, sage ich automatisch.

»Wenn ich dir noch was anderes erzähle, versprichst du dann, dass ich darauf vertrauen kann, dass du es für dich behältst? Ich würde die unschönen Dinge, die Kelly in der Wohnung zu dir gesagt hat, gerne in den richtigen Kontext rücken.«

»Natürlich kannst du mir vertrauen.«

»Unmittelbar bevor ihr Vater starb, sagte er Kelly und ihren Geschwistern, dass sich ihre Mutter in Wahrheit umgebracht hat.«

»Wie, bitte?« Ich bin aufrichtig bestürzt.

»Ja. Er hatte sie zu ihrem eigenen Schutz angelogen, in der Absicht, es ihnen zu erzählen, wenn sie älter wären und besser damit umgehen könnten. Doch die Sache ist die: Sterbeurkunden sind für jedermann frei zugänglich, und er hatte Angst, dass sie nach *seinem* Tod die ihrer Mutter zu Gesicht kriegen könnten und dann erfahren würden, dass der Leichenbeschauer dort Selbstmord eingetragen hat. Offensichtlich hatte er nicht damit gerechnet, dass er selbst so schnell so krank werden könnte. Ich denke, man kann davon ausgehen, dass er seinerzeit unter extrem großem Druck stand, vielleicht auch wegen dieser Tüten voller Geld. Er war offenbar kein Mann, der viel Vertrauen in irgendjemanden oder irgendetwas hatte.«

»Als Kelly das erfahren hat, muss das für sie gewesen sein, als wäre ihre Mutter noch einmal gestorben.«

Will wirft mir einen erneuten Seitenblick zu. »Ja, ich schätze, so war es auch. Na, jedenfalls ist alles nur noch komplizierter geworden, seit Kelly bei der Arbeit ihren großen Durchbruch hatte. Obwohl es ihr wahrscheinlich nicht ewig gelingen wird, den Selbstmord ihrer Mutter aus den Medien rauszuhalten, ist bislang noch kein Reporter darüber gestolpert. Wann immer jemand in einem Interview auf das Thema zu sprechen kommt, gibt sie die Originalversion der Geschichte zum Besten, die man ihr damals auch erzählt hat. Ich mein's ernst, Sal: Du darfst wirklich niemandem etwas von dieser Sache sagen. Doch ich schwöre dir, dass Kelly dir dieses Geld nicht geklaut hat.«

All die Verluste, die Kelly in ihrem Leben schon verkraften musste, würden vermutlich *tatsächlich* erklären, warum sie offensichtlich solche Angst davor hat, dass etwas zwischen sie und Will kommen könnte. Natürlich vorausgesetzt, dass alles, was sie meinem Bruder erzählt hat, auch wirklich stimmt. Doch wer würde bei so was schon lügen? Außerdem war das womöglich die Erklärung dafür, warum sie in jüngeren Jahren derart aus der Bahn geraten ist, dass sie in Therapie musste.

Ich greife nach meinem Handy und google »Ignatia«.

Homöopathie: Bringt Linderung bei Verlust, Herzschmerz und Kummer. Viele homöopathische Hausapotheken enthalten Ignatia zur Behandlung der Symptome von Schock oder Trauer vornehmlich nach Todesfällen.

Ich fange an, besorgt auf meiner Unterlippe herumzukauen, und lege das Telefon wieder zurück in meinen Schoß, ehe ich aus dem Fenster schaue. Ist es wirklich möglich, dass sie in jeder Hinsicht die Wahrheit sagt? Trotz allem kann ich das irgendwie nicht glauben.

»Durch die Verlobung sind bei Kel viele Dinge wieder hochgekommen«, fährt Will fort. »Sie denkt viel daran, dass keiner ihrer Elternteile bei der Hochzeit dabei sein wird.« Er verstummt einen Moment lang. »Sie hat sich in letzter Zeit Gedanken über alles Mögliche gemacht und ist deswegen derzeit ein bisschen arg mitgenommen … Ich gehe davon aus, dass du nichts Belastendes gefunden hast, als du die Wohnung durchsucht hast?«

»Nein«, gebe ich zu. »Ich habe nicht das Geringste gefunden.«

»Hi, Schatz!« Matthew öffnet die Haustür und begrüßt mich mit einem strahlenden Lächeln – das jedoch so verkrampft wirkt, dass ich augenblicklich weiß, dass Mum meinem Mann erzählt hat, was sich vorhin in Wills Wohnung abgespielt hat. Matthew hingegen ist entschlossen, so zu tun, als wäre alles in bester Ordnung. »Danke, dass du sie hergefahren hast, Will.« Er hält seinem Schwager die Hand hin, der sie mit demselben Maß erzwungener Heiterkeit ergreift, ehe sich die beiden flüchtig umarmen und sich gegenseitig auf den Rücken klopfen, wie Kumpels das eben so tun. »Willst du reinkommen? Möchtest du einen Kaffee?«

Will schüttelt den Kopf. »Nein, ich fahre lieber gleich wieder heim. Kelly fühlt sich nicht so gut. Trotzdem danke.«

»Ich bin dir wirklich dankbar. Sally fährt nachher mit zu euren Eltern ...« Ich schaue Matthew überrascht an. Dann hat Mum ihm also davon erzählt? »... Darum ist es echt gut, sie wieder hierzuhaben, damit wir in Ruhe alles vorbereiten können.«

»Will!«, ertönt da hinter Matthew eine Stimme, und Mum taucht auf und streckt die Arme aus. »Vielen Dank, dass du Sal hergebracht hast!« Sie zieht ihn in eine Umarmung und fügt sachlich hinzu: »Du bist so ein guter Junge.«

Es ist, als wäre *wirklich* jemand gestorben.

»Kommst du rein?« Mum tritt beiseite, um ihn vorbeizulassen.

»Danke, aber das sollte ich besser nicht. Ich ruf euch morgen an. Bei euch zu Hause, Mum, meine ich.«

»Wir freuen uns drauf, Schatz.«

»Lass mich dich wenigstens zum Bahnhof bringen.« Matthew kramt in seiner Gesäßtasche nach seinen Wagenschlüsseln.

»Ehrlich, das ist nicht nötig.« Will tut Matthews Vorschlag mit einem Winken ab. »Ihr sitzt nachher ohnehin schon lange genug im Auto. Ich geh zu Fuß. Es sind ja nur fünf Minuten.«

»Onkel Will!«, erklingt in diesem Moment eine Kinderstimme, und Chloe kommt in den Flur gestürmt, um schüchtern hinter Mum hervorzulugen.

»Oh, hallo, Kleine.« Will lächelt. »Wie geht's dir?«

»Wie fahren zu Granny Sue und schlafen da – wie oft?« Sie schaut erwartungsvoll zu Mum auf.

»Vielleicht ganze vier Mal!« Mum lächelt.

»Vier Nächte! Und ich kriege dein altes Kinderzimmer!«, erklärt Chloe ihm aufgeregt.

»Ach, ist das so?« Er streckt die Hand aus und verwuschelt ihr Haar. »Aber nimm dich vor den Krokodilen in Acht, die ich unter dem Bett halte, in Ordnung?«

Chloes Lächeln verschwindet, und sie sieht mich besorgt an.

»Er hat nicht wirklich Krokodile unter dem Bett, Clo, keine Angst. Er macht bloß Spaß«, versichere ich ihr.

»Tut mir leid.« Will schaut mich bestürzt an. »Keine Ahnung, warum ich das gerade gesagt habe.«

»Weil du ein A-L-O-C-H bist«, buchstabiere ich. »Wenn du möchtest, kannst du in Mummys altem Zimmer schlafen, Clo, und ich schlafe in Onkel Wills.«

»Oder wir schlafen da beide *zusammen*«, schlägt sie vor.

Ich werfe Will einen bösen Blick zu.

»Und mit dieser vergnüglichen Schlussnote verabschiede ich mich«, sagt Will. Er küsst mich und bückt sich, um auch Chloe einen raschen Abschiedsschmatz zu geben. »Gute Fahrt euch allen! Bye!«

Wir winken, als er die Auffahrt hinunterschlendert, bis er das Ende des Grundstücks erreicht, wo er sich noch einmal umdreht, um fröhlich zurückzuwinken, bevor er die Ecke umrundet und außer Sicht ist. Gott sei Dank. Sein Abgang fühlte sich fast *normal* an.

»Es war echt schön, Onkel Will zu sehen«, sagt Chloe. »Aber ich *mag* keine Krokodile.«

»Ich verspreche dir hoch und heilig, dass da keine sind, Chloe. Onkel Will hat nur einen dummen Scherz gemacht. Also, warum gehst du nicht hoch und suchst schon mal ein paar Spielsachen zusammen, die du in deinen Rucksack packen kannst, um sie mit zu Granny Sue zu nehmen?«

»Das hab ich schon erledigt. Daddy hat mir dabei geholfen.«

»Es ist schon alles gepackt«, erklärt Matthew, »und im Wagen verstaut. Im Grunde sind wir startklar.«

»Was?«, sage ich überrascht. »Aber musst du nicht arbeiten?«

»Nein, alles bestens.« Er winkt mit einer Hand ab. »Ich hab mich um alles gekümmert.«

»Aber wenn du sagst, es ist schon alles gepackt ...«, beginne ich beklommen.

»Na ja, deine Mum war auch nicht ganz untätig.« Er deutet mit einem Nicken auf meine Mutter. »Ich bin mir ziemlich sicher, dass wir alles Wichtige dabeihaben, aber du kannst dich gerne noch mal vergewissern, wenn du magst. Ich hab das Babyfon, Theos Zimmerthermometer, das Verdunkelungsrollo, den Baby-Schlafsack, den Kinderwagen, Windeln, Chloes Zahnbürste, Vorlesebücher ...«

»Herr Hund?«, frage ich mit einem Nicken zu Chloe.

»Ich hab ihn eingesteckt, Mummy«, sagt Chloe selbstbewusst.

»Wir haben an alles gedacht, Sally«, versichert mir Mum.

»Na, dann lasst uns starten!« Matthew greift in seine andere Tasche, um sich zu vergewissern, dass er sein Handy dabeihat. »Ich hole Theo.«

»Leute, bitte, wartet mal eine Sekunde«, sage ich, fast flehentlich. »Wir können jetzt nicht sofort los, da wir sonst gerade dann unterwegs sind, wenn es für Chloe und Theo Zeit fürs Abendessen ist. Warum überhaupt plötzlich diese Eile?«

»Ich hab für Chloe ein paar Sandwiches eingepackt«, sagt Mum. »Du hast doch nichts dagegen, im Auto zu picknicken, oder, Chloe?«

Chloe schüttelt vergnügt den Kopf.

»Abgesehen davon wird es wohl kaum schaden, wenn sie dieses eine Mal ausnahmsweise kein richtiges Abendessen bekommt«, fügt Mum entschieden hinzu. »Dafür werde ich sie dann morgen richtig mästen. Und Theo hat seine Breibeutel dabei; außerdem hab ich ihm ein Fläschchen gemacht. Willst du noch schnell aufs Klo, Liebes? Es ist eine lange Fahrt.«

Glücklicherweise ist ihre letzte Frage an Chloe gerichtet, auch wenn ich nicht überrascht gewesen wäre, wenn sie damit mich gemeint hätte. Offensichtlich sind alle wild entschlossen, mich so schnell wie möglich von hier fortzuschaffen.

»Aber *ich* muss auch noch packen«, gebe ich zu bedenken.

Mum schüttelt den Kopf. »Das hab ich schon gemacht. Und, ja, ich hab deinen Schminkbeutel eingepackt und auch all deine Lotionen und Cremes. Abgesehen davon bist du gerade mal drei Tage fort, Sally.«

»Was ist mit solchen Sachen wie meinem Ladekabel? Und wo *ist* Theo überhaupt?«, will ich wissen; so langsam fühle ich mich richtig unter Druck gesetzt.

»Er ist im Wohnzimmer, mit deinem Dad – und meiner Mum«, sagt Matthew.

»Deine Mutter ist hier?«, frage ich überrascht. »Oh, super! Ich muss sie dringend was fragen.«

»Könntest du dich damit dann vielleicht ein bisschen beeilen?« Matthew schaut auf seine Uhr. »Es wäre wirklich gut, wenn wir eher früher als später aufbrechen könnten. Dann bin ich nicht übermäßig spät wieder hier.«

»Du fährst heute Abend gleich wieder zurück?«, sage ich erstaunt. »Aber dann sitzt du sechs Stunden am Stück hinterm Steuer!«

»Ich muss morgen arbeiten, ich habe also gar keine andere Wahl. Doch das ist schon okay. Keine Sorge.«

»Hallo, Sally.« Jetzt erscheint auch Caroline im Flur, die Theo auf dem Arm trägt. »Ich bleibe hier, bis du am Wochenende wieder zurückkommst. Wäre das für dich okay? Dann kannst du ein bisschen ausspannen, ohne dir Sorgen machen zu müssen, dass hier ohne dich alles vor die Hunde geht und bei deiner Rückkehr das totale Chaos herrscht.« Sie nickt in Richtung Matthew.

»Danke, Mum.« Er verdreht die Augen, wenn auch ohne Groll.

Dann lächeln die drei mich an, und mir wird klar, dass sie jetzt alle auf derselben Seite sind, vereint in ihrem gemeinschaftlichen »Wohlwollen« für mich, und ich erkenne, dass ich aus dieser Sache nicht mehr rauskomme. Was immer ihrer Meinung nach heute Nachmittag passiert ist, hat sie in ihrem Entschluss nur noch bestärkt.

»Also, gut«, sage ich resigniert. »Dann gehe ich noch rasch auf die Toilette, ehe es losgeht. Hat Theo eine saubere Windel an?«

»Natürlich«, sagt Mum ruhig. »Ich hab sie ihm gerade selbst

gewechselt. Stimmt doch, oder?«, flötet sie und streckt die Hände nach Theo aus. »Dann komm mal her, junger Mann.«

»Soll ich ihn nicht lieber gleich Matthew geben?« Caroline drückt Theo einen Kuss auf die Stirn. »Dann kann er ihn gleich in den Wagen setzen und anschnallen. Sei bei Granny Sue ein braver Junge, in Ordnung?« Sie reicht Theo an Matthew weiter.

»Du hast doch Jacken für uns alle eingepackt, oder?«, frage ich ihn.

»Ja!«, entgegnet er, mittlerweile ein wenig genervt. »Ich steige jetzt ins Auto. Wir sehen uns später, Mum. Ich schätze, ich werde so gegen elf zurück sein, aber bleib bitte nicht auf, um auf mich zu warten.« Er winkt ihr mit seiner freien Hand und marschiert entschlossen zur Haustür hinaus.

»Bob?«, ruft Mum. »Wir können jetzt los. Bist du so weit?«

Sofort taucht Dad in der Wohnzimmertür auf; er trägt seinen leichten Anorak und hält eine Thermoflasche in der Hand.

»Vielleicht sollte ich doch noch schnell *versuchen* zu pieseln«, sagt Chloe, lässt ihren Rucksack von den Schultern gleiten und flitzt aufs Klo.

»Geh ruhig schon vor, Mum. Ich warte auf Chloe«, sage ich, entschlossen, zumindest kurz mit Caroline zu sprechen, bevor wir aufbrechen.

»In Ordnung, Liebes. Wir werden euch übrigens nicht nachfahren. Wir fahren allein nach Hause. Matthew fand, so wäre es klüger, für den Fall, dass ihr irgendwo halten müsst. *Falls* ihr vor uns da seid, weißt du ja, dass der Ersatzschlüssel unter dem Ziegelstein auf der Terrasse liegt, nicht wahr?«

»Ja, Mum.«

»Gut. Dann auf Wiedersehen, Caroline. Vielen Dank für alles.« Mum beugt sich vor und deutet einen Kuss auf Carolines Wange an, ehe sie bedeutungsschwanger nachsetzt: »Wir bleiben in Verbindung.«

Ich kann mir einen Kommentar dazu gerade noch verkneifen.

Auch Dad gibt Caroline höflich einen Abschiedskuss, und ich gerate leicht ins Wanken, als ich zurücktrete, um ihn vorbeizulassen, sodass bloß noch Caroline und ich im Flur stehen.

»Du armes Ding.« Caroline macht ein mitfühlendes Gesicht. »Du bist vollkommen erschöpft, nicht wahr? Versprichst du mir, dass du auf der Fahrt ein bisschen zu schlafen versuchst?«

»Ich hatte keine Ahnung, dass Kelly da sein würde, Caroline«, sage ich mit aufrichtigem Bedauern, ohne auf ihre Worte einzugehen. »Ich schwöre dir, dass ich nicht hingefahren bin, um sie zur Rede zu stellen. Aber irgendwie haben sich die Dinge auf ziemlich bizarre Weise entwickelt. Sie *hat* diese Fotos von mir in Umlauf gebracht, was das betrifft, hatten wir also recht. Und sie hatte ein Bild von Theo und Chloe in ihrer Schublade versteckt, was mir wirklich Angst gemacht hat. Sie meinte zwar, das Foto wäre für ...«

Caroline schüttelt nachdrücklich den Kopf. »Nein, Sally. Lass es einfach. Es hilft keinem von uns beiden, wenn wir ständig diese Unterhaltungen führen.« Sie deutet auf die Tür. »Warum steigst du nicht schon in den Wagen? Ich warte auf Chloe.«

»Caroline, bitte! Ich muss dich etwas fragen. Als du Kelly wegen des Todes ihrer Mutter therapiert hast – und ich bin sicher, dass dieses Thema zur Sprache gekommen ist –, war sie da sehr verwirrt und wütend angesichts der Tatsache, dass ihr Vater den Selbstmord ihrer Mutter bis kurz vor seinem eigenen Ableben vor ihr verheimlicht hat?«

Carolines Gesicht ist vollkommen teilnahmslos. Sie lässt sich weder irgendeine Spur von Besorgnis noch von Überraschung anmerken. Dann *stimmt* es also. »Will hat mir heute Nachmittag alles erzählt«, fahre ich fort. »Ich nehme an, dass das der Grund für Kellys psychische Probleme war, und das, was dazu geführt hat, dass sie zu der Frau wurde, vor der du mich glaubtest warnen zu müssen. Allerdings hat Will mir dann auch noch von dieser ziemlich unglaubwürdigen Geschichte erzählt, von wegen, ihr Vater hätte Kelly einen Batzen Geld hinterlassen. Ich war so irritiert, dass ich ...«

Caroline hält eine Hand in die Höhe. »Ich werde nicht mehr über Kelly mit dir reden, Sally. Obwohl ich nicht glaube, dass du die Absicht hattest, dass die Dinge so eskalieren, wie sie es heute Nachmittag offensichtlich sind, hat Kellys Anruf vorhin bei deiner Mutter deinen Eltern und Matthew einen höllischen Schrecken eingejagt, und ich bin mir sicher, du erkennst selbst, dass diese ganze Situation alles andere als förderlich ist. Ich denke, ein oder zwei Tage woanders – bloß ein kurzer Tapetenwechsel – könnten sehr hilfreich für dich sein, einfach, um einige Dinge wieder in die richtige Perspektive zu rücken.«

»Tut mir leid, was genau meinst du mit ›in die richtige Perspektive rücken‹?«, sage ich langsam. »Ich ...«

»Du hast in Kellys persönlichen Habseligkeiten herumgeschnüffelt und sie beschuldigt, dich mit einem harmlosen homöopathischen Arzneimittel unter Drogen gesetzt zu haben.«

Schlagartig werde ich knallrot im Gesicht. »Woher weißt du das?«

»Weil Kelly deine Mutter noch mal angerufen hat, als du und Will auf dem Weg hierher wart. Als ich hier eintraf, haben deine Eltern und Matthew gerade via FaceTime mit ihr gesprochen. Kelly wirkte ziemlich aufgelöst.«

»Hat sie dich gesehen?«

»Nein. Ich habe in der Küche gewartet, bis sie fertig waren.«

»Haben Mum und Matthew ihr geglaubt?«

»Wie du dir vielleicht denken kannst, waren sie zumindest ziemlich besorgt. Ich habe ihnen nicht gesagt, dass du *glaubst*, sie hätte dich unter Drogen gesetzt, und dass du, wie ich annehme, Beweise dafür gesucht hast. Momentan steht dein Wort gegen ihres. Bist du dir nach wie vor absolut sicher, dass du nicht die Absicht hattest, ihr irgendwelchen Schaden zuzufügen?«

»Natürlich nicht!« Ich sehe sie furchtsam an. »Ich hab Will gesagt, dass ich nach dem verschwundenen Geld gesucht habe.«

»Mag sein. Doch ich möchte, dass du das jetzt alles einfach mal beiseiteschiebst, Sally, deine Theorien und was irgendwer getan oder nicht getan hat, und dich nur auf das Wesentliche konzentrierst. Führ dir vor Augen, dass du *ihre Sachen durchwühlt* hast, und dann sag mir, ob du findest, dass das eine vernünftige, rationale Vorgehensweise ist? Wenn du an unserer Stelle wärst, würdest du dir dann nicht auch Sorgen machen?«

Ich öffne den Mund, um etwas darauf zu erwidern, doch dann zögere ich – und bevor ich irgendetwas sagen kann, taucht Chloe auf dem oberen Treppenabsatz auf. »Ich hab gepieselt!«, verkündet sie fröhlich. »Und ich hab mir die Hände gewaschen!«

»Was für ein *großes* Mädchen!« Caroline strahlt. »Jetzt komm, Liebling – holen wir deinen Rucksack, denn Daddy und Theo warten schon, und ich glaube, deine Mummy möchte auch noch rasch ins Bad. Ich bringe sie nach draußen, Sal ...« Bei diesen Worten wendet sich Caroline mir flüchtig zu. »... aber schlag die Tür nicht hinter dir zu, in Ordnung? Sonst komme ich nämlich nicht wieder rein, und das wäre nicht so gut, nicht wahr, Chloe?« Ich höre, wie sie weiterhin angeregt mit Chloe plaudert, als sie gemeinsam davonspazieren und mich mutterseelenallein im jetzt menschenleeren Flur stehen lassen.

»Bekommst du immer noch so viele Nachrichten wegen dieser Fotos in der Zeitung?« Matthew deutet mit einem Nicken auf mein Handy, auf das ich praktisch die ganze Zeit starre, während er fährt.

»Nicht mehr ganz so viele, nein.«

»Warum legst du dein Telefon dann nicht mal für eine Minute beiseite, Sal?«, schlägt er behutsam vor. »Dir wird doch immer übel, wenn du im Auto liest.«

»Mummy, wann haben die Dinosaurier gelebt?«, fragt Chloe vom Rücksitz. »Vor hundertzweiundzwanzig?«

»Vor hundertzweiundzwanzig Jahren, meinst du?«, frage ich. »Nein, Liebling. Das ist schon länger her.«

»Hmm«, macht sie nachdenklich. »War das dann vielleicht schon vor achtundachtzig Komma einundneunzig FM?«

Trotz meiner Anspannung muss ich lächeln und wende mich an Matthew. »Ich glaube, wir hören ein bisschen zu viel Radio Zwei, was meinst du?«

Er lächelt flüchtig, erwidert aber nichts darauf.

»Sogar noch länger als das, Clo«, entgegne ich. »Die Dinosaurier haben vor vielen Millionen Jahren gelebt.«

»Stellst du jetzt *mir* eine Frage, Mummy?«

»Ich denke, wir sollten Mummy einfach mal ein paar ruhige Minuten gönnen«, mischt Matthew sich ein, betätigt den Blinker und wechselt auf die Überholspur. »Okay, Clo?«

Chloe seufzt schwer.

»Ich sag dir was: Gib mir einfach zwei Sekunden Zeit, dann stelle ich dir ein paar Quizfragen, okay?«, verspreche ich ihr und drücke *Suchen* für meine Google-Anfrage nach »Kelly Harrington Mutter«.

Kelly Harrington – Wikipedia, die freie Enzyklopädie.
Harringtons Mutter Denise Harrington war eine Tanzlehrerin,
die die Schauspielerin ihrer eigenen Aussage nach dazu ermu-
tigte, sich als –

»Ich will keine Käse-Sandwiches, Mummy. Ich mag die nicht.«

Ich lasse mein Handy sinken, um mir diesen Artikel später in Ruhe anzuschauen. »Und was magst du daran nicht?«

»Den Käse.«

Ich lächle erneut. »Kein Problem, Süße. Wir halten gleich an und holen dir was anderes.«

»Danke, Mummy.«

»Gern geschehen, Liebling.«

Matthew drückt ein bisschen kräftiger aufs Gaspedal. »Um ehrlich zu sein, wäre es mir lieber, wenn wir nicht anhalten würden. Können wir nicht einfach weiterfahren?«

»Aber wir werden allein schon wegen Theo Rast machen müssen.«

Matthew wirft im Rückspiegel einen Blick auf seinen schlafenden Sohn. »Ach ja? So, wie ich das sehe, ist er fürs Erste außer Gefecht.«

»Das wird sich aber bald ändern. Wir werden definitiv anhalten müssen, damit ich ihn füttern kann.«

»Und ich hab auch Hunger«, sagt Chloe. »Ich möchte was essen. Was anderes als Käse.«

»Okay, okay, Leute.« Matthew hebt eine Hand. »Ist ja gut. Sobald Theo aufwacht, suchen wir uns eine Raststätte.«

»Mummy, ich muss mal pieseln.«

Ich sehe, wie an Matthews Unterkiefer ein Muskel zuckt, und warte darauf, dass er die Augen verdreht oder zu einer »Um Gottes willen«-Tirade ansetzt, doch das tut er nicht. Stattdessen sagt er in besänftigendem Ton: »Bei der nächsten Raststätte, an der wir vorbeikommen, halten wir an, essen zu Abend und gehen aufs Klo, in Ordnung? Und vielleicht verzichten wir beim nächsten Mal darauf, in einem Rutsch ein ganzes Päckchen Apfelsaft zu trinken, wie ich's eigentlich extra vorher gesagt habe, hm?«

»Granny Sue meinte, das wäre eine Leckerei für mein Lunchpaket.«

»Ich weiß«, sagt er. »Die gute, alte Granny Sue. Das Problem ist, dass die Menschen manchmal zu wissen glauben, was für andere das Beste ist, obwohl sie nicht die geringste Ahnung davon haben. Doch das spielt jetzt keine Rolle.«

Ich werfe ihm schweigend einen Seitenblick zu. War das vielleicht auf mich gemünzt?

Matthew hält die Augen auf die Straße gerichtet und sagt nichts mehr.

Zwei Kinder in einem Kleinwagen zu verköstigen erweist sich als ausgesprochen schwierige Angelegenheit. Chloe isst zwar nur zwei Bissen von einem getoasteten Thunfisch-Sandwich, verspachtelt dafür aber mühelos den riesigen Keks, den Matthew ihr unklugerweise an der Raststätte kauft, was unmittelbar zu einem gewaltigen Zuckerflash führt, der dafür sorgt, dass sie unruhig in ihrem Kindersitz auf und ab hüpft und ihr Trinken in alle Richtungen verschüttet. Theo hingegen flippt vollkommen aus, als ich ihm auf dem Ausklapp-Wickeltisch auf der Behindertentoilette eine neue Windel anlegen will – denn er hasst nichts mehr als diese Art von Wickeltischen, gefolgt von Chloe, die sich jammernd mit den Händen die Ohren zuhält, als sie den Händetrockner aktiviert – die Sache, die *sie* am meisten hasst. Außerdem sträubt Theo sich lautstark dagegen, wieder in den Autositz gesetzt zu werden. Eine gefühlte Ewigkeit heult er auf dem Rücksitz, was gehörig an unseren Nerven sägt, ehe er schließlich vor lauter Erschöpfung einschläft, fünf Minuten später gefolgt von einer vom Tag erschöpften Chloe.

Eine Weile fahren wir in seligem Schweigen dahin, ehe Matthew schließlich leise flüstert: »Tut mir leid. Das Ganze ist meine Schuld. Vermutlich wäre es besser gewesen, wirklich erst später loszufahren. Ich bin einfach bloß müde, das ist alles.«

»Kannst du nicht dableiben und morgen vom Haus meiner Eltern aus arbeiten?«

Er schüttelt den Kopf. »Ich hab momentan einfach zu viel um die Ohren, Sal. Ich muss zu Hause sein, von wo ich bei Bedarf schnell rüber ins Büro fahren kann.«

»Wir hätten nicht mit hochfahren müssen, bloß weil Mum es so wollte. Warum sind wir nicht einfach daheim geblieben? Deine Mum wäre mir schon zur Hand gegangen.«

Matthew rutscht unbehaglich in seinem Sitz hin und her. »Na ja, ich dachte, ein Tapetenwechsel würde dir guttun.«

Ich schicke mich an, etwas darauf zu erwidern, doch bevor ich dazu komme, sagt er hastig: »Also, haben diese Fotos in der Zeitung noch mehr Staub aufgewirbelt? Versuchen die Leute immer noch, mit dir in Kontakt zu treten?«

»Ähm, heute waren's bloß ein paar. Einige von früher, von der Arbeit, ein paar von der Uni, und zwei der Mütter aus Chloes Vorschule haben auch gesimst. Allerdings habe ich mit keinem von denen persönlich gesprochen; um ehrlich zu sein, war das alles für mich ziemlich überwältigend.«

»Dann bist du heute also überhaupt nicht bei Liv gewesen, um die Dinge mit ihr zu klären? Ich nehme an, das hast du bloß erzählt, um einen Vorwand dafür zu haben, zu Will fahren zu können?«

»Ja«, gebe ich zu. »Um ehrlich zu sein, ist Liv immer noch stinksauer auf mich wegen dem, was ich ihrer Meinung nach in Cornwall tun wollte.«

Matthew zögert. »Ich denke, den Leuten fällt es schwer, das zu begreifen, weil sie sich automatisch selbst in diese Lage hineinversetzen und einfach nicht verstehen können, wie jemand eine solche Entscheidung treffen kann – obwohl die traurige Wahrheit nun mal ist, dass der Betroffene in dieser Situation im Grunde gar keine Kontrolle über das hat, was er da tut.«

Ich werfe ihm einen fragenden Seitenblick zu.

»Ich habe diese Woche ein bisschen mit Mum darüber gesprochen«, erklärt er. »Das hatte nichts mit dir zu tun«, fügt er hastig hinzu. »Es ging lediglich um das Thema im Allgemeinen.«

»Ich verstehe.« Ich schweige, während ich mir ausmale, wie Caroline eine am Boden zerstörte, trauernde Kelly therapiert und genau dasselbe zu ihr sagt, was Matthew gerade zu mir gesagt hat, doch irgendwie gelingt es mir nicht, mir Kelly als Teenagerin vorzustellen – ich kann sie bloß so vor mir sehen, wie sie jetzt ist.

»Soweit ich weiß, hattet ihr alle heute ein FaceTime-Gespräch mit Kelly, in dem sie euch erzählt hat, ich hätte sie beschuldigt, mich Freitagabend unter Drogen gesetzt zu haben«, sage ich leise.

Unwillkürlich verkrampft er sich. »Ja, das stimmt. Sie war ... ziemlich durcheinander. Stimmt es? Hast du das wirklich zu ihr gesagt?«

Ich zögere einen Moment, bevor ich zugebe: »Ja.«

Matthew atmet scharf ein.

»Ich dachte, ich würde in ihrer Wohnung einen Beweis dafür finden. Ich könnte jetzt auch lügen und sagen, ich hätte nach dem verschwundenen Geld gesucht, aber ich denke, es ist wichtig, dass ich gerade dir gegenüber absolut ehrlich bin ...« Ich breche ab. »Ich war davon überzeugt, dass sie an allem schuld ist, was passiert ist.«

»Und jetzt bist du das nicht mehr?« Er konzentriert sich auf die Straße vor uns.

Wieder antworte ich nicht sofort. »Keine Ahnung«, gestehe ich wahrheitsgemäß. »Ich habe einige Dinge über sie herausgefunden, beispielsweise über den Tod ihrer Mutter, die ihr Verhalten tatsächlich bis zu einem gewissen Grad erklären würden – und sie *hat* diese grässlichen Fotos von mir absichtlich der Presse zuge-spielt; das war kein Versehen –, doch andererseits hat sie katego-risch abgestritten, irgendetwas mit dem verschwundenen Geld zu tun zu haben oder damit, wie ich in diesem Taxi gelandet bin. Sie wirkte dabei ... fast glaubwürdig ...« Ich lege meinen Kopf gegen die Stütze. »Allerdings hat Will mir dann später auf dem Heim-weg diese vollkommen lächerliche Geschichte erzählt, von wegen Kellys Dad hätte eine halbe Million Pfund bei sich zu Hause ver-steckt gehabt, als er starb, und dass Kelly und ihre Geschwister das Geld behalten haben und Kelly mit ihrem Anteil ihren Ver-lobungsring bezahlt hat – anstatt, wie ich angenommen habe, mit unserem Geld.«

»Du dachtest, sie hätte sich ihren Verlobungsring mit unserem verschwundenen Geld gekauft?« Ich höre Matthew an, dass er seinen Tonfall absichtlich ungezwungen hält.

»Ja. Will hat mich ausdrücklich darum gebeten, das nieman-dem zu erzählen, also behalte das, was ich dir jetzt sage, bitte für dich: Kelly hat den Ring, den Will ihr gekauft hat, heimlich um-getauscht, um sich einen *wesentlich* teureren zu holen – den sie bar bezahlt hat, und zwar nur einen Tag, nachdem unser Geld verschwunden ist. Das ist eine Tatsache. Und ich finde, dass sich diese Sache mit dem Geld von ihrem Dad einfach zu lächerlich anhört, um wahr zu sein, und nach einem viel zu unwahrschein-lichen Zufall.«

Matthew zieht die Augenbrauen hoch, sagt aber nichts, des-halb fahre ich ermutigt fort: »Ich weiß nicht, ob du noch immer der Meinung bist, ich würde bloß versuchen, das zu vertuschen, was ich Freitagnacht angeblich tun wollte, aber ich habe wirklich und ehrlich keinerlei Erinnerung daran, was passiert ist. Ich meine, offensichtlich *ist* irgendetwas Außergewöhnliches passiert, schließlich wachen Menschen nicht einfach so mir nichts, dir nichts am anderen Ende des Landes auf dem Rücksitz eines Taxis auf. Einerseits hat Kelly vorsätzlich diese Fotos von mir in Um-lauf gebracht, was mich zu der Überlegung führt, dass jemand, der zu so was Hinterhältigem imstande ist, kein Problem damit hätte, unser Geld zu stehlen – und mich unter Drogen zu setzen, um von sich selbst abzulenken.« Ich halte kurz inne, um Luft zu holen. »Doch dann höre ich mich das alles selbst laut aussprechen, und es klingt einfach so vollkommen albern! Abgesehen davon habe ich nicht den geringsten *Beweis* dafür, dass sie irgendetwas getan hat – wenn man mal davon absieht, dass sie mich hasst und ich ihr das Ganze zutrauen würde.«

Matthew legt mir beruhigend eine Hand aufs Bein. »Lass gut sein, Sally. Du musst dich beruhigen. Wir müssen das alles nicht jetzt durchkauen. Ich möchte nicht, dass du dich aufregst. Die Kinder schlafen, also, wie wär's, wenn du versuchst, dich auch ein bisschen auszuruhen, bevor sie wieder aufwachen? Es ist ja nicht so, dass ...«

»Doch je mehr ich darüber nachdenke, desto unglaubwürdiger wird die Geschichte mit dem Geld von ihrem Vater«, sage ich, als hätte ich ihn gar nicht gehört. »Wie kommt es, dass sie Will erst jetzt davon erzählt hat? Also, wenn ich zufällig rausfinden würde, dass Mum und Dad so viel Kohle zu Hause versteckt haben, würde ich es dir mit Sicherheit sagen ...« Ich halte kurz inne. »Doch andererseits sind wir auch schon seit sechs Jahren verheiratet, und die beiden kennen sich letztlich kaum. Oh, mein Gott ... Ich drehe mich im Kreis, Matthew.« Ich lehne mich erschöpft zurück.

»Dann hör einfach auf, darüber nachzugrübeln – bitte!«

»Meine Gedanken kreisen unaufhörlich um all die Dinge, die passiert sind.« Ich ignoriere ihn. »Hätte sie Will nicht davon erzählt, wenn sie *wirklich* so viel Bargeld besitzt? Es gibt keinen vertrauenswürdigeren Menschen als meinen Bruder, und sie waren seinerzeit schon zusammen.« Das erinnert mich an ihre verletzende Bemerkung bezüglich *unserer* Ehe. »Ach, übrigens, sie hat auch zu mir gesagt, dass wir ihrer Meinung nach überhaupt nicht mehr verheiratet sein sollten.«

»Wie bitte?« Matthew schaut empört drein und vergisst schlagartig, dass er die Wogen eigentlich gerade zu glätten versucht. »Das hat sie gesagt? Das geht sie einen Scheißdreck an!«

»Sie hat gemeint, ich wäre eine verbitterte Frau in mittleren Jahren und hätte diese selbstsüchtige Nummer nur durchgezogen, damit du mir wieder mehr Aufmerksamkeit schenkst.«

»Wie kann sie es wagen!« Er ist jetzt stinkwütend. »Ich weiß, dass ich das vielleicht nicht deutlich genug gezeigt habe, vor allem, weil wir gefühlt vierundzwanzig Stunden am Tag damit zugebracht haben, diese beiden Racker in Schach zu halten ...« Mit einem Nicken deutet er auf die beiden schlafenden Kinder im Rückspiegel. »Aber *natürlich* ist mir nicht entgangen, was du alles für uns getan hast. Mir ist nicht entgangen, dass du dich für uns krumm und bucklig geschuftet hast, und Kelly könnte nicht falscher liegen: Mit euch dreien zusammen zu sein ist für mich das Wichtigste auf der Welt. Wenn ich bei der Arbeit einen Scheißtag habe – und glaub mir, von denen gab es in letzter Zeit reichlich –, komme ich in die Küche, während du gerade Abendessen machst und Chloe an ihrem kleinen Tisch etwas malt und Theo in seiner Wippe sitzt, und dann weiß ich, dass ich im Leben etwas *erreicht* habe.« Er hält inne. »Ohne dich wäre ich verloren. So einfach ist das – und ab jetzt können die Dinge nur noch besser werden. Ich weiß zwar noch nicht genau, wie, aber wir *werden* das alles hinter uns lassen, und alles *wird* wieder gut. Und zur Hölle mit Kelly!«

Ich sehe meinen armen, erschöpfen Ehemann besorgt an. Ich hätte mir zwar niemals gewünscht, dass es zu alldem kommt, damit Matthew sich auf gewisse Dinge besinnt, doch ebenso wenig will ich so tun, als würde er mich nicht nach besten Kräften unterstützen, denn ich weiß, dass er tut, was er kann. Das tut er wirklich.

»Seltsamerweise hat sie in einem Punkt recht: Vermutlich haben wir in den letzten paar Tagen tatsächlich mehr miteinander geredet als in den vergangenen Monaten.« Er holt tief Luft. »Abgesehen davon irrt sie sich doch, oder? Das Ganze ist nicht wirklich eine aufwendigere Version der Dummheit, die du seinerzeit an der Uni wegen deines Freundes abgezogen hast?«

»Natürlich nicht!«, keuche ich fassungslos.

»Na ja, vielleicht nicht auf einer bewussten Ebene, aber ...« Er schweift ab.

Ich bin entsetzt. »Weder auf bewusster noch auf *unbewusster* Ebene. Als ich oben auf dieser Klippe stand, war ich vollkommen desorientiert und verängstigt. Ich war mutterseelenallein und hatte keine Ahnung, wie ich dorthin gelangt bin. Denkst du, ich hab das alles nur gemacht, um Aufmerksamkeit zu erregen?«

»Nein, sicher nicht. Du hast recht. Es tut mir leid«, sagt er hastig. »Es tut mir aufrichtig leid. Ich hätte das nicht sagen sollen. Ich möchte aber trotzdem, dass du versuchst, die nächsten paar Tage nicht an Kelly zu denken, dass du deinem Gehirn einfach mal eine Auszeit gönnst. Ganz gleich, was deine Beweggründe dafür waren, kannst du nicht einfach in die Wohnungen anderer Leute eindringen, um dort rumzuschnüffeln. Das ist schlichtweg nicht ... normal.«

»Ich wollte unbedingt Beweise dafür finden, was mit mir passiert ist. Verstehst du das denn nicht? Hättest du an meiner Stelle nicht genau dasselbe getan?«

»Nein, wohl eher nicht.«

»Nicht mal, um Chloe und Theo zu beschützen?«

»Was?« Jetzt schaut er *wirklich* verängstigt drein. »Wovon redest du jetzt wieder?«

»Kelly war früher mal eine Patientin deiner Mum – Caroline hat sie behandelt. Eigentlich darf ich niemandem davon erzählen ... Deine Mum hätte mir das alles gar nicht sagen dürfen, weil sie deswegen eine Menge Ärger kriegen kann ... Aber sie hat mich gewarnt, dass Kelly potenziell gefährlich ist. Möchtest du wirklich, dass so jemand die nächsten weiß Gott wie viele Jahre über regelmäßig in der Nähe unserer Kinder ist?«

»Ich kann nicht glauben, dass Mum das zu dir gesagt hat«, entgegnet er bedächtig. »Ich nehme an, du hast einfach missverstanden, was sie mit dem, was sie sagte, eigentlich gemeint hat.«

»Nein, hab ich nicht!«, sage ich mit Nachdruck. »Frag sie – frag sie doch selbst!«

»Okay, ganz ruhig, Sal! Ich rede mit ihr, in Ordnung?«

»Versprichst du's?«

»Ich versprech's.«

Sobald wir da sind, hilft er mir, die Kinder ins Bett zu bringen und den Wagen auszuräumen. Nachdem er eine Tasse Kaffee getrunken hat, wird es für ihn auch schon wieder Zeit, aufzubrechen, und nun stehen wir einander im Dunkeln auf der Türschwelle meines Elternhauses gegenüber und atmen die kalte, saubere Luft. Ich zittere ein wenig und habe meine Arme um meinen Oberkörper geschlungen. »Könntest du mir bitte eine SMS schicken, wenn du wieder zu Hause bist, damit ich mir keine Gedanken machen muss?«

»Aber dann ist es schon ziemlich spät. Ich will dich nicht wecken, oder Theo.«

»Bitte?« Ich blicke besorgt zu ihm auf.

»Also, gut. Jetzt geh bitte wieder rein und leg dich schlafen. Du siehst müde aus.«

»Vermutlich hast du recht, weißt du? Ich bin sicher, ein bisschen ... Abstand wird mir guttun.«

»Das ist alles, worum es hierbei geht«, versichert er mir. »Du brauchst eine Verschnaufpause, ein bisschen Freiraum – eine Chance, den Kopf ein wenig freizubekommen. Versuch, nicht zu viel nachzugrübeln. Und würdest du noch etwas für mich tun? Nimm keinen Kontakt zu Kelly auf, in Ordnung?«

»Ich habe nicht die Absicht, ihr irgendwie zu nahe zu kommen.«

»Gut.« Er klingt erleichtert. »Ich hole euch am Wochenende wieder ab. Oder früher, falls du mich brauchst. Ein Anruf genügt, und ich komme sofort.«

Ich nicke dankbar. »Danke. Und du sprichst auch wirklich mit deiner Mum über das, was ich gesagt habe, ja? Sie wird sauer sein, weil ich dir davon erzählt habe, aber ich konnte einfach nicht anders. Du musstest es wissen.«

»Natürlich«, versichert er mir. »Bist du sicher, dass du zurechtkommst?«

»Ja.«

»Ich liebe dich, Sally.«

»Ich liebe dich auch.«

Er beugt sich vor und gibt mir einen sanften Kuss. Das hat nichts mit dem vagen Lippenstreifen zu tun, auf das wir uns sonst beschränken. Tatsächlich kann ich mich nicht einmal mehr daran erinnern, wann wir uns das letzte Mal so geküsst haben, und sofort spielen meine Hormone verrückt.

»Wir sehen uns Samstag.«

»Okay.« Ich versuche zu lächeln und bin mit einem Mal unerklärlicherweise den Tränen nahe.

»Hey, nicht weinen. Alles kommt wieder in Ordnung – ich versprech's.«

Er umarmt mich, küsst mich noch einmal – diesmal auf die vertrautere, flüchtige Weise – und dreht sich dann um, um zum Wagen zu gehen. Es ist, als wäre ich wieder siebzehn und würde meinem Freund Gute Nacht sagen: Ich stehe auf der Schwelle meines Elternhauses und wünsche mir, er müsste nicht nach Hause gehen.

Ich schaue zu, wie er einsteigt und die Scheinwerfer aufflammen. Er wartet nicht, um zu winken, sondern fährt einfach davon. Ich lausche, bis ich den Wagen nicht mehr länger hören kann, bevor ich mich, von neuem zitternd, umdrehe und ins Haus zurückkehre.

Kapitel 17

»Oh, Theo, lass das, Liebling! Bitte!«, flehe ich, als Theo seinen Löffel zur Seite fegt, ihn mir dabei aus der Hand schlägt und einen weiteren Klecks seines Frühstücks im Kinderwagen verspritzt. Ich springe hastig auf, schnappe mir einmal mehr den feuchten Wischlappen und versuche, den Brei abzuwaschen.

»Ich muss sagen, dass wir seinen Hochstuhl vergessen haben, ist *wirklich* ärgerlich«, sagt Mum, die mir dabei zusieht. »Dabei bin ich mir sicher, dass ich Matthew gebeten habe, ihn einzupacken.«

»Ist schon okay.« Ich rubble an dem Fleck herum. »Das ist meine Schuld. Ich hätte euch bitten müssen zu warten, während ich noch mal alles überprüfe. Keine Ahnung, was ich mir dabei gedacht habe.« Ich reibe mir müde die Augen und hebe Theos Löffel auf, um ihn unter dem Wasserhahn abzuspülen. »Abgesehen von allem anderen ist der Kinderwagen einfach zu groß, um ihn im Haus zu benutzen. Damals, als Chloe noch klein war, waren diese Alles-in-einem-Dinger sehr beliebt; heutzutage sind sie allerdings wesentlich leichter und benutzerfreundlicher.«

»Also, ich finde den Kinderwagen super«, sagt Mum überrascht. »Ich finde es sehr clever gemacht, dass man ihn über längere Zeit benutzen kann; erst lag Theo flach in der Schale, und jetzt, wo er ein bisschen älter ist, kann er aufrecht darin sitzen. Du willst ihn doch nicht etwa ausrangieren, oder?«

Was, für den Fall, dass Will und Kelly ihn später noch brauchen? Denk nicht mal dran, Mum.

»Also«, sagt sie strahlend und wechselt das Thema. Offensichtlich hat sie ebenfalls nicht die Absicht, dieses Thema zu vertiefen. »Was sollen wir denn heute Schönes unternehmen?«

Ich schaue aus dem Küchenfenster; dicke Regentropfen laufen die Scheibe hinab. »Na ja, ich schätze, den Strand können wir abhaken.«

»Oh«, sagt Chloe und sackt enttäuscht über ihrer Schüssel mit Cheerios zusammen. »Dabei wollte ich so gern im Sand spielen.«

»Das machen wir dann morgen, in Ordnung?«, schlägt Mum vor. »Gegen Ende der Woche soll das Wetter wesentlich besser sein. Allerdings hatte ich heute Morgen eine Idee. Chloe, ich frage mich, ob du Lust hättest, mit ins Geschäft zu kommen und ein bisschen an der Kasse zu sitzen?«

Chloe nickt und schaut mich aufgeregt an, kaum imstande, ihr Glück zu fassen, dass sie die Chance hat, eines ihrer Lieblingsspiele – Kaufladen – in echt zu spielen.

»Und ich dachte, dass wir auf dem Rückweg beim Bäcker vorbeischauen könnten, um einen hübschen Kuchen zum Tee mitzubringen, und wenn es heute Nachmittag immer noch regnet, könnten wir doch ein bisschen malen und dann ein paar Plätzchen backen? Was hältst du davon?« Mum schenkt ihr ein Lächeln.

»Oh, ja, bitte!« Chloe rutscht aufgeregt auf ihrem Stuhl herum, außerstande, ihre Begeisterung im Zaum zu halten. Ich muss ebenfalls lächeln. Zumindest für Chloe ist es wunderbar, hier zu sein.

»Gut!«, sagt Mum erfreut. »Tja, dann hol deine Zahnbürste aus dem kleinen rosa Becher, sobald du mit dem Frühstück fertig bist, damit wir dir hier unten die Zähne putzen können.«

Chloe wuselt bereits davon. »Hast du nicht was vergessen, Clo?«, rufe ich ihr nach, als sie die Treppe hinaufeilt.

»Danke fürs Frühstück!«, ruft sie zurück.

»Bitte mit der Zahnbürste in der Hand nicht rennen!«, füge ich besorgt hinzu, ehe ich mich wieder Theo zuwende. »So. Ich glaube, du bist auch fertig mit essen, oder?« Ich stehe wieder auf, um seine Breischüssel abzuwaschen, aber Mum kommt mir zuvor, springt auf und schnappt mir die Schale unter der Nase weg. »Ich mach das schon. Möchtest du noch eine Tasse Tee?«

»Nein, danke.«

»Bist du sicher? Der Wasserkessel hat gerade erst gekocht.«

»Ehrlich nicht, nein.«

»Das ist keine Mühe. Ich mach mir ohnehin einen. Also?«

»Na, gut«, gebe ich seufzend nach, und Mum nickt zufrieden. »Braves Mädchen.«

»Eigentlich«, überlege ich laut, »sollte ich mich vielleicht lieber anziehen, wenn du gleich los musst. Ich bring dir die Kinder dann nach Theos Nickerchen rüber, in Ordnung?« Damit hätte sie dann im Laden eine gute halbe Stunde Zeit.

»Oh, eigentlich wollte ich Chloe gleich mitnehmen, damit du dich ein wenig ausruhen kannst«, sagt Mum überrascht. »Und es gibt auch keinen Grund, warum Theo nicht ebenfalls mitkommen kann, oder? Sein Schläfchen kann er doch genauso gut im Kinderwagen machen, oder nicht? Allerdings«, sagt sie unvermittelt, »wenn ich so darüber nachdenke, wäre es vielleicht besser, wenn ich Chloe bei Dad absetze, dann wieder herkomme und die Kleine zum Mittagessen wieder abhole. Ja, so machen wir's.«

»Aber das bedeutet für dich ein ziemliches Rumgegurke, Mum. Ich kann die beiden doch auch selbst nachher vorbeibringen ...« Ich breche ab. »Moment mal. Du arrangierst das alles doch nicht extra so, dass ich nicht mit den Kindern allein bin, oder?«

Mum läuft rot an. »Natürlich nicht!«

»... oder damit ich nicht komplett unbeaufsichtigt bin? Ich hab nicht vor, irgendwelche Dummheiten zu machen, Mum«, sage ich langsam. »Das weißt du doch, oder?«

Sie beschäftigt sich damit, frische Teebeutel hervorzukramen.

»Mum?«

»Also, hör zu, wie wär's, wenn ich Chloe mitnehme, du bleibst mit Theo hier, um ihn hinzulegen, und nachher essen wir alle zusammen zu Mittag?«, schlägt sie vor. »So. Und alle sind zufrieden. Aber ich will, dass du dich ausruhst, während wir unterwegs sind. Das ist mein Ernst. Schlaf ein bisschen, wenn du kannst, oder lies zumindest ein Buch oder schau ein wenig fern – Dad hat den Holzofen im Wohnzimmer angemacht –, aber lass die Finger von deinem Telefon. Chloe hat ihren kleinen Regenschirm und die Gummistiefel dabei, wir sind also bestens gerüstet – und die frische Luft wird ihr guttun. Allerdings sind wir *in jedem Fall* zur

Mittagszeit wieder zurück – und nein, das hat nichts damit zu tun, dass ich mir Sorgen machen würde, wenn du allein bist«, ergänzt sie mit Nachdruck, was nichts anderes bedeutet, als dass es *genau das* ist, worum sie sich sorgt. »Warum gehst du nicht in die Wanne, um dir ein hübsches Bad zu gönnen und dir die Haare zu waschen, bevor du dich anziehst? Ich passe derweil auf Theo auf und mach hier in der Küche wieder klar Schiff.«

»Bist du sicher? Soll ich mich beeilen?«

»Nimm dir so viel Zeit, wie du willst, Liebes. Lass dir Zeit und genieß es. Hier, nimm deinen Tee mit.«

»Danke. Und ich verspreche dir, dass es nichts gibt, worüber du dir heute Morgen Gedanken machen müsstest, Mum. Wir sind hier vollkommen sicher.«

»Natürlich seid ihr das«, entgegnet sie und wendet mir den Rücken zu, während sie einen Spritzer vergossene Milch wegwischt. »Jetzt geh – ab nach oben mit dir.«

Es ist *tatsächlich* wundervoll, eine richtige Dusche zu haben, die über einen ordentlichen Wasserdruck verfügt und es – im Gegensatz zu dem Schrottding bei uns zu Hause, das so mies ist, dass man sich stattdessen ebenso gut raus in den Nieselregen stellen könnte – sogar schafft, das ganze Shampoo aus meinem Haar zu kriegen. Das Badezimmer ist gemütlich und sauber, das Duschtuch ist frisch und flauschig, doch das Beste von allem ist, dass da niemand ist, der mich von seiner Wippe aus mit wachsamen Augen beobachtet wie ein winziger Zeitmesser, während ich mich in aller Eile einseife und abspüle, bevor meine zwei Minuten um sind.

Als ich die Tasche mit den Sachen durchforste, die Mum für mich gepackt hat, bekommt meine gute Laune allerdings einen ziemlichen Dämpfer, da ich feststellen muss, dass sie es irgendwie geschafft hat, mit sicherer Hand die schäbigsten Klamotten auszusuchen, die ich habe. Einiges davon habe ich schon seit Jahren nicht mehr gesehen. Keine Ahnung, wo sie das Zeug ausgegraben hat. Da sind ein Shirt und eine Strickjacke von C & A, die Matthew mir liebenswürdigerweise zum Geburtstag geschenkt hat, und beides verabscheue ich: Das Shirt ist in Bauernkaros gehalten, die Strickjacke taubengrau mit Wasserfall-Revers. Eigentlich dachte ich, ich hätte die Sachen längst heimlich in die Altkleidersammlung gegeben. Der Pulli, auf den ich als Nächstes stoße, ist zu klein – er ist eingegangen, als ich die »Nur Trockenreinigung«-Theorie auf die Probe gestellt habe. Da ist ein schwarzes Esprit-Jersey-Top mit Glockenärmeln und einem sehr tiefen Ausschnitt. Das ist zwar ganz okay, sieht aber grässlich nach Achtzigerjahren aus, da das Einzige, das Mum hosentechnisch eingepackt hat, eine Bluejeans ist – jedenfalls abgesehen von den burgunderroten Cordhosen von H & M, die sie vermutlich deshalb eingesteckt hat, weil sie sie mir irgendwann mal selbst gekauft hat, und einem Paar schwarzer Leggings. Ich lasse meinen Blick über dieses Ensemble des Grauens schweifen und kratze mich am Kopf. Es ist, als hätte man Stücke von mehreren verschiedenen Puzzles vor sich. Nichts passt zusammen. Na ja, dann vermute ich mal, dass ich das Haus in den nächsten drei Tagen wohl nicht groß verlassen werde.

Außerdem habe ich meinen Föhn nicht dabei, was eine noch viel größere Katastrophe ist.

»Nimm doch einfach meinen«, sagt Mum überrascht, als ich in die Küche gehe, um mich freundlich danach zu erkundigen, in welche Tasche sie ihn gepackt hat; Chloe ist gerade fröhlich dabei, aus Makkaroni eine Kette zu basteln, während Theo zusehends mehr zu quengeln beginnt; der Countdown bis zu seinem Nickerchen läuft.

Mir bleibt nichts anderes übrig, als mich mit Mums Föhn zu begnügen, doch das Ding ist so winzig, dass die Trockenkraft gleich null ist, darum gebe ich es schließlich auf und beschließe, mein Haar ausnahmsweise mal lufttrocknen zu lassen, während Theo unten anfängt, richtig Terror zu machen.

Wenigstens lässt er sich überraschend einfach hinlegen, und um zehn bin ich wieder in der jetzt ruhigen Küche und halte das Babyfon umklammert, doch die einzigen Geräusche, die ich höre, sind das vertraute *Tick-Tack* der Kuckucksuhr an der Wand und das leise Trommeln des Regens an der Fensterscheibe. Mum und Chloe sind bereits aufgebrochen.

Ich lasse mich auf einen der Küchenstühle sinken und greife nach meinem Handy, doch im letzten Moment zögere ich, als ich an das Versprechen denke, das ich Mum gegeben habe. Das wiederum erinnert mich daran, dass der Holzofen brennt. Ich mache mir eine Tasse Tee und gehe rüber ins Wohnzimmer.

Der adrette Raum ist warm und heimelig. Die Vorhänge sind zurückgezogen, um den Blick in den hübschen, akkurat gepflegten Bauerngarten meiner Eltern freizugeben. Die Beete sind voller leuchtender Büschel Vergissmeinnicht und taufeuchter Maiglöckchen. Ich setze mich mit meinem Tee in Dads Fernsehsessel neben dem Ofen. Bevor sie gegangen sind, hat Mum noch ein paar Holzscheite nachgelegt, die jetzt knacken und zischen, als sie allmählich Feuer fangen.

Ich lege seufzend den Kopf zurück und starre in die Flammen, die hinter der makellosen Glastür flackern, während ich in Gedanken unbehaglich zu dem Gespräch mit Caroline gestern Abend zurückkehre, die mir ruhig, aber bestimmt erklärt hat, dass es im besten Falle irrational von mir gewesen sei, Kellys Sachen zu durchwühlen. Wie zur Hölle ist es möglich, dass sich in gerade mal fünf Tagen alles so vollkommen verändert hat? Ich erkenne mein eigenes Leben kaum wieder.

Ich stelle meine Teetasse mit Bestimmtheit auf das Bücherregal zu meiner Linken. Ich will wirklich nicht mehr über die Sache nachdenken. Um ehrlich zu sein, bin ich ziemlich müde.

Ich kuschle mich noch ein bisschen tiefer in den Sessel. Ausnahmsweise wartet kein Aufräumen auf mich, keine Wäsche, die zusammengelegt werden muss. Theo schläft tief und fest. Vielleicht bleiben mir ja tatsächlich noch zehn Minuten Ruhe. Ich schließe die Augen ... und in diesem Moment piepst mein Handy, um zu verkünden, dass eine Nachricht eingegangen ist. Ich versuche, nicht darauf zu achten, doch leider piept das Telefon kurz darauf ein zweites Mal, weil ich die SMS noch nicht gelesen habe, und ich gebe meiner Neugierde nach.

Die Nachricht ist von Will.

Hi. Hab gestern Abend nicht mehr angerufen, weil ich wusste, dass ihr zu Mum und Dad fahrt, aber ich muss mit dir sprechen. Kelly meinte, du hättest ihr vorgeworfen, dich unter Drogen gesetzt zu haben. Warum hast du mir gestern im Wagen auf dem Weg zu euch nichts davon erzählt? Mache mir Sorgen. Wann können wir reden?

Oh, Gott. Dazu bin ich jetzt einfach nicht in der Lage. Ich stelle das Telefon auf lautlos, nur für einen Moment, lege es beiseite und schließe verzweifelt die Augen. Noch zwei Minuten. Dann rufe ich ihn an.

Keine dreißig Sekunden später klingelt es an der Tür. Es ist ein schrilles, altmodisches Läuten, wie die Klingel im Gesindeflügel. Ich bin sofort hellwach und springe auf die Füße. Wenn es noch einmal klingelt, wacht Theo *mit Sicherheit* auf, und er schläft gerade lange genug, um beim Aufwachen so munter zu sein, dass er nicht einfach so wieder einnicken wird. Ich haste durch den Flur und reiße die Tür auf, um Mel vor mir auf der Schwelle stehen zu sehen, meine einzige Schulfreundin, zu der ich nach wie vor Kontakt habe.

»Dann hatte Ed also *recht*, als er sagte, er hätte gestern Abend eure Wagen in der Einfahrt gesehen!«, ruft sie erfreut. Ich lächle schwach – und halte die Tür ein Stückchen weiter auf, als sie aus dem Regen über die Schwelle eilt. »Es ist ja so schön, dich zu sehen!« Sie umarmt mich. »Was für eine wunderbare Überraschung, dass du so rasch wieder daheim bist!«

»Ich wollte dich nachher noch anrufen«, lüge ich schuldbewusst. »Wir sind gestern erst ziemlich spät hier angekommen. Möchtest du eine Tasse Tee?«

»Nein, danke. Ich wollte nur kurz vorbeischauen. Ich bin unterwegs zur Apotheke, um etwas für Nan abzuholen. Wo sind denn alle?« Sie schaut sich überrascht um.

»Matthew ist gestern schon wieder heimgefahren, weil er heute arbeiten muss. Mum hat Chloe mit in den Laden genommen. Und Theo schläft.«

»Dann hast du das Haus ja ganz für dich – sehr schön!« Sie nickt zustimmend, ehe sie einen Blick auf ihre Armbanduhr wirft und sich die Schuhe von den Füßen streift. »Ich sag dir was, ich komme doch für fünf Minuten rein.«

Meine Schultern sacken unmerklich nach unten, während ich ihr durchs Haus ins Wohnzimmer folge. Das war's dann wohl mit meinem Nickerchen.

»Dein Haar sieht anders aus als beim letzten Mal«, stellt sie fest. »Hast du irgendwas damit gemacht?«

»Ich hab's vorhin gewaschen. Jetzt lasse ich es lufttrocknen.«

»Also, ich mach das immer so. Ist doch viel einfacher, oder nicht?« Sie lässt sich aufs Sofa fallen. »So, du hast also ein paar richtig beschissene Tage hinter dir, was?«

»Du hast die Fotos gesehen.«

»Ja«, sagt sie mitfühlend. »Hast du meine Nachricht auf Facebook nicht bekommen?«

Ich schüttle den Kopf. »Ich hab meinen Account stillgelegt, wegen all der Leute, die irgendwelchen Dreck auf meiner Pinnwand hinterlassen haben.«

»Aha – das erklärt's. Ich hab schon zu Ed gesagt, dass es irgend so was ist. Ich hab dir auch eine SMS geschrieben, aber irgendwie hab ich erst gemerkt, dass das blöde Ding nicht versendet wurde, als Ed mit dem Essen vom Chinesen wiederkam und meinte, er hätte euren Wagen gesehen, darum dachte ich mir, ich schau heute Morgen einfach rasch vorbei.« Sie zieht ihre Beine unter sich und setzt sich in den Schneidersitz. »Also, was soll dieser ganze Quatsch von wegen, du hättest psychische Probleme? Ich weiß natürlich, dass wir nicht *ständig* miteinander reden, aber gerade gestern hab ich zu Hayley gemeint: ›Ich bin mir ziemlich sicher, dass sie mir erzählt hätte, wenn da irgend so was im Busch wäre. Zu Ostern ging's ihr noch bestens!‹«

»Hayley aus der Schule? *Diese* Hayley?«, frage ich müde.

»Ja. Schon schockierend, das Ganze, oder? Dass die Presse einfach solche Lügen verbreitet? Kelly muss schäumen vor Wut! Übrigens: Unglaublich, dass sie und Will tatsächlich heiraten! Wie geht's dir dabei? Hasst du sie immer noch so? Werden sie bei der Hochzeit *Hello* spielen? Also, wenn ich an ihrer Stelle wäre, würde ich das auf jeden Fall machen.«

»Das weiß ich nicht, Mel. Darüber haben wir noch nicht gesprochen.«

»Nein, wenn man bedenkt, was passiert ist, habt ihr das wohl wirklich noch nicht, schätze ich. Das Gute dabei ist, Liebes, dass wenigstens alle kritischen Stellen bedeckt waren. Also, mich hätte so was ja völlig aus der Bahn geworfen ... Und, wird Chloe Blumenmädchen? Das wäre *so* süß!«

»Ja, wird sie.«

»Aaah. Klasse!« Sie wirkt hocherfreut. »Jetzt fällt mir auch wieder ein, was ich dich eigentlich fragen wollte. Es ist klar, dass das Ganze früh am Morgen passiert ist, weil du noch ungeschminkt warst, und ich hab zu Ed gesagt, dass du das Haus niemals verlässt, ohne zumindest ein bisschen Wimperntusche aufgetragen zu haben, aber warum hast du auf den Bildern einen Gehstock in der Hand?«

»Den hab ich bloß für Kelly gehalten. Sie hatte da gerade einige Gleichgewichtsprobleme.«

»Ach, tatsächlich?« Sie schaut interessiert drein. »Wie, meinst du wegen einer Ohrenentzündung oder Labyrinthitis? Das hab ich auch manchmal.«

»Mel, zerreißen sich alle das Maul wegen dieser Fotos?«

»Wie, meinst du hier im Ort? Hier zu Hause?«

»Ja.« Ich warte, voller Hoffnung. Vielleicht ist die Sache ja schon wieder Schnee von gestern.

»Ja, das ist Thema Nummer eins«, sagt sie bedauernd. »Tut mir leid. Du weißt doch, wie das hier läuft, Sal. So was macht hier schnell die Runde. Die meisten Leute fragen sich, ob mit dir alles in Ordnung ist, na ja, hier oben.« Sie tippt sich seitlich an den Kopf. »Aber keine Sorge«, fügt sie hastig hinzu, als sie meine betrübte Miene sieht. »Das ist bloß, weil sie sich Sorgen um dich machen, nichts weiter. Abgesehen davon: Nicht alle hier schnattern und tratschen darüber.«

»Dann denken die Leute also, ich sei verrückt geworden?«

Sie rümpft die Nase. »Nicht verrückt, nein ... bloß ... ein bisschen durch den Wind. Jeder weiß, dass du gerade ein Baby gekriegt hast und wie schwer so was ist. Du bist ihnen wichtig, das ist alles. Die Leute wollen dir helfen. Eine komische Sache ist mir dann aber doch zu Ohren gekommen. Hannah Davies hat gesagt, Christine Newly hätte ihr erzählt, du hättest dich bei Nacht und Nebel aus dem Staub gemacht, um nach Cornwall zu fahren, wo die Polizei dich in deiner Unterwäsche oben auf einer Klippe aufgegriffen und wieder nach Hause gebracht hat.« Sie kichert.

»Es war mein Pyjama – und absichtlich aus dem Staub gemacht hab ich mich auch nicht.«

Mels Mund klafft auf. »Dann *stimmt* das also?«

»Weißt du, wer Christine davon erzählt hat?«

»Ähm ...« Sie starrt mich an, vorübergehend sprachlos.

»Es war meine Mutter, oder?« Ich schüttle den Kopf. »Sie musste es einfach jemandem sagen, von dem sie glaubte, ihr vertrauen zu können.«

»Was hast du in deinem Pyjama auf einer Klippe in Cornwall gemacht?«, fragt Mel verwirrt.

Ich atme tief ein, als ich mich bereit mache, zum x-ten Mal meine Geschichte zu erzählen. »Ich bin auf dem Rücksitz eines Taxis aufgewacht, oben auf dieser Klippe. Ich weiß nicht, wie ich dorthin gelangt bin, oder was ich dort wollte.«

Sie runzelt die Stirn. »Warst du besoffen?«

»Nein.«

»Hat jemand dir was in deinen Drink getan? Das ist einer Freundin von Eds Schwester in einem Club in Newcastle passiert. In einen Moment unterhielt sie sich mit diesem Typen, und im nächsten kommt sie bei sich zu Hause wieder zu sich, ohne dass sie auch nur die geringste Ahnung hatte, wie sie dorthin gelangt ist.«

»Dann glaubst du mir?«, frage ich überrascht.

»Natürlich.« Sie wirkt irritiert. »Warum sollte ich nicht?«

»Weil es sonst niemand tut. Nicht mal Matthew. Alle glauben, ich wollte Selbstmord begehen.«

»*Was?*« Sie lacht; dann sinkt ihre Miene, als ihr klar wird, dass ich es ernst meine. »Aber das ist verrückt! So was würdest du nie tun! Solange ich dich kenne, wolltest du nichts mehr als einen Ehemann, Kinder, einen guten Job und ein hübsches Häuschen. Das alles hast du jetzt. Warum solltest du das einfach so wegwerfen? Ich meine, ich weiß, dass es Menschen gibt, die Depressionen kriegen, sodass solche Dinge für sie dann irgendwann keine Rolle mehr spielen, aber dass ich dich zuletzt gesehen habe, ist gerade mal zwei Wochen her! Da ging's dir bestens. Du warst vielleicht ein bisschen kaputt, aber das war's dann auch. Du warst genau wie immer.«

Es ist so ungeheuer ermutigend, jemanden so normal über mich – und mit mir – reden zu hören, dass ich feststelle, dass ich den Tränen nahe bin. »Danke, Mel.«

»Hey«, sagt sie; sie bemerkt sofort, was los ist. »Nicht weinen, Süße!« Sie rutscht vom Sofa, kommt zu mir herüber, kniet sich neben mich auf den Teppich und ergreift meine Hand. »Ich verstehe das nicht«, sagt sie, ehrlich verwirrt. »*Warum* glaubt dir niemand? Guckt Matthew denn keine Nachrichten? Frauen kriegen ständig was in ihre Drinks getan. Man darf sein Glas einfach nicht unbeaufsichtigt lassen, nicht mal für eine Sekunde.«

»Das Problem ist, dass ich nicht aus war, als das Ganze passiert ist, Mel. Ich hatte meinen Schlafanzug an, du erinnerst dich? Ich bin zu Hause ins Bett gegangen, genau wie immer – und am nächsten Morgen in Cornwall wieder aufgewacht.«

Darauf folgt eine lange Pause.

»Okay, ja – das ist schon ein bisschen merkwürdig«, gibt sie zu. »*Ziemlich* merkwürdig, um ehrlich zu sein.«

Ich zögere. Ich will ihr so gern vertrauen; ich sehne mich danach, ihr alles zu erzählen. Sie kennt mich schon seit einer Ewigkeit – und vielleicht ist der Rat von jemandem, der mit der Sache nichts zu tun hat, ja genau das, was ich jetzt brauche. Mel tratscht zwar für ihr Leben gern – tatsächlich verdanke ich die meisten Neuigkeiten über das, was hier im Ort vorgeht, nicht meiner Mum, sondern ihr –, aber wenn sie begreift, wie ernst das Ganze ist ...

»Ich weiß, dass du bloß ein paar Minuten Zeit hast«, sage ich verzweifelt. »Aber kann ich dich nach deiner Meinung zu etwas fragen?«

»Natürlich«, sagt sie sofort und setzt sich richtig hin. »Ich bin ganz Ohr. Schieß los.«

»Also, glaubst du, Kelly hatte tatsächlich nichts mit dem zu tun, was mir passiert ist, oder denkst du, sie lügt?«, bringe ich meine Geschichte gut fünf Minuten später zum Ende.

»Verflucht noch eins!« Mel atmet langsam aus, steht vom Teppich auf und nimmt verblüfft wieder auf dem Sofa Platz. »Na ja, jedenfalls verstehe ich jetzt, warum du so neben der Spur bist.« Sie hält inne. »Wobei diese Sache mit Kellys Mum natürlich auch sehr tragisch ist, und ich kann nachvollziehen, dass ihre fixe Idee von wegen, du hättest das Ganze bloß gemacht, um Aufmerksamkeit zu erregen, gewisse Knöpfe bei ihr gedrückt hat ... Ganz abgesehen davon, dass sie wegen dieser ganzen Ring-Geschichte angepisst war ... Aber ist sie damit automatisch auch für alles andere verantwortlich? Ich bin mir da, ehrlich gesagt, nicht sicher. Andererseits ist sie professionelle Schauspielerin und scheint es darauf anzulegen, deine Familie um den Finger zu wickeln und dich bei deinen eigenen Leuten gleichzeitig in ein schlechtes Licht zu rücken. Das ist wirklich hinterhältig. Und diese Fotos von dir in Umlauf zu bringen war vollkommen unnötig. Zumal Caroline dich ja bereits gewarnt hatte, ihr nicht auf die Zehen zu treten.« Sie lässt sich noch mal alles durch den Kopf gehen, ehe sie fortfährt: »Abgesehen davon geht's mir wie dir. Es fällt mir auch schwer zu glauben, dass sie und ihre Geschwister unmittelbar nach dem Tod ihres Vaters dieses ganze Geld gefunden haben ... Auch wenn das nicht völlig unmöglich ist, nehme ich an. Wobei es *natürlich* seltsam ist, dass sie Will bisher nichts davon erzählt hatte. Oder einfach Pech. Ach, Scheiße ... Ich weiß es wirklich nicht, Sal.«

»Aber ich bilde mir das Ganze doch nicht einfach bloß ein, oder? Alles scheint auf Kelly hinzudeuten, doch als ich sie deswegen zur Rede gestellt habe, hat sie es rundheraus abgestritten.«

»Na ja, hast du was anderes erwartet?«

»Nein, vermutlich nicht.« Ich reibe mir müde die Augen. »Gestern Abend hab ich zu meiner Schwiegermutter gesagt, dass ich mir wünsche, sie würde einfach ... verschwinden.«

»Das kann ich voll und ganz verstehen.«

»Nein – tust du nicht«, entgegne ich elend. »Mehr als alles andere will ich sie aus unserem Leben haben. Caroline hat mir gesagt, dass sie gefährlich ist. Wie kann ich zulassen, dass sie in die Nähe meiner Kinder kommt? Und ich sehe jetzt schon, dass sie dabei ist, Will gegen mich aufzuhetzen. Sogar meine Mum fällt auf ihre Masche rein. Sie wird unsere Familie kaputtmachen – ich weiß es.« Wieder steigen mir Tränen in die Augen, während Mel hilflos dasitzt. »Tut mir leid«, flüstere ich und wische sie fort.

»Du brauchst dich für nichts zu entschuldigen. Ich wünschte bloß, ich könnte dir irgendwie helfen.«

»Ja, das wünschte ich mir auch.« Ich versuche zu lächeln. »Keine Sorge, ich bin gleich wieder okay. Ich bin einfach nur hundemüde. Du weißt ja, wie das ist; irgendwie scheinen die Dinge dann immer noch viel schlimmer zu sein, als sie in Wahrheit sind.«

Sie nickt. »Definitiv. Hör zu, Sal, es tut mir wirklich leid, aber ich muss jetzt wieder los. Vermutlich dreht Nan bereits am Rad. Wie lange wirst du hier sein?«

»Samstag geht's zurück nach Hause, denke ich.«

»Okay. Kann ich morgen noch mal vorbeikommen? Ich muss heute noch arbeiten.«

»Natürlich. Danke fürs Zuhören.« Wir stehen auf. »Mel, ich weiß, ich muss das nicht eigens betonen, aber ...«

Sie lächelt vage. »Nein, musst du nicht. Von mir erfährt niemand ein Wort. Keine Sorge.«

Dessen ungeachtet schwindet meine vorübergehende Erleichterung darüber, mich jemandem anvertrauen zu können, praktisch in dem Moment, als ich die Haustür hinter ihr schließe. Stattdessen überkommt mich ein derart überwältigendes Gefühl drohenden Unheils, dass ich mich mit geschlossenen Augen für einen Moment gegen die Tür lehnen muss.

»Scheiß drauf!«, sage ich laut, voller Wut auf mich selbst – bloß um erschrocken zusammenzufahren, als die Türglocke von neuem schellt. Bei ihrem hastigen Abschied muss Mel etwas vergessen haben. Als ich den Riegel zurückziehe, höre ich Theo oben unvermittelt losbrüllen, und wieder treten mir frustrierte Tränen in die Augen.

Als ich die Tür öffne, sehe ich mich einem absolut monströsen Blumenstrauß gegenüber. »Sally?«, fragt der Bote, der mir den Strauß hinhält.

»Ja.« Ich starre die Mischung aus Tulpen, Gerbera und Lilien an, während ich mir die Augen abwische. »Tut mir leid.« Ich strecke die Hand nach den Blumen aus. »Ich heule nicht Ihretwegen. Ich nehme an, ich muss irgendwo unterschreiben?«

»Nein. Ähm, Sally, ich bin's ...«, sagt der Mann verlegen. Ich blicke rasch zu dem vermeintlich Fremden auf, der vor mir steht, doch als ich ihn nun anschaue, stelle ich fest, dass seine Züge mir irgendwie bekannt vorkommen – insbesondere die Augen –, und dann geht mir plötzlich ein Licht auf, und ich starre den zwanzigjährigen Jungen, der mich mit dem Gesicht dieses Mannes in mittleren Jahren ansieht, mit weit offenem Mund an. *»Joe?«*

Er lächelt zögerlich. »Hi.«

»Was um alles in der Welt machst *du* hier?«, stammle ich ungläubig. Es ist eine Sache, dass Liv Joe letzten Samstag so demonstrativ wieder in mein Leben gebracht hat, als sie allen erzählt hat, was ich getan habe, als er damals mit mir Schluss gemacht hat, doch ihn in Fleisch und Blut vor mir stehen zu sehen, ist was vollkommen anderes.

Eine Bewegung hinter Joes Schulter fällt mir ins Auge, und als ich rüberschaue, sehe ich Mel neben ihrem Wagen stehen; sie winkt mir wie wild zu, ehe sie so tut, als würde sie ihren vor Verblüffung weit offenen Mund wieder zuklappen, mit den Lippen »Oh, mein Gott!« formt und aufgeregt so tut, als würde sie mit ihren Fingern telefonieren, bevor sie in ihr Auto springt und davonbraust.

Joe dreht sich um und verfolgt, wie sie davonfährt und um die

Ecke verschwindet. »War das Melanie Jackson? Ich glaube, die habe ich schon seit der Schule nicht mehr gesehen.«

»Ja, das war sie.«

Er wendet sich mir wieder zu, und einen Moment lang sehen wir uns bloß schweigend an, ehe Theos empörtes Gebrüll von oben die Stille durchbricht.

»Und ...«, beginnt er langsam, »ist das *dein* Baby, das ich da höre?«

»Ja, ist es.« Irgendwie scheine ich momentan außerstande zu sein, mehr als drei oder vier Wörter am Stück über die Lippen zu bringen.

Dem folgt eine weitere Pause. »Also ... Bittest du mich nun rein und holst dein Baby *runter?*« Dann lacht er plötzlich los – offensichtlich wegen meines verwirrten Gesichtsausdrucks ... Ein Geräusch, das ist seit fast zwanzig Jahren nicht gehört habe.

Wie benommen trete ich automatisch beiseite, er kommt herein, und ich schließe die Tür hinter ihm.

Kapitel 18

Joe sitzt auf dem Sofa in der Nähe des Fensters, als ich mit Theo zurückkomme – der den Gast misstrauisch mustert, nachdem wir auf Dads Sessel Platz genommen haben.

»Ah!«, sagt Joe. »Die ist aber süß! Wie heißt sie?«

»Theo.«

»Oh. Tut mir leid.« Er verzieht das Gesicht.

»Schon in Ordnung, es ist mein Fehler. Ich hab ihm den alten Strampler seiner großen Schwester angezogen. Draußen trägt er ihn natürlich nicht, nur zum Schlafen«, erkläre ich unnötigerweise.

»Klar doch.« Er nickt verstehend. »Macht Sinn, schließlich wachsen sie so schnell aus den Sachen raus.«

»Du hast zwei Jungs, richtig?«, frage ich höflich.

Er wirkt ein wenig überrascht. »Ja, genau.«

»Mum hält mich über die Dinge hier auf dem Laufenden«, schiebe ich rasch nach. »Du besuchst wohl gerade deine Eltern. Ich hab gehört, du wohnst jetzt in Plymouth.«

»Portsmouth.«

»Oh, richtig. Sorry.«

Wir verfallen in ein kurzes, unbehagliches Schweigen, aber zum Glück fängt Theo an, fröhlich mit den Armen zu wedeln, damit ich mich auf ihn konzentriere, während Joe auf die Blumen hinabblickt – er hat sie auf den kleinen Tisch gelegt –, als würde er sich wundern, wo sie plötzlich herkommen. Es fällt mir schwer, diesen erwachsenen Mann mit dem dürren Zwanzigjährigen in Einklang zu bringen, der schon so lange in meinem Gedächtnis eingebrannt ist. Seine Kleidung ist die eines Vaters im mittleren Alter: dunkelblaue Jeans und schlichte, schwarze Schuhe, dazu ein in die Hose gestecktes, marineblaues Polohemd. Die Freizeituniform eines Mannes, der hart arbeitet und versucht, in Form zu bleiben, aber nicht mehr wirklich die Zeit oder die Energie dafür hat. Aber mit meinem nassen Haar, meinem peinlich tief ausgeschnittenen Top und meinen schwarzen Leggins bin ich wohl kaum in der Position, mit dem Finger auf andere zu zeigen. Um die Wahrheit zu sagen, wenn ich so darüber nachdenke, würde ich sagen, von uns beiden ist er besser gealtert als ich. Hin und wieder habe ich mich gefragt, wie es wohl sein würde, Joe wiederzutreffen, aber so viel ist sicher: In meinen imaginären Szenarios sah keiner von uns so aus wie jetzt.

Er räuspert sich. »Ich bin tatsächlich ein paar Tage bei meinen Eltern, und tja ...« Er zögert. »Ich hab gehört, was in Cornwall passiert ist, und ... ich hab die Fotos gesehen.«

Ich sitze reglos und stumm da.

»Was ich damit sagen will«, beginnt er, nur um dann noch mal von vorne anzufangen. »Ich denke, du hast bestimmt eine harte Zeit gehabt, und ich wollte vorbeikommen, um zu sehen, ob es dir gut geht, und dich vielleicht ein bisschen aufzumuntern. Das ist alles. Mum hat mir erzählt, dass du wieder im Lande bist.« Er blickt aufrichtig zu mir herüber. »Aber jetzt, wo ich hier bin, merke ich, dass ich vermutlich nur störe. Du hast andere Sachen, um die du dich kümmern musst.« Er deutet hilflos auf Theo. »Und vermutlich bin ich ohnehin die letzte Person, mit der du reden möchtest.« Plötzlich zieht er die Brauen zusammen. »Es tut mir leid, Sal. Ich hätte besser drüber nachdenken sollen. Ich gehe lieber wieder.« Er steht auf. »Das war schrecklich unsensibel von mir. Entschuldige bitte.«

Bevor ich etwas sagen kann, knallt die Eingangstür zu, und Mum stürmt keuchend ins Wohnzimmer. »Ich habe es ewig klingeln lassen. Warum bist du denn nicht an dein ... oh!« Sie erstarrt wie eine Salzsäule und blinzelt Joe an. »Joe Ellis«, sagt sie schließlich, wobei sie erst mich ansieht, dann die Blumen, dann wieder ihn. »Das nenne ich mal eine Überraschung.«

»Hallo, Mrs. Tanner«, sagt Joe höflich, während er sich vom Sofa fortschiebt. »Ist lange her.«

»Ja, das kann man so sagen. Wie geht's dir?« Sie legt mitfühlend den Kopf schräg. »Hat dich nicht gerade deine Frau verlassen?«

»Mum!«, keuche ich schockiert.

Joe errötet. »Äh, ja, hat sie. Oder genauer: Sie hat mich gebeten zu gehen.«

»Dann wohnst du jetzt wieder bei deinen Eltern?«

»Fürs Erste.«

»Ah – da wird sich deine Mutter sicher freuen. Aber ist das nicht kompliziert, wenn du jeden Tag von hier zur Arbeit fahren musst?«

»Nein. Ich kann von zu Hause arbeiten, da gibt's zum Glück keine Probleme.«

»Wie *schön* für dich.« Meine Mutter blickt enttäuscht drein. »Ich fürchte, ich muss jetzt ein bisschen matronenhaft werden und Sally daran erinnern, dass wir in zwanzig Minuten losmüssen. Wir gehen zum Lunch, weißt du, Joe, und die Fahrt dauert eine Weile.«

»Oh ... selbstverständlich. Ich störe dann nicht länger.« Er greift in seine Gesäßtasche, um seine Autoschlüssel hervorzuziehen. »Es war nett, Sie mal wiederzusehen, Mrs. Tanner. Richten Sie bitte Mr. Tanner schöne Grüße aus. Ich höre, er erfreut sich bester Gesundheit. Das ist toll.«

»Danke.« Mum lächelt kühl.

»Ich bringe dich zur Tür«, sage ich, dann stehe ich auf und gebe Mum Theo. »Kannst du ihn nehmen, dann ziehe ich mich gleich um?« Ich werfe ihr einen scharfen Blick zu, den sie geflissentlich ignoriert.

Auf der Türschwelle dreht Joe sich noch einmal herum. »War schön, mal wieder mit dir zu reden.«

»Das da eben tut mir leid.« Ich deute über die Schulter in Richtung von Mum, die im Wohnzimmer fröhlich mit Theo um die Wette brabbelt.

»Nein, nein, daran bin ich schon selbst schuld. Schlechtes Timing. Ich hätte nicht einfach unangekündigt auftauchen sollen. Viel Spaß dann beim Lunch.«

»Nein, ich meinte, dass meine Mum so forsch war.«

Er lächelt traurig. »Oh, das. Das ist schon okay. Mütter vergessen nie.«

»Nein«, muss ich ihm zustimmen. »Das mit deiner Frau tut mir leid, Joe.«

»Ja, mir auch.« Er blickt zu Boden, und einen schrecklichen Moment lang befürchte ich, dass er zu weinen anfängt, aber dann merke ich, dass ihm einfach die Worte fehlen, um das Ausmaß seines Bedauerns zum Ausdruck zu bringen. »Es war ... kompliziert.«

»Du musst nicht darüber sprechen, wenn du nicht willst«, sage ich hastig.

»Sally!«, ruft meine Mutter von drinnen. »Theo braucht dich!«

Herrgott, Mum! »Bin gleich da!«, rufe ich gereizt über die Schulter.

»Ist schon gut, geh nur«, sagt Joe. »Ich hätte wirklich nicht kommen sollen, Sal. Ich konnte sofort sehen, was deine Mutter denkt, und es ist nicht so, wirklich nicht. Ich wurde nur unglaublich wütend, als ich hörte, was die Leute über dich sagen – nicht zuletzt, weil es immer einen Teil meines Herzens geben wird, auf dem dein Name steht.« Er lächelt kurz. »Aber auch, weil niemand das Recht hat, über das Leben eines anderen zu urteilen. Ich hab zwei kleine Jungs, ich weiß, wie herausfordernd eine Ehe selbst im besten Fall sein kann.« Er zieht die Schultern hoch. »Ich und meine Frau haben es am eigenen Leib erfahren, und es ist nicht gut ausgegangen.«

Jetzt habe ich Mitleid mit ihm. »Ich wünschte, ich könnte etwas sagen, damit es dir besser geht.«

»Das könntest du tatsächlich.« Er hebt wieder den Kopf. »Ich weiß, es ist unglaublich egoistisch, aber ich wollte dir auch sagen, dass es mir leidtut. Ich hatte nie Gelegenheit, mich wirklich bei dir zu entschuldigen. Dafür, wie ich dich bei unserer Trennung behandelt habe, meine ich. Ich war ein Riesenarschloch, und ich habe dich im schlimmstmöglichen Moment im Stich gelassen – als dein Vater so krank war. Ich hoffe, du kannst mir verzeihen.«

»Ach, komm schon! Das ist jetzt bald zwanzig Jahre her!«, beginne ich unbeholfen. »Du musst dich nicht ...«

»Sally!«, erklingt es erneut aus dem Haus, lauter diesmal.

»Mum, ich schwöre bei Gott ...«, rufe ich warnend, und nachdem ich eine Sekunde gewartet habe, um mich zu vergewissern, dass sie die Botschaft auch verstanden hat, drehe ich mich wieder zu Joe um.

»Nein, ich muss mich wirklich entschuldigen«, erklärt er. »Ich bin nicht arrogant genug, um zu glauben, dass mein mieses Verhalten bleibenden Schaden hinterlassen hat, aber es tut mir trotzdem schrecklich leid, dass ich dir wehgetan habe – vor allem jetzt, wo du so eine schwere Zeit durchmachst –, und ich hoffe, dass die Probleme, die du gerade vielleicht hast, nur ein kurzes Zwischenspiel sind, und dass bald alles wieder besser wird.«

Ich kann nicht anders, als zu lächeln. »Ich sehe, du hast deinen Charme nicht verloren.«

»Oder mein Talent, Mist zu bauen, je nachdem, wen du fragst«, kommentiert er trocken, dann verzieht er erschrocken das Gesicht. »Was nicht heißen soll, dass ich das, was ich gerade gesagt habe, nicht ernst ...«

»Joe, bitte. Ich versteh schon.« Das tue ich wirklich. Ich halte ihm die Hand hin. »Entschuldigung angenommen.«

Er zögert, dann nimmt er meine Hand. Einem zufällig vorbeigehenden Spaziergänger würden wir vermutlich lächerlich erscheinen: zwei Erwachsene, einen halben Meter voneinander entfernt, die Hände umschlungen, ohne sie zu schütteln. Ein paar Sekunden stehen wir einfach nur so da, während die Vergangenheit mit dem Hier und Jetzt kollidiert, und mit dem Wissen, dass dies der letzte Moment sein könnte, den wir je miteinander teilen.

Wir lassen die Hände wieder sinken.

»Ich lass dich dann mal besser wieder reingehen«, sagt er. »Bevor deiner Mutter noch der Kopf explodiert.« Er lächelt spitzbübisch. »Sag ihr, ich hätte dich eingeladen, mich bei meinen Eltern zu besuchen, solange du noch hier bist – was du übrigens gern tun kannst, falls du ein wenig Gesellschaft brauchst.«

»Ich werd's im Hinterkopf behalten, danke.« Ich grinse.

Er neigt leicht den Kopf, dreht sich um und geht die Einfahrt hinunter zu einem Wagen, der vermutlich seinem Vater gehört. Ich kann mir jedenfalls nicht vorstellen, dass ein Jaguar wirklich Joes Stil ist. So alt ist er nun auch wieder nicht. »Pass auf dich auf, Sal«, ruft er, bevor er mir noch eine Kusshand zuwirft und einsteigt.

Nachdem der Wagen um die Ecke verschwunden ist, bleibe ich noch eine Minute nachdenklich am Türrahmen stehen. Von seiner Frau getrennt, mit zwei kleinen Jungs. Wow. So schnell kann's gehen. Plötzlich möchte ich Matthew anrufen, um ihm zu sagen, wie sehr ich ihn liebe. Wie viel Glück wir beide haben.

Bei der Rückkehr ins Wohnzimmer finde ich Theo fröhlich auf dem Teppich sitzend vor, wo er auf seiner Spielzeuglibelle herumlutscht. Offensichtlich braucht er mich doch nicht so dringend. Ich blicke Mum an und ziehe die Augenbrauen hoch.

»Was?«, fragt sie defensiv.

»Wir gehen zum Essen? Theo braucht mich?«

»Tut mir leid, Sally, aber falls er glaubt, er kann zur Party kommen, nachdem die Band bereits eingepackt hat, und eine Zugabe verlangen, dann hat er sich getäuscht.«

»Er hat sich gerade von seiner Frau getrennt!«

»Genau!«

»Wenn du es schon wusstest, warum hast du mir dann nicht davon erzählt?«

Erst schweigt Mum trotzig, dann: »Du wirst es verstehen, wenn Chloe ihren Joe Ellis trifft.«

Ich gehe nicht darauf ein, hauptsächlich, weil mich bei der Vorstellung Panik überkommt. Also sage ich nur: »Er wusste, dass man mich in Cornwall gefunden hat.«

Mum schlägt die Augen nieder. »Das hab ich befürchtet. Es tut mir leid, Sally. Ich hab mich am Samstag jemandem anvertraut, weil ich von der ganzen Sache so überwältigt war. Leider hat diese Person es nicht für sich behalten. Ich werde deswegen noch ein ernstes Wort mir ihr reden, da kannst du dir sicher sein. Aber jetzt sollte ich wirklich in den Laden zurück und Chloe abholen. Ich bin eigentlich nur hergekommen, um zu sehen, warum du nicht ans Telefon gehst. Ich hab mir Sorgen gemacht, aber ich wollte nicht auf dem Festnetz anrufen, weil ich Angst hatte, ich könnte Theo aufwecken.«

»Ich habe das Handy stumm geschaltet, weil ich ein paar Minuten die Augen zumachen wollte. Ich stelle es gleich wieder an. So, schon erledigt. Warum genau hast du denn angerufen? Ist alles in Ordnung mit Chloe?«

»Ihr geht's gut.«

»Was war dann ... oh, Mum, das war ein Kontrollanruf, oder? Ich hab dir doch gesagt, du musst dir keine Sorgen wegen mir machen.«

»Ja, das hast du gesagt. Aber dann komme ich heim, und Joe Ellis sitzt in meinem Wohnzimmer. Ganz ehrlich, ich bin froh, dass ich zurückgekommen bin«, fügt sie grimmig hinzu.

»Er war gerade mal eine Minute hier, als du reingestürmt bist.«

»Hmm«, macht sie. »Vergiss nur nicht, dass du einen Ehemann hast, der dich über alles liebt. Und die Kirschen des Nachbarn schmecken nicht immer süßer.«

»Mach dich nicht lächerlich!« Jetzt bin ich an der Reihe, eine tadelnde Miene aufzusetzen. »Joe kam her, um Hallo zu sagen, das ist alles. Aber wo du schon mal hier bist, kann ich ja vielleicht kurz aufs Klo, bevor du wieder gehst. Ist das okay?«

»Ja, natürlich. Aber mach schnell, sonst fängt Chloe noch an, sich zu wundern, wo ich bleibe.«

Ich steige die Treppe hoch, gehe dann aber in mein Zimmer; ich möchte mein Aussehen im großen Spiegel überprüfen. Was ich dort sehe, lässt mich schaudern. Mum muss verrückt sein, wenn sie glaubt, Joe könnte irgendwelche amourösen Absichten verfolgt haben. Der arme Kerl hat vermutlich den Schreck seines Lebens bekommen, als ich ihm die Tür aufgemacht habe. Und dass ich ihn erst gar nicht erkannt habe – wie peinlich war das denn? Ich schaudere erneut, während ich mich kurz aufs Bett fallen lasse. Und jetzt muss ich auch noch Matthew erzählen, dass er hier war. Ich starre zur Decke hoch. Großartig. Das wird lustig. Dank Liv hat Joe diese Woche eine größere Rolle in meinem Leben gespielt als während der letzten zwanzig Jahre.

Ich zögere kurz, dann greife ich nach meinem iPad, das auf dem Nachttisch liegt, und tippe auf YouTube »Fields of Gold« ein. Es ist schrecklich schwelgerisch und dumm, aber als die ersten Takte erklingen – eines der beiden Lieder, die ich mit Joe assoziiere –, schließe ich die Augen, und sofort bin ich wieder ein Teenager in seinem Zimmer und liege auf seinem schmalen Bett, dessen Kissen schwach nach Fahrenheit-Aftershave riecht. Das Fenster steht offen, draußen ist es warm, und ich kann die Möwen hören, deren träges Kreischen die Stille des verschlafenen Spätnachmittags akzentuiert. Gott, wie ich ihn geliebt habe. Ich kann mich genau daran erinnern, wie es sich anfühlte, dieses Mädchen zu sein; das Leben einfach auf sich zukommen zu lassen – lange Sommertage, Abendessen im Garten mit seinen Eltern (er war nie zum Essen bei mir), wie ich in meinem kleinen Auto die Landstraße zu Mum und Dad zurückfahre, erfüllt von einem Gefühl von Glück und Freiheit ... Ein Kloß bildet sich in meinem Hals, und ich stelle erschrocken fest, dass ich die ganze Zeit falschlag. Ich dachte immer, dass Joe mit mir Schluss gemacht hat, hätte mir das Herz gebrochen, aber der tatsächliche Grund ist, dass ich mich selbst verloren hatte. Ich hörte auf, das Mädchen zu sein, das ich davor war – bevor ich diese schreckliche Dummheit beging, um ihn zurückzugewinnen.

Ich breche das Lied mit einer abrupten Bewegung ab, dann stehe ich auf und gehe wieder nach unten.

Mum sitzt mit Theo auf dem Teppich und lächelt müde, als ich hereinkomme. Ich gehe hinüber und küsse sie auf den Kopf. »Es tut mir leid. All die schlaflosen Nächte, die ihr meinetwegen hattet – das habt ihr nicht verdient«, sage ich ernst, bevor ich mich zu ihr setze und Theo zärtlich auf den Arm nehme. »Was Liv Matthew erzählt hat, über die Tabletten und das alles, das sollte eigentlich geheim bleiben. Ich wollte nicht, dass ihr oder sonst irgendjemand davon erfährt. Ich war völlig betrunken, als ich diesen Schwachsinn versucht habe.«

Mums Augen glänzen feucht. Sie nickt nur, unfähig zu sprechen.

»Aber ich schwöre dir, ich wollte mich letzten Freitag nicht umbringen.«

Sie drückt meinen Arm, dann stützt sie sich darauf, um aufzustehen. »Ich muss jetzt wirklich dein kleines Mädchen holen. Sie ist sicher schon am Verhungern, so ganz allein mit deinem Vater. Weißt du, woran ich während der letzten Tage immer wieder denken musste? Dass wir zu weit voneinander entfernt wohnen.« Sie wischt sich über die Augen. »Drei Stunden Fahrt sind viel zu viel. Ich möchte ein Teil von Theos und Chloes Leben sein. Könntest du dir vorstellen, mit Matthew hierherzuziehen? Die Schulen sind gut, außerdem kennst du schon viele Leute. Und wie *Joe* sagte« – sie schafft es immer noch nicht, den Namen neutral auszusprechen – »viele Menschen arbeiten heutzutage von zu Hause aus. Vielleicht wäre das auch was für Matthew?«

»Vielleicht«, erwidere ich. »Aber wir sind gerade erst dort eingezogen, Mum.«

»Aber ihr werdet nicht ewig in diesem Haus bleiben«, sagt sie, während sie ihren Rock glattstreicht und zur Tür geht. »Ihr werdet es herrichten und weiterverkaufen. Das ist nicht das Haus für den Rest eures Lebens. Ich spüre so was. Also gut, ich stelle dann noch eben die Blumenkohl-Käsemedaillons in den Ofen. Nimm sie bitte raus, falls ich in fünfundzwanzig Minuten noch nicht wieder da bin.«

Nachdem sie wieder fort ist, setze ich Theo auf meinen Schoß und greife nach dem Handy. Matthew geht sofort ran. »Hey.« Er klingt besorgt. »Geht's euch gut?«

»Alles bestens. Ich wollte dir nur sagen, dass ich dich liebe und dass ich dich vermisse«, beginne ich. »Ich freu mich schon darauf, dich zu sehen und am Wochenende wieder nach Hause zu fahren. Moment, Theo.« Ich halte das Mobiltelefon hoch, als er danach zu greifen versucht. »Matthew, ich muss dir was sagen. Joe – mein Ex – war gerade hier.«

»Bei deinen Eltern?«, fragt er schneidend.

»Ja. Er hat mir Blumen gebracht, weil er die Bilder gesehen und gehört hat, dass man mich völlig verstört in Cornwall aufgelesen hat. Mel hat genau dasselbe gesagt. Das ganze Dorf redet darüber – was natürlich absolut *reizend* ist. Ich musste die Sache erst mal richtigstellen. Theo, Liebling, bitte nur einen Augenblick! Ich wollte dir nur davon erzählen, damit es nicht aussieht, als wäre es ein geheimes Treffen gewesen – denn das war es absolut nicht.«

»Er hat dir nur Blumen gebracht? Sonst wollte er nichts?«, hakt Matthew misstrauisch nach.

»Nein. Wie gesagt, ich wollte nur nicht, dass du denkst, ich würde was vor dir verbergen. Das ist alles. Was ich außerdem noch fragen wollte: Hast du schon mit deiner Mutter geredet – über das, was wir letzte Nacht besprochen haben? Die Sache, die sie mir über Kelly erzählt hat? Autsch!« Theo schlägt erneut nach dem Handy, verfehlt es und trifft mich stattdessen ins Gesicht. Dann wird die Frustration über seine erfolglosen Bemühungen zu groß, und er bricht in Tränen aus.

»Ja, hab ich. Klingt, als hättest du alle Hände voll zu tun. Kann deine Mutter ihn kurz nehmen?«

»Sie ist nicht hier. Sie sind alle im Laden.«

»Oh, richtig … dann bist du mit Theo allein daheim?«

»Ja. Vielleicht sollten wir später weiterreden«, schlage ich vor, als Theo richtig loszuschreien beginnt. »Ich liebe dich – nur, damit du's weißt.«

»Ich dich auch. Nur ganz kurz noch: Du meintest, Mel und Joe hätten über die Sache in Cornwall gesprochen, und du hättest die Sache richtiggestellt. Was genau hast du ihnen gesagt?«

»Oh, nur, dass ich nicht verrückt bin und dass sich niemand Sorgen um meine geistige Gesundheit machen muss. Ich hab ihnen keine alternative Erklärung angeboten – ich hab ja leider keine.«

Er zögert. »Es tut mir wirklich leid, dass alle über dich reden, Sal. Das muss schwer sein.«

»Ist schon in Ordnung. Mum hat mir so grässliche Outfits eingepackt, dass ich mich ohnehin nicht aus dem Haus wagen kann. Es ist also nicht so, als würden alle mit dem Finger auf mich zeigen und mich anstarren. Ist ja gut, Liebling, Mummy ist gleich fertig. Ich muss jetzt Schluss machen, Matthew.«

»Klar. Aber ich möchte nur noch mal kurz auf die Sache mit Cornwall zurückkommen. Ich sage nicht, dass wir die Sache unter den Teppich kehren sollten – ich glaube aber, es wäre besser, wenn wir erst auf die Testresultate warten.«

»Ähm, okay«, erwidere ich stirnrunzelnd. »Hat sich irgendwas getan? Du hast doch die ganze Zeit darauf bestanden, dass ich nicht krank bin.«

»Nein, nein, das ist es nicht. Hör zu, wir sprechen später darüber. Kümmer dich jetzt erst mal um Theo. Es klingt, als würde er gleich einen Anfall kriegen. Ist deine Mutter bald wieder zu Hause? Du meintest, sie sind alle im Laden.«

»Ja, aber sie kommen zum Mittagessen her. Dann können wir uns unterhalten. Bis dann, Schatz.« Ich lege auf. Bisher war ich nicht sicher, ob es gut war, Mel alles zu erzählen, aber es ist schon eine große Erleichterung, zu wissen, dass jemand einem glaubt. Und Matthew klang eben auch ein wenig ruhiger, was sicher auch ein gutes Zeichen ist.

»Komm, Theo, gehen wir in dein Zimmer. Da finden wir bestimmt was Interessantes.« Ich lächle meinen Sohn an, der mich kurz unzufrieden anstarrt und dann weiterweint. Mein Handy klingelt wieder, und ich sehe, dass es Will ist. Aber ich kann jetzt nicht rangehen – nicht, wo Theo so aufgewühlt ist.

Mit einem schuldbewussten Seufzen überlasse ich meinen Bruder der Voicemail.

Ich muss mir ohnehin erst noch überlegen, was ich ihm sagen soll.

Kapitel 19

Um sieben Uhr morgens beginnt mein Handy zu summen. Erst glaube ich, es ist der Wecker, und taste blind auf dem Nachttisch herum, aber noch bevor ich das Telefon zu fassen bekomme, verstummt es wieder. In der dankbaren Überzeugung, von der Schlummerfunktion gerettet worden zu sein, rolle ich mich herum – aber da erinnere ich mich, dass ich seit mehreren Monaten keinen Wecker mehr benutzt habe.

Ich stütze mich auf die Ellbogen. Unten höre ich die Kinder spielen. Sicher hat Mum sich ihrer angenommen, damit ich mal ausschlafen kann. Das ist so lieb von ihr. Mit einem Gähnen greife ich nach dem Handy, jetzt, wo klar ist, dass mich jemand anrufen wollte. Ich blinzle auf den Bildschirm hinab. Ein entgangener Anruf von Will. So früh? Ich weiß, ich habe ihn gestern nicht mehr zurückgerufen, aber trotzdem ...

Da summt das Handy erneut los. Wieder Will. Komisch. Da muss irgendetwas los sein. Ich wappne mich und drücke den Knopf. »Hallo«, sage ich, wobei ich mir den Schlaf aus den Augen reibe. »Alles in Ordnung? Tut mir leid, dass ich mich nicht bei dir gemeldet habe. Ich weiß, worüber du reden möchtest.«

»Warst du es?« Seine Stimme zittert vor Zorn, und ich werde schlagartig hellwach.

»War ich was?«

»Keine Spielchen«, warnt er mich. »Seit du in meine Wohnung eingebrochen bist, hast du nichts getan, außer mich anzulügen. Sag mir einfach die Wahrheit. Hast du der Presse die Wahrheit über Kellys Mutter erzählt? Eine einfache Antwort, ja oder nein.«

Ich erstarre. Oh, mein Gott, Mel ... was hast du getan? »Natürlich nicht.«

»Es steht überall! Bei Kelly ging der Google Alert los. Sie ist völlig durch den Wind. Und das Beste ist, sie wissen auch, dass sie den Ring ausgetauscht hat. Möchtest du also vielleicht noch mal über deine Antwort nachdenken – schließlich warst du die *Einzige*, der ich davon erzählt habe!«

»Ich war es nicht!«

»Also schön, hast du *irgendjemandem* davon erzählt?«

Ich schlucke. »Mel.«

»*Mel?*«, wiederholt er fassungslos. »Die Mel von zu Hause? Das ist nicht dein Ernst, oder? Du weißt doch, wie es dort läuft! Jeder erzählt jedem alles!«

»Ich hab sie gebeten, es für sich zu behalten! Sie ist meine älteste Freundin, und ich brauchte jemanden, mit dem ich reden konnte, Will. Sie hat versprochen, es nicht weiterzusagen, und ich war sicher, dass sie ...«

»Aber zuerst hattest du *mir* etwas versprochen!«, fällt er mir ins Wort. »Ich hab dich ausdrücklich gebeten, mit niemandem darüber zu reden, erinnerst du dich noch?«

»Natürlich.«

»Dann hilf mir doch bitte mal, Sal.« Er wird immer wütender, schreit mich jetzt förmlich an. Ich kann mich nicht erinnern, ihn je so brüllen gehört zu haben. Es macht mir Angst. »Was ist da schiefgelaufen? Ich meine, was verdammt noch mal hast du dir dabei gedacht? Großer Gott!« Er atmet scharf ein und verstummt einen kurzen Moment. »Du hast es Mel absichtlich erzählt, oder? Weil du wusstest, dass sie es nicht für sich behalten kann. Weil du *wusstest*, dass so was passieren würde!«

»Nein!«, rufe ich entsetzt. »Natürlich nicht.«

»Ich weiß, du konntest Kelly nie leiden, aber bis gestern hatte ich keine Ahnung, wie weit du gehen würdest. Sie zu beschuldigen, dass sie dich unter Drogen gesetzt hat, ist schon schlimm genug – aber das hier? Du weißt, dass das auch ihrem Bruder und ihrer Schwester das Leben ruinieren wird, oder?«

»Ich hab das nicht vorsätzlich getan, Will, das schwöre ich dir. Ja, ich mag Kelly nicht, aber ich würde niemals was so Hinterhältiges tun – oder dir in den Rücken fallen. Das musst du doch wissen.«

»Ich kann jetzt nicht weiterreden, Sal. Tut mir leid. Ich muss Schluss machen.«

»Will – warte!«, flehe ich.

»Nein, Sally, wenn ich jetzt nicht auflege, dann werde ich etwas sagen, was mir später leidtun könnte.« Und er legt auf.

Ich starre ungläubig auf mein Handy. Er hat noch nie einfach so aufgelegt. Ich rufe ihn sofort zurück, aber ich lande direkt bei der Voicemail. »Bitte ruf an, lass es mich erklären«, spreche ich ihm aufs Band. »Ich hoffe, wir sprechen uns bald.« Ich unterbreche die Verbindung, dann warte ich ein paar Sekunden und versuche es noch einmal. Auch diesmal geht niemand ran. Den Tränen nahe, tippe ich Kellys Namen bei Google ein. Die drei jüngsten Suchergebnisse füllen den Bildschirm, und mir wird schlecht, als ich lese:

Enttäuschte Kelly kauft EIGENEN Ring!
TV-Star Kelly Harrington wurde gesehen, als sie ihren eigenen Verlobungsring kaufte – nur wenige Tage, bevor Details über den Tod ihrer Mutter öffentlich wurden. Wir sagen: Tausch den Mann aus, nicht den Ring, Kel!!!
Kelly Harrington erfährt erst durch den Tod ihres Vaters vom Selbstmord ihrer Mutter: Soap-Star Kelly Harrington musste sich ihrer schmerzhaften Vergangenheit stellen, als ihr Vater ihr auf dem Totenbett offenbarte, dass … [Lesen Sie hier weiter]

Aus und vorbei?
Hat Kelly Harrington kalte Füße bekommen? Die TV-Schönheit wurde gesehen, als sie am Wochenende ihren Verlobungsring zum Juwelier zurückbrachte. Die Schauspielerin – die auf tragische Weise erfahren musste, dass ihre Mutter, eine Tänzerin, Selbstmord begangen hatte …

Oh, mein Gott. Das ist schrecklich. Sofort schreibe ich Mel eine SMS.

Die Geschichte steht in allen Zeitungen. Will ist am Boden zerstört. Was hast du getan?

Während ich auf eine Antwort warte und noch mal meine Nachricht durchlese, verlagere ich unbehaglich das Gewicht. Ebenso gut könnte diese SMS an mich adressiert sein. Will hat recht. Ich hätte es Mel nicht erzählen dürfen. Das war ... Ich schließe die Augen. Hat sie die Sache publik gemacht, weil ich gesagt habe, ich würde mir wünschen, dass ich Kelly ein für alle Mal loswerden könnte? Ich warte weiter, aber sie meldet sich nicht – schweigt sie, weil sie sich schuldig fühlt?

»Sally!«, ruft plötzlich Mum von unten. »Kommst du mal bitte?«

Will hat es ihr also auch erzählt. Ich atme tief ein und gehe runter, um mir den Kopf abreißen zu lassen.

»Ja, das ist Wills Auto.« Mum tritt vom Vorhang zurück. »Komm, Chloe, Schätzchen, wir müssen jetzt los, falls du noch ein Eis willst.«

»Kann ich nicht noch bleiben und Onkel Will Hallo sagen?«

»Das kannst du machen, wenn wir zurückkommen«, erwidert Mum entschieden. »Er bleibt heute über Nacht, ihr werdet also mehr als genug Zeit zusammen haben.« Sie dreht sich zu mir um. »Versuch, ihn zu überzeugen, dass du es nicht absichtlich getan hast. Ich glaube, das ist der Punkt, der ihn am meisten verletzt hat. Es ist jetzt halb elf. Wir kommen in anderthalb Stunden zum Mittagessen zurück. Theo wird bis dahin wieder wach sein, oder?«

Ich nicke.

Mum tätschelt mir kurz den Arm, dann nimmt sie Chloes Hand. Ich warte im Wohnzimmer und beobachte zwischen den Vorhängen hindurch, wie sie die Auffahrt hinabgehen. Will kommt ihnen entgegen, eine Reisetasche über der Schulter, und sie reden kurz. Er nickt mit steinerner Miene, als Mum ihm etwas ins Ohr flüstert, aber als Chloe an seinem Hosenbein zerrt, setzt er ein Lächeln auf und legt ihr die Hand auf den Kopf. Er versucht, ihr gegenüber fröhlich zu wirken, obwohl ihm vermutlich eher nach Schreien zumute ist. Aus irgendeinem Grund fühle ich mich bei diesem Gedanken noch miserabler. Mum gibt ihm noch einen Kuss, dann gehen sie und Chloe weiter, und Will geht zur Tür. Ich atme tief durch ... und dann ist er auch schon da, am Eingang des Wohnzimmers.

»Schläft Theo?«, fragt er, während er die Tasche auf den Boden fallen lässt. Sein Lächeln ist längst wieder verschwunden.

Ich nicke. »Mum hat mir erzählt, was Kelly dir gesagt hat. Es tut mir leid, dass die Sache sie so mitnimmt. Und dass sie dich gebeten hat, sie allein zu lassen.«

»Ach, wirklich? Ich dachte, du würdest einen Freudentanz aufführen.« Er lässt sich aufs Sofa fallen und starrt mich an. »Ich meine, ist das nicht das Ziel, auf das du die ganze Zeit hingearbeitet hast? Uns auseinanderzubringen?«

»Nein.« Ich blicke verwirrt zu ihm hinüber. »Falls du glaubst, ich bin auf irgendeinem verrückten Rachefeldzug, dann irrst du dich.«

Er zeigt keine Reaktion. »Kelly wollte allein sein, also gebe ich ihr den Raum, den sie braucht. Sie hat mich nicht rausgeworfen, sie weiß, dass es technisch gesehen meine Wohnung ist, aber ja, sie möchte alles noch mal überdenken. Im Moment ist sie unsicher, ob es eine Zukunft für uns gibt.« Er macht eine Pause, damit die Worte ihre Wirkung entfalten können. »Sie ist wütend, weil ich dir von ihrer Mutter erzählt habe. Und sie fühlt sich natürlich auch schrecklich wegen ihrer Geschwister. Ich hab dich ausdrücklich gebeten, niemandem davon zu erzählen, Sally. Das ist alles nur deinetwegen passiert.«

Ich blicke schuldbewusst zu Boden.

»Mir ist klar, dass ihr beiden euch nie wirklich verstanden habt, und das ist okay. Ich meine, natürlich wäre es mir anders lieber gewesen, und es macht mich ein wenig traurig, aber so ist es eben. Ich hatte gehofft, dass ihr zumindest höflich miteinander umgehen würdet, um meinetwillen. Das war alles, was ich wollte.«

»Will, wäre es nur ...«

»Kannst du mich bitte ausreden lassen?« Er hebt eine Hand. »Ich wusste nicht, wie ich nach letztem Freitag reaieren sollte. Ich hatte das Gefühl, als hätte ich dich im Stich gelassen, und ich war völlig am Boden zerstört, weil du mir nicht weit genug vertraut hast, um mit mir über deine Probleme zu reden. Ich wollte alles in meiner Macht Stehende tun, um dich zu unterstützen. Das will ich immer noch, aber weißt du, Sal, da ist ein Teil von mir, der inzwischen wirklich hofft, dass du krank bist, denn schon bevor diese ganze Scheiße in den Zeitungen stand, hast du dich vollkommen unmöglich benommen. Du hast Kellys Sachen durchwühlt, du hast sie angegriffen, und du hast sie beschuldigt, sie hätte dich unter Drogen gesetzt – oh, und dass sie fünfundsechzigtausend Pfund aus deinem Haus gestohlen hat, hast du ihr auch unterstellt.«

»Ich habe sie *nicht* angegriffen«, entgegne ich hitzig. »Das ist eine glatte Lüge. Sie hat absichtlich versucht, Mum Angst einzujagen, damit sie glaubt, ich wäre verrückt!«

Will sieht mich durchdringend an. »Sie hatte Angst vor dir, Sal. Richtige Angst. Sie sagte, du hättest dich wie eine Verrückte benommen, und wenn ich mir so ansehe, was du getan hast, fällt es mir schwer, ihr nicht zu glauben. Warum hast du nicht einfach mit mir darüber gesprochen, anstatt in unsere Wohnung einzubrechen?«

»Ich wusste, dass du mir nicht glauben würdest. Ihr denkt alle, dass ich unter wahnhafter Paranoia leide, dass ich psychisch labil bin – genauso, wie Kelly es will.«

»Nein, will sie nicht. Sie glaubt, dass du das alles nur erfunden hast, die ganze Sache, angefangen von deinem Ausflug nach Cornwall bis hin zu der Möglichkeit, dass du krank sein könntest. Sie ist überzeugt, dass du und Matthew Probleme habt und dass du versuchst, ihn so zurückzugewinnen. Wie gesagt, mir persönlich wäre es fast lieber, du wärst krank – aber so oder so scheint es ziemlich offensichtlich, dass du Hilfe brauchst.«

»*Oder* du liegst vollkommen falsch. Was, wenn jemand versucht hat, mir zu schaden, und niemand hilft mir, mich oder meine Kinder zu schützen? Was dann, hm?«

»Lass mich dir eine direkte Frage stellen. Glaubst du ernsthaft, dass Kelly dich betäubt und das Geld gestohlen hat?«

Ich zögere. »Ja, das tue ich.«

Ein seltsamer Ausdruck huscht über sein Gesicht: eine Mischung aus Ungläubigkeit, Zorn, Mitleid – und Furcht.

»Und jetzt bin ich wieder in derselben Situation wie am Anfang. Alle glauben, ich wäre wahnsinnig geworden.«

»*Oder*«, ahmt er mich nach, »du weißt ganz genau, was du tust. Dass du andere Leute beschuldigst, Leute, die du nicht leiden kannst, damit es so aussieht, als wären *sie* ...«

»Will, du kannst mir nicht erzählen, dass du diesen Schwachsinn glaubst, von wegen ihr Vater hätte eine halbe Million in Einkaufstaschen in ihrer Wohnung versteckt«, unterbreche ich ihn. »Kelly wusste, dass fünfundsechzigtausend Pfund in der Tasche unter der Treppe waren; sie hat das Geld gesehen, als wir nach Ersatzschuhen für sie gesucht haben, weißt du nicht mehr? Ich verstehe nicht, warum du – oder Mum, oder die anderen – nicht glauben wollt, dass sie mich unter Drogen setzen würde, um an unser Geld zu kommen. Sie war immerhin hinterhältig genug, um den Verlobungsring hinter deinem Rücken auszutauschen und diese grässlichen Bilder von mir in die Welt zu setzen. Am Morgen, nachdem die Tasche verschwand – *direkt am Morgen danach* – hat sie eine große Summe Geld ausgegeben, um diesen Ring zu kaufen. Kommt dir das gar nicht komisch vor? Und wie viel weißt du wirklich über Kelly – und ihre Vergangenheit? Ihr seid elf Monate zusammen, das ist nichts!«

»Jetzt behauptest du also, sie hat die Sache mit ihrer Mutter erfunden?« Will blickt mich fassungslos an.

»Nein«, entgegne ich rasch. »Ich weiß, dass das wahr ist, und es tut mir auch leid für sie. Aber ich glaube auch, dass es sie dazu getrieben haben könnte, Dinge zu tun, von denen du nichts ahnst. Sie ist weit davon entfernt, in dieser Geschichte nur das unschuldige Opfer zu sein.«

»Dass ich erst seit elf Monaten mit Kelly zusammen bin, hat nichts mit dieser Sache zu tun. Auch jemand, den mal elf *Jahre* kennt, kann sich plötzlich als völlig unzuverlässig erweisen, und ob du's glaubst oder nicht, Kelly musste einen Teil des Geldes ihres Vaters loswerden, und sie dachte, sich davon einen Ring zu kaufen, wäre eine gute Idee. Das hatte einen emotionalen Hintergrund und ...«

»Will, bitte!« Ich werfe die Hände über den Kopf. »Das ist die lächerlichste Geschichte, die ich je gehört habe! Ich liebe dich, aber im Ernst – bist du wirklich so dumm?«

Er starrt mich an. »Das reicht, Sal. Was immer du denkst, du hast kein Recht, so mit mir zu reden.«

»Oh, bitte!« Jetzt verliere ich doch die Beherrschung. »Hör auf, so zu reden, als wärst du ein beschissener Anwalt. *Ich* bin Hunderte Meilen von zu Hause entfernt in einem verdammten Taxi aufgewacht, und niemand in meiner Familie will mir glauben, wenn ich sage, dass da irgendetwas Übles vor sich geht und dass ich mich an nichts erinnern kann. *Ich* finde heraus, wer für diese ganze Sache verantwortlich ist, und wieder will mir kein Mensch glauben, weil deine geistesgestörte Verlobte es geschafft hat, *mich* als die Verrückte hinzustellen. Und um der ganzen Sache die Krone aufzusetzen, glaubst *du* jetzt, dass ich zur Presse gegangen bin, obwohl ich nichts getan habe.«

»Oh, doch Sally, du hast etwas getan. Du hattest einen Abschiedsbrief bei dir. Deine Anrufliste war vollständig gelöscht, du hattest einen großen Batzen Bargeld, um das Taxi zu bezahlen, und du hast schon vorher versucht, dich umzubringen. Vielleicht willst du dich nicht mehr daran erinnern, aber es *ist* passiert. Und was tust du, als alle dir wieder so weit vertrauen, dass sie dich allein lassen? Du gehst in unsere Wohnung und schnüffelst in Kellys Sachen herum! Du kannst nicht leugnen, dass du völlig besessen bist von deiner Abneigung ihr gegenüber. Und zwar in solchem Maße, dass du böswillig etwas publik machst, was ich dir als Geheimnis anvertraut habe.«

»Als alle mir wieder so weit vertrauten, dass sie mich allein ließen?«, echoe ich verwirrt. »Ich wusste gar nicht, dass ich unter Beobachtung stand.«

»Alle sind wegen dir in Sorge, Sally. Jeder behält ein Auge darauf, was du tust. Das sollte dich nun wirklich nicht überraschen.«

»An dem Freitag, als ich entführt wurde ...«

»Entführt? Sally, ich bitte dich!«

»Jawohl, *entführt*«, beharre ich wütend. »Ich hatte eine Einkaufsliste für Samstag auf meinem Telefon und ein Schlaftagebuch für Theo. Der sogenannte Abschiedsbrief war etwas, das ich Matthew schon früher geschrieben hatte. Ich habe *nicht* geplant, mich umzubringen. Warum würde ich so was tun? Welchen logischen Grund könnte ich bitte für so was haben?«

»Welchen logischen Grund haben Selbstmörder schon?«

Ein kurzes Wimmern erklingt aus Theos Babyfon. Großartig – jetzt haben wir ihn aufgeweckt.

»Ich würde meinen Kindern niemals so etwas antun«, fahre ich fort, nun aber mit gedämpfter Stimme. »Und ich finde es faszinierend, wie leichtfertig ihr alles vergesst, was ihr über mich wisst. Und dass ich *sage*, ich war es nicht, scheint auch nichts wert zu sein. Ich weiß, du glaubst, ich bin besessen von Kelly, aber sie ist nicht die Person, für die du sie hältst.«

»Na schön«, grollt er. »Gehen wir eine Minute lang mal davon aus, deine hirnverbrannte Theorie stimmt. Deiner Meinung nach kam Kelly also rüber, sie sah eine Tasche voll Kohle unter der Treppe ... und dann was? Ich nehme an, sie hat dir die Drogen verabreicht, als wir Champagner getrunken haben, ja?«

Ich blicke ihm offen ins Gesicht. »Sie war lange genug allein, um etwas in mein Glas zu kippen. Danach habe ich in eurer Wohnung gesucht – ich glaube, es ist ein starkes, verschreibungspflichtiges Schlafmittel. Hätte sie mir so was untergeschoben, wäre ich nach einer halben bis einer Stunde umgekippt.«

»Und dann?«

»Sie kam zurück, um das Handy zu holen, das sie angeblich vergessen hatte, und hat die Tasche gestohlen, während ich oben war. Anschließend hat sie draußen gewartet, bis ich eingeschlafen war, dann hat sie mich in das Taxi gesetzt und sich mit dem Geld davongemacht.«

»Und du findest, dass ihr Dad ihr Geld hinterlassen hat, ist unglaubwürdig?« Er schüttelt den Kopf. »Das ist ein Witz. Was ist mit der Tatsache, dass deine Schwiegermutter im Haus war?«

»Entschuldigung – willst du andeuten, *Caroline* war es?« Ich lege ungläubig den Kopf auf die Seite.

»Eigentlich wollte ich damit sagen, dass Caroline es gehört hätte, falls du von Kelly die Stufen runtergeschleift worden wärst. Aber, ja, gut – Caroline war auch da; warum zeigst du nicht mit dem Finger auf sie?«

»Warum um alles in der Welt sollte meine Schwiegermutter – eine angesehene Psychiaterin, zu der ich seit Jahren eine gute Beziehung habe – ihr *eigenes* Geld stehlen und mich unter Drogen setzen?« Ich starre ihn an.

»Keine Ahnung, sag du's mir, Sally! Du scheinst im Lauf der letzten Tage eine ziemlich lebhafte Fantasie entwickelt zu haben.«

Ich atme tief ein und versuche, ruhig zu bleiben. »Was dein Argument angeht, dass Caroline etwas gehört hätte: Ich habe Kelly gesagt, dass Caroline nach Hause gegangen sei. Soweit es sie anging, war ich also mit meinen Kindern allein im Haus. Ihr hattet ja bereits gesehen, wie Matthew ging. Und Caroline hätte rein gar nichts gehört, denn sie benutzte Ohrenstöpsel, weil Theo so viel schrie.«

Will lachte humorlos. »Natürlich! Wie dumm von mir! Also schön, weiter im Text. Wie kam Kelly ins Haus, nachdem du angeblich nach oben gegangen warst?«

»Als sie zurückkam, um ihr Handy zu holen, hat sie Theo absichtlich aufgeweckt. Daran erinnere ich mich noch genau, weil ich wirklich wütend auf sie war. Ich hab sie unten allein gelassen, während ich nach oben rannte und Theos Tür schloss, damit er nicht auch noch Chloe aufweckt. Kelly hätte mehr als genug Zeit gehabt, um meine Schlüssel von der Kommode zu nehmen. Mir wäre sicher nicht aufgefallen, dass sie fehlen, als ich wieder runterkam. Mir ging es einfach nur darum, sie aus meinem Haus zu kriegen. Und als sie dann sah, wie das Licht in meinem Schlafzimmer ausging, hätte sie mühelos wieder reinkommen können.«

»Was ist mit dem Brief, den du bei dir hattest? Wie erklärst du das?«

»Es war eine Entschuldigung, die ich nach einem Streit für Matthew geschrieben hatte. Sie lag auf meinem Nachttisch. Was das anging, hatte Kelly also einfach nur Glück. Sie muss ganz außer sich gewesen sein vor Freude.«

»Sie hatte einfach nur Glück ...«, wiederholt er langsam. »Wow. Ich weiß einfach nicht, was ich noch sagen soll, Sal.«

»Dann lass mich dir etwas sagen. Ich *weiß*, dass sie gefährlich ist. Du musst mir vertrauen.« Ich weigere mich, Carolines Warnung zu erwähnen, denn es sieht aus, als würden Kelly und Will sich ohnehin trennen.

»Ich soll dir vertrauen, aber du willst mir nicht sagen, was du angeblich weißt?«

»Nein, das kann ich nicht. Tut mir leid.«

»Wie praktisch.« Er schließt kurz die Augen, und es sieht aus, als würde er sich seine nächsten Worte sorgsam zurechtlegen. »Ich glaube, du kapierst wirklich nicht, was passiert ist, Sally. Nach allem, was heute Morgen in der Presse stand, hat Kelly mir erklärt, dass sie nur unter einer Bedingung in Erwägung ziehen wird, bei mir zu bleiben, nämlich, dass sie dich nie wiedersehen muss. Dass du nie wieder in unser Haus kommst. Verstehst du, in was für eine Lage mich das bringt? Ich liebe euch beide, und ich muss mich zwischen euch entscheiden.«

»Nein. Sie will die Beziehung beenden, weil sie jetzt ihr Geld hat. Sie sucht nur nach einem bequemen Ausweg.«

Will blinzelt. »Wie hat das überhaupt angefangen? Liegt es daran, dass sie berühmt ist, und du nicht? Dein Hass hat dich total zerfressen.«

Ich gebe nicht nach. »Weißt du was, Will? Ich könnte damit leben, dass du denkst, das wäre alles meine Schuld und ich hätte den Verstand verloren – solange Kelly nicht mehr Teil unseres Lebens ist. Das Einzige, was ich will, ist, meine Familie zu schützen.«

Es folgt ein Moment der Stille, dann beginnt Theo oben richtig zu heulen.

»Ich hab dir nichts mehr zu sagen.« Will steht auf, nimmt seine Tasche und verlässt das Zimmer.

»Sally, ich habe Matthew gebeten, herzufahren und dich nach dem Abendessen mitzunehmen. Es tut mir leid, Liebes, aber ich glaube wirklich, es ist besser so.« Mum blickt mich besorgt an, während wir in meinem alten Zimmer auf dem Bett sitzen. »Ich fühle mich innerlich völlig zerrissen, aber es ist nun mal so, dass Will sonst nirgends hinkann.«

»Er hat eine eigene Wohnung! Er sollte dort sein. Falls Kelly ihn verlassen will, warum tut sie es dann nicht einfach und verschwindet?«

»Genau das hat sie vor. Sie wird morgen ihre Sachen aus der Wohnung holen. Das hat sie ihm vor einer Stunde am Telefon gesagt.«

»Was?« Ich bin geplättet. »Aber vorhin meinte er, sie würde sich die Sache noch überlegen und dass er ihr so viel Raum geben wollte, wie sie braucht.«

Meine Mutter seufzt. »Nun, sie scheint eine Entscheidung getroffen zu haben. Sie meinte, sie möchte ihn nicht mehr sehen, bevor sie auszieht.«

»Zu dem Entschluss ist sie aber bemerkenswert schnell gekommen – und alles nur wegen der Artikel, die heute in der Presse standen?«

»Ich glaube, was zwischen euch beiden in der Wohnung passiert ist, hat ihr schreckliche Angst gemacht«, erwidert Mum vorsichtig.

»Im Ernst jetzt? Sie hat die ganze Sache erfunden. Du warst nicht da, aber ich schon. Das Ganze war nur gespielt. Ich verstehe ja, dass sie sauer ist, weil alles über ihre Mutter in der Zeitung gelandet ist, aber würdest du deswegen wirklich eine Beziehung beenden? Vor allem, wenn du schon einen Verlobungsring hast? So viel zu der Drohung, dass sie nichts zwischen sich und Will kommen lassen würde.«

Mum sagt nichts dazu.

»Möchte Will, dass ich nach Hause gehe?«

»Er ist gerade sehr verletzt. Er möchte nicht, dass du dich vertrieben fühlst, und er meinte, falls du wirklich bleiben müsstest, wäre das in Ordnung, aber ich denke, es wäre leichter für ihn, wenn er ein wenig Zeit für sich hätte. Du solltest wissen, dass Kelly ihn gebeten hat, dich komplett aus ihrem gemeinsamen Leben auszuschließen, und er hat Nein gesagt. Deswegen hat sie die Beziehung beendet. Natürlich gefällt es mir nicht, dass du und die Kinder wieder gehen. Ich möchte mich um euch kümmern« – sie seufzt – »aber unter den Umständen ist es die einzige Lösung. Caroline wird die nächsten zwei Wochen bei euch bleiben, bis wir eine bessere Lösung gefunden haben.«

»Ja, Will hat schon erwähnt, dass ihr alle glaubt, ich brauche ›Hilfe‹. Jemanden, der mich im Auge behält.«

»Nein! Um dir zu helfen, Liebes, das ist alles«, entgegnet Mum müde. »Wirklich.«

»Na schön, was soll ich Chloe sagen?«, frage ich, ein wenig leiser.

»Einfach nur, dass ihr früher nach Hause fahrt, als eigentlich gedacht. Sie wird es schon verstehen. Und wenn Caroline erst ein paar ›Granny und Chloe‹-Ausflüge mit ihr gemacht hat, ist ohnehin alles vergessen. Komm jetzt.« Sie tätschelt mein Bein. »Packen wir eure Sachen. Ich weiß nicht, wie lange Dad Theo unten bei Laune halten kann, und Matthew wird schon bald hier sein. Oh je! Hat da gerade jemand geklingelt?«

»Ich war's nicht, Sal«, sagt Mel verzweifelt, während ihr der Wind eine Strähne ihres nassen Haars ins Gesicht weht und sie an ihre rote Wange klebt. Energisch streicht sie sie fort. Sie steht direkt vor mir auf der Türschwelle von Mums und Dads Haus. »Ich würde dir so was nie antun. Ich meine, ja, ich hab Ed davon erzählt, das gebe ich zu, und wir haben Witze darüber gemacht, dass wir die Presse anrufen und die Geschichte verkaufen sollten, aber wir hätten es nicht wirklich getan. Nicht in einer Million Jahren.«

»Aber du bist die einzige Person, der ich davon erzählt habe.«
Ich halte mich am Knauf der Eingangstür fest. »Falls du es also
nicht warst ...«

Sie richtet sich vor mir auf. »Ed war es auch nicht«, erklärt
sie fest. »Herrgott, Sal ich bin seit fünfundzwanzig Jahren mit
dem Mann zusammen. Ich weiß, was er denkt, bevor er es
weiß.«

Ich muss an Wills Bemerkung denken: dass die Länge einer
Beziehung nicht zwangsläufig etwas über die Vertrauenswürdig-
keit eines Partners aussagt. Gleichzeitig will ich Mel aber auch
nicht widersprechen, also blicke ich betreten zu Boden.

»Er würde so was nicht tun, Sal, darauf hast du mein Wort. Du
bist eine meiner ältesten Freundinnen!«

»Hast *du* es getan, weil du dachtest, ich würde so Kelly loswerden?«, frage ich leise.

»Nein«, beharrt sie. »Hab ich nicht. Glaubst du etwa, nur weil
du mir nicht so direkt gesagt hast, dass ich den Mund halten soll,
wäre ich der Meinung gewesen, ich mache nichts falsch?«

»Daran habe ich nicht mal gedacht«, gestehe ich. Aber jetzt,
wo sie es erwähnt ... »Ich weiß, du würdest alles für mich tun,
Mel. Und ich war gestern ziemlich aufgelöst, aber ...«

»Ich war's nicht!«

Wir blicken uns schweigend an.

»Okay.« Ich gebe auf. »Ich muss wieder rein. Tut mir leid, Mel,
aber wir fahren wieder nach Hause. Matthew ist schon unterwegs, um uns abzuholen, und ich muss noch packen.«

»Gehst du wegen dieser Sache?« Sie wirkt bestürzt.

»Mummy!«, ruft Chloe aus dem Haus. »*Bing* ist zu Ende, und
Granny ist oben und wechselt Theos Windeln!«

»Ich muss jetzt rein, Mel.«

»Bitte, ruf Will an und sag ihm, dass es mir wirklich leidtut
und dass ich es nicht war.« Sie greift nach meinem Arm. »Du
wirst es ihm doch sagen, oder? Und deine Eltern – ich will nicht,
dass sie schlecht von mir denken. Könnte ich wenigstens reinkommen und mit dir reden, während du packst?«

»Will ist hier, deswegen ist es vermutlich nicht die beste Idee«, erwidere ich unbehaglich.

»Er ist hier? Jetzt?« Ihre Augen weiten sich. »Warum? Ist alles in Ordnung? Sie haben sich doch nicht ...«

Ich schüttle den Kopf. »Ich hab schon genug gesagt, Mel. Ich muss jetzt wirklich gehen. Tut mir leid. Aber ich werde anrufen, sobald ich wieder daheim bin, versprochen.« Mit sanfter Gewalt streife ich ihre Hand ab, dann gebe ich ihr einen flüchtigen Kuss auf die Wange und schließe die Tür. Anschließend beobachte ich vom Wohnzimmerfenster aus, wie sie zu ihrem Auto zurückgeht. Sie wischt sich Tränen aus den Augen, bevor sie einsteigt und davonfährt. Seufzend lasse ich mich aufs Sofa fallen, das Gesicht in den Händen vergraben, und bin unendlich froh, als Chloe zu mir herüberrutscht, meine Hände wegzieht und mir einen warmen Kuss auf die Stirn gibt. »Ich hab dich lieb, Mummy.«

Ich lächle und tue mein Bestes, nicht vor ihr loszuheulen. »Ich dich auch, Clo.«

»Du magst mich immer, sogar dann, wenn du böse bist.«

All die Spannungen sind ihr offensichtlich nicht entgangen. »Immer, immer«, versichere ich ihr. »Es gibt nichts, was mich je dazu bringen könnte, dich nicht mehr zu lieben.« Ich schließe sie in die Arme. »Ich werde immer da sein, und ich werde nicht zulassen, dass dir irgendwas passiert, Chloe, das versprech ich dir.«

»Wir sind jetzt auf dem Rückweg«, sage ich leise in mein Handy, wobei das Summen der Autobahn um uns meine Stimme noch weiter dämpft. Hinter mir schlafen Chloe und Theo friedlich auf der Rückbank. »Ich dachte, vielleicht könnten wir uns morgen treffen. Zumindest könnten Kate und Chloe dann spielen. Das wäre was, worauf Chloe sich freuen könnte, wenn sie aufwacht, und hoffentlich würde es sie darüber hinwegtrösten, dass wir schon früher nach Hause fahren. Oder ihr könnt zu uns kommen, wenn du möchtest?«

»Was immer dir lieber ist«, erwidert Liv ein wenig steif. »Matthew wird vermutlich nicht das Haus voller Kinder haben wollen – er arbeitet immer noch von zu Hause aus, oder?«

»Oh, das ist kein Problem. Überlass ihn nur mir.«

Was folgt, ist Stille, und einen Moment lang glaube ich, die Verbindung ist abgebrochen. »Liv? Bist du noch dran?«

»Ja. Hör zu, Sal, ich wollte mich nur entschuldigen – für alles. Falls es okay ist, würde ich morgen gern alles erklären. Es ist vermutlich besser, ihr kommt zu uns. Wir sind ohnehin bis zwei daheim, weil meine neue Matratze geliefert wird.«

»Klar. Dann ruf ich morgen früh noch mal an, in Ordnung? Freu mich schon drauf.«

»Ich auch.«

»Du willst morgen wirklich zu Liv fahren?«, fragt Matthew, nachdem ich aufgelegt habe. »Wirst du ihr erzählen, was passiert ist?«

Ich versuche, das »wirklich« zu ignorieren, und erkläre: »Vermutlich nur eine Zusammenfassung der Highlights; dass Will jetzt überraschend bei meiner Mutter zu Besuch ist und wir deswegen früher zurückgefahren sind.« Ich zögere. »Tut mir leid, dass das für dich nicht die Verschnaufpause war, auf die du gehofft hast.«

Er zögert. »Wir wollten, dass du ein wenig Abstand zu der ganzen Sache bekommst, das ist alles. Niemand versucht, dich loszuwerden.«

»Trotzdem danke, dass du so kurzfristig gekommen bist.«

»Schon gut. Ich sagte doch, ich hole euch.«

»Dich hat die Sache vermutlich auch getroffen.« Einen Moment fahren wir schweigend dahin, und ich denke an die arme Mel, wie sie ihre Unschuld beteuert. »Glaubst du, Kelly hat die Story selbst an die Presse durchsickern lassen?«

»Und warum sollte sie so was tun?«, fragt Matthew gedehnt.

»Damit sie einen Vorwand hat, um Will zu verlassen. Sie kann es darauf schieben, dass ich rachsüchtig bin; ›Ich halte es nicht mehr aus; ich hab solche Angst vor deiner Schwester‹, *bla-bla-bla*. Und dann verschwindet sie mit dem Geld.«

Das muss Matthew erst mal verdauen. »Eigentlich wollte ich dich fragen, ob du Mel absichtlich von Kellys Mutter erzählt hast, weil du wusstest, dass sie es vielleicht nicht für sich behalten kann.«

Ich schüttle den Kopf. »Denselben Vorwurf hat mir auch Will gemacht. Ich hab ihr zwar gesagt, dass ich mir wünsche, Kelly loszuwerden, aber ich hätte nie damit gerechnet, dass sie so was tut.«

»Tja, wer immer es war – Kelly ist jetzt definitiv nicht mehr in deinem Leben.« Er wirft mir einen kurzen Blick zu.

Als ich erkenne, dass er recht hat, fühle ich mich einen Moment lang ganz schwach vor Erleichterung. »Dass all diese Sachen in den Zeitungen stehen, muss schrecklich für sie sein, aber ich kann dir nicht sagen, wie beängstigend ich die Vorstellung finde, dass Will sie tatsächlich geheiratet hätte«, beginne ich leise. »Ich wünschte nur, ich könnte ihm die nächsten Monate ersparen, sein Leben vorspulen, bis er die Frau findet, die *wirklich* die Richtige für ihn ist. Er glaubt noch immer, dass Kelly absolut unschuldig ist.« Ich schaue aus dem Fenster. »Jetzt werde ich wohl nie erfahren, was sie letzten Freitag mit mir gemacht hat, aber zumindest ist niemandem etwas passiert.«

»Du glaubst immer noch, dass es Kelly war?«

»Findest du es nicht verdächtig, dass sie alle Verbindungen zu mir und der Sache so rabiat abgebrochen hat? Aber weißt du was? Ich möchte diese ganze, leidige Angelegenheit einfach nur hinter mir lassen. Deiner Mutter geht es vermutlich genauso.«

»Äh, ja. Ich glaube, sie wird sich freuen, wenn sie Kelly nie wiedersehen muss.«

Kurz verfalle ich in Schweigen. Jetzt werde ich wohl auch nie erfahren, was da zwischen Kelly und Caroline abgelaufen ist. »Wir hatten noch gar keine Zeit, über deine Mum zu reden. Sie ist vermutlich ziemlich wütend auf mich, weil ich dir erzählt hab, dass sie Kellys Therapeutin war.«

»Sie war nicht gerade erfreut, nein. Aber sie versteht, warum du es mir sagen wolltest.«

»Ich verstehe nicht, warum sie es dir nicht selbst verraten hat«, murmle ich nachdenklich.

»Das hat sie. An dem Freitag, als du verschwunden bist. Sie hat mir erklärt, dass sie impulsiv reagiert hat, als sie Kelly wiedersah, und dass sie dir erzählt hat, woher sie sich kennen. Wir sind alles durchgegangen, und ich bin froh, dass das jetzt vorbei ist und Kelly nicht mehr zu einem Problem werden kann – vor allem jetzt, wo sie und Will Schluss gemacht haben. Das Wichtigste ist, dass du niemandem sonst verraten hast, was Mum dir gesagt hat. Ich bin sicher, sie hat dir erklärt, dass so was schwerwiegende Konsequenzen für sie haben könnte. Das Vertrauensverhältnis mit einem Patienten zu brechen ist eine ernste Sache, selbst wenn man die besten Absichten hat.«

»Ich hab es niemandem verraten, Ehrenwort. Und da Will nichts gesagt hat, gehe ich mal davon aus, dass Kelly ihm auch nicht von ihrer Bekanntschaft mit Caroline erzählt hat.«

Er wirkt erleichtert. »Gut. Sorgen wir dafür, dass es so bleibt. Jetzt, wo Kelly nicht länger ein Thema ist, normalisiert sich hoffentlich bald alles wieder.«

»Aber was ist mit dem Geld? Kannst du das einfach so auf sich beruhen lassen?«, frage ich. »Wäre meine Mutter um eine solche Summe erleichtert worden, würde ich vor Wut schäumen.«

»Mum ist nicht um das Geld erleichtert worden, sondern *wir*. Sie hat nur angeboten, uns auszuhelfen. Wofür ich ihr wirklich dankbar bin.«

Wie kann die Sache für ihn nur so einfach und unkompliziert sein? Muss mit den männlichen Hormonen zu tun haben.

»Um ehrlich zu sein, geht es für mich in erster Linie nicht um das Geld«, fährt er fort. »Sondern um dich.«

Ich verstumme einen Moment lang. »Es ist doch noch alles in Ordnung, oder?«

Er wirft mir einen kurzen Blick zu. »Zwischen dir und mir, meinst du? Natürlich.« Er nimmt meine Hand, zieht sie zu sich hinüber und küsst sie.

»Es ist schön; dass unsere Beziehung sich wieder ... besser anfühlt, meine ich.« Ich spreche nur zögerlich. »Du glaubst jetzt doch auch, dass es Kelly war, oder? Du denkst nicht, dass ich nach Cornwall gefahren bin, um mich umzubringen, oder dass das alles ein verrücktes Komplott war, um deine Aufmerksamkeit zu gewinnen, ja? Du glaubst mir?«

»Ja, ich glaube dir.« Er blickt auf die Straße hinaus. »Weißt du, Sal, wenn diese Woche mich eines gelehrt hat, dann, dass alles möglich ist. Absolut alles!«

Kapitel 20

Als wir vor dem Haus vorfahren, sind die Vorhänge zurückgezogen, und das Licht ist an. Es ist ein merkwürdiges Gefühl, mein eigenes Zuhause so zu sehen, wie es ein Fremder täte.

»Bevor du irgendwas sagst«, raunt Matthew. »Ich weiß, dass die Kinder aufwachen würden, wenn es drinnen nicht dunkel ist, darum haben Mum und ich im Vorfeld alles arrangiert. Einen Moment.« Er holt sein Handy hervor und verschickt rasch eine Nachricht. Tatsächlich gehen ein paar Sekunden später die Lampen im Wohnzimmer aus, gefolgt von denen unten im Flur – dann wird die Haustür geöffnet, und Caroline erscheint. Sie winkt, ehe sie ihren Zeigefinger an die Lippen legt und auf Zehenspitzen zurück ins Halbdunkel huscht.

»Ich bin beeindruckt«, gestehe ich. »Das habt ihr wirklich gut durchdacht.«

»Bleib du bitte kurz bei den Kindern im Wagen, während ich reinflitze, das Verdunkelungsrollo an Theos Fenster anbringe, das Babyfon einstöpsle und die Schlafhilfe anstelle.«

»Und denkst du bitte auch an sein Thermometer? Bloß, weil es für ihn fast so was wie ein Nachtlicht ist. Er ist daran gewöhnt.«

»Ja, ich weiß«, sagt Matthew geduldig und legt seine Hand auf den Türgriff.

»Und lass den Motor laufen, okay?«

»Natürlich. Oh, warte.« Er greift nach oben und schaltet die Innenbeleuchtung des Wagens aus.

»Gute Idee«, flüstere ich. »Also, wenn du zurückkommst, nimmst du Chloe und ich Theo. Mist!« Wir beide erstarren mitten in der Bewegung, als Theo sich zu regen beginnt, weil er spürt, dass die Bewegung des Autos aufgehört hat. »Schnell! Schnell! Er wacht auf! Wir haben nicht viel Zeit!«

Matthew steigt hastig aus, eilt um den Wagen herum, öffnet

fast lautlos den Kofferraum, schnappt sich die Reisetasche, läuft dann zum Haus und verschwindet durch die Vordertür, als wäre er ein Soldat auf einer Sondereinsatzmission. Ich werfe im Rückspiegel ängstlich einen Blick auf Theo – der den Kopf von einer Seite zur anderen dreht und sich die Nase reibt, obwohl seine Augen noch immer geschlossen sind – und schicke im Stillen ein Stoßgebet zum Schutzheiligen schlafender Babys. Es ist vollkommen lächerlich, dass wir diesen ganzen Aufwand betreiben müssen, bloß um ins Haus zu gelangen, ohne die Kinder wach zu machen. Ich schaue Chloe an, die glücklicherweise tief und fest schläft; ihr Kopf rollt nach vorn. In diesem Moment würde sie es nicht einmal merken, wenn man ihr mit einem Megafon ins Ohr schreien würde. Eines Tages wird es mit Theo genauso sein. Eines Tages ...

Caroline muss Matthew zur Hand gegangen sein, da er bemerkenswert schnell wieder auftaucht und mir den hochgereckten Daumen zeigt, bevor er um den Wagen herum zu Chloes Seite geht. Ich steige aus, und gleichzeitig öffnen wir die hinteren Autotüren, ehe wir wie bei einem tausendfach geübten Manöver die Sicherheitsgurte unserer Kinder lösen, die sich unwillkürlich regen, als die kalte Nachtluft ihre Haut streift. Ich schicke mich an, Theo hochzunehmen, und schaue rüber zu Matthew, der bereits die im Schlaf vollkommen schlaffe Chloe in den Armen hält. Er grinst mich an, und ich lächle zurück, ehe ich Theo mit einer einzigen geschmeidigen Bewegung hochhebe und mit raschen Schritten auf das Haus zueile. Theo schmiegt sich eng an meinen Körper, und mit einem Mal überkommt mich die Erkenntnis, dass Matthew und ich das hier nicht ewig machen werden, dass wir unsere Babys nicht ewig in die Sicherheit ihrer Wiege und ihres Bettes tragen werden, und unwillkürlich umarme ich Theo ein bisschen fester.

Wir erweisen uns als ziemlich gutes Team – ausnahmsweise scheint keiner der beiden aufzuwachen. Ich trete in die willkommene Wärme des Hauses – Gott sei Dank hat Caroline die Heizung hochgedreht. Sie steht schweigend im Dunkeln und wartet in der Tür zum Wohnzimmer, als ich lautlos »Hallo!« sage und mit ihrem schlafenden Engel an ihr vorbeihusche.

Ich gehe vorsichtig die Treppe hoch, Matthew ein paar Schritte hinter mir, ehe jeder von uns zum Zimmer des entsprechenden Kindes abbiegt. Gerade, als mir klar wird, dass ich einen fatalen Fehler gemacht habe, weil ich vergessen habe, Matthew zu sagen, dass er Theos Schlafsack rauslegen soll – mit offenem Reißverschluss, damit ich ihn einfach reinlegen kann –, entdecke ich den Schlafsack, der auf der Wickelauflage im orangefarbenen Schein des Nachtlichts schon auf mich wartet. Wow. Das läuft ja wie am Schnürchen. Hätte ich eine Hand übrig gehabt, hätte ich mich jetzt selbst gekniffen, um mich zu vergewissern, dass ich nicht träume.

Nicht minder verblüfft bin ich, als ich kaum drei Minuten später lautlos aus Theos Zimmer schleiche und die Tür hinter mir behutsam zuziehe. Er ist tatsächlich nicht aufgewacht. Das ist ein Wunder. Ich pirsche auf Zehenspitzen rüber zu Chloes Zimmer und spähe hinein. Sie liegt bereits im Bett und schnorchelt leise vor sich hin – von Matthew ist dagegen keine Spur zu sehen. Ich trete eilends den Rückzug an, solange die Gelegenheit günstig ist, und gehe bloß kurz in unser Schlafzimmer, um das Babyfon zu holen. Ich lausche erneut, aber alles, was ich höre, ist das sanfte Brummen von Theos Schlafhilfe. Ungläubig kehre ich nach unten zurück.

Die Wohnzimmertür ist zu, aber drinnen brennt Licht. Ich schiebe die Tür auf und blinzle unmerklich, als sich meine Augen an die Helligkeit gewöhnen. Dann sehe ich Caroline auf dem hinteren Sofa sitzen, eine Tasse Tee in der Hand, während sie in ihrer zusammengefalteten Zeitung das Kreuzworträtsel löst. Mum hat hier alles sauber und ordentlich zurückgelassen, aber Caroline hat alldem die Krone aufgesetzt. Der ganze Raum riecht wundervoll: eine Mischung aus der neuen Jo-Malone-Pomegranate-Noir-Duftkerze auf dem Tisch und den wunderschönen frischen Blumen auf dem Sims des ansonsten monströs hässlichen, weiß gekachelten Kamins, an den ich mich mittlerweile fast schon gewöhnt habe. Noch wesentlich verlockender sind allerdings die beiden sorgsam auf dem Beistelltischchen platzierten Tabletts, auf denen jeweils ein Glas Rotwein und ein Teller mit Crackern, Oliven, Käse und Pastete arrangiert sind, zusammen mit einer sorgsam gefalteten Serviette.

»Ich dachte mir, nach so einer langen Fahrt seid ihr beide sicher hungrig.« Caroline legt ihre Zeitung zur Seite. »Auch wenn Matthew sagt, dass ihr gut durchgekommen seid. Er holt gerade die Taschen aus dem Wagen rein – allerdings durch die Garage, damit die Kinder nicht gestört werden. Ich kann einfach nicht glauben, dass beide weitergeschlafen haben. Das habt ihr wirklich gut gemacht!« Sie steht auf. »Setz dich. Ich geb dir dein Tablett rüber.«

»Vielen Dank«, sage ich erstaunt, während ich gehorsam Platz nehme. »Um ehrlich zu sein, bin ich am Verhungern.«

»Ist es nicht merkwürdig, dass lange Reisen diese Wirkung auf einen haben?« Caroline setzt sich wieder hin, nachdem sie mir mein Abendessen gereicht hat. »Lass den Wein einfach stehen, wenn du ihn nicht trinken möchtest. Ich kann dir stattdessen auch gern eine Tasse Tee machen, wenn dir das lieber ist?« Sie ist schon wieder halb aufgestanden.

»Nein, nein, das ist wirklich alles ganz wundervoll so.« Ich nehme einen Schluck, um es zu beweisen, und tatsächlich schmeckt der Wein köstlich – ich spüre, wie der Alkohol durch meine Adern kriecht, und fange an, mich zu entspannen. Ich schenke ihr ein dankbares Lächeln. »Wirklich, ich kann dir gar nicht genug für alles danken, was du für uns tust.«

»Gern geschehen. Und willkommen zu Hause, Liebes.«

»Danke«, sage ich, jetzt in etwas nüchternerem Ton. »Es ist wirklich schön, wieder hier zu sein. Wie Matthew dir sicher schon erzählt hat, haben die Dinge bei meinen Eltern eine recht unschöne Wendung genommen. Mein Bruder ist heute Morgen dort aufgetaucht, und er braucht ein bisschen Abstand – von mir.«

»Ach du liebe Güte!« Ihre Miene ist mitfühlend, doch ihr Tonfall ist vollkommen neutral, so als hätte ich ihr gesagt, dass bei mir leichte Kopfschmerzen im Anflug seien, oder irgendetwas ähnlich Unwichtiges. Von dieser für sie untypischen Gleichgültigkeit verwirrt, halte ich einen Moment lang inne. Matthew hat ihr doch bestimmt *erzählt*, was passiert ist, oder nicht?

»Du weißt, dass Will und Kelly sich getrennt haben, oder?«, sage ich langsam. »Oder vielmehr, dass Kelly ihn verlassen hat.«

»Ja, das weiß ich. Also, ich dachte mir, dass ich morgen, wenn Theo schläft, mit Chloe einen Ausflug mache, damit du dich ein wenig ausruhen kannst, zumal ich mich zu erinnern glaube, dass du morgen außerdem eine Verabredung mit einer Freundin hast? Ich bleibe auch liebend gern übers Wochenende, allerdings würde ich Sonntagabend gern wieder nach Hause fahren, wenn das in Ordnung ist – ich habe Montag früh gleich als Erstes ein wichtiges Meeting in Abbey Oaks. Danach komme ich aber natürlich gleich vorbei, um auf beide Kinder aufzupassen, sodass Matthew dich am Nachmittag in aller Ruhe zu deiner Untersuchung fahren kann.«

»Danke, das ist sehr freundlich.« Ich mustere sie eingehender. »Caroline – ist irgendwas nicht in Ordnung?«

Sie hält meinem Blick stand und sieht mich einen Moment lang ruhig an. »Was sollte denn nicht in Ordnung sein? Übrigens habe ich vorhin eine Nachricht von deiner Mutter bekommen. Sie haben über die Möglichkeit nachgedacht, euch vielleicht kurzfristig eine Nanny oder ein Au-pair-Mädchen zu besorgen. Was hältst du davon? Wir könnten ...«

»Caroline, bist du sicher, dass alles okay ist?«

»Nun, es hat mich sehr betrübt, zu hören, dass Kelly und Will sich getrennt haben – es ist immer extrem schmerzhaft, wenn ernste Beziehungen in die Brüche gehen. Ich kann die Tatsache, dass bei den beiden Schluss ist, akzeptieren, und mir ist klar, dass dieser Ausgang der Ereignisse für dich nicht ungelegen kommt, ja, ich kann die Gründe für deine Erleichterung sogar gänzlich nachvollziehen. Zugleich jedoch denke ich, dass die Art und Weise, die letztlich zu dieser Trennung geführt hat, im besten Fall verantwortungslos und im schlimmsten rundheraus grausam war.«

Mir klappt der Mund auf. Darauf folgt ein unheilschwangeres Schweigen, während Caroline meinem Blick unbeirrt standhält.

»Bist du wütend auf mich?«, bringe ich schließlich hervor.

»Denkst du, dass diese Sachen in der Zeitung, die über ihre Mutter, mein Werk sind?« Caroline und ich haben noch nie zuvor so miteinander gesprochen. Niemals.

»Wenn ein Elternteil Selbstmord begeht – insbesondere, wie Studien zeigen, die Mutter –, hinterlässt das ein ausgesprochen kompliziertes Vermächtnis des Kummers, das aufzuarbeiten das Kind möglicherweise viele Jahre braucht. Die Aufgabe des behandelnden Arztes besteht in diesem Fall darin, sicherzustellen, dass dieses Trauma nicht chronisch wird oder Ausmaße annimmt, die das Kind vollends überwältigen. Ich kann mir nicht mal vorstellen, was für ein Gefühl es sein muss, dass diese Narbe im Namen der öffentlichen Sensationsgier nach all der Zeit neu aufgerissen wird.«

Ihre drastische Wortwahl lässt mich zusammenzucken. »Auch wenn ich aus meinen Gefühlen gegenüber Kelly nie ein Geheimnis gemacht habe, würde ich so was niemals tun.«

»Dann verstehst du sicher besser als die meisten anderen, was Kelly heute durchmacht?«

Wow. Jetzt verkrampfe ich mich vollends. Spielt sie damit auf das an, was sie ihrer Ansicht nach vergangene Woche in Cornwall tun wollte? Wir kommen doch jetzt nicht wirklich wieder auf *dieses* Thema zu sprechen, oder? »Um ehrlich zu sein, stimme ich dem, was du gerade gesagt hast, in jeder Hinsicht zu.« Ich halte meinen Tonfall versöhnlich. »Ich denke, das, was Kelly heute durchmachen musste, muss grauenvoll gewesen sein, und trotz allem, was zwischen uns war, tut sie mir wirklich leid.«

»Ich plädiere keineswegs dafür, dass man, wenn man auf dem Spielplatz ein Kind sieht, das die anderen Kinder schlägt, weil es selbst kein schönes Zuhause hat, einfach zulässt, dass besagtes Kind den anderen in seiner Umgebung weiterhin wehtut. In diesem Fall weist man den Rüpel in seine Schranken, um alle anderen zu schützen – doch ihn im Zuge dessen praktisch zu vernichten, kann niemals zwingend notwendig sein.«

»Ganz deiner Meinung!«, wiederhole ich. »Ich bin nicht diejenige, die Kelly das angetan hat. Ich verstehe natürlich, warum du glaubst, ich hätte was damit zu tun, und warum du deswegen wütend auf mich wärst, im Hinblick auf deine professionelle Beziehung zu Kelly und wie hart ihr daran gearbeitet haben müsst, den Schaden zu beheben, den der Selbstmord ihrer Mutter verursacht hat, aber ich schwöre dir, das einzig Unkluge, das ich in dieser Hinsicht getan habe, war, einer guten, alten Freundin von mir von Kellys Vergangenheit zu erzählen – im Rahmen all dessen, was sonst noch passiert ist, möchte ich hinzufügen –, die es dann wiederum ihrem Mann erzählt hat. Und zumindest einer von den beiden konnte seinen Mund nicht halten, was mich zutiefst enttäuscht.«

Caroline sagt nichts, mustert mich nur aufmerksam.

»Das ist die Wahrheit, Caroline. Aber bin ich froh darüber, dass Kelly aus unserem Leben raus ist? Ja, bin ich. Das kann ich nicht bestreiten.«

»Tja, nun, wie ich schon sagte, ich kann nachvollziehen, warum du so empfindest. Ich denke, aus dem einen oder anderen Grund sind wir alle ein wenig erleichtert.«

Ich schaue zu Boden. »Ja, was die Tatsache angeht, dass ich Matthew verraten habe, dass Kelly bei dir in Behandlung war ... Deswegen bist du mit Sicherheit auch sauer auf mich, und ich muss mich dafür bei dir entschuldigen.«

»Nein, Sally, ich bin nicht sauer. Allenfalls vielleicht ein bisschen enttäuscht darüber, dass du nicht *meinem* Urteilsvermögen vertraut hast, als ich dir sagte, dass es meiner Ansicht nach nicht notwendig sei, wegen Kelly irgendetwas zu unternehmen – stattdessen hast du von Matthew eine zweite Meinung eingeholt, auch wenn ich weiß, dass er niemandem gegenüber darüber ein Wort verlieren wird, da er sich vollkommen darüber im Klaren ist, was für Folgen das für mich hätte.«

»Das weiß ich ebenfalls, und ich habe die Dinge, die du mir erzählt hast, an sonst niemanden weitergegeben. Was ich auch weiterhin nicht tun werde. Darauf hab ich dir mein Wort gegeben.«

Gnädigerweise kommt Matthew in diesem Moment herein; beim Anblick seines Essenstabletts leuchten seine Augen auf. »Oh, danke, Mum, das sieht toll aus!« Er nimmt das Tablett, kommt rüber, setzt sich neben mich und stellt es auf seinen Schoß. »Ich bin am Verhungern. Ist bei dir alles in Ordnung?«

»Ja. Alles bestens«, entgegnet Caroline und sucht dann einmal mehr meinen Blick, als sie hinzufügt: »Ich habe gerade zu Sally gesagt, dass es schön ist, sie wieder hier zu haben.«

Wurde mir verziehen? Ich beginne, mich ein wenig zu entspannen.

»Ja, das ist es.« Matthew legt mir flüchtig die Hand auf den Oberschenkel, bevor er sie wegnimmt, um nach seinem Weinglas zu greifen. »Ich hab euch alle sehr vermisst, Sal. Ich werde versuchen, mich morgen früh an diesen Gedanken zu klammern, wenn Theo im Morgengrauen aufwacht.«

»Ich hoffe, du hast die Zeit genutzt und ein bisschen vorgeschlafen?«, frage ich. »Ich hätt's getan.«

Matthew schaut verlegen drein. »Na ja, ich hab zwar beide Tage gearbeitet, aber ich schätze, ich bin ein bisschen länger im Bett geblieben als sonst, ja. Trotzdem ist es wirklich gut, dass ihr alle wieder da seid. Ohne euch war das Haus einfach zu still. Und das mag ich nicht.« Er nimmt noch einen Schluck Wein.

»Nun, fürs Erste sind jedenfalls keine weiteren Ausflüge geplant«, versichere ich ihm rasch.

»Gut zu wissen. Übrigens wird Mum dich fahren, wenn du morgen Liv besuchst.«

Darauf folgt eine unbehagliche Pause.

»Ähm, und warum?«, frage ich mit einem unsicheren Lachen.

»Wir alle sind der Ansicht, dass es gut wäre, dir stärker als bisher zur Hand zu gehen, damit du in Ruhe wieder richtig auf die Beine kommen kannst.« Matthew trinkt einen weiteren Schluck Wein. »Wir machen das wirklich gern, und es ist ja im Grunde auch keine große Sache. Mum macht das nichts aus, und natürlich kommt sie nicht mit dir rein. Sie setzt dich einfach ab und trinkt dann irgendwo einen Kaffee.«

»Aber ...«, beginne ich. »Ich bin absolut in der Lage, selbst zu fahren. Ich das vielleicht eure Art, mir zu sagen, dass ihr Angst habt, ich könnte wegen des gewaltigen Hirntumors, den ich möglicherweise habe, hinter dem Steuer ohnmächtig werden?«

»Sally! Natürlich nicht!«, widerspricht er nachdrücklich. »Auch wenn ich mich tatsächlich frage, ob du aus versicherungstechnischer Sicht aktuell überhaupt versichert wärst, wenn du fährst, bevor die Testergebnisse da sind. Ich sollte das lieber mal überprüfen ... Doch abgesehen davon bitte ich dich bloß, ein bisschen besser auf dich achtzugeben, das ist alles.«

»Du willst mich im Auge behalten«, wiederhole ich langsam Wills Worte, während mein Blick zwischen den beiden hin und her geht. »Was natürlich nichts damit zu tun hat, mich zu beaufsichtigen, wenn ich mit den Kindern zusammen bin? Matthew, im Auto hast du gesagt, dass du mir glaubst, dass ...«

»Sally, wir wollen dir wirklich bloß helfen.« Caroline beugt sich in ihrem Sessel vor. »Nichts weiter. Niemand hat vor, dich zu ›beaufsichtigen‹. Hätte jemand von uns seit Freitag zu irgendeinem Zeitpunkt das Gefühl gehabt, du seist eine Gefahr für die Kinder oder dich selbst, *hätten* wir entsprechend reagiert, wir alle zusammen: Matthew, deine Eltern und ich. Wir haben die Situation und unsere Optionen hinlänglich diskutiert, hatten jedoch nicht den Eindruck, dass es nötig für uns sei, einzugreifen und irgendwelche Entscheidungen zu treffen, zu denen du womöglich nicht imstande bist.«

»Tut mir leid, willst du damit sagen, dass ihr darüber gesprochen habt, mich einweisen zu lassen?«, frage ich erstaunt, auch wenn ich versuche, meine Stimme ruhig zu halten.

»Hätten wir den Eindruck gehabt, dass uns keine andere Wahl bleibt, als diesen Weg einzuschlagen, dann hätten wir das getan, ja«, sagt Caroline aufrichtig. »Du und ich, wir haben neulich Abend ebenfalls über diese Möglichkeit gesprochen, bevor du in

Wills Wohnung eingebrochen bist, doch auch danach haben wir einen so drastischen Schritt nicht für notwendig erachtet. Allerdings bist du nach wie vor sehr erschöpft, du stehst unter großem Druck, du bist in den letzten Tagen kreuz und quer im Land herumgereist. Du musst dich medizinischen Tests unterziehen – und habe ich deine beiden kleinen Kinder schon erwähnt? Ich biete dir an, dich zu fahren, weil du es dann nicht selbst tun musst. Das ist alles. Mehr steckt nicht dahinter. Das versichere ich dir.«

Als ich schweigend zu Bett gehe und reglos daliege – während ich durch das Babyfon darauf lausche, wie Theo sich allmählich zu regen beginnt; ich weiß ehrlich nicht, wie er das macht – spürt er die Vibrationen, wenn wir die Treppe hochkommen, oder so was? –, lasse ich die folgenschweren Ereignisse des Tages vor meinem inneren Auge Revue passieren. Ich kann einfach nicht glauben, dass Kelly tatsächlich aus unserem Leben raus ist.

Sie ist weg.

Ich weiß, dass Will momentan unglaublich verletzt und wütend ist und dass er das wahre Ausmaß der Lage, in der er sich befand, vermutlich niemals begreifen wird, aber vielleicht macht er früher oder später trotzdem seinen Frieden damit – und mit mir. Wahrscheinlich wird Kelly mit irgendeinem anderen Kerl demnächst dieselbe Nummer durchziehen, und vielleicht erkennt er es dann. Zumindest bin ich mir sicher, dass er nicht lange Single bleiben wird. Er wird eine andere kennenlernen. Das tun Männer immer. Und diesmal ist es hoffentlich ein nettes, freundliches, *normales* Mädchen, das ihn liebt, weil er der erstaunliche Mensch ist, der er ist, eine liebenswerte junge Frau, der es nicht mal im Traum einfiele, etwas so Unverschämtes zu tun, wie heimlich den Verlobungsring umzutauschen, den er für sie gekauft hat, ganz zu schweigen von all dem anderen Psychoscheiß, den Kelly abgezogen hat. Ich denke daran, wie ich oben auf dieser einsamen Felsklippe stand, desorientiert und verängstigt. Heute ist es fast genau eine Woche her, seit ich in eben dieses Bett geklettert bin und nichtsahnend die Augen schloss. Ich erinnere mich an ihre zornige Miene in der Wohnung, als sie der Überzeugung war, ich hätte dort irgendetwas deponiert, um sie zu belasten, unmittelbar bevor sie meiner Mutter vorspielte, sie hätte ja solche Angst vor mir, und schließlich sehe ich sie vor mir, nur Zentimeter von meinem bewusstlosen Gesicht entfernt, als ich auf diesem Bett liege und sie mich anstößt, um sich zu vergewissern, dass ich nicht aufwachen werde – vielleicht hebt sie auch meinen reglosen, schlaffen Arm hoch und lässt ihn wieder fallen.

Ich erschaudere und ziehe die Decke fester um mich. Wenn ihr letztes Vermächtnis darin besteht, dass Matthew und unsere Eltern mich künftig wie Falken im Auge behalten, kann ich vermutlich damit leben. Obwohl es jetzt, wo Kelly fort ist, keine weiteren Diskussionen über mein »Verhalten« geben wird, denke ich mit ernster Besorgnis daran, wie Caroline gesagt hat, sie und die anderen hätten darüber gesprochen, welche »Optionen« sie meinetwegen hätten. Kein schöner Gedanke. Doch jetzt wird alles wieder wie früher. Jetzt wird alles wieder *normal*.

Endlich können wir *alle* mit unserem Leben weitermachen.

Lebwohl, Kelly. Es war *nicht* schön, dich kennenzulernen.

Kapitel 21

Theos Geplapper, der in seinem Kinderbettchen fröhlich vor sich hin brabbelt, weckt mich. Ich strecke mich und greife nach meinem Handy, um zu schauen, wie spät es ist. Zehn vor sieben? Wow! Also hat er tatsächlich – ich zähle es an meinen Fingern ab – fünf Stunden durchgeschlafen! Das ist unglaublich! Ich blinzle ein paarmal und gähne. Ich glaube, ich habe letzte Nacht sogar etwas geträumt; zum ersten Mal seit sechs Monaten. Ich will mich aufsetzen, aber Matthew streckt die Hand aus und zieht mich zu sich rüber.

»Bloß noch fünf Sekunden mit meiner Frau, bevor der Tag anfängt«, murmelt er, und ich lasse mich in seine Arme sinken. Es ist ein gutes Gefühl.

Allerdings werden es tatsächlich bloß fünf Sekunden, da Theo offensichtlich zu dem Schluss gelangt, dass es langweilig ist, ganz allein zu sein, und unvermittelt zu brüllen beginnt.

Matthew stöhnt, doch als ich mich erneut anschicke, aufzustehen, sagt er: »Schon okay. Ich gehe.« Er schlägt seine Decke zurück.

Als er den Raum verlässt, schnappe ich mir dankbar mein Telefon und rufe unverzüglich die Nachrichten auf. Es gibt nichts Neues über Kelly, doch ich vermute, dass sich das später am Tag ändern wird, wenn sie ihre Sachen aus der Wohnung schafft. Ich seufze; das Ganze ist ein gefundenes Fressen für die Presse. Der arme Will. Ich nehme mir vor, nachher bei Mum anzurufen, um zu hören, wie es ihm geht. Ich lege das Handy wieder hin und kuschle mich noch einmal unter die Bettdecke. Das Windelwechseln bei Theo verschafft mir vielleicht noch ein oder zwei Minuten mehr. Dann jedoch erschrecke ich, als eine piepsige, gedämpfte Stimme neben mir sagt: »Mummy. Ich hab Bauchweh.«

Ich schlage die Augen auf. Chloe steht über mir; sie sieht ziemlich blass aus. »Hallo, Liebes. Wie meinst du das, du hast Bauchweh?« Ich schaue mit trüben Augen zu ihr auf.

Sie antwortet nicht. Stattdessen macht sie den Mund auf – und erbricht sich mit einem nachdrücklichen *»Bluääärrgg!«* geradewegs auf meinen Kopf.

»Igitt! Oh, mein Gott!«, rufe ich und richte mich schockiert auf. Ein Klumpen Kotze plumpst von meinem Pony in meinen Schoß – und die arme Chloe bricht in Tränen aus.

»Oh, Liebling, nicht weinen! Ist schon okay! Mummy ist nicht böse auf dich!« Ich halte ihr eine Hand hin, während ich mich hastig nach irgendetwas umsehe, das sich als Lappen verwenden lässt. »Alles ist in Ordnung – du armes Ding. Hey, sehe ich nicht komisch aus?« Ich versuche zu lächeln, muss dann aber selbst würgen; der Gestank ist grässlich. Ich kann spüren, wie das Erbrochene in meinen Nacken tropft. »MATTHEW!«, brülle ich, rapple mich hoch und schnappe mir vom Wäschestapel neben dem Bett, der darauf wartet, weggepackt zu werden, ein sauberes Handtuch. Ich wickle mir das Tuch hektisch um den Kopf, um die Kotze nicht im ganzen Raum zu verteilen. »Siehst du?«, sage ich, in dem Bestreben, Chloe zu beruhigen. »Alles ist bestens!« Ich hebe gerade rechtzeitig den Kopf, um zu sehen, wie sie mir einen verängstigten Blick zuwirft. »Mummy! Ich glaub, ich muss noch mal spucken!«

Ich schaue mich verzweifelt um, aber da ist nichts Schüsselartiges; bloß mein offener Make-up-Beutel auf dem Boden. Nein, niemals! Ich greife hastig nach einem weiteren Handtuch, doch in diesem Moment würgt das arme, kleine Ding von neuem, und ihr schmaler Körper krümmt sich. Ein Sturzbach Erbrochenes ergießt sich auf den Teppich und dann auf das Handtuch, als ich es schließlich schaffe, es Chloe unter den Mund zu halten.

»Was ist los? Ich bin gerade dabei, Theos Windel zu wechseln ... Oh, du lieber Himmel!«, keucht Matthew entsetzt, als er im Türrahmen erscheint, ein halb nacktes Baby auf seiner Hüfte balancierend. »Was ist passiert?«, fragt er unnötigerweise.

»Clo hat gespuckt«, sage ich, gleichermaßen unnötig.

»Oh Gott.« Er stöhnt. »Der ganze Teppich ist voll ...«

Chloe schaut besorgt zu ihm auf; ihr laufen Tränen über die Wangen.

»Das ist schon okay, Daddy«, sage ich in warnendem Ton. »Clo kann nichts dafür, und sie war sehr tapfer.«

»Ja, natürlich – tut mir leid. Gut gemacht, Clo.«

»Hast du das Gefühl, dich noch mal übergeben zu müssen, Liebling?«, frage ich sie.

Sie schüttelt stumm den Kopf und blickt auf das Erbrochene hinab.

»Also gut, geh mit Daddy und putz dir die Zähne, während ich diesen Schlamassel wieder in Ordnung bringe«, sage ich fröhlich.

»Was ist mit ihr?«, fragt Matthew und ergreift Chloes Hand. »Hat sie was Falsches gegessen?«

»Wie wär's, wenn wir erst mal klar Schiff machen?«, sage ich entschieden. »Und uns darüber gleich Gedanken machen?«

»Warum hast du dir ein Handtuch um den Kopf gewickelt?«, fragt Matthew argwöhnisch.

»Chloe hat mich vollgekotzt.«

Seine Augen weiten sich. »Oh.«

»Ja. Ist aber nicht weiter schlimm. So was kann jedem passieren.« Ich schenke der armen Chloe erneut ein Lächeln.

Doch Matthew hört mir schon nicht mehr zu. »Theo! Nein!« Er blickt bestürzt an sich selbst hinab und sieht, wie sich auf seinem Pyjamabein ein großer, feuchter Fleck ausbreitet, während unser windelloser Sohn sich desinteressiert umschaut und dann gähnt.

Matthew schaut ungläubig zu mir auf, und einen Moment lang kann ich ihm ansehen, dass er nicht die geringste Ahnung hat, was er jetzt tun soll. Dann brüllt er über die Schulter hinweg »MUM!« in Richtung Gästezimmer. »Könntest du uns vielleicht helfen? Wir haben hier einen Notfall!«

»Wie fühlst du dich jetzt, Liebling?« Caroline betrachtet Chloe mitfühlend, die in ihre Decke eingemummelt auf dem Sofa liegt. »Besser?«

Chloe nickt, ohne ihren Blick von dem *Tinkerbell*-Film abzu-wenden, den ich ihr angemacht habe.

»Das Zeug ging *überallhin*.« Matthew schaut besorgt zu Chloe hinüber. »Was denkst du, hat sie, Mum?«

»Matthew, Chloe geht's gut.« Ich lächle.

Er runzelt die Stirn. »Na ja, offensichtlich tut's das ja *nicht*, oder? Sie hat sich gerade übel erbrochen. Machst du dir darüber überhaupt keine *Gedanken*?«

Ich nicke aufgebracht in Richtung Tür, und die beiden folgen mir nach draußen in den Flur.

»*Natürlich* mache ich mir deswegen Gedanken! Allerdings spiele ich die Sache vor Chloe absichtlich runter, weil ich nicht möchte, dass sie sich Sorgen darüber macht, krank zu sein, oder dass das noch mal passiert. Und als wir vorhin oben waren, war ich nur so locker und fröhlich, weil das Erste, was du gesagt hast, war, der ganze Teppich wäre voll davon ... Ich wollte nicht, dass sie glaubt, irgendwas falsch gemacht zu haben.«

»Oh, ich verstehe«, sagt Matthew. »Tut mir leid.«

»Ich frage mich, ob das vielleicht mit diesem seltsamen Heul-krampf zusammenhängt, den Theo Anfang der Woche hatte«, sagt Caroline. »Denkt ihr, sie haben irgendwas Falsches gegessen?«

Ich sehe Caroline verwirrt an. »Ich wüsste nicht, dass Theo ir-gendwie krank war. Vermutlich hat Chloe sich bloß irgendwas eingefangen.«

»Aber sie war doch nirgends, wo sie sich mit irgendwas hätte anstecken können, oder?«, beharrt Caroline.

»Na ja, sie war mit meinen Eltern im Laden«, sage ich langsam; ich bin mir nicht sicher, wohin das führen soll. »Ich glaube zwar nicht, dass es was Ernstes ist – aber ich werd sie heute Morgen trotzdem im Auge behalten.«

»Okay«, sagt Matthew.

»Würde es euch was ausmachen, wenn ich rasch meine Haare mache?«, frage ich und deute auf das Handtuch, das ich mir um den Kopf geschlungen habe. »Bloß, weil es blöd aussieht, wenn ich sie noch länger einfach so trocknen lasse.«

»Also, ich kann Theo jetzt gerade nicht nehmen«, sagt Matthew. »Ich muss dringend ein paar Sachen für die Arbeit erledigen.«

»Ich nehme ihn.« Caroline streckt die Hände aus. »Wir gehen zwanzig Minuten raus an die frische Luft, bevor es Zeit für sein Nickerchen wird. Lass dir so viel Zeit, wie du brauchst – ich nehme an, Matthew ist in seinem Büro, falls Chloe irgendetwas möchte. Nimm dir ruhig einen Moment für dich selbst.«

»Danke. Soll ich den Kinderwagen für euch fertigmachen?«, biete ich an.

»Ja, bitte. Wir sind spätestens um Viertel vor zehn zurück. Also komm, Theo!«

Nachdem ich mich vergewissert habe, dass mit Chloe nach wie vor alles in Ordnung ist, beschließe ich, mir die Haare in der Spielecke zu machen, sodass ich nur wenige Schritte von ihr entfernt bin, falls sie sich wieder unwohl zu fühlen beginnt. Mit brummendem Föhn und dem Kopf nach unten sehe ich Caroline durchs Fenster; sie schiebt Theo in seinem Kinderwagen fröhlich die Einfahrt hinunter und verschwindet dann um die Ecke. *Natürlich* mache ich mir wegen Chloe Gedanken, aber sie hat keine erhöhte Temperatur und trinkt viel. Es ist absolut nicht verantwortungslos von mir, vorzuschlagen, dass wir sie einfach bloß sorgsam im Auge behalten; es ist vernünftig. Vielleicht rufe ich gleich Mum an, bevor Caroline wieder zurückkommt. Ich will von ihr wissen, was es mit diesem Nanny-oder-Au-pair-Mädchen-Plan auf sich hat, den sie offenbar alle im Kopf haben, und auch wenn Will nicht mit mir reden will, finde ich es wichtig, dass er weiß, dass ich mit meinen Eltern in Kontakt bleibe, dass ich an ihn denke und dass ich das, was gestern passiert ist, nicht auf die leichte Schulter nehme.

Eine weitere Bewegung fällt mir ins Auge, und als ich aufschaue, sehe ich Ron mit steifen Schritten die Auffahrt zur Haustür hochstapfen. Seufzend schalte ich den Föhn aus, lege die Bürste beiseite und gehe in den Flur hinaus. Er ist zwar bloß unser ältlicher Nachbar, aber Anfang der Woche hat er mich im

Nachthemd auf der Türschwelle stehen sehen, und jetzt trete ich ihm mit wildem, halb getrocknetem Haar entgegen. Es wäre schön, wenn die Leute mich ausnahmsweise mal ordentlich zurechtgemacht sähen, wie einen normalen Menschen.

Tatsächlich muss er zweimal hinschauen, als ich die Tür öffne, um sich zu vergewissern, dass nicht Tina Turner vor ihm steht. »Hallo.« Ich lächle. »Bitte entschuldige die Sache mit meinen Haaren, ich war gerade dabei, sie zu föhnen. Meine Tochter musste sich heute früh übergeben, das arme Ding.«

Darauf folgt ein verblüfftes Schweigen, während er mich nur anstarrt. »Wie auch immer«, fahre ich fröhlich fort, während ich mir im Geiste eine Notiz mache, künftig mehr gesellschaftlichen Kontakt zu anderen Erwachsenen zu pflegen, bevor ich meine ohnehin recht beschränkten sozialen Fähigkeiten vollends einbüße. »Was kann ich für dich tun, Ron?«

»Na ja, als Erstes wollte ich dir sagen, dass ich euch absolut nicht hinterherspioniere«, sagt er schroff. »Also denk nicht, dass ich das getan habe.«

Jetzt ist es an mir, skeptisch dreinzuschauen. »Okay«, sage ich langsam. »Ich bin mir sicher, dass du das nicht getan hast. Aber wovon genau sprechen wir hier, bitte?«

»Hiervon.« Er hält ein kleines Plastikkästchen in Tarnfarben in die Höhe.

»Tut mir leid, was ist das?«, frage ich mit Blick auf das Kästchen, kein bisschen klüger als zuvor.

»Das ist eine getarnte Infrarot-Jagdkamera mit Bewegungsmelder und SC-Karten-Aufzeichnung.«

»Okay.« Ich runzle die Stirn. »Sorry, Ron, aber sagtest du gerade *Jagdkamera*?«

»Ja. Ich hab sie mir besorgt, um damit die Fledermäuse zu filmen, von denen ich glaube, dass sie auf *eurem* Speicher nisten, nicht auf meinem. Ich muss demnächst so ein Fledermausgutachten in Auftrag geben, weißt du, weil wir auf dem Dachboden noch ein zweites Badezimmer bauen und das Haus vielleicht auch ein bisschen nach hinten raus erweitern wollen, aber wenn da verfluchte Fledermäuse hausen, kann man sich das komplett abschminken. Diese Bauvorschriften sind der reinste Irrsinn! Die juckt das nicht, dass so ein Haus eigentlich für *Menschen* da ist. Na, jedenfalls, diese Gutachten sind nicht billig, darum dachte ich mir, ich leiste schon mal ein bisschen Vorarbeit. Deshalb hab ich mir das hier gekauft.« Wieder hält er das Kästchen hoch. »Dieses Baby filmt in Infrarot, sodass man auch nachts genau sehen kann, was vorgeht. Letzte Woche hab ich die Kamera das erste Mal in Betrieb gehabt. Und da hab ich's dann gesehen.«

»Was gesehen?«

Er wirkt ein wenig verlegen. »Na, das ständige Kommen und Gehen hier. Eigentlich wollte ich die Aufnahmen danach löschen, ganz ehrlich, aber dann hab ich sie Shirley gezeigt.«

»Shirley, deiner Frau?«, sage ich, noch immer vollkommen verwirrt.

»Ja. Ich weiß, das hätte ich nicht tun sollen, aber sie ist so ein großer Fan von ihr, da konnte ich einfach nicht anders.«

Ich werde sehr still. »Ein Fan von – Kelly Harrington? Du hast Kelly hier gefilmt?«

»Ja.« Er schaut beschämt drein. »Das war überhaupt nicht meine Absicht, glaub mir, aber als ich mir die Aufnahmen angesehen habe, war da Kelly. Sie schien ordentlich einen in der Krone zu haben ... Sie war in ziemlich schlechter Verfassung ... Das hab ich auch Shirl gesagt ... Sie konnte ja kaum noch stehen, als du sie in dieses Taxi gesetzt hast – doch als dann gestern alles in der Zeitung stand, ergab das mit einem Mal wesentlich mehr Sinn. Das arme Mädchen. Wir fanden sie in *EastEnders* ganz toll. Wie auch immer, unser Sohn meint zwar, wir sollten das hier an die Presse verkaufen, aber ich denke, du solltest es haben.« Wieder hält er das Kästchen in die Luft. »Er meint, wir könnten damit ein, zwei Riesen machen. Aber das ist nicht rechtens. So was tut man einfach nicht – deshalb gebe ich die Aufnahmen jetzt dir, damit du sie vernichten kannst. Tut mir wirklich leid, dass ich das Ganze überhaupt gefilmt habe, das war echt totaler Zufall, dass das Gerät gut eine Minute, bevor das Taxi aufgetaucht ist, zu laufen begann. Ich hatte es wirklich bloß auf die *Fledermäuse* abgesehen.«

»Nur, damit ich das alles richtig verstehe, Ron ...« Ich versuche, meinen Tonfall neutral zu halten. »Willst du damit sagen, dass diese Kamera gefilmt hat, wie ich Kelly, die offenbar betrunken ist, in ein Taxi setze? Wann wurde das aufgenommen?«

»Letzte Freitagnacht.«

Mein Herz setzt einen Schlag lang aus. »Kann ich mir die Aufnahme jetzt sofort ansehen?«

»Natürlich – hast du einen Computer?«

Ich halte die Tür ein Stück weiter auf. »Komm rein.«

Ich schnappe mir meinen Laptop von der Anrichte im Flur, gehe mit Ron in die Küche, stelle den Rechner auf den Tisch und fahre ihn hoch. »Und dieser Film ist *definitiv* von letzter Freitagnacht? Da bist du dir absolut sicher?«

»Ja, bin ich.«

»Und man kann darauf unser Haus sehen?«

Er reibt sich verlegen den Nacken. »Ja. Aber wie ich schon sagte, ich wollte eigentlich bloß die Fledermäuse aufnehmen. Die ihr übrigens tatsächlich habt. Ich hab drei gezählt. Na ja, das kannst du dir ja jetzt alles selbst anschauen.« Er zieht eine kleine Speicherkarte aus der getarnten Kamerabox und schiebt sie in den entsprechenden Slot an der Seite meines Laptops. Wir warten, und mein Magen spielt vor Anspannung verrückt, als ein neues Icon auf dem Bildschirm erscheint.

»Darf ich mal?«, sagt Ron, und ich trete beiseite.

Er klickt auf das Icon und öffnet rasch eine Datei. Für einen Mann in fortgeschrittenem Alter scheint er im Umgang mit Computern überraschend fit zu sein, und gerade, als mich allmählich die Sorge beschleicht, dass er im Hinblick darauf, warum er unser Haus gefilmt hat, vielleicht doch nicht die Wahrheit sagt, sind all meine Zweifel mit einem Schlag vergessen, als auf dem Monitor ein Schwarzweißbild unserer leeren Auffahrt erscheint.

»Ich starte die Aufnahme ... *jetzt* ... Da, siehst du?« Ron deutet auf eine flackernde Bewegung. »Das sind die Fledermäuse. Oh, und da kommt gerade das Taxi.«

Ich verfolge verblüfft, wie ein nicht näher gekennzeichnetes Auto in unsere Auffahrt einbiegt, aber Ron hat recht – das *ist* ein Taxi. Das *weiß* ich, weil ich es wiedererkenne. Das ist derselbe Wagen, in dem ich letzten Samstagmorgen aufgewacht bin, oben auf dieser Klippe. Mein Herz fängt an, schneller zu schlagen, und meine Haut kribbelt, als ich zusehe, wie die Vordertür unseres Hauses aufgeht. »Oh mein Gott ...«, keuche ich, als ich mich selbst auf dem Bildschirm sehe. Ron schaut unbehaglich zu Boden.

»Tut mir wirklich leid«, sagt er wieder, aber ich antworte nicht. Ich bekomme kein einziges Wort über die Lippen. Ich fange bloß an zu zittern, als ich wie gebannt zuschaue, wie ich Mühe habe, aufrecht zu stehen, denn natürlich irrt Ron sich, es ist *nicht* Kelly, die – halb bewusstlos – einen Arm um die Schulter der Frau gelegt hat, die sie auf dem Weg zum Taxi stützt – *ich* bin es. Zwar ist es nicht möglich, deutlich mein Gesicht zu erkennen, doch ich zweifle keine Sekunde daran, wer wer ist. Ich bin so benommen, dass die Tür des Taxis aufschwingt und der Fahrer hastig aussteigt, um zu helfen. »Das kann nicht wahr sein ...«, flüstere ich und starre die beiden Frauen an, denen der Taxifahrer jetzt zur Hand geht.

Ron missversteht mich. »Ja, unglaublich, nicht wahr? Du musst sie regelrecht auf den Rücksitz legen, weil sie's nicht alleine ins Auto schafft. Da. Siehst du? Oh, du liebe Güte ...«

»Gibt es keinen Ton?«, bringe ich mühsam und so ruhig wie irgend möglich hervor.

»Nein, bei solchen Filmen sind die Bilder wichtiger als der Ton. Das Bild ist aber auch wirklich super, wenn man bedenkt, dass es stockfinster ist, findest du nicht? Wobei ich mir, um ehrlich zu sein, trotzdem nicht sicher bin, ob eine Zeitung Kelly anhand dieser Aufnahmen tatsächlich identifizieren könnte ...«

Was vermutlich der wahre Grund dafür ist, dass er den Film nicht verkauft hat, denke ich stumm bei mir.

»... aber Sherl und ich wussten sofort, dass sie es ist, weil wir davor natürlich gesehen hatten, wie sie gekommen ist.«

Wir schauen weiter zu – ich voller Entsetzen –, wie sie mich in den Wagen bugsieren und der Fahrer mit Nachdruck die Hecktür schließt, ehe er sich hinters Steuer setzt und mit mir davonfährt. *Sie* bleibt noch einen Moment im Türrahmen stehen, ehe sie sich in aller Ruhe umdreht und in *mein* Haus zurückkehrt, in dem meine Kinder in diesem Augenblick schutzlos und verletzlich im Obergeschoss schlafen.

»Darf ich das behalten, Ron?« Ich richte mich ruckartig auf.

»Natürlich. Und bloß, damit du's weißt: Seitdem hab ich keine weiteren Aufnahmen mehr gemacht. Wir haben alles, was wir brauchten, schon beim ersten Mal eingefangen.«

Wofür ich dem lieben Gott danke. In der Sekunde, in der es mir gelungen ist, ihn loszuwerden, eile ich zurück zu meinem Laptop und schaue mir den Film noch mal an. Ich muss mich auf einen Stuhl sinken lassen, weil meine Beine mich nicht mehr tragen wollen.

»Mummy?«, ruft Chloe von nebenan. »Ich hab Durst!«

»Ich komme«, flüstere ich, kaum hörbar. Ich bin gerade wieder bei der Stelle angelangt, wo das Taxi mit mir davonbraust, während sie dasteht und mit vor der Brust verschränkten Armen in aller Ruhe zusieht, wie der Wagen wegfährt. Ich drücke auf Pause und mustere die unscharfe, leicht grobkörnige Gestalt so angestrengt, dass das Bild zu verschwimmen beginnt, ehe ich mir unvermittelt die Hand vor den Mund halte – jetzt habe ich das Gefühl, als müsste *ich* mich übergeben. Ich schließe die Augen, und sobald die Übelkeit abgeklungen ist, schlage ich sie wieder auf und starre die Übeltäterin auf dem Bildschirm unverwandt an, die nicht die geringste Ahnung davon hat, dass sie auf frischer Tat ertappt wurde.

Ich spiele die Aufnahme ein weiteres Mal ab, um mir anzuschauen, wie Caroline sich umdreht, in mein Haus geht und seelenruhig die Tür hinter sich schließt.

Kapitel 22

Ich gehe mit mechanischen Bewegungen zum Spülbecken, um Chloe etwas zu trinken einzuschenken. Ich verstehe jetzt, warum Ron seinen Fehler gemacht hat. Er sah Kelly bei uns vorfahren, hat aber nicht gesehen, wie sie wegfuhr. Der Größenunterschied zwischen mir und Caroline ist fast derselbe wie der zwischen Kelly und mir – aber letztlich hat er auf dem Video gesehen, was er sehen wollte: Kelly, die stockbesoffene Berühmtheit. Nur, dass sie es nicht war.

Sie war es nicht!

Der kleine Plastikbecher füllt sich mit Wasser. Ich habe Kelly beschuldigt, und sie und Will haben sich deswegen getrennt. Aber war es die ganze Zeit Caroline? Steckt *sie* hinter alldem?

Warum?

Einen Moment lang bin ich wie gelähmt. Ich kann nicht verarbeiten, was ich gerade gesehen habe, und das kalte Wasser sprudelt über meine Hände. Dann kommt mir plötzlich ein erschreckender Gedanke, während ich noch ins Spülbecken hinabblicke: Chloe. Ging es ihr heute Morgen darum so schlecht? Hat Caroline meinem kleinen Mädchen irgendetwas angetan? Ich drehe den Wasserhahn zu und eile ins Wohnzimmer, wobei ich in meiner Hast die halbe Tasse verschütte.

Chloe sitzt noch immer ruhig auf dem Sofa.

»Hier hab ich was zu trinken für dich.« Ich schließe rasch die Tür zu Matthews Büro und eile zu ihr hinüber, um ihr die Hand auf die Stirn zu legen. Sie ist kühl, und ihre Wangen haben eine normale Farbe. Trotzdem knie ich mich hin, um sie genauer zu untersuchen. Mit den Fingern fühle ich den Puls an ihrem Handgelenk; er scheint nicht schneller zu sein als sonst. Ich lausche ihrer Atmung; auch die ist normal. Ihre Pupillen sind nicht geweitet, und sie sitzt aufrecht da, nicht schlaff und kraftlos.

»Clo, hat Granny dir heute Morgen was zu trinken oder zu essen gegeben?« Ich versuche, die Panik in meiner Stimme zu überspielen und ringe mir ein gezwungenes Lächeln ab.

Chloe schüttelt den Kopf.

»Fühlst du dich schläfrig oder so, als würde dir wieder schlecht werden?«

Wieder schüttelt sie den Kopf.

»Hat Granny dir vielleicht was gegeben und gesagt, dass es geheim ist? Dass du niemandem davon erzählen sollst?«

»Nein.« Chloe blinzelt, und ich sehe, dass ich sie im Moment nur verwirre. »Kann ich jetzt mein Trinken haben?«

Ich reiche ihr den Becher und beobachte, wie sie daran nippt. Sollte ich sie vielleicht sofort zum Arzt fahren? Es scheint ihr so weit gut zu gehen, aber... Caroline würde Chloe doch nichts tun, oder? Sie liebt das Mädchen. Oder? »Tut es weh, wenn du schluckst?«

»Nein, Mummy. Ich kann den Fernseher nicht hören.«

»Tut mir leid«, flüstere ich nervös. »Bleib einfach hier, ich bin gleich wieder da.«

Ich haste zurück in die Küche, nehme mein Handy und tippe die Nummer meiner Mutter an. Gleichzeitig ziehe ich meinen Computer zu mir heran, und während ich darauf warte, dass Mum rangeht, sehe ich mir noch mal aufmerksam das Video an. Ich kann nicht fassen, wie ruhig sie ist. Caroline wirkt völlig ungerührt – als wäre es das Normalste auf der Welt für sie, gemeinsam mit einem Wildfremden ihre bewusstlose Schwiegertochter auf die Rückbank eines Taxis zu verfrachten. Alles Mögliche hätte in diesem Wagen mit mir passieren können.

Mum meldet sich. »Hallo, Liebes! Wie geht's dir? Ich wollte gerade anrufen, aber du bist mir zuvorgekommen.«

»Ich hab nicht viel Zeit, Mum. Chloe hat sich übergeben. Geht es dir oder Dad auch schlecht?«

»Oh, *nein!*«, ruft meine Mutter aus. »Um die Wahrheit zu sagen, dein Vater fühlt sich heute Morgen nicht allzu gut. Sein Magen rumort. Ich dachte nicht, dass das wichtig wäre. Es tut mir so leid, Schätzchen!«

»Nein, das – das ist gut. Das ist sogar sehr gut.« Ich wanke vor und zurück, so erleichtert bin ich. »Danke. Ich muss jetzt Schluss machen.«

Ich lege auf, und auf dem Bildschirm sehe ich die Stelle, wo Caroline sich völlig gelassen umdreht, um ins Haus zurückzukehren. Ich schaudere, als hätte ich gerade den Atem eines Fremden im Nacken gespürt. Ich bin jetzt zwar zuversichtlich, dass Chloe nichts fehlt, aber Caroline bleibt trotzdem eine Gefahr. Diese Frau, die ich seit fast zehn Jahren kenne, der ich völlig vertraut habe – sie hat mich hintergangen, mehr noch, sie hat versucht, mir wehzutun. Wie zur Hölle kann das sein?

Ich beobachte, wie sie die Haustür hinter sich zuzieht, dann balle ich plötzlich die Hände zu Fäusten, obwohl ich noch immer das Handy halte. Ich presse die Knöchel gegen meine Schläfen und die Ellbogen gegen meine Seiten, während ich daran zurückdenke, wie ich am Rand der Klippe umhergestolpert bin, verwirrt und völlig weggetreten. Um ein Haar wäre ich in die Tiefe gestürzt ... Was hat sie mir gegeben, dass ich so die Kontrolle verloren habe und mich später an nichts mehr erinnern konnte? Mein Atem geht schneller, als mir die ganze Tragweite meiner Entdeckung klar wird. Hätte ich das Gleichgewicht verloren, wäre ich gestorben.

Und jeder hätte geglaubt, dass es Selbstmord wäre.

Ich atme scharf ein. War das ihr Plan? Hätte es so laufen sollen?

Mein Kopf ruckt hoch, und ich schaue gerade rechtzeitig aus dem Fenster, um zu sehen, wie Caroline um die Ecke kommt. Sie schiebt meinen Sohn die Auffahrt hoch, singt ihm dabei fröhlich etwas vor.

Ich schlage den Deckel des Laptops zu und ziehe mit zitternden Fingern die kleine Karte heraus, um sie in meiner Hosentasche verschwinden zu lassen. Anschließend renne ich zur Eingangstür und reiße sie auf – im selben Moment, als Caroline davor ankommt. Sie lächelt, ihre Wangen nach dem Spaziergang leicht gerötet, und dreht den Kinderwagen so, dass ich den glucksenden Theo sehen kann. »Hallo, Mummy!«, sagt sie. »Wir hatten einen schönen Ausflug. Hatten wir doch, oder, kleiner Spatz?«

Ich muss jeden Instinkt in meinem Körper niederkämpfen, um nicht vorzuspringen, meinen Sohn aus dem Kinderwagen zu reißen, wieder ins Haus zu rennen und Caroline die Tür vor der Nase zuzuschlagen. Sie hat mich unter Drogen gesetzt. Das ist wirklich passiert, und es muss einen Grund geben, warum sie jetzt so tut, als wäre alles in bester Ordnung. Hat sie bereits einen neuen Plan? Das muss es sein. Darum war sie so bereitwillig einverstanden, sich hier einzuquartieren – damit sie uns alle im Auge behalten kann. Ich starre sie verängstigt an, während ich gleichzeitig versuche, die Kontrolle über mich zurückzugewinnen. Sie darf keinen Verdacht schöpfen.

Caroline sieht mich verwirrt an und legt den Kopf schräg. »Sal, geht's dir gut? Du siehst aus, als hättest du einen Geist gesehen?«

Einen Moment lang ist mein Kopf wie leergefegt, aber dann öffnet sich mein Mund, und von irgendwoher platzt es aus mir heraus: »Es ist Chloe.« Vorsichtig trete ich vor, um Theo aus dem Wagen zu nehmen und ihn fest an mich zu drücken. »Sie ist plötzlich ganz heiß, und ich hab festgestellt, dass ich kein Calpol mehr im Haus habe.«

Sie runzelt besorgt die Stirn. »Armes, kleines Ding. Klingt, als hätte sie Gastroenteritis. Soll ich losfahren und Arznei holen?«

»Würdest du das machen?« Ich verhasple mich fast. »Ich möchte sie nicht allein lassen, und Matthew arbeitet natürlich gerade.«

»Kein Problem, ich fahr sofort los. Ich hol nur kurz meine Handtasche.«

»Nein! Ich hab Geld.« Ich greife nach meiner Tasche – die zum Glück neben der Tür im Gang steht, halb umgekippt, sodass ihr Inhalt sich bereits teilweise über den Teppich ergossen hat – und ziehe eine Zehn-Pfund-Note heraus. Sie darf nicht hereinkommen, denn falls sie sieht, dass Chloe überhaupt nicht fiebrig ist, würde sie sofort Verdacht schöpfen. »Hier.« Ich drücke ihr das Geld in die Hand. »Nimm das.«

»Aber ich brauche meine Autoschlüssel, Sal«, sagt sie gedehnt, wobei sie mich fragend ansieht.

Ich drehe mich um, damit sie die Angst in meinen Augen nicht sieht, und Gott sei Dank – da sind ihre Schlüssel, auf der Kommode. Ich schnappe sie mir und halte sie Caroline hin. »Tut mir leid, ich will dich nicht drängen, aber ich mach mir wirklich Sorgen um Chloe.«

»Sie hat doch keinen Ausschlag oder so was? Haben ihre Hände und Füße normale Temperatur?«

»Ja – und auch kein Ausschlag. Es ist nur das Fieber.«

»Okay, dann denk daran, dass das etwas Gutes ist. Was immer sie hat, ihr Körper kämpft dagegen an. Sorg nur dafür, dass sie viel trinkt. Wo ist die nächste Apotheke? Calpol kriegt man doch überall, oder? Am besten, ich gehe zu der unten bei der Werkstatt, da krieg ich auch sicher einen Parkplatz. Ich bin gleich wieder da. Und du, mach dir keine Sorgen.«

Ich nicke stumm und sehe ihr nach, als sie zu ihrem Mercedes geht, ihn mit einem Piepsen aufschließt und dann vorsichtig aus der Einfahrt rollt. Erst, als ich den Motor nicht mehr hören kann, schlage ich die Tür zu und lehne mich atemlos von innen dagegen, während ich überlege, was ich als Nächstes tun soll. Ich habe maximal zehn Minuten, bis sie wieder da ist. Ich könnte Matthew alles erzählen, ihm das Video zeigen. Aber er wird entsetzt sein – er wird sie sofort zur Rede stellen, und die Kinder sind hier. Es wird eskalieren, und jetzt, wo ich weiß, wozu sie fähig ist, will ich das nicht riskieren. Keiner von uns ist sicher, vielleicht nicht mal Matthew. Es ist unglaublich, aber ich muss die Kinder von hier wegbringen – so bald wie möglich.

Theo hüpft auf meiner Hüfte auf und ab, als ich ins Wohnzimmer haste. Mit gespitzten Ohren höre ich, dass Matthew gerade am Telefon ist. Gott sei Dank. Er wird nichts merken.

»Chloe, Liebling.« Ich gehe zum Sofa hinüber. »Wir müssen kurz weg. Kannst du dir schon mal deine Schuhe anziehen?«

Sie blickt unglücklich zu mir auf. »Der Film hat grad erst angefangen.«

»Ich weiß, aber du musst jetzt mitkommen.«

»Ich will nicht. Mein Bauch tut immer noch weh.«

»Genau deswegen müssen wir ja los, um etwas zu kaufen, damit es deinem Bauch wieder besser geht.« Ich versuche zu lächeln. »Komm schon, je früher wir fahren, desto früher sind wir wieder da. Du darfst dir auch was Süßes aussuchen«, locke ich sie.

Sie denkt darüber nach. »Kann ich ein Überraschungsei haben?«

»Wenn du jetzt gleich mitkommst, kriegst du sogar zwei.«

Chloes Augen werden ganz rund, und sie steht leicht wackelig auf. Das arme Ding. Es geht ihr wirklich nicht gut, aber wir müssen weg. Sofort.

Ich schnalle sie in ihre Kindersitze, stopfe die Windeltasche und eine zweite Tasche mit Theos Flasche, etwas zu trinken für Chloe und einem Tragetuch in den Fußraum vor dem Beifahrersitz, lege zu guter Letzt meinen Laptop obendrauf – und fahre los.

»Du bist aber schnell, Mummy«, kommentiert Chloe nach ein paar Sekunden.

»Wirklich? Tut mir leid.« Ich bemühe mich um ein Lächeln, als wäre alles in Ordnung. »Sag mir, wenn dir wieder schlecht wird, ja?« Ich mustere sie besorgt im Rückspiegel.

»Wo holen wir die Überraschungseier?«

»Das dauert noch ein bisschen. Jetzt müssen wir erst mal hinfahren.« Ich versuche, klar zu denken. Was soll ich tun? Ich kann sie nicht zu Mum bringen. Wenn ich plötzlich auf dramatische Weise verschwinde, werden alle denken, dass ich wieder einen Zusammenbruch oder eine »Krise« habe, nur, dass sie diesmal die Polizei rufen werden, weil ich die Kinder mitgenommen habe. Mir wird ganz flau im Magen, als ich mir vorstelle, wie ich von einem Streifenwagen mit blinkendem Blaulicht überholt werde. Wie ein Polizist eine verängstigte Chloe und einen schreienden Theo zu ihrer eigenen »Sicherheit« aus dem Auto zerrt ...

»Ein bisschen Geduld, Clo«, sage ich, bevor ich kurz entschlossen von der Hauptstraße in eine Wohngegend abbiege und dann links in eine Sackgasse fahre. Es ist völlig ausgeschlossen, dass Caroline auf dem Rückweg von der Apotheke hier vorbeikommt.

Ich fahre rechts ran und greife nach dem Handy, um Matthew zu schreiben.

Bin mit Clo zum Arzt. Sie ist OK, aber so heiß, dass der Doc sich das ansehen sollte. Du warst am Telefon, wollte dich nicht stören. Sag deiner Mum, ich bin bald zurück. Soll sich keine Sorgen macht.

Natürlich wird er fragen, ob er Caroline zur Praxis schicken soll. Und jawohl, da kommt auch schon seine SMS. Wird es verdächtig wirken, falls ich ablehne? Ich kaue unsicher auf meiner Unterlippe herum.

Nein, schon OK. Chloe wird mit ihrem Auto zurückfahren wollen, und ich will nicht riskieren, dass sie in den Benz spuckt. Sag deiner Mum, ich bin in max. einer Stunde wieder da.

Das klang doch ganz plausibel, oder? Caroline wird vermutlich denken, dass ich wegen Chloe neurotisch bin, aber mehr auch nicht. Ich habe jetzt also eine Stunde, bevor sie Verdacht schöpfen. Kurz starre ich grüblerisch durch die Windschutzscheibe, dann treffe ich eine Entscheidung und hebe noch mal das Telefon.

Hi Liv. Sorry, dass ich mich nicht früher gemeldet hab. Bin schon auf dem Weg zu euch. Hoffe, es ist OK. Bist du noch daheim? X

Ich drücke Senden. Bitte, sei noch zu Hause, Liv. Bitte sei nicht schon unterwegs …

Fast sofort tauchen drei Punkte auf dem Bildschirm auf, als sie zurückschreibt. Gott sei Dank.

Noch daheim. Bis gleich XX

Erleichtert werfe ich das Handy auf den Beifahrersitz, dann blicke ich über die Schulter, fahre an und beginne zu wenden.

»Holen wir jetzt meine Überraschungseier?«, fragt Chloe.

»Ja, wir holen sie auf dem Weg zu Liv und Kate.« Ich lächle sie durch den Rückspiegel breit an, und sie erwidert meinen Blick mit skeptischem Gesichtsausdruck.

»Geht's mir gut genug, um Kate zu besuchen?«

»Oh, ich denke, schon, Liebling!«, lüge ich. »Dir geht's doch schon wieder gut. Oder ist dir übel?«

»Nein.«

»Na also!« Ich lächle sie noch mal an, und sie sieht ein bisschen weniger beunruhigt aus, bevor sie – völlig untypisch für sie – in Schweigen verfällt und aus dem Fenster starrt. Ich sehe von ihr zu Theo hinüber, der bereits eingeschlafen ist und tief und ruhig atmet. Ich tue das Richtige. Ich kann nicht zu Mum fahren, und ebenso wenig kann ich zur Polizei. Technisch gesehen zeigt das Video schließlich nur, dass Caroline mich in ein Taxi setzt, und das ist nicht gerade illegal. Ich habe keinen Beweis, dass sie mich unter Drogen gesetzt hat – und das weiß natürlich auch Caroline. Sie könnte sich mit einer billigen Erklärung aus der ganzen Sache herausreden. Und wem würde die Polizei dann glauben: der Irren, die sie im Pyjama auf einer Klippe aufgegabelt haben, oder einer angesehenen Psychologin, die sich nie etwas hat zuschulden kommen lassen?

Matthew ist derjenige, der das Video sehen muss – und Liv weiß genug über die Situation, um zu verstehen, wie wichtig das ist. Ich kann ihr vertrauen, da bin ich sicher. Natürlich bin ich noch immer wütend, weil sie Matthew verraten hat, was ich vor all den Jahren getan hatte, aber zumindest hatte sie dabei gute Absichten. Alles, was sie getan hat, war motiviert durch ihre Sorge um mich. Sie wird verstehen, warum ich die Kinder nicht in Carolines Nähe haben will, wenn ich ihr erst die ganze Geschichte erzählt habe.

Nur ... was ist die ganze Geschichte? Wir erreichen die Hauptstraße, wo ich mich in den anonymen Verkehrsstrom einfädle, und mir wird klar, dass ich noch immer keine Ahnung habe, *warum* meine Schwiegermutter mir all das angetan hat. Ich kenne sie seit Jahren, ich mag und respektiere sie, und ich dachte, das würde auf Gegenseitigkeit beruhen.

Sie hat mich in dem Glauben gelassen, dass Kelly die Übeltäterin ist. Während ich hilflos nach einer Antwort suchte, ja, sogar als ich befürchtete, schwer krank zu sein, hat sie nur zugesehen.

Die ganze Zeit über wusste sie genau, was geschehen war, aber sie war bereit, Kelly, immerhin eine ehemalige Patientin, dafür am Pranger zu sehen.

Oder vielleicht ist genau *das* der Punkt. Vielleicht geht es gar nicht um mich, sondern um Kelly. Ist es das? Hat Caroline mich nur benutzt, um wegen irgendetwas Rache an Kelly zu nehmen? Was ist wirklich zwischen den beiden vorgefallen?

Aber selbst, wenn das Carolines Absicht war – Kelly zu ruinieren –, warum hat sie mich dafür einem solchen Risiko ausgesetzt?

Ich rutsche voller Unbehagen auf dem Fahrersitz herum. Es führt kein Weg daran vorbei, dass sie mir körperlichen Schaden zugefügt hat. Sie hat mich unter Drogen gesetzt. Hat sie es getan, als ich mir ein zweites Glas Champagner genehmigt habe, nachdem Will und Kelly nach Hause gegangen waren? Da hatte sie jede Menge Zeit, etwas in meinen Drink zu kippen. Großer Gott – das ist schrecklich. Sie hat mir all die Medikamente aufgezählt, die Gedächtnisverlust auslösen können, die Ruhe in Person, obwohl sie genau wusste, was sie getan hat. Das ist psychotisch.

Und ich habe sie angefleht, mir zu helfen und Mum, Dad und Will von Kellys Vergangenheit zu erzählen! Kein Wunder, dass sie es nicht tun wollte. Wer weiß, ob es überhaupt wahr ist? Ich habe inzwischen keine Ahnung mehr, was ich noch glauben kann.

Meine Finger schließen sich fester um das Lenkrad, als ich mich daran erinnere, wie sie gesagt hat, fünfundsechzigtausend Pfund wären ein kleiner Preis dafür, dass Kelly verschwindet und uns alle in Ruhe lässt. Ich habe ihr vollkommen vertraut. Und dabei war sie diejenige, die mich durch die Hölle geschickt hat.

Ich kann es noch immer nicht verstehen.

Warum hat sie mir das angetan?

Kapitel 23

»Oh, mein Gott«, haucht Liv, während sie sich gebannt das Video ansieht, meinen Laptop auf ihren Knien balancierend. Die Mädchen sitzen uns gegenüber auf dem Sofa und gucken vollkommen verzaubert *Frozen* im Fernsehen, und ich wippe Theo auf meinem Schoß. »Du hast recht. Das bist ganz klar du, die da in dieses Taxi gesetzt wird, und die andere Person« – sie starrt aus zusammengekniffenen Augen auf den Bildschirm – »ist definitiv *nicht* Kelly.«

»Würdest du sagen, es ist diese Frau?« Ich halte mein Handy hoch und zeige ihr ein Familienfoto: ich und Caroline in der Küche, der vier Wochen alte Theo auf ihrem Arm, während Chloe strahlend vor uns beiden posiert.

Liv zieht scharf den Atem ein. »Ist das nicht seine Mutter?«

Ich nicke.

Ihre Augen weiten sich schockiert, und ihre Stimme verwandelt sich in ein entsetztes Wispern. »Seine *Mutter* hat das getan?«

»Ja.«

»Du bist ins Bett gegangen, so wie immer?«, fragt Liv schließlich. Offensichtlich hat sie ebenso große Mühe wie ich, aus dieser ganzen Sache schlau zu werden.

»Ich erinnere mich, dass ich kaum noch die Augen aufhalten konnte, aber so geht es mir zurzeit fast ständig. Mir war auch ein wenig übel, aber ich ging davon aus, dass ich nur nicht mehr daran gewöhnt wäre, Alkohol zu trinken.«

»Und am nächsten Morgen wachst du in Cornwall auf der Rückbank dieses Taxis auf?« Liv deutet auf den Schirm, woraufhin ich erneut nicke.

»Und du hattest die ganze Zeit über keine Ahnung, was mit dir passiert ist – bis du dieses Video gesehen hast?«

»Genau.«

»Was wirst du jetzt tun?«

»Ich muss es Matthew zeigen, damit er es mit eigenen Augen sieht. Denn ich will diese Frau nie wieder in meiner Nähe oder der Nähe meiner Kinder haben.«

»Denkst du nicht, du solltest vielleicht direkt zur Polizei gehen?«

Ich schüttle den Kopf. »Das hier beweist nicht, dass sie mir was in den Drink geschüttet hat. Es reicht nicht, um sie wegen irgendetwas anzuzeigen. Aber wenn Matthew das sieht ...« Ich senke die Stimme, damit die Mädchen mich nicht hören. »Dann wird er erkennen, dass seine Mutter uns die ganze Zeit über angelogen hat und dass sie gefährlich ist.«

»Ich finde nicht, dass du das Risiko eingehen und nach Hause zurückfahren solltest, um es Matthew zu zeigen, solange sie auch da ist«, meint Liv besorgt. »Was, wenn sie durchdreht und euch beide angreift oder so? Wer weiß, wozu diese Frau imstande ist.«

»Ich werde die Kinder nicht mitnehmen. Ich weiß, das ist eine große Bitte, aber könnten sie hier bei dir bleiben?«

»Natürlich«, erklärt sie ohne das geringste Zögern.

»Danke«, sage ich dankbar. »Ich hab alles Nötige für Theo mitgebracht, und Chloe wird vermutlich nicht viel essen wollen. Bis zwei bin ich wieder da.«

»Und falls nicht?«, fragt Liv. »Wen soll ich im Notfall anrufen?«

Ich muss nicht lange überlegen. »Meine Eltern. Ich schick dir ihre Nummer und auch die von meinem Bruder. Lass die Kinder mit niemand anderem mitgehen, ganz egal, wer hier aufkreuzt.«

»Nicht mal Matthew?« Jetzt sieht Liv allmählich angsterfüllt aus.

»Nein, tut mir leid, ich meinte, zu niemandem außer ihm oder mir. Aber keine Sorge, ich komme wieder, Liv.« Ich strecke den Arm aus und lege ihr eine hoffentlich ruhige Hand auf die Schulter. »Du hast mein Wort.«

»Ich halte es wirklich für eine schlechte Idee, dass du zu eurem Haus zurückfährst. Sag Matthew, er soll sich an einem öffentlichen Ort mit dir treffen. Falls sie darauf besteht, mitzukommen, kann sie dann zumindest nicht plötzlich mit dem Messer auf euch losgehen.«

Ich denke darüber nach. »Okay«, stimme ich schließlich zu. »Du hast vermutlich recht. Es könnte auch Matthews Reaktion dämpfen. Diese Sache wird ihn völlig niederschmettern.«

»Hier.« Sie klappt den Laptop zu, stellt ihn neben sich auf den Boden und breitet dann die Arme aus, um Theo entgegenzunehmen. »Du musst es Matthew zeigen. Er muss es sehen. Theo wird doch nichts dagegen haben, oben ein kleines Schläfchen zu halten, oder?«

Ich gebe ihn ihr. »Um ehrlich zu sein, vermutlich schon. Und ich entschuldige mich schon im Voraus, falls er einen Anfall bekommt.«

»Na, ja, versuchen werden wir's trotzdem.« Liv lächelt den Kleinen an. »Richtig, junger Mann?« Sie wendet sich wieder mir zu. »Du hast seine Sachen doch schon in unser Schlafzimmer gestellt, oder?«

»Ja. Windeln, seine Löffel, das Zeug für seine Milch, ein Tragetuch – alles in den Taschen.«

»Großartig. Um uns brauchst du dir keine Sorgen zu machen, Sal. Wir kommen hier schon klar.«

»Danke«, sage ich ernst, dann hebe ich den Laptop auf und gehe zu meiner wie verzaubert dasitzenden Tochter hinüber. »Clo? Hallooo, Clo?«

Sie blickt ruckartig auf, als ich lauter werde, um ihre Aufmerksamkeit zu erregen. »Ja, Mummy.«

»Ich muss ganz kurz nach Hause, um noch was zu holen, also werden du und Theo hier bei Liv und Kate bleiben, okay?«

Sie blickt skeptisch von mir zu den anderen und wieder zurück. »Wann bist du wieder da?«

»Nach dem Mittagessen.«

»Es gibt übrigens Pasta«, verkündet Liv. »Aber du musst nichts essen, falls dir nicht danach ist. Oder vielleicht nur ein paar Nudeln ohne Soße.«

»In Ordnung.« Chloe nickt und widmet sich wieder dem Fernseher.

»Na gut, dann viel Glück«, sagt Liv.

»Ich schicke dir die Nummer meiner Eltern von unterwegs. Und nochmals danke.«

»Kein Problem. Schick dir auch eine Kopie von dem Video, nur um auf Nummer sicher zu gehen. Ach ja, und Sal?«

Ich bleibe an der Tür stehen und blicke zu ihr zurück.

»Es tut mir wirklich leid, welche Rolle ich bei diesem Drama gespielt habe.«

»Alles längst vergessen.« Ich lächle flüchtig. »Du weißt doch: Ich kann mich an nichts erinnern.«

»Sei vorsichtig.«

»Bin ich.« Ich winke meinen Kindern zu, aber Chloe sieht nicht mal auf. Vermutlich sollte ich froh sein, dass sie so ruhig bleiben, obwohl ich gehe, aber als ich mich ins Auto setze, den Laptop vor den Beifahrersitz lege und mich anschnalle, muss ich trotzdem gegen den törichten Drang ankämpfen, wieder nach drinnen zu eilen, ihnen zu sagen, wie sehr ich sie liebe, und ihnen zu versprechen, dass ich bald zurück sein werde.

Ich fahre seit einer halben Stunde, als mein Handy klingelt. Es ist Matthew, also fahre ich rasch an den Straßenrand und gehe ran.

»Wo bist du?« Er hält sich nicht mit einer Begrüßung auf. »Du bist seit Ewigkeiten weg. Was hat der Arzt gesagt?«

»Mit Chloe ist alles in Ordnung«, antworte ich wahrheitsgemäß. »Hör zu, ich hatte ein kleines Problem.«

»Oh?«, sagt er sofort. »Was für ein Problem?«

»Mit dem Wagen. Ich wollte dich gerade anrufen. Ich war auf dem Rückweg im Supermarkt, um Rehydrationssalze für Chloe zu kaufen« – ich hasse es, so lügen zu müssen – »aber als ich wieder rauskam, hab ich entdeckt, dass wir einen Platten haben.«

»Okay«, erwidert er langsam. »Ist der Reifen völlig platt?«

»Äh, ja.«

»Wie kann das sein? Ist dir beim Fahren nichts aufgefallen? Sieh dir mal den Boden um das Auto an. Liegt da irgendwo Glas? Bist du wirklich sicher, dass du nicht mit dem Platten gefahren bist, denn dann könnte das gesamte Rad verbogen sein.«

Oh Gott, Matthew ... »Hör zu, alles ist in Ordnung«, versichere ich ihm. Da ist ein kleines Loch im Reifen – *das* hätte ich sagen sollen. »Ich ruf beim Automobilclub an, sobald wir wieder daheim sind, aber könntest du dir vielleicht den Wagen von deiner Mum leihen und mich und die Kinder abholen? Chloe ist nicht auf der Höhe, und Theo ist müde. Wir müssen nach Hause. Das Beste wird sein, du schickst nicht Caroline, sondern kommst selbst, dann kannst du dir den Reifen ansehen und überprüfen, ob irgendwas kaputt ist.«

»Ich fahr gleich los.«

»Und vergiss nicht, falls deine Mum fährt, ist nicht mehr genug Platz für uns alle in ihrem Wagen. Auf der Rückbank hat sonst niemand mehr Platz, wenn da erst die Kindersitze stehen. Komm also allein, okay?«

»Gib mir fünf Minuten.«

Ich atme tief durch. »Bis dann.«

Er legt auf, und ich schaue auf die Uhr am Armaturenbrett. Wenn er jetzt losfährt, werde ich kurz vor ihm beim Supermarkt sein.

Ich starte den Motor, rolle wieder in den Verkehr hinaus und nehme die Innenspur. An der Kreuzung vor dem Supermarkt erwische ich aber eine rote Ampel und trommle mit ungeduldigen Fingern aufs Lenkrad. Komm schon! Und ich muss Liv noch immer Mums Nummer schicken. Und Wills.

Endlich wird es grün, und ich biege auf den geschäftigen Parkplatz ab, wo es nur so wimmelt vor Müttern und Vorschulkindern und Rentnerpaaren, die ein- und aussteigen oder Einkaufswägen zu ihren Autos schieben. Ich suche mir einen freien Platz ein Stück vom Eingang entfernt, wo aber immer noch genug Wagen stehen, nur für alle Fälle – obwohl ich ihm mehr als genug Gründe gegeben habe, warum er allein kommen sollte.

Ich schalte den Motor ab und schicke Liv die Nummern. Sie antwortet sofort.

Danke. Alles OK hier. Theo schläft tief und fest, Chloe schaut jetzt Rapunzel. Keine Eile. Sei bitte vorsichtig.

Zumindest ist bei ihr alles in Ordnung.

Mein Blick schweift über den Parkplatz. Noch ist Carolines silberner Sportwagen nicht zu sehen, aber er muss jede Minute hier sein. Ich greife nach dem Laptop und stelle ihn auf den Beifahrersitz – ich werde nichts sagen, werde ihm einfach das Video zeigen, damit er seine eigenen Schlüsse ziehen kann. Außerdem nehme ich mir Livs Vorschlag zu Herzen und schicke die Datei an meine eigene E-Mail-Adresse, um auf Nummer sicher zu gehen.

Er ist noch immer nicht da. Stirnrunzelnd blicke ich auf die Straße hinaus – und dabei fällt mir ein schwarzer Audi auf, der langsam hinter mir vorbeirollt. Im ersten Moment nehme ich ihn nur am Rande wahr, aber als er an mehreren leeren Plätzen vorbeirollt, wird mir klar, dass der Fahrer nicht parken will. Er sucht nach jemandem.

Er blinkt und rollt auf einen Behindertenparkplatz, dann steigt ein hochgewachsener, dicker Mann aus, der langsam in einem Kreis um das Auto herumgeht und sich zwischen den abgestellten Autos umblickt. Schließlich geht er zum Audi zurück und beugt sich zur Hintertür auf der Beifahrerseite hinab.

Die Tür öffnet sich, ein weiterer Mann klettert aus dem Wagen – und auf der anderen Seite steigt Caroline aus. Ich erstarre. Voller Grauen sehe ich, wie sie sich umdreht, ganz langsam, und den Parkplatz absucht. Nach mir. Schließlich entdeckt sie unser Auto und zeigt mit dem Finger, woraufhin die beiden Männer sich ebenfalls umdrehen. Mein Herz schlägt mir vor Furcht bis in den Hals hoch. Wer zum Teufel sind diese Typen?

Die drei gehen in meine Richtung los, und als sie näher kommen, sehe ich, dass die Männer tatsächlich Uniformen tragen; schwarze Hosen, dunkle Hemden, ein auffälliges Eichenemblem auf der linken Brusttasche. Sind die etwas von Abbey Oaks, der Privatklinik, wo Caroline arbeitet? Oh mein Gott. Schlagartig wird mir klar, warum die beiden sie begleiten, aber trotz meiner Panik stoße ich die Tür auf und steige aus dem Wagen, anstatt wegzufahren. Diese Sache wird nicht zu einer wilden und womöglich gefährlichen Verfolgungsjagd eskalieren – in meinem

Kopf hallt mein Versprechen an Chloe wider, dass ich zurückkommen werde. Meine Augen suchen verzweifelt nach einer Fluchtmöglichkeit. Sie sind noch immer sechs Wagenlängen von mir entfernt. Soll ich um Hilfe rufen? Weglaufen? Wird mich das nicht noch verrückter aussehen lassen? Wird mir irgendjemand helfen, wenn diese Kerle mich packen und ich mich gegen sie wehre? Sie werden mich zwingen, in dieses Auto zu steigen!

»Nein«, keuche ich hörbar, als Caroline ruhig auf mich zukommt ... aber da taucht plötzlich ein silberner Mercedes am anderen Ende des Parkplatzes auf und röhrt auf uns zu.

Matthew.

Matthew ist hier. Oh, Gott sei Dank!

Die Reifen quietschen leicht, als er den Wagen viel zu schnell auf den nächstbesten freien Platz lenkt, dann springt er aus dem Wagen. »Nein! Mum, hör auf!«, höre ich ihn rufen. Er rennt auf sie zu, packt sie am Arm und dreht sie zu sich herum. Sie sind zu weit entfernt, als dass ich verstehen könnte, was sie sagen, aber sie macht abrupt einen Schritt von ihm weg. Matthews Brust hebt und senkt sich, während er versucht, wieder zu Atem zu kommen, und er sagt noch etwas, wobei er wütend auf die beiden Männer deutet. Ein langer Augenblick vergeht, dann drehen die beiden Kerle sich um und gehen – vermutlich auf Carolines Anweisung – zu dem Audi zurück. Sie steigen ein und schlagen die Türen zu, aber sie fahren nicht weg. Der Wagen bleibt einfach, wo er ist. Caroline dreht sich unterdessen um und geht weiter über den Parkplatz, dicht gefolgt von Matthew.

Direkt vor mir bleibt sie stehen. »Ich nehme an, da ist etwas, was ich sehen sollte.« Sie lächelt nicht. Aber dafür, dass ich sie gleich eines Verbrechens beschuldigen werde, das ihre Karriere und ihre Beziehung zu ihrem geliebten Sohn zerstören könnte, wirkt sie nicht sonderlich besorgt. »Also bitte, zeig es mir.«

Ich ignoriere die Worte – und sie – und hole tief Luft. Kurz sagt niemand etwas, ein Moment Ruhe, bevor die Bombe hochgeht. Dann sehe ich meinen Ehemann an. »Matthew, es tut mir leid – aber ich muss dir etwas zeigen!«

Kapitel 24

»Du bleibst, wo du bist!«, herrsche ich Caroline an. »Wenn du auch nur noch einen einzigen Schritt auf mich zukommst, schreie ich, und dann werde ich jedem, der mir zuhört, *alles* erzählen, einschließlich deiner beiden Mitarbeiter da drüben.« Ich halte das Handy hoch. »Und nur, damit du's weißt, ab sofort zeichne ich dieses Gespräch auf.« Ich rufe die Sprachnotizen-Funktion auf und starte die Aufnahme.

»Sal?« Matthew sieht mich verängstigt an. »Bitte sag mir, was hier los ist. Wovon redest du da?«

»Ist schon in Ordnung, Matthew«, entgegnet Caroline gelassen. »Hören wir uns doch einfach an, was Sally uns sagen möchte.«

»Mein Laptop liegt im Wagen auf dem Beifahrersitz, Matthew. Ich möchte, dass du hingehst und dir den Film anschaust, der gerade auf dem Bildschirm auf Pause steht. Du musst ihn bloß starten.«

Er eilt davon, und ich höre das Klacken der sich öffnenden Autotür, während Caroline und ich schweigend dastehen, ohne den Blick auch nur für eine Sekunde voneinander abzuwenden. »Du hast gleich zwei Männer von Abbey Oaks mitgebracht«, bringe ich mühsam hervor. »Hattest du vor, mich dort zwangseinweisen zu lassen?«

Sie antwortet mir nicht, doch im nächsten Moment werden wir ohnehin unterbrochen, als Matthew ruft: »Oh mein Gott!«

Caroline runzelt ein wenig die Stirn, ehe sie sich noch ein bisschen mehr aufrichtet als zuvor und mich niederstarrt, als Matthew wieder auftaucht.

Ich schaue zu ihm rüber. Er ist aschfahl. »Das ist ein Video von dir, Mum, in dem du Sal auf den Rücksitz eines Taxis setzt. Sie ist vollkommen bewusstlos! Das ist ein richtiger Film!«

»Unser Nachbar hat ihn heute Morgen vorgebeigebracht«, erkläre ich. »Eigentlich wollte er bloß die Fledermausaktivitäten rings um unser Haus aufnehmen. Er denkt, die Aufnahme zeigt mich, wie ich Kelly ins Taxi setze. Aber dem ist nicht so, nicht wahr, Caroline?«

»Zeig's mir«, sagt sie.

Matthew holt den Laptop, stellt ihn behutsam auf die Motorhaube und startet den Film. Ich beobachte Caroline – sie zuckt kaum mit der Wimper. Alles, was sie am Ende tut, ist seufzen. Dann greift sie nach dem Slot, holt Rons SD-Karte heraus und bricht sie sehr sorgfältig auseinander, ehe sie mit einem kleinen, fast unmerklichen Stoß den Laptop vom Wagen fegt, der zerspringt, als er auf den Betonboden des Parkplatzes knallt.

Ich keuche und sehe Matthew an, in der Erwartung, dass er irgendetwas sagt, aber er ist fassungslos und starrt seine Mutter einfach nur mit großen Augen an.

»Wie ungemein lästig von eurem Nachbarn«, sagt Caroline.

»Meinen Laptop zu zerstören ändert auch nichts an den Tatsachen«, stammle ich. »Ich hab das Video längst per E-Mail an mich selbst geschickt, und der einzige Mensch, der es unbedingt sehen musste, hat es jetzt gesehen.« Ich deute mit einem Nicken auf Matthew.

Sie zuckt die Schultern. »Na ja, jedenfalls fühle ich mich jetzt ein bisschen besser.«

»Wie kannst du nur so ruhig bleiben?« Ich starre sie ungläubig an. »Die ganze Zeit über«, sage ich mit zittriger Stimme, »wusstest du genau, was passiert ist. Du hast zugesehen, wie ich versucht habe, mir einen Reim darauf zu machen, obwohl du wusstest – obwohl du *ganz genau wusstest* –, dass ich keinen Selbstmord begehen wollte! Ich habe mit dir über alles geredet. Ich habe dir *vertraut!*«

Sie sagt nichts, sondern sieht mich bloß an, und dann, zu meinem Erstaunen, lächelt sie.

»Das hier ist kein Witz!«, brülle ich unvermittelt, und ein Pärchen ein paar Wagen entfernt schaut zu uns rüber. »Du hast versucht, mich zu verletzen! Ich weiß, dass du mir was in meinen

Drink getan hast, das mich bewusstlos werden ließ, bis hin zu dem Punkt, dass ich mich an überhaupt nichts mehr erinnern konnte!«

»Mum!«, ruft Matthew plötzlich, von dem, was ich gerade gesagt habe, scheinbar aus seiner Schockstarre gerüttelt. Er hält sich beide Hände an den Kopf. »Das hier ist kein böser Traum, oder? Das passiert wirklich. Das hier *passiert wirklich, verflucht noch mal!*«

»Beruhige dich, Matthew«, sagt sie sofort.

»Ich soll mich *beruhigen?*«, keucht er. »Hast du nicht gehört, was Sal gerade gesagt hat?«

»Du denkst wirklich, ich hätte dir was in deinen *Drink* getan?« Caroline beachtet ihn gar nicht; ihre Worte sind direkt an mich gerichtet. »Du bist ja so ungeheuer einfältig, Sally. Warum gestehst du mir nicht ein bisschen mehr Fantasie zu? Hast du von diesem Mann gehört, der seiner Frau HIV injiziert hat, während sie schlief? Vielleicht hast du davon gelesen? Ich bin recht geschickt darin, Leute zu sedieren. Ich schätze, das liegt an all den Jahren der Übung.«

Mein Herz schlägt so schnell, dass ich das Gefühl habe, mir wird übel. »Dann gibst du also zu, mich unter Drogen gesetzt zu haben?«

»Mum!«, heult Matthew fassungslos.

»Ja – das tue ich«, sagt sie rasch.

»Aber warum?«, frage ich ungläubig.

Sie zuckt von neuem mit den Schultern. »Ich kann dich einfach nicht leiden.«

»Du ... kannst mich nicht *leiden?*«, wiederhole ich töricht. »Aber ich bin die Mutter deiner Enkelkinder! Du hast alles so arrangiert, dass es aussieht, als hätte ich versucht, mich umzubringen – und als ich mich weigerte, das zu akzeptieren, hast du mich glauben lassen, Kelly wäre für alles verantwortlich. Ist dir eigentlich klar, welchen Schaden du damit angerichtet hast? Wie viele Menschen du damit verletzt hast? Ich dachte irgendwann wirklich, ich sei ernsthaft krank. Und gerade hast du sogar zwei Pfleger mitgebracht, wahrscheinlich, damit sie dir dabei helfen, mich zwangseinzuweisen – und du sagst, du hast das alles getan, weil du mich nicht *leiden* kannst?«

Sie antwortet nicht.

»Hast du Kellys Handy weggenommen, damit sie noch mal ins Haus zurückkommen musste und mir der Gedanke kommt, dass sie das Geld gestohlen hat?«, frage ich langsam. Dann weiten sich meine Augen. »Oh Gott, hast du auch ihren Absatz abgebrochen, damit ich wusste, dass sie in dem Schrank unter der Treppe war, wo sich das Geld befand?«

Caroline schnaubt. »Also, bitte! In der Reisetasche war überhaupt kein Geld! Bloß meine Kleidung und meine übrigen Habseligkeiten. Nur ein völliger Idiot würde eine solche Summe einfach unbeaufsichtigt irgendwo rumliegen lassen.«

Ich zwinge mich verbissen, mich nicht aus dem Konzept bringen zu lassen. »Was hast du gemacht, nachdem du zu mir sagtest, du würdest jetzt zu Bett gehen? Hast du mich betäubt und mir dann das Taxi gerufen? Hast du meine Anrufliste gelöscht? Mein Gott, wie erfreut du gewesen sein musst, diese Notiz zu finden und in meine Tasche zu stecken. Das muss dir vorgekommen sein wie ein Geschenk des Himmels.«

Sie zuckt erneut mit den Schultern. »Ja, ein- oder zweimal hat mir das Glück wirklich in die Hände gespielt, doch auch sonst hätte alles funktioniert wie geplant; ich hatte alles ganz genau durchdacht. Um vollkommen ehrlich zu sein, Sally, letztlich war es deine Abneigung gegen Kelly – und umgekehrt –, die dafür gesorgt hat, dass die Dinge praktisch ganz von allein ihren Lauf nahmen. Es ist fast schon tragisch, wie leicht sich Frauen aus eurer Generation manipulieren lassen, weil ihr alle so erpicht darauf seid, einander bei der ersten sich bietenden Gelegenheit an die Gurgel zu gehen, immer hübsch getarnt von eurem falschen Lächeln. Ich habe mir bloß deine natürlichen Eifersüchteleien und Unsicherheiten zunutze gemacht – lass uns nicht vergessen, dass niemand dich dazu *gezwungen* hat, in die Wohnung deines Bruders einzubrechen. Du hast das alles ganz allein gemacht. Allerdings verrate ich dir, dass ich die Reisetasche in meinem leeren, geräumigen Koffer aus dem Haus geschafft habe, als ich Samstagabend nach Hause fuhr. Ich war überhaupt nicht in Barcelona, weißt du?«

»Du hast mir erzählt, Kelly wäre gefährlich psychisch labil.«

»Nein«, berichtigt sie mich. »Um genau zu sein, habe ich das keineswegs getan. Ich sagte, jemand im näheren Umfeld der Kinder liefe Gefahr, psychisch labil zu sein. Wäre man jetzt kleinlich, könnte man behaupten, dass *jeder* das Potenzial dafür besitzt – das ist eine vollkommen nichtssagende Aussage. Ich sagte dir lediglich, dass jemand, der den Kindern nahesteht, dazu neigen könnte, etwas zu tun, das ihnen langfristigen Schaden zufügen könnte, und dass ich es als meine Pflicht erachten würde, einzuschreiten, um das zu verhindern, sofern mir keine andere Wahl bliebe. Du hast die Lücken selbst ausgefüllt – nur leider nicht korrekt. Tatsächlich habe ich dabei von *dir* gesprochen.«

»Von mir?« Ich bin entsetzt und schaue rüber zu Matthew, der einmal mehr zur Salzsäule erstarrt zu sein scheint.

»Ich hatte Grund zu der Annahme, dass du etwas tun könntest, das Chloe und Theo unnötigerweise schadet, darum habe ich, wie versprochen, eingegriffen und dich aufgehalten. Das ist das Einzige, worum es hierbei ging.«

»Das ist absoluter *Schwachsinn!*«, heule ich zornig. »Ich würde meinen Kindern niemals etwas antun. Versuch ja nicht, dich so einfach aus dem rauszuwinden, was du getan hast! Alles, was du gesagt hast, diente bloß dazu, mich auf eine falsche Fährte zu locken!«

»Du hast gehört, was du hören wolltest«, beharrt sie. »Du *wolltest* glauben, dass Kelly eine Lügnerin und eine Diebin ist.«

»Nein, wollte ich nicht! Was ist das überhaupt mit euch beiden?«, unterbreche ich sie. »Warum versuchst du, nicht bloß mir zu schaden, sondern auch ihr?« Dann schnappe ich unvermittelt nach Luft. »Oh, du lieber Gott – *du* hast der Presse das von Kellys Mutter erzählt, nicht wahr? Wie konntest du das tun? Ich habe meiner ältesten Freundin vorgeworfen, mich hintergangen zu haben, dabei warst *du* das? Du hast deine Schweigepflicht gegenüber Kelly vorsätzlich gebrochen, und das nach dieser frömmelnden Ansprache, die du mir gehalten hast?«

»Offen gestanden wusste ich gar nichts vom Selbstmord ihrer Mutter, bis du mir davon erzählt hast, daher gab es für mich im Hinblick darauf, die Presse zu kontaktieren, keinerlei Interessenkonflikt, ganz gleich welcher Art.«

»Natürlich gibt es den! Du warst ihre Therapeutin!«

»Nein, war ich nicht. Ich habe sie das erste Mal bei euch zu Hause getroffen, an dem Abend, als sie vorbeikamen, um euch von ihrer Verlobung zu berichten.«

Der Boden fühlt sich an, als würde er jeden Augenblick unter meinen Füßen nachgeben. »W-W-W-Was?«, stottere ich. »Du warst *nicht* ihre Ärztin?«

»Nein«, sagt Caroline schlicht.

»Aber du hast so getan, als hättest du sie erkannt!«

»Das hab ich ja auch. Sie ist schließlich *berühmt.*«

»Nein, ich meine, als würdest du sie aus der Vergangenheit kennen. Du *weißt*, dass du so getan hast! Du hast mir gesagt, du hättest sie behandelt, und dass du Geheimnisse über sie wüsstest!«, rufe ich. »Gefährliche Geheimnisse. Du hast mir sogar erzählt, sie könnte keine Kinder bekommen.«

»Nein, ich sagte dir, dass einige Magersüchtige Probleme mit der Zeugungsfähigkeit haben. Das ist nichts weiter als eine Tatsache, genauso wie dass der Himmel blau ist. Über Kelly selbst habe ich kein einziges Wort verloren. Wie hätte ich das auch tun können? Schließlich war sie eine vollkommen Fremde für mich.«

»Ich kann das einfach nicht glauben. Du *kanntest* sie überhaupt nicht?« In völliger Fassungslosigkeit umklammere ich meinen Kopf mit den Händen. »Aber wenn du sie gar nicht kanntest, hattest du auch keinen Grund, dich an ihr zu rächen ...«

»Stimmt«, sagt Caroline so geduldig, als spräche sie mit einem außergewöhnlich begriffsstutzigen Kind.

»Das macht es ja fast noch schlimmer! Du hast sie einfach bloß benutzt? Aber was ist mit den fünfundsechzigtausend Pfund? Du hast gemeint, das wäre ein geringer Preis dafür, Kelly nicht zu erzürnen?«

»Na ja, es *war* ja auch ein geringer Preis, schließlich hat sie das Geld überhaupt nicht genommen, nicht wahr?« Caroline zuckt wieder mit den Schultern. »Hast du nicht gehört, was ich gerade gesagt habe? Kelly hatte niemals irgendetwas mit irgendwelchem Geld zu schaffen. *Weil da keine Tasche mit Geld war.* Matthew hat mir die fünfundsechzigtausend geliehen und dann habe ich sie ihm zurückgezahlt, direkt auf sein Konto. Ende der Geschichte. Die Sache ist die, Sally: Wenn man ein hinreichendes Gefühl von Chaos erzeugt, hat dein Widersacher nicht die geringste Ahnung, wer sein *wahrer* Feind ist ... Jedenfalls käme niemand auf den Gedanken, mich zu beschuldigen ... Und ich finde es ehrlich gesagt ein bisschen unaufrichtig von dir, jetzt mit einem Mal Sorge um Kelly zu heucheln. Du hast doch genau das bekommen, was du wolltest. Kelly ist fort. Du kannst mir dafür danken, wann immer du willst. Und wenn du *wirklich* die Wahrheit wissen willst, ich kann dich *tatsächlich* nicht ausstehen. Schon in dem Moment, als Matthew dich das erste Mal mit nach Hause brachte, wusste ich, dass du nicht die Richtige für ihn bist.«

»Mum!«, mischt Matthew sich endlich in das Gespräch ein.

»Ständig mäkelst du an meinem Sohn herum«, fährt sie fort, ohne ihn zu beachten. »Nichts ist jemals gut genug für dich. Du lebst in einem Haus, für das er sich die Finger wundgeschuftet hat, damit ihr es kaufen könnt, und alles, was *dir* dazu einfällt, ist, darüber zu meckern, wie veraltet es schon ist und was alles neu gemacht werden muss. Tja, warum gehst *du* dann nicht los und verdienst das Geld, um das alles zu bezahlen?«

»*Mum!*«, wiederholt Matthew.

»Nein, Matthew!«, schneidet sie ihm unwirsch das Wort ab; plötzlich ist sie stinkwütend. »Das muss ihr mal jemand ins Gesicht sagen! Du hast ja keine Ahnung, was für ein verdammtes Glück du hast, Sally!« Sie wirbelt wieder zu mir herum und starrt mich zornig an. »Du hast zwei gesunde Kinder, einen Mann, der dich liebt, ein Dach über dem Kopf. Doch du verdienst nichts davon.

Das ist das, was ich an Frauen wir dir am meisten hasse, Sally: euer grenzenloses Anspruchsdenken. Die Welt liegt euch zu Füßen, aber ihr wollt trotzdem immer noch mehr, mehr, mehr. Und wenn etwas nicht perfekt ist, sind immer die anderen schuld. Ich habe mich an meinen eigenen Haaren aus dem Sumpf gezogen, um mir und meinem Kind ein gutes Leben aufzubauen. Was hast du jemals geleistet? Was hast du jemals *getan,* abgesehen davon, dich bitterlich über dein ach so schweres Los zu beklagen? Du hättest uns allen einen Gefallen damit getan, wenn du von dieser Klippe gestürzt *wärst.* Das war das, was ich eigentlich wollte, und Gott weiß, dass du genügend Medikamente intus hattest, damit es dazu kommt.«

Ich weiche einen Schritt zurück, unfähig zu glauben, was sie da gerade gesagt hat. »Du wirst nie wieder auch nur in die Nähe von uns oder unseren Kindern kommen!«, fahre ich sie an; meine Stimme zittert heftig. »Wir wollen nichts mehr mit dir zu tun haben!«

»Wir? *Wir?* Also willst du ihn noch mal vor die Wahl stellen? Genau *davon* rede ich! *Du* willst nach Amerika, also muss Matthew sein ganzes Leben hinter sich lassen – einfach so.«

»Lieber Himmel, Caroline! Das ist Jahre her! Wirfst du mir das nach all dieser Zeit immer noch vor?« Ich bin entsetzt. »Ich mein's ernst: Wenn du uns noch mal zu nahe kommst, ruiniere ich dich. Dann spiele ich jedem diese Aufnahme hier vor ...« Ich halte mein Handy in die Höhe. »... damit alle wissen, was für eine Frau *du* wirklich bist.«

»Tu, was immer du tun willst, mein Schatz.«

»Mum, nein!«, sagt Matthew mit brechender Stimme. »Das geht alles schon viel zu weit. Hör auf damit. Jetzt. Sofort.«

»Halt den Mund, Matthew!«, warnt sie ihn.

»Das kannst du nicht machen!«

»Das habe ich bereits, Matthew!«

»Aber das ist nicht fair – oder richtig«, heult er plötzlich. »Ich kann nicht zulassen, dass du die ganze Schuld für all das auf dich nimmst, obwohl du nicht die Einzige bist, die Schuld daran hat, Mum.«

Ich keuche, als hätte jemand unvermittelt von hinten meinen Schädel gepackt und ihn unter Wasser gedrückt. Außerstande zu atmen, drehe ich ruckartig den Kopf, um ihn anzusehen.

Er hat Tränen in den Augen. Er ist nicht wütend; sein Gesicht ist eine einzige Maske der Scham.

Er sieht wie ein Mann aus, der gerade ein Geständnis abgelegt hat.

»*Du* hast bei alldem mitgemacht?« Ich bringe die Worte kaum über die Lippen. Mein ganzer Körper fängt an zu zittern.

Er schluckt.

»Sag kein Wort mehr, Matthew!«, fährt Caroline ihn an, jetzt ehrlich verängstigt. »Ich habe bereits zugegeben, dass das alles mein Werk war. Es gibt keinen Grund, dass du da mit reingezogen wirst. *Denk* daran, welche Folgen das hätte. *Bitte*«, fleht sie.

»Ja, ich weiß, was das bedeutet«, sagt er, ehe er sich mir zuwendet. »Ich wusste, was Mum vorhat. Wir haben das alles zusammen geplant.«

»Oh Gott!«, wimmert Caroline. »Oh, Scheiße, Matthew! Du dummer, dummer Junge!«

Ich höre mich selbst ein sonderbares, gutturales, schmerzerfülltes Stöhnen ausstoßen. »Ihr habt das alles *zusammen* geplant?«, wiederhole ich und starre meinen Ehemann fassungslos an. »Aber eben warst du doch noch vollkommen entsetzt, als du das Video gesehen hast.«

»Weil sie gesagt hat, dass niemand jemals etwas davon erfahren würde. Wir haben darüber gesprochen – darüber, dass dir nicht wirklich etwas passiert. Ich schwöre dir, Sally – so weit sollte es niemals kommen. Du solltest bloß ein bisschen verängstigt und verwirrt in Cornwall aufwachen, nichts weiter. Ich dachte, dann würdest du vielleicht glauben, dass ... mit dir etwas nicht stimmt. Besonders im Hinblick auf den Brief, den ich dir in die Tasche gesteckt habe. Denn du hattest recht, ich habe ihn gelesen.« Er macht einen Schritt auf mich zu. »Doch bitte, glaub mir, wenn ich dir sage, dass ich keine Ahnung davon hatte, dass du in der Vergangenheit tatsächlich solche Probleme hattest, Sal. Ich wusste nicht, dass du schon mal versucht hast, dir das Leben zu nehmen, sonst hätte ich mich *niemals* auf diese Sache eingelassen. Das weißt du doch, oder?« Er streckt die Hände aus und ergreift verzweifelt meine Arme. »Und ich möchte, dass du weißt, dass du *sicher* warst. Die ganze Zeit über warst du sicher. Dir konnte nichts passieren. Du hattest Geld bei dir, und wir wussten genau, wo du bist.«

»Ich war kein bisschen sicher!«, zische ich und weiche vor ihm zurück. »Warum hast du mir das angetan?«

Er sieht mich mit wildem Blick an. »Mir ist etwas wirklich Dummes passiert.«

»Matthew, HALT DIE KLAPPE!«, schreit Caroline. »Du wirst *alles* verlieren! Willst du das?«

»Was hast du getan?«, flüstere ich; mein Herz beginnt, wie wahnsinnig zu hämmern.

»Es war ein Fehler«, sagt er. »Ein furchtbarer Fehler. Das, was sie wollte, hätte so vielen Menschen so unendlich wehgetan, den ganzen Kindern, und ... das war die Sache nicht wert. Das wäre es niemals wert gewesen. Ich will nicht, dass die Kinder leiden, und ich will nicht noch mal ganz von vorne anfangen. Ich liebe dich – und ich habe es mir anders überlegt. Ich fürchtete sogar, du könntest dahinterkommen und *mich* verlassen. Dann hat sie gesagt, sie würde dir alles erzählen, weil sie mir ansehen würde, dass ich zu große Angst davor hätte, dich zu verlassen, und dass sie mir diese Entscheidung abnehmen würde – da bin ich in Panik geraten. Ich hab unser gesamtes Geld abgehoben, damit ich, wenn du gehst, am Ende wenigstens nicht mit nichts zurückbliebe. Ich wusste, dass du die Scheidung einreichen würdest, wenn du von ihr erfahren würdest, was wir getan haben.«

»Das Geld aus dem Wohnungsverkauf? Hast du nicht gesagt, du hättest es ihr für dieses Frauenhaus geliehen?« Ich deute auf Caroline, während ich die ganze Zeit darüber nachgrüble, von wem er wohl spricht.

Er schluckt und schüttelt den Kopf. »Das war alles gelogen. Ich hab das Geld abgehoben, aber dann hatte Mum diese Idee mit

Cornwall, und ich musste das Geld wieder *einzahlen*, außerdem brauchte ich auch eine Ausrede dafür, warum ich es überhaupt erst von der Bank geholt hatte, für den Fall, dass du die Kontoauszüge zu Gesicht bekommst oder so. Übrigens dachte ich tatsächlich, das Geld wäre Freitagnacht verschwunden; Mum hat mir gesagt, es sei weg, damit ich aufrichtig besorgt wirke. Sie glaubte, andernfalls würde ich es nicht schaffen, die Sache überzeugend rüberzubringen ... Doch ich möchte, dass du *weißt*, dass ich ehrlich erschrocken war, als ich erfuhr, was dir vor all diesen Jahren widerfahren ist; das war nicht gespielt. Jedes Wort, das ich diesbezüglich zu dir gesagt habe, war die Wahrheit.«

»Moment ... Was meinst du damit, dass du sonst den ›ganzen‹ Kindern wehgetan hättest?«, frage ich langsam. »Welchen anderen Kindern? Wer ist diese geheimnisvolle ›Sie‹, von der du da redest?«

»*Vielleicht könnte ich mit einer anderen ja sogar* glücklich *werden!*«

Darauf folgt eine Pause.

Ich starre ihn an. »Matthew, hattest du etwa eine Affäre?«

Er schließt beschämt die Augen, als würde das irgendwie bedeuten, dass er meine Frage nicht beantworten muss, doch das ist letztlich auch gar nicht nötig. Ich kenne die Wahrheit bereits.

»Wer ist sie?«

»Das spielt keine Rolle«, flüstert er. »Es ist vorbei – weil ich mit dir zusammen sein will, mit dir ...«

»Für *mich* spielt das sehr wohl eine Rolle! Oh mein Gott, Matthew!« Meine Augen füllen sich mit furchtsamen Tränen. »Was ist mit alldem, was du zu mir gesagt hast? Du hast mich sogar gefragt, ob ich das alles möglicherweise selbst arrangiert habe, damit du mir wieder mehr Aufmerksamkeit schenkst ... Und dabei wusstest du die ganze Zeit, dass *du* für alles verantwortlich bist, was passiert ist? Wie konntest du einfach kein Wort darüber verlieren? Das gilt für euch beide! Wäre mir nicht zufällig dieses Video in die Hände gefallen ...«

»Das sollte doch alles ganz anders laufen! Als Will mir sagte, er hätte sich verlobt, war mir klar, dass dich das ziemlich mitnehmen würde, und als Mum dann meinte, wir sollten ihre Verlobung nutzen, um es so aussehen zu lassen, als hätte *das* bei dir einen Nervenzusammenbruch ausgelöst, schien das einfach perfekt zu sein. Eigentlich solltest du mit dem Gedanken nach Hause kommen, wieder gesund zu werden; und ich sollte dir dann dabei helfen. Du solltest erkennen, dass du mich brauchst, während alle anderen sehen würden, wie labil du bist und wie wichtig es ist, dass ich bei dir bleibe. Das war der perfekte Vorwand für mich, dich nicht zu verlassen. Niemand konnte von mir erwarten, dass ich dich unter diesen Umständen einfach im Stich lasse.«

Ich weiche noch weiter vor den beiden zurück. »Aber wenn du mich so sehr hasst, Caroline, warum hast du Matthew dann nicht einfach darin bestärkt, mich zu verlassen? Wäre das nicht viel leichter gewesen?«

»Damit du mit Chloe und Theo ans andere Ende des Landes ziehst und wir sie nie wiedersehen würden, sobald du von meinem Sohn geschieden bist? Nein, wohl kaum.« Caroline sieht mich verächtlich an. »Und obwohl ich dich nicht mag – kann ich diese andere noch viel weniger leiden. Ich sagte dir doch schon, dass ich bloß versucht habe, zu verhindern, dass du den Kindern mit einer unnötigen Scheidung wehtust. Ich wusste, dass du niemals bereit sein würdest, mit Matthews Fehltritt zu leben – dafür bist du schlichtweg zu unreif –, aber Kinder sollten nun mal nicht von einem Elternteil alleine großgezogen werden, solange es sich irgendwie vermeiden lässt. Das ist ihnen gegenüber nicht fair, weil *sie* daran überhaupt keine Schuld trifft. Ich wollte einfach nicht tatenlos mit ansehen, wie es dazu kommt. Diesmal war ich *nicht* gewillt, den Mund zu halten und meine Meinung für mich zu behalten. Chloe und Theo haben etwas Besseres verdient! Etwas viel, viel Besseres – etwas Besseres als dich!«

»Bitte, Sally.« Matthew tritt wieder vor. »Ich weiß, dass das, was ich getan habe, falsch war, vollkommen falsch. Ich habe einige schreckliche Fehler gemacht. Um ehrlich zu sein, glaube ich, dass in Wahrheit *ich* derjenige war, der in letzter Zeit nicht ganz er selbst war – ich hatte einige Probleme. Vielleicht habe *ich* ja so eine Art postnataler Depression!« Er lacht verzweifelt. »Ich weiß, das ist keine Entschuldigung, aber seit Theos Geburt habe ich …«

»Nein! Wag es ja nicht!«, brülle ich ihn an. »Wag es ja nicht, *ihm* die Schuld dafür zu geben! Du hast dich hinter meinem Rücken mit einer anderen getroffen! Dabei haben wir gerade ein Baby bekommen!« Ich kann die Worte, die ich da laut ausspreche, selbst nicht glauben. »Und was dich angeht …« Ich wirble herum, um Caroline wutentbrannt anzustarren. »Wäre ich tatsächlich gestürzt, verwirrt und nicht ganz bei Sinnen von den Betäubungsmitteln, die du mir verabreicht hast, hätte jeder geglaubt, ich hätte mich umgebracht – die Kinder, meine Eltern. Hättest du das dann für alle Zeiten für dich behalten? Warst du wahrhaftig bereit, mein *Leben* aufs Spiel zu setzen?«

»Sally, bitte! Natürlich wollte keiner von uns, dass du tatsächlich stürzt.« Matthew streckt die Hand aus und ergreift meinen Arm. »Als sie das gesagt hat, versuchte sie damit doch bloß, die Aufmerksamkeit von mir abzulenken. Ich sagte dir doch schon: Das alles sollte überhaupt nicht solche Ausmaße annehmen. Hätte ich von deinen Problemen damals an der Uni gewusst, hätte ich mich niemals darauf eingelassen. Letzte Woche habe ich mir wirklich große Sorgen um dich gemacht, nachdem du in Wills Wohnung eingebrochen bist und …«

»Wusstest du, dass sie hier und jetzt diese Männer von Abbey Oaks dabeihaben würde?« Mit einem Nicken deute ich auf den geparkten Audi ein Stück weiter. »Oh mein Gott, du *wusstest* es – nicht wahr?«

»Aber wir haben ihnen gesagt, dass sie nichts unternehmen sollen – das hast du selbst gesehen!«, sagt er eifrig.

»Darum geht es überhaupt nicht. Abgesehen davon sind sie *immer noch* da. Und jetzt lass mich gefälligst *in Frieden!*« Mein einziger Gedanke ist, von hier zu verschwinden. Ich muss zurück zu Chloe und Theo. Der Mann, den ich liebe, hat *zugelassen,* dass mir dies alles widerfährt? »Halt dich ja von mir und meinen Kindern fern!«

Er erbleicht. »Sag das nicht. Ich will dich, dich und die Kinder – nicht sie. Ich habe einen Fehler gemacht.«

Ich reiße mich los und taumle rückwärts, während ich ihnen verängstigt den Rücken zukehre.

»Nicht!«, höre ich ihn rufen. »Ich lasse nicht zu, dass du das tust, Sally!«

Ich laufe blindlings los.

Ich sehe den Wagen mit dem Sechsundachtzigjährigen am Steuer nicht, der es nicht schafft, rechtzeitig auf den Mann zu reagieren, der plötzlich, wie aus dem Nichts, vor seiner Motorhaube auftaucht. Tatsächlich tritt er in seiner Panik versehentlich aufs Gaspedal, statt auf die Bremse, was die Wucht des Aufpralls noch dramatisch verstärkt.

Alles, was ich höre, ist Caroline, die aus voller Kehle »NEIN!« schreit.

Und dann versinkt die ganze Welt in Schweigen.

FÜNF MONATE SPÄTER

Kapitel 25

Wir sitzen schweigend oben auf der Klippe und blicken auf die Flut hinaus, die an den Strand unter uns rollt. Die Abendsonne scheint mir immer noch warm ins Gesicht, und wenn man bedenkt, dass wir das erste Septemberwochenende haben, ist der Abend ausgesprochen mild, doch unvermittelt überkommt mich dennoch ein Frösteln. Er schaut zu mir herüber. »Möchtest du meinen Mantel?«

Ich schüttle den Kopf, und wir versinken wieder in Schweigen, bis er es von neuem bricht. »Ein Königreich für deine Gedanken.«

Ich atme tief aus. »Ich dachte nur gerade an Chloe, nichts weiter. Dass sie Montag mit der Schule anfängt, setzt mir mehr zu, als ich vermutet hätte. Die Zeit ist so schnell vergangen und sie ist noch so klein. Ich mach mir bloß Gedanken darüber, ob sie ... na ja, ob sie zurechtkommen wird.« Ich wende mich ab, weil ich weiß, dass er das plötzliche Beben in meiner Stimme hören kann.

Er streckt den Arm aus und ergreift einen Moment lang meine Hand, um sie flüchtig zu drücken, bevor er sie wieder loslässt. »Natürlich machst du dir darüber Gedanken. Hat sie noch irgendwas zu alldem gesagt?«

Ich schüttle den Kopf. »Nein. Aber heute hat Theo mit seinem kleinen Laufwagen einen Turm umgeworfen, den sie mit Bausteinen errichtet hatte, und da war sie stinksauer. Sie schrie und brach in Tränen aus; sie wollte gar nicht wieder aufhören zu heulen. Sie wusste nicht, wie sie damit umgehen sollte, und alles, was ich tun konnte, war, sie im Arm zu halten. Ich konnte *spüren,* dass sie ihn vermisst, und das war so unglaublich traurig, Joe«, sage ich mit brechender Stimme. »Ich kann kaum beschreiben, wie es ist, sie dermaßen verletzt zu sehen, ohne dass es mir irgendwie möglich ist, die Dinge für sie wieder in Ordnung zu bringen. Tut mir leid«, flüstere ich und wische mir über die Augen.

»Ist schon okay«, sagt er und reicht mir ein Taschentuch aus seiner Jeanstasche. »Du hast eine grässliche Woche hinter dir. Willst du darüber reden, was bei der Anhörung passiert ist?«

Ich blicke auf meine Hände hinab, während ich das Taschentuch so zusammenzudrehen beginne, dass es eine Spitze kriegt. »Nicht wirklich, aber trotzdem danke.«

Er nickt verständnisvoll.

»Der Rechtsmediziner hat ausgesagt, dass der Tod ein Unfall war«, sage ich dann Sekunden später, als mir klar wird, dass ich ihm eigentlich doch davon erzählen möchte, jedenfalls ein bisschen.

Joe schaut verwirrt drein. »Davon war doch ohnehin auszugehen, oder nicht?«

»Na ja, nicht unbedingt.« Ich schaue mit zusammengekniffenen Augen auf die See hinaus. »Die Polizei hat jede Menge Ermittlungen angestellt, und sobald sie sicher sind, dass das Ganze kein Verbrechen ist, übergeben sie diese ganzen Informationen dem Untersuchungsrichter.« Ich atme tief durch. »Darin geht es darum, dass Matthew kurz vor seinem Tod seine Zielvorgaben bei der Arbeit nicht geschafft hat, und solche Dinge. Außerdem hat er zwei Wochen, bevor das alles passierte, eine sehr große Summe von unseren Ersparnissen abgehoben.«

»Scheiße!« Joe ist entsetzt. »Die denken, er könnte *absichtlich* vor diesen Wagen gelaufen sein?«

»Das war eine Möglichkeit, die ausgeschlossen werden musste, ja. Doch ich konnte bestätigen, dass ich von dem Geld wusste«, sage ich bedächtig. »Er hat für seine Mutter einige Investitionen getätigt. Na ja, eigentlich war es eher ein Darlehen, das sie zurückgezahlt hat. Nichts daran wirkte in irgendeiner Form verdächtig. Letzten Endes ist der Rechtsmediziner aufgrund der Überwachungsvideos des Supermarkts sowie mehrerer Zeugenaussagen zu dem Schluss gelangt, dass Matthew den Wagen anscheinend nicht kommen sah, weil er sich ganz darauf konzentrierte, mich einzuholen; und das, obwohl wir ganz hinten auf dem Parkplatz waren und die Aufnahmen nicht besonders deutlich sind, da sich die Kamera fast seitlich von Matthew befand. Man sieht, wie er über die Fahrspur läuft, aber man kann sein Gesicht nicht wirklich erkennen.«

»Aber es hat doch niemand angedeutet, dich träfe irgendeine Schuld, oder?«, sagt Joe hastig.

»Nein, nein. Ich habe ihnen erklärt, dass ich vollkommen unvermittelt von heftigem Unwohlsein gequält wurde und so schnell wie möglich auf die Kundentoilette im Laden wollte. Mein Vater und Chloe hatten sich denselben Bazillus eingefangen. Matthew machte sich Sorgen und eilte mir nach. Auch seine Mutter hat bestätigt, dass es so gewesen ist.«

»War es hart, sie wiederzusehen?«

»Ja, sehr. Wie du weißt, hatten wir seit der Beerdigung keinen Kontakt mehr zueinander. Sein Dad war nicht da. Er meinte, die Reise von Sydney hierher wäre ihm zu lang.«

»Unglaublich.« Joe schüttelt ungläubig den Kopf. »Allerdings finde ich es genauso merkwürdig, dass seine Mutter Chloe und Theo nicht mehr sehen will, wo sie doch die einzige Verbindung zu ihrem Sohn sind, die sie noch hat.«

»Ich denke, genau das ist der Grund; die Kinder würden sie einfach zu sehr an Matthew erinnern.«

»Vielleicht ändert sich das ja mit der Zeit; vielleicht sind sie ihr ja irgendwann ein Trost«, schlägt Joe vor.

»Das glaube ich ehrlich gesagt nicht. Das ist zwar unglaublich traurig, aber ich weiß, dass sich an dieser Situation nichts mehr ändern wird. Sie wird die Kinder niemals wiedersehen.«

Wir schweigen einen Moment lang, dann sagt Joe: »Tut mir leid, Sally. Das muss wirklich schwer für dich sein. Besonders, wo ihr einander in dieser schwierigen Lage doch eigentlich unterstützen könntet. Und vermutlich fehlt sie dir auch.«

Ich zögere. »Mir fehlt, was sie für mich war.«

Damals, bevor ich erkennen musste, dass sie mich in Wahrheit noch nie mochte. Ich glaube nicht, dass Caroline das nur so dahergesagt hat, um Matthew zu decken. Ich habe viel über den Rat nachgedacht, den sie mir gab, als ich wütend darüber war, dass Will und Kelly heiraten wollten: Einfach die Klappe halten und lächeln, weil er es ohnehin machen wird. Ging es ihr so, als ich ihren Sohn geheiratet habe? Keine Frage, sie hat mich in Gefahr gebracht – ich bin mir sicher, dass das Ganze ihre Idee war –, und das ganz bewusst. Ich zweifle keine Sekunde daran, dass sie insgeheim hoffte, mein Leben würde in jener Nacht sein Ende finden.

Doch ich weiß immer noch nicht, wie ich mit diesem schrecklichen Wissen umgehen soll. Ungeachtet dessen, was Matthew unmittelbar vor seinem Tod gesagt hat, frage ich mich, ob er *wollte,* dass ich falle, oder ob er mir die Wahrheit erzählt hat; dass er es sich tatsächlich anders überlegt hatte und uns doch nicht verlassen wollte. »Es tut mir unendlich leid«, höre ich ihn förmlich zu *ihr* sagen. »Aber Sally hat versucht, sich umzubringen. Meine Kinder brauchen mich. Ich *muss* hierbleiben.« Wer hätte ihm da widersprechen können? Liv mit Sicherheit nicht, schließlich ist sie selbst Mutter ...

Natürlich erwies sich die Identität der Frau, mit der Matthew fremdging, als von maßgeblicher Wichtigkeit.

In der Hitze des Gefechts wäre mir damals auf dem Parkplatz niemals in den Sinn gekommen, mich zu fragen, woher Matthew von den Aufnahmen zu wissen schien, bevor ich überhaupt nur die Möglichkeit hatte, ihm davon zu erzählen. Es war, als hätte ihn jemand *anderes* schon vorher davon berichtet.

Nämlich die einzige Person, der ich den Film gezeigt hatte.

Die Ironie daran ist: Hätte Liv Matthew nicht gewarnt, würde ich jetzt möglicherweise in Abbey Oaks sitzen, nachdem man mich auf eben diesem Parkplatz festgenommen und zwangseingewiesen hätte. Dennoch fällt es mir schwer, ihr für ihr »Eingreifen« irgendeine Form von Dankbarkeit entgegenzubringen.

Ich habe daran gedacht, Liv, nachdem alles vorbei war, die Aufnahme von Carolines und Matthews Geständnis vorzuspielen, da ich es für wichtig hielt, dass sie weiß, was tatsächlich passiert ist, damit Matthews Tod für sie keinen Stellenwert gewinnt, den er nicht verdient; in Wahrheit wollte ich aber wohl vielmehr, dass sie meinen Ehemann sagen hört, dass sie für ihn keine Bedeutung hatte und es ein Fehler war, sich mit ihr einzulassen. Stattdessen schrieb ich ihr eine SMS, in der ich ihr untersagte, zu seiner Beerdigung zu kommen, und dass sie sich gefälligst nie wieder bei mir melden solle. Ich schloss die Nachricht mit:

Du warst meine Freundin. Wie konntest du das tun?

Ich finde, das war ziemlich unmissverständlich, und tatsächlich habe ich seither nichts von ihr gehört. Ich habe keine Ahnung, warum Matthew sich ausgerechnet mit einer meiner engsten Freundinnen auf eine Affäre eingelassen hat – vielleicht hat sie ja den ersten Schritt gemacht. Allerdings will ich nicht bloß ihre Seite der Geschichte kennen, jetzt, da Matthew nicht mehr dazu Stellung nehmen kann, deshalb habe ich die grässliche, schreckliche Wahrheit bislang einfach für mich behalten.

Allerdings war ich gleichermaßen gezwungen, mich mit Carolines scharfer Bemerkung auseinanderzusetzen, dass die Frauen heutzutage viel zu schnell dazu neigen, aufeinander loszugehen. Darüber habe ich wirklich viel nachgegrübelt, und ich für meinen Teil schäme mich, zugeben zu müssen, dass sie damit vermutlich recht hat, auch wenn ich ehrlicherweise glaube, dass ich zuerst und vor allem von dem Wunsch getrieben wurde, Chloe und Theo vor der Bedrohung zu schützen, die Kelly meiner Ansicht nach darstellte, anstatt sie einfach bloß loszuwerden.

Selbst jetzt kann ich mir beim besten Willen nicht vorstellen, wie dieses erste Gespräch zwischen Caroline und Matthew wohl begonnen haben mag. »Liebling, ich habe nachgedacht. Will und Kelly haben sich verlobt; nutzen wir das doch als günstige Gelegenheit, um Sally weiszumachen, sie hätte einen Nervenzusammenbruch, was meinst du?« Das Ganze *muss* Carolines Idee gewesen sein. Die Alternative wäre schlichtweg unerträglich. Ich blicke auf meine Hände hinab, oder genauer, auf meinen Ehering.

»Ich bin so wütend auf ihn, Joe«, flüstere ich unvermittelt.

»Ich glaube, das ist ganz normal bei einem solchen Verlust, wenn man trauert.«

»Trotzdem fühle ich mich so schuldig«, fahre ich fort, ohne ihm richtig zuzuhören. »Wäre ich nicht über den Parkplatz gerannt ...«

»Tut mir leid, aber das ist *Schwachsinn*«, sagt Joe rundheraus. »Es war ein Unfall.«

»Aber wenn ich ihn nicht angerufen und ihn gebeten hätte, mich abzuholen ...«

»Du hattest damals einen grässlichen Morgen! Es war der erste Morgen seit Monaten, den du für dich hattest, und ausgerechnet da hast du eine Reifenpanne, obwohl du zurück zu den Kindern musstest – *natürlich* hast du da Matthew angerufen, damit er kommt und dich abholt! So machen das Ehemänner nun mal. Oder jedenfalls die guten.«

Wir müssen das Thema wechseln. Ich kann diese Gedanken einfach nicht ertragen. »Na, jedenfalls«, sage ich daher demonstrativ, »geht's *dir* gut? Wie war es, die Jungs wiederzusehen?«

»Ganz bezaubernd, auch wenn es mir schier das Herz gebrochen hat, als ich wieder gehen musste. Und Kim hatte Neuigkeiten für mich. Sie hat da jemanden kennengelernt, und er zieht bei ihnen ein. Das war dann eher weniger schön.«

»Oh, Joe«, sage ich bestürzt. »Das tut mir leid. Das ging ja ziemlich ... schnell.«

»Ja, ich denke, man kann wohl mit Fug und Recht behaupten, dass sie über uns hinweg ist und ihr Leben weiterlebt. Wie auch immer, ich meinte trotzdem zu ihr, dass ich mich für sie freue, und wenn ich ehrlich bin, ist das nicht mal eine Lüge. Ich will *wirklich*, dass sie glücklich ist. Ihr neuer Kerl scheint nett zu sein ... Außerdem mögen die Jungs ihn, was gut ist ... Dieser Mistkerl ...«, fügt er nach einem weiteren Moment hinzu, ehe er mir ein Lächeln schenkt. »Das Gute ist, dass ich gestern den Mietvertrag für das Haus unterschrieben habe.«

»Das ist großartig«, sage ich aufrichtig. »Herzlichen Glückwunsch.«

»Danke. Der Vertrag läuft zwar erst mal nur über sechs Monate, aber zumindest können die Kinder mich jetzt in meinen eigenen vier Wänden besuchen, wenn sie vorbeikommen, und meine Mum freut sich auch darüber. Schauen wir mal, wie sich die Dinge entwickeln. Hast du schon entschieden, ob du was Neues kaufen willst?«

»Nein. Ich denke, Chloe braucht jetzt, wo sie mit der Schule anfängt, noch eine Weile länger die Stabilität, die meine Eltern ihr bieten. Andernfalls wäre die Veränderung zu groß. Sie muss sich an irgendetwas festhalten, und dass sie jetzt bei Mum und Dad ist, hilft ihr dabei. Allerdings habe ich nicht vor, allzu lange zu warten, ehe ich mich für ein Objekt entscheide, daher gehe ich davon aus, dass ich nach Weihnachten etwas kaufen werde. Am besten irgendwo in der Nähe der Schule.« Bei dem Gedanken an all das, was jetzt auf uns zukommt, atme ich tief durch ... Wie sehr sich dieser Pfad doch von dem unterscheidet, den ich eingeschlagen zu haben glaubte. »Wo wir gerade von Mum und Dad reden: Ich muss zurück.« Ich schaue auf meine Uhr. »Will und seine Frau kommen heute Abend noch vorbei und bleiben über Nacht. Chloe ist schon megaaufgeregt, sie morgen früh zu sehen. Da ich deswegen heute Nacht mit Theo in einem Zimmer schlafen muss, bin ich nicht ganz so begeistert.«

»Ich hab deine neue Schwägerin gestern im Fernsehen gesehen«, sagt Joe. »Sie spielte da so eine toughe junge Polizistin, von der wir vermutlich in der zweiten Folge erfahren, dass sie ein ernstes Alkoholproblem hat, und ich *denke*, dass diese Rolle ihrer Karriere nicht sonderlich förderlich sein wird.«

Ich grinse und stehe auf. »Aber sie ist doch ganz gut, oder? Danke für den Spaziergang und das Gespräch. Du hast recht, diese halbe Stunde rauszukommen hat mir wirklich gutgetan.«

»Gern geschehen. Soll ich dich zurückbegleiten?«

Ich schüttle behutsam den Kopf. »Nein, danke.«

»Also, ich schätze, deine Mum hätte nichts dagegen.« Er schaut zu mir auf. »Ich verspreche auch, dass ich nicht versuche, dich an der Haustür zu küssen oder so was.«

»Ach, halt die Klappe, Joe!« Ich lächle ihn an.

»Na ja, zumindest nicht *heute.*«

Darauf folgt eine Pause, und dann ist Matthew plötzlich über-all. Ich kann hören, wie er in skeptischem Ton sagt: »Er hat dir nur Blumen gebracht? Sonst wollte er nichts?« Ich höre Matthews Stimme ziemlich häufig, genauso, wie ich ihn in Theos Lächeln sehe und seine Arme um mich spüre, wenn Chloe mich umarmt, mir sagt, dass sie mich liebt, und mich dann versprechen lässt, dass ich nicht ebenfalls sterben werde. Wir vermissen ihn.

Ich vermisse ihn.

Und trotzdem hasse ich ihn auch.

»Gute Nacht, Joe«, sage ich leichthin. Dann drehe ich mich um und beginne den Marsch den Küstenpfad hinunter, vom Gipfel der Klippe in Richtung des Ortes und des Hauses meiner Eltern, in dem meine Kinder heil und sicher in ihren Betten schlafen.

Auf halbem Wege nach unten bleibe ich stehen und lasse meinen Blick über die Bucht schweifen. Die rote Sonne steht tief am Himmel – bald wird sie ganz verschwunden sein –, doch im Moment haben wir einen wunderschönen Sonnenuntergang über dem ruhigen Meer. Ich zögere, ehe ich mir den Ehering vom Finger streife und ihn, unversehens und mit aller Kraft, Richtung Wasser werfe. Ich keuche überrascht, als ich ihn in hohem Bogen durch die Luft fliegen und über den Rand der Klippe verschwinden sehe. Eigentlich hatte ich überhaupt nicht die Absicht, das zu tun. Um ehrlich zu sein, habe ich mich sogar gefragt, ob Chloe den Ring vielleicht eines Tages haben möchte. Doch angesichts all dessen, was war, wäre das nicht richtig, oder? Nicht, dass sie jemals erfahren wird, was wirklich passiert ist.

Ich greife in meine Tasche und hole mein Handy hervor. Seit Matthews Tod habe ich mir die Aufnahme Hunderte Male an-gehört, insbesondere den Moment, in dem er mir hinterher-ruft: »Ich lasse nicht zu, dass du das tust.« Selbst jetzt bin ich mir nicht sicher, ob er damit meinte: »Ich lasse nicht zu, dass du das tust, und jetzt laufe ich absichtlich vor diesen Wagen, damit du zu mir zurückkommst.« Oder eher: »Ich lasse nicht zu, dass du das tust, und bin so darauf erpicht, dich aufzuhalten, dass ich diesen Wagen, vor den ich gleich laufe, gar nicht gesehen habe.«

Was ich hingegen weiß, ist, dass ich nicht darauf vorbereitet war, Chloe und Theo auch nur mit der Last des geringsten Zweifels bezüglich des Todes ihres Vaters aufwachsen zu lassen. Ebenso wenig wie Caroline. Zumindest haben wir das Andenken an Matthew erfolgreich bewahrt. Das war die letzte Entscheidung, die sie und ich gemeinsam getroffen haben; das letzte Mal, dass wir miteinander geredet haben. Der Rest des Vorschlags, den ich ihr unterbreitet habe, war denkbar einfach: kein weiterer Kontakt = keine Schuldzuweisungen. Keine *öffentlichen* Schuldzuweisungen, um genauer zu sein. Bei der Anhörung war offensichtlich, dass sie eine todunglückliche Frau ist, nach dem Tod ihres einzigen Kindes am Boden zerstört. Ich glaube, sie praktiziert nicht mehr. Sie ist ganz allein – die eine Sache, vor der sie am meisten Angst hatte. Und das alles ist *ihre eigene Schuld.* Eigentlich will ich ihr überhaupt keine Gefühle entgegenbringen, ganz gleich, welcher Art, doch in meinen dunkleren Momenten kann ich nicht umhin, zu hoffen, dass sie noch sehr, sehr lange Zeit mit diesem Wissen leben muss. Außerdem stelle ich mir manchmal vor, sie wäre Patientin in Abbey Oakes, von ihrem Kummer in den Wahnsinn getrieben, auch wenn ich keine Ahnung habe, ob das tatsächlich so ist oder nicht.

Irgendwie will ich diese Aufnahme jetzt nicht länger behalten. Natürlich wird Caroline nie erfahren, dass ich sie gelöscht habe, doch ich möchte nicht riskieren, dass Chloe oder Theo irgendwann zufällig auf diese Aufzeichnung der letzten Momente im Leben ihres Vaters stoßen.

Ich drücke die Löschtaste, und die Aufnahme ist für immer dahin. Ich setze mich wieder in Bewegung und mache mich auf den Weg nach Hause. Nur ein einziger Mensch hat diese Aufzeichnung jemals gehört. Jemand, der es – aus so vielen Gründe – verdient, die Wahrheit darüber zu wissen, was Caroline *und* Matthew getan haben, doch ich weiß, dass dieses Geheimnis bei ihr gut aufgehoben ist.

Sie ist *wirklich* eine begnadete Schauspielerin.

Danksagung

Mein aufrichtiger Dank gebührt Sarah Ballard, Sara O'Keeffe, den Teams von UA und Corvus, Emily Eracleous und all den Bloggern und Autoren, die mich auf so unschätzbare Weise beim Schreiben dieses Romans unterstützt haben.